내
무덤으로
가는 이 길

임준철

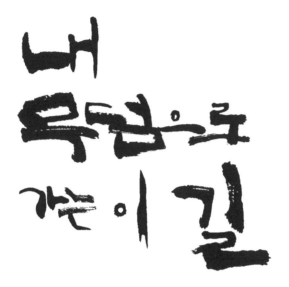

내 투쟁으로 가는 이 길

문학동네

머리말

    이 책은 조선시대 자만시自挽詩를 모아 역주하고 평설을 붙인 것이다. 자만시는 시인이 죽음을 가정하고 스스로 자신의 죽음을 애도하는 독특한 시형식이다. 이 책은 자만시들을 모아서 우리말로 옮기고 옮긴이의 생각을 덧붙인 것에 불과하지만, 한편으론 한국문학에 나타난 죽음에 대한 탐구를 위한 기나긴 여정의 첫걸음이 될 것이다.

    나에겐 지금도 이따금 떠오르곤 하는 죽음의 기억들이 있다. 어린 시절 나를 돌봐준 이모할머니와 국민학교(지금의 초등학교) 1학년 때 동무의 갑작스런 죽음이 그것이다. 이모할머니는 젊은 시절 남편을 떠나보내고 자식들을 키우며 힘들게 살아오셨는데, 나를 당신의 손자보다 더 예뻐하셨다. 항상 입버릇처럼 죽을 때 다른 자식들 힘들지 않게 하고 싶다고 하시더니 낙상으로 허무하게 세상을 뜨셨다. 어머니께 이모할머니의 죽음 소식을 듣고 눈물 흘리던 기억이 난다. 이제 얼굴은 기억나지 않지만 초등학교 때 내 동무는 앞자리에 앉았던 착한 성품의 여학생이었다. 그날도 부모님 심부름을 위해 길을 건너다 과속하던 트럭에 치여 숨졌다고 했다. 담임선생님께선 그 소식을 전하면서, 죽은 친구를 위로하는 편지를 쓰자고 하셨다. 뭐라고 썼는지 기억나진 않지만 눈물을 하염없이 흘렸던 것은 어렴풋이 떠오른다.

죽음이 무엇인지도 모를 어린 시절의 일이었는데도 나는 왜 유독 이 두 가지 죽음이 기억에 남는 것일까? 단순히 내가 좋아하던 사람을 볼 수 없다는 것 때문이었는지, 아니면 더이상 이 세상 사람이 아니라는 사실이 견디기 어려웠던 것인지 지금으로서도 정확한 이유는 알 수 없다. 다만, 나를 보살펴주신 이모할머니의 따뜻한 품이, 정답게 이야기꽃을 피우던 동무의 상냥한 목소리가 이제 내 옆에 남아 있지 않다는 사실이 몸서리치게 괴로웠던 것만큼은 분명하다.

그래서일까. 이후 나는 한 번도 내 죽음의 정경을 떠올려본 적이 없다. 꿈꾸고 싶지도 않았다. 내가 더이상 세상에 존재하지 않는다는 생각만으로도 온몸에 소름이 돋았다. 신문지상에 오르는 모든 사고사가 나를 소름 끼치게 했고, 길 위의 동물 주검들조차 내 미래의 모습마냥 두렵기만 했다. 즐거운 일이 있는 와중에도 불현듯 언젠가 나도 죽겠지라는 생각으로 몸서리치곤 했다. 강박증처럼 죽기 싫다고 되뇐 적도 많다.

그렇지만 역설적으로 죽음에 대한 관심도 높아만 갔다. 한문학을 공부하게 되면서 내가 관심을 두었던 분야 중의 하나도 죽음과 관련된 글들이었다. 학부 시절 한문사대가 중의 한 사람인 장유張維가 요절한 벗을 애도한 「제김이호문祭金而好文」이 특히 내 마음을 울렸다. 하지만 대학원 입학 후에야 비로소 이 글에 대한 기초적 이해도 제대로 못하고 있음을 알게 되었다. 그럼에도 나의 생각은 글 자체보다는 죽음 주위를 맴돌고 있었다. 그즈음 도서관 서가에서 우연히 이인복 선생님의 『한국문학에 나타난 죽음의식의 사적 연구』를 만나면서 죽음에 대한 공부를 해야겠다는 생각을 갖게 되었다. 제목만으로도 위압적인 박상륭의 소설 『죽음의 한 연구』를 접하게 된 것도 이 무렵이었다. 하지만 죽음 연구의 장벽은 높기만 했다. 나 나름대로 한문학의 죽음 관련 문학 장르를 연구해서 그 의문을 풀어야겠다는 생각은 했지만, 엄청난 분량의 자료들이 벽처럼 느껴져 일단 미루어둘 수밖에 없었다.

그러다 어느 순간부터 죽음에 대한 두려움이 예전보다 줄어들기 시작했다. 나이를 먹으면서 죽음에 대한 공포를 요령껏 피해 갔던 듯하다. 더 정확하게는 의도적으로 망각했다고 할 수 있다. 관성적인 삶의 운동성을 다행스럽게 여기면서. 그사이 나는 박사학위 논문을 비롯해 다른 연구에 빠져 있었다. 그러던 중 조선 중기의 개성적 시인인 임제林悌의 「자만自挽」이란 시가 사그라졌던 연구 의욕을 다시 일깨우게 되었다. 당대의 예교질서에 숨막혀하던 그가 세상을 깔보며 자신의 죽음을 호쾌하게 그려내는 것에서 묘한 쾌감마저 느꼈다.

자만시를 만나고 더이상 남의 죽음으로부터 위안받거나 그것을 통해 나 자신의 현존을 위로받아서는 안 되겠다는 생각이 들었다. 죽음에 대한 공포로부터 도망치기보다 이제 찬찬히 죽음을 살펴보아야겠다는 다짐을 했다.

내 관심이 '남'의 죽음을 다룬 만시, 묘지명, 제문으로부터 '나'의 죽음을 다룬 자만시, 자찬묘지명自撰墓誌銘, 자제문自祭文 등으로 옮겨오게 된 계기가 여기에 있다. 그 과정에서 선학들의 연구 성과로부터 많은 도움을 받았다. 특히 우리 선인들의 죽음 인식과 관련된 자전적 글쓰기 전반을 검토한 심경호, 자찬묘지명을 다룬 안대회, 애도시를 연구한 최재남 선생님의 논저에 힘입은 바 크다. 이 책에선 자만시를 통해 긴 시간의 흐름 속에 켜켜이 쌓인 '나'의 죽음에 대한 장송가들을 독자들과 함께 살펴보려 한다.

자만시를 모아 읽고 연구한 지 어느덧 일곱 해 정도가 지났다. 현재로선 앞으로 얼마나 더 시간이 지나야 제대로 된 성과를 낼지 가늠이 되질 않는다. 생각보다 이 문제가 단순치 않다는 판단이 들기 때문이다. 처음 읽을 때 명료하게 이해되던 시들도 작가를 조금 알고 나면 그 의미를 다시 생각하게 되었다. 그러나 다소의 시행착오를 겪더라도 이 길을 계속 가려고 한다. 더이상 죽음의 문제를 회피하고 싶지 않다.

책을 펴내며 무엇보다 이 죽음 냄새 퀴퀴한 원고를 선뜻 맡아준 문학동네에 고마운 마음을 전한다. 특히 거친 원고를 애정 어린 조언과 뛰어난 편집을 통해 훌륭한 책으로 탈바꿈시켜준 오경철 선생님께 감사드린다.

오늘날 우리는 장수가 일반화된 시대를 살고 있다. 오래 산다는 것은 따지고 보면 죽음을 조금 더 준비하고 생각할 시간이 있다는 이야기도 된다. 그래서 현대인들에게 죽음 교육이 더 필요한지도 모른다. 자만시는 이를테면 우리 선조들이 자신의 죽음에 대해 말한 생생한 육성 자료라고 할 수 있다. 그런 측면에서 우리 역시 자만시를 읽기만 하기보다는 써보는 편이 낫지 않을까 생각해본다. 내 죽음의 정경을 구체적으로 떠올려보자는 것이다. 이를 통해 우리는 남은 삶과 닥쳐올 죽음을 어떻게 보내고 맞이할 것인지에 관해 진지하게 생각해볼 기회를 얻게 될 것이다.

2014년 7월
안암골로 와서
임준철

제2부

초월적 죽음

제5부

또다른 죽음의 모습

일러두기

1. 이 책은 2007년 1월부터 2012년 4월까지 『한국문집총간韓國文集叢刊』 『한국문집총간속집韓國文集叢刊續集』 『한국역대문집총서韓國歷代文集叢書』 및 각급 도서관 소장 자료를 중심으로 조사한 자만시를 대상으로 역주 평설한 것이다. 이 책에 담긴 역주 작업은 한국연구재단의 연구과제로 지원을 받아 2012년 4월에 완료된 까닭에, 이후 조사된 작품들은 대상으로 삼을 수 없었다. 추가로 조사된 자만시에 대한 역주 평설 작업은 후일을 기약한다.

2. 이 책에 수록된 자만시는 대개 협의의 자만시를 의미하며, 자만自挽·자만自輓 등의 제목을 가진 시, 자신의 죽음을 가정하고 쓴 자도시自悼詩, 자만적 작품 그리고 도연명「의만가사擬挽歌辭」의 화운작이 그 범위에 든다.

3. 이 책에서는 죽음을 받아들이는 태도를 중심으로 자만시 작품들을 '죽음 앞의 고독' '초월적 죽음' '가장假裝된 죽음'으로 유형 분류했다. 다만 '초월적 죽음' 유형 중 죽음을 먼저 떠난 혈육을 만나는 것으로 파악하는 패턴은 유달리 두드러지므로, 여기에서는 '죽음 앞에서 혈육을 떠올리다'라는 제목 하에 별도로 분류했다. 그리고 이상의 유형에 포함되지 않는 예외적 자만시들은 '또다른 죽음의 모습'이란 명칭으로 묶어두었다. 자세한 내용은 책 뒤의 해설 「자만시에 대하여」를 참고하기 바란다.

4. 인명, 서명, 작품명에 나오는 한자어는 한글로 독음을 표기한 뒤 한자를 병기했다.

5. 조선시대 전반에 걸쳐 수많은 시인이 등장하는 만큼, 독자의 이해를 돕기 위해 시인의 생몰연대를 밝혔다.

6. 서명은 『 』(겹낫표), 편명·작품명은 「 」(홑낫표)로 표시했다.

7. 시의 원문은 이본이 있을 경우 대부분 대교對校했다. 그러나 시간과 열람의 제약으로 일부 작품의 경우 모든 판본과 이본을 열람하지 못했음을 밝혀둔다. 이 부분은 추후 보완하기로 한다.

8. 출전은 서명과 권수로만 표시했다. 자세한 출처는 참고문헌과 현전 자만시 목록을 참고하기 바란다.

9. 독자의 이해를 돕기 위해 작품 배경과 의미를 평설을 통해 해설했다.

10. 시인 소개는 책 뒤에 인명 가나다순으로 배열해놓았다.

* 이 책은 2010년도 정부재원(교육부 인문사회연구역량강화사업비)으로 한국연구재단의 지원을 받아 연구되었음(NRF-2010-327-A00345).

죽음 앞의
고독

내 묘지에는 '꿈을 꾸다 죽어간 늙은이'라 써야 하리

當書夢死老

김시습金時習(1435~1493)

나 태어나我生

나 태어나 사람이 된 바에야,	我生旣爲人
어찌하여 사람 도리 다하지 못했던고?	胡不盡人道
어렸을 적엔 명리 일삼았고,	少歲事名利
나이들어선 행동이 갈팡질팡했지.	壯年行顚倒
고요히 생각하노라니 너무나 부끄러운 것은,	靜思縱大恧
일찍 깨닫지 못했다는 사실이네.	不能悟於早
후회한들 돌이킬 수 없어,	後悔難可追
잠 깨면 방망이질하듯 가슴 심하게 친다네.[1]	寤擗甚如擣

---

1 잠 깨면 방망이질하듯 가슴 심하게 친다네(寤擗甚如擣): 잠에서 깨 손으로 가슴을 친다는
   의미로, 근심으로 슬퍼하는 모습을 형용한 것이다. 『시경詩經』「패풍邶風 백주柏舟」편의
   "고요히 이를 생각하고, 잠을 깨어 가슴을 치노라(靜言思之, 寤擗有摽)"에서 온 표현이다.

더욱이 충효의 도리 다하지 못했으니,	況未盡忠孝
이 밖에 또 무엇 따지랴?	此外何求討
살았을 땐 한 사람 죄인이요,	生爲一罪人
죽어서는 궁한 귀신 되겠구나.2	死作窮鬼了
다시금 헛된 명예 솟아오르니,	更復騰虛名
돌이켜보면 걱정 근심만 더할 뿐.	反顧增憂惱
나 죽은 뒤 무덤에 표시할 적에,	百歲標余壙
'꿈을 꾸다 죽어간 늙은이'3라 써야 하리.	當書夢死老
그렇다면 내 마음을 거의 이해하고,	庶幾得我心
천년 뒤에 이내 회포 알아주는 이 있으리라.	千載知懷抱

—『매월당집梅月堂集』권14「명주일록溟州日錄」

---

2 죽어서는 궁한 귀신 되겠구나(死作窮鬼了): 궁귀(窮鬼)는 사람을 궁하게 만드는 귀신을 말한다. 음력 정월에 제사를 지내 내쫓았다. 당대 한유(韓愈)의 「송궁문送窮文」에, 다섯 궁귀를 내쫓으려다가 포기하고 그들을 상좌(上座)에 앉혔다는 이야기가 나온다. 이 말은 가난한 사람을 욕하는 말로도 쓰인다. 이 시는 본래 상성(上聲) 호운(皓韻)으로 압운(押韻)했지만, 이 구절에선 상성 소운(篠韻)인 '요(了)' 자로 통운(通韻)하고 있다.

3 '꿈을 꾸다 죽어간 늙은이(夢死老)':『근사록近思錄』「관성현觀聖賢」편의 '취한 듯 살다가 꿈꾸듯 죽음(醉生夢死)'이란 말에서 온 표현이다. '취생몽사(醉生夢死)'란 말이 나온 맥락은 다음과 같다. "스스로 '신묘함을 다 살펴서 변화의 이치를 안다'고 말하지만, '사물을 열어주어 일을 완성하기'에 부족하다. 말은 두루 보편적이 아님이 없다고 하지만, 실제는 윤리를 도외시하고 있다. 깊고 미미한 것을 끝까지 탐구하지만 요·순의 도리로 들어갈 수는 없다. 세상의 학문이 천박하고 고루하여 꽉 막힌 것이 아니면 반드시 여기에 빠지는 것은 도가 밝지 않기 때문이다. 비뚤어지고 거짓되고 요상하고 이상한 주장들이 다투어 일어나 사람들의 귀와 눈을 막고 세상을 더러운 데 빠뜨린다. 비록 높은 재주와 밝은 지혜가 있어도 견문에 교착되어 취한 듯 살다가 꿈꾸듯 죽을 뿐 스스로 깨닫지 못한다. 이것은 대개 바른 길에 잡초가 무성하고, 성인의 가르침에 들어가는 문이 막혔기 때문이다. 그것을 제거한 뒤에야 도에 들어갈 수 있다(自謂之窮神知化, 而不足以開物成務, 言爲無不周遍, 實則外於倫理, 窮深極微, 而不可以入堯舜之道. 天下之學, 非淺陋固滯, 則必入於此, 自道之不明也. 邪誕妖異之說競起, 塗生民之耳目, 溺天下於汙濁, 雖高才明智, 膠於見聞, 醉生夢死, 不自覺也. 是蓋正路之蓁蕪, 聖門之蔽塞, 闢之而後可以入道)."(정이程頤, 「명도선생행장明道先生行狀」)

이 시는 김시습의 생애 후반기인 1486년경 강릉 일대에서 지어졌다. 이 시가 실려 있는 「명주일록溟州日錄」은 1486년 무렵 지어진 작품들로 이루어져 있다. 그의 나이 쉰둘일 때다. 그는 두 해 전 자신의 일생을 돌아보는 「동봉육가東峯六歌」란 작품을 남기기도 했다. 이 시 역시 자신의 삶을 돌이켜보고 그것을 마감하는 내용으로 이루어져 있다. 시의 후반부까진 자신의 지난 삶에 대한 후회가 가득하다. 그래서 자신은 죄인일 뿐이고 죽어서도 궁한 귀신이 될 판이라고 말한다. 그러나 이 시의 핵심은 마지막 부분에 놓여 있다. 자신의 무덤에 '꿈을 꾸다 죽어간 늙은이'라 써야 한다고 말한 부분이 그것이다. 이는 '취생몽사醉生夢死'란 말에서 온 것이다. 이 표현은 본래 송대의 학자 정이程頤가 형 정호程顥의 삶을 기록한 「명도선생행장明道先生行狀」 중에 나온다. 정호는 당시 사람들이 이치가 그럴듯한 이단의 설에 자기도 모르게 빠져들어 현실을 긍정적으로 인식하지 않는 것을 지적하여 이렇게 말했다고 한다. 따라서 김시습이 자신의 삶을 요약할 말로 '꿈을 꾸다 죽어간 늙은이'란 말을 선택한 것은 의미심장하다. 이 말은 자조적인 측면도 얼마간 있지만 현실의 가치체계로 수용되길 거부하고 방외인으로서 이단의 길을 걸어간 삶에 대한 굴절된 자기표현이기도 하다. 자신의 초상화에 대해 스스로 쓴 찬문인 「자사진찬自寫眞贊」에서도 이러한 면모가 발견된다.

이하를 내려다볼 정도니,　　　　　　　　　　　俯視李賀

해동에선 대적할 자 없으리.　　　　　　　　　　優於海東

소문 자자한 이름과 부질없는 명예,　　　　　　　騰名謾譽

너에게 무엇이 걸맞으랴?	於爾孰逢
네 모습은 지극히 미세하고,	爾形至眇
네 말은 너무나 유치하다.	爾言大侗
네가 있어야 할 자리는,	宜爾置之
의당 은거할 산과 골짜기이리.	丘壑之中

　김시습은 이 작품에서 '귀재鬼才'라 불렸던 중당中唐 시기 시인 이하李賀를 자신의 평가척도로 삼고 있다. 이하를 내려다보고 해동에서 뛰어나다고 언급한 데서 시인의 남다른 자부심을 읽을 수 있다. 하지만 소문이 자자한 자신의 명성이란 그저 부질없고 자신에게 걸맞은 평가가 아니지 않느냐고 자문하고 있다. 후반부 4구는 그런 자신에 대한 자조적 평가를 담고 있다. 보잘것없고 어리석은 자신이 있을 곳이란 외진 산과 계곡이라고 한 마지막 부분이 특히 강렬한 인상을 남긴다. 이 표현은 『세설신어世說新語』에 나오는 고개지顧愷之의 고사로부터 비롯한 것이다. 동진東晉의 대화가 고개지는 사곤謝鯤이란 인물의 초상화를 바위 속에 있는 모습으로 그린 바 있다. 다소 뜻밖의 초상화 구도에 대해 다른 이들이 의문을 제기하자, 그는 사곤이 은거를 지향했음을 상기시키며 "이 사람은 의당 산과 골짜기 속에 두어야 한다此子宜置丘壑中"라고 대답한 바 있다. 따라서 마지막 구절은 자신이 있어야 할 곳이 속세가 아니라 강호임을 밝힌 것으로 볼 수 있다. 자신을 낮추면서도 불의한 세상과 타협하지 않은 고고한 은거자로서의 자부가 드러난다. 이렇게 김시습의 자화자찬은 단선적 자기평가로 이루어진 여느 화상자찬과 달리 굴절된 자기표현과 독특한 자기규정 방식을 보여주고 있다. 자만적 작품 역시 마찬가지다. 김시습의 경우 시세계 내에서 유독 자신의 정신지향을 드러내고 삶을 돌이켜

보는 자화상과 같은 작품이 많다고 알려져 있다. 김시습의 「나 태어나我
生」는 자신의 삶을 마지막으로 결산했다는 점에서 그 정점에 놓인 작품
이라고 볼 수 있다.

김시습은 1493년 부여 무량사에서 세상을 떴다. 이때 그의 나이 59세
였다.

천추만세 뒤 누가 이 들판 지나가려나 千秋萬歲, 誰過斯野

홍언충洪彦忠(1473~1508)

자만自挽

갑자년에 내가 진안현으로 귀양을 갔는데, 앞일을 예측할 수가 없었다. 스스로 반드시 죽겠다 여겨 옛사람들이 자만한 것을 모의하여 명을 짓고, 또 자식들에게 경계로 삼게 했다.
甲子歲, 予謫眞安縣, 事將有不測者. 自分必死, 擬古人自挽而銘之, 且戒子云.

대명大明 천하,	大明天下
해가 먼저 비치는 나라.	日先照國
남자의 성은 홍洪이요,	男子姓洪
이름은 언충彦忠 자는 직경直卿이라.	名忠字直

반평생이 오활하고 졸해서,	半生迂拙
문자만을 배웠도다.	文字之攻
세상에서 삼십이 년을 살고 끝마치노라.	在世卅有二年而終
명은 어찌 이다지도 짧은데,	命何云短
뜻은 어찌 이다지도 길단 말인가.	意何其長
옛 무림현 고을에 묻는다.	卜于古縣茂林之鄕
운산은 위에 있고,	雲山在上
강물은 아래 있다.	灣磧在下
천추만세에,	千秋萬歲
누가 이 들판 지나가려나.	誰過斯野
손가락질하고 서성대며,	指點徘徊
반드시 서글퍼하는 자가 있을 것이다.	其必有悵然者矣

—『우암고寓菴稿』권2

홍언충이 이 시를 쓴 갑자년(1504)은 연산군의 학정이 극해 달했던 때이다. 연산군은 어머니 윤씨가 내쫓겨 죽은 것을 한스럽게 여겨 성종 조의 신료들을 거의 다 죽였다. 이 갑자사화의 소용돌이 속에 홍언충과 그의 주변 인물들은 엄청난 고초를 겪게 된다. 이해 5월 홍언충은 궁중 의 일을 함부로 짐작하여 간했다는 죄목으로 곤장 100대를 맞고 멀리 진안까지 유배된다. 같은 해 6월 부친 홍귀달은 손녀딸을 궁중에 들이 라는 왕명을 거역한 죄로 교살되는데, 그 여파로 나머지 형제들인 언승彦昇·언방彦邦·언국彦國도 모두 유배된다. 또 절친한 벗인 박은朴誾이 참 수되었으며, 이행李荇은 곤장을 맞은 뒤 귀양 갔다.

「자만自挽」은 이때 지어진 작품이다. 홍언충은 자신이 죽을지도 모른 다는 위기감 속에 이 시를 지었던 것으로 보인다. 비슷한 시기 이배移配 되는 과정에서 지은 시에서 이런 위기감을 비감한 어조로 드러내고 있 기도 하다.

맑은 바람 부는 밤 외로운 관사에 누워 있다가   一枕淸風孤館裏
늙은 홰나무 옆에서 막걸리 세 잔을 마신다   三杯薄酒老槐邊
이번 길 살아 돌아오기는 힘들지니   此行未料生還日
모든 일을 유유히 하늘에 부친다   萬事悠悠只付天
                              ―「유곡역관幽谷驛館」 유배 때 짓다

절친한 벗이었던 정희량鄭希良은 이 시를 '자찬만사自撰挽詞'라 보고 있 지만(『허암유집虛庵遺集』 속집 권3 「사우록師友錄」), 이 시는 자만시라기보다 임종시에 가깝다. 지친과 벗들의 죽음을 보며 시인 자신의 죽음을 예감하고 있기 때문이다. 다만, 이 시는 비슷한 시기 지어진 「자만」이란 작품을 이해하는 하나의 참고자료로 삼을 만하다.

옛사람들의 자만을 본떠 지은 홍언충의 「자만」은 일반적인 만시가 아니라 명銘의 형식으로 쓰였다. 시인은 자신의 죽음을 기록하며 가혹한 운명에 슬퍼하고 있다. 자신의 삶에 대한 객관적 기록의 성격을 가진 초반부와 달리 중반 이후는 상대적으로 개인적 감정의 진폭이 커진다. 특히, 짧은 운명과 유장한 뜻의 대비는 그 비감의 정도를 짐작게 한다. 정희량은 「자만」의 "말이 매우 비장하다詞甚悲壯"라고 평한 바 있다. 시인은 자신의 죽음 앞에서 결코 담담해질 수 없었다. 도리어 "천추만세에, 누가 이 들판 지나가려나. 손가락질하고 서성대며, 반드시 서글퍼하는 자가 있을 것이다千秋萬歲, 誰過斯野. 指點徘徊, 其必有悵然者矣"와 같이 억울한 죽음에 대한 비탄을 한껏 드러내는 것으로 작품을 마무리한다.

홍언충의 시는 갑자사화라는 엄혹한 정치현실이 낳은 작품이다. 여기에서의 죽음은 가정한 것이기는 하나 시인으로서는 곧 닥쳐올 현실이기도 했다. 비단 시인 개인뿐만이 아니라 사화에 휘말린 많은 문인지식인이 겪었음직한 상황이다. 홍언충의 「자만」은 그런 점에서 시대적 상징성을 갖는다. 죽음의 그림자가 자신을 옥죄어올 때, 시인은 자만시를 썼다. 자신이 원하는 방식으로 자신에 관한 기억들을 세상에 각인하고 싶었기 때문이다. 홍언충의 작품에 부기된 "내 자손 된 자는 다른 날 반드시 묘 앞에 작은 묘갈을 세우고 이 글을 새겨야 한다. 그런 연후에야 참으로 내 자손이라 할 것이다爲吾子孫者, 他日必竪小碣於墓道, 刻此文, 然後眞吾子孫也"란 기록은 시인이 자신을 세상에 각인하는 방식으로 자만自挽을 활용했음을 잘 보여준다.

서글퍼라 외로운 무덤으로 남았네惘悵一孤墳

기준奇遵(1492~1521)

자만自挽

해 떨어진 하늘은 먹물 뿌린 듯하고,	日落天如墨
깊은 산골짝은 구름 깔린 것 같구나.	山深谷似雲
임금과 신하 천년의 뜻이,	君臣千載意
서글퍼라 외로운 무덤 하나로 남았네.	惘悵一孤墳

—『국조시산國朝詩刪』권1

기준이 기묘사화로 함경도 온성穩城에 유배 갔을 때 지었다고 전하는 작품이다. 조광조의 문인이었던 기준은 스승의 정치노선을 견지해서 훈구파의 표적이 되었던 인물이다. 그는 가까스로 기묘사화己卯士禍의 위기를 벗어났지만 신사무옥辛巳誣獄으로 결국 죽음을 맞게 된다. 이 시는 아산과 온성 등에 유배될 때 지어진 작품인 듯한데, 기구와 승구의 "해 떨어진 하늘은 먹물 뿌린 듯하고, 깊은 산골짝은 구름 깔린 것 같구나"란 표현에서 사화士禍가 잇따르던 암울한 현실이 드러난다. 또 결구의 "외로운 무덤 하나"란 표현에선 죽음 앞에서 시인이 느끼는 외로움이 잘 드러난다.

사화기에 기준과 같은 처지의 인물들이 느낀 '외로움'은 상호 연관된 복잡한 의미들을 담고 있다. 그것은 1차적으로 자신의 죽음이 누구와도 공유할 수 없는 것임을 이야기한다. 하지만 본질적으로 여기서 그려지는 외로운 죽음이란 정치현실로부터 배제된 고독한 자아의 형상에 다름아니다. 죽음 앞에서 이들이 느낀 절박한 감정은 외로움 중 가장 참혹한 경우에 해당한다. 독일의 역사사회학자 노르베르트 엘리아스Norbert Elias에 따르면, 외로움 Einsamkeit 중 가장 참혹한 것이 죽어가는 사람들이 산 사람들의 공동체로부터 배제되어 어쩔 도리 없이 죽음으로 내몰렸을 때 느끼는 외로움이라고 한다.(『죽어가는 자의 고독*Über die Einsamkeit der Sterbenden*』) 이들은 모두 죽음이 닥쳐오고 있다고 생각했기 때문에, 죽음을 대상화하고 음미할 만한 여유가 없었다. 그래서 그저 자신의 죽음에 비탄해마지않는 데 그치고 만다. 기준의 자만시에서 외로이 죽어간다는 모티프만 강조되어 나타날 뿐 죽음의 정경(상장례)에 대한 묘사가 생략된 이유가 여기에 있다. 자만시 본연의 자신의 죽음을 관조하고 대상화하는 측면 역시 부족한 편이다. 이 시를 지은 뒤 기준은 유배지에서 교살되고 만다. 죽음을 예감해서였을까? 외로운 무덤으로 표현된 죽음의 이미지는 결국 현실이 되고 말았다.

이 시는 현재 전하는 기준의 문집인 『덕양유고德陽遺稿』와 『복재집服齋集』에는 수록되어 있지 않다. 『기묘록己卯錄』과 『대동시선大東詩選』에는 김식金湜(1482~1520)의 시라고 기록되어 있다. 기준과 마찬가지로 조광조의 문인이었던 김식은 기묘사화 때 선산善山에 유배되었다가 신사무옥에 연좌되어 다시 절도로 이배된다는 소식을 전해 듣고 거창에 숨었다가 자결했다고 한다. 자결 직전 지은 절명시가 이 작품이라는 것이다. 따라서 현재로선 작가가 기준인지 김식인지 분명하게 판단하기 어렵다.

홀로 하늘 밖 가매 그림자에게 부끄러울 것 없어라

獨行天外影無慙

노수신盧守愼(1515~1590)

자만自挽

어지러운 티끌세상 이미 지난 세월 되었고,　　　塵世紛紛成古今

이응·두밀1과 이름 나란히 하니 또한 기남아일세.

齊名李杜亦奇男

1　이응·두밀(李杜): 이두(李杜)는 후한(後漢) 광무제(光武帝)의 팔준(八駿)으로 꼽혔던 이응
(李膺)과 두밀(杜密)을 가리킨다. 환제(桓帝) 때 당고(黨錮)의 옥(獄)이 일어나 천하의 명현
(名賢)이라고 하는 사람들이 모두 죽을 때 이들 역시 죽음을 맞았다.『후한서後漢書』「당고
열전黨錮列傳」에 다음과 같은 이야기가 실려 전한다. 후한 범방(范滂)은 당고의 옥으로 죽
음을 앞두고도 동요하지 않았는데, 사지(死地)로 떠나기 전 어머니에게 이별을 고했다. 어
머니는 범방에게 "네가 이제 이응·두밀과 이름을 나란히 하게 되었으니 무엇이 한스러우
랴? 이미 이름이 나고 다시 장수하기를 구하니 겸하여 얻을 수 있는 것이랴?(汝今得與李
杜齊名, 死亦何恨? 既有令名, 復求壽考, 可兼得乎)"라고 답하며 그를 격려했다고 한다. 이응과
두밀 역시 당고의 옥으로 죽음을 맞았기 때문에 범방의 어머니가 이같이 말한 것이다. 따
라서 이 시에선 노수신 자신이 양재역(良才驛) 벽서(壁書) 사건으로 억울하게 죽을 것을
암시한다.

관 삐뚤어지면 날 모욕한 듯 돌아보지도 않고 떠나고,[2]

其冠浼我望望去

섬기는 바를 가지고 만나는 사람마다 하나하나 이야기하네.

所事逢人歷歷談

한 번 바닷속에 누워 정신 스스로 지키고,　　　　一臥海中神自守

홀로 하늘 밖 가매 그림자에게 부끄러울 것 없어라.

獨行天外影無慙

가의賈誼[3] 울 수 있고 난 웃을 수 있으니,　　　賈生能哭吾能笑

함께 서른세 해 세상을 살고 갔다네.　　　　　俱享行年三十三

—『소재집蘇齋集』권2

자만自挽(유월六月)

오 년 동안 바닷가에서 나그네로 지내며,　　　　五年客海上

하루 저녁도 황천으로 가지 않은 적 없었지.　　　一夕無不之

---

2 관 삐뚤어지면 날 모욕한 듯 돌아보지도 않고 떠나고(其冠浼我望望去):『맹자孟子』「공손추
公孫丑 상上」에 "(백이는) 악을 미워하는 마음을 미루어서 생각하기를 향인(鄕人)과 더불
어 서 있을 때에 그 관(冠)이 바르지 못하면 망망연히 떠나가 마치 장차 자신을 더럽힐 듯
이 여겼다(推惡惡之心, 思與鄕人立, 其冠不正, 望望然去之, 若將浼焉)"라고 한 데서 온 표현이
다. 주희(朱熹)는 집주(集注)에서 "망망은 떠나가고 뒤를 돌아보지 않는 모양이다(望望, 去
而不顧之貌)"라고 풀이했다.
3 가의(賈誼): 가의는 한(漢) 문제(文帝) 때 문재로 이름난 인물이다. 약관의 나이에 박사(博
士)가 되고 대부의 지위까지 올랐다. 대신들의 시기로 장사왕(長沙王)의 태부(太傅)로 좌
천되었고, 끝내 자신의 뜻을 펴보지 못한 채 33세의 나이로 죽고 만다.

종놈은 감히 검루黔婁의 머리⁴에 휘장을 덮고,　　奴敢幠黔⁵首

관원은 돌처럼 굳은 시신을 검사하리.　　官須檢石屍

불혹에 해당하니 요절한 게 아니고,　　非殤當不惑

스스로를 속이지 않았기에 주륙은 면했네.　　免戮爲毋欺

애통한 것은 늙으신 두 분 부모님과,　　所慟雙親老

살아 계시는 동안 헤어져 있어야 한다는 사실뿐.　　相離在世時

—『소재집』 권3

자만自挽

스스로 기남자라 말하지만,　　自謂奇男子

세상은 어리석은 사내라 말하지.　　時稱憃丈夫

산하쯤 돼야 눈에 들어올 뿐,　　山河眼孔入

자잘한 일 따윈 흉중에 없다네.　　纖芥腹中無

선비들은 술에 적신 솜⁶이라도 올리길 바라지만,　　士欲懷綿漬

4　검루의 머리(黔首): 검루(黔婁)는 춘추시대 제(齊)나라의 현인으로, 제왕이 정승으로 맞이
하려 했으나 나아가지 않았던 인물이다. 집이 몹시 가난해서 죽은 후에 염습(斂襲)할 이불
조차 없었다고 한다. 도연명의 시 「영빈사詠貧士」 네번째 수 및 「오류선생전五柳先生傳」의
찬(贊)에서도 검루를 언급하고 있다.

5　『소재집穌齋集』의 교감 주에 노감무검수(奴敢幠黔首)의 '검(黔)' 자가 '누(婁)' 자로 되어 있
는 경우도 있다고 했다.

6　술에 적신 솜(綿漬): 면지(綿漬)란 한(漢) 서치(徐穉)의 고사와 관련이 있다. 서치는 자가
유자(孺子)로 남주(南州)의 고사(高士)라 일컬어졌다. 그는 먼 곳으로 문상(問喪)하러 갈
때 솜을 술에 적셔 햇볕에 말린 다음 그것으로 구운 닭을 싸서 휴대하기 간편하도록 만들
어서 솜을 물에 적셔 술을 만들고 닭을 앞에 놓아 제수를 올린 뒤 떠났다고 한다. 그는 매

관리들은 포에 덮인 시신 검시하리.[7]　　　　　　　官須檢布憮

외로운 넋 도리어 먼저 돌아가니,　　　　　　　孤魂却先返

두 동생과 부모님 남겨둔 채.[8]　　　　　　　　兩弟二親隅

　　　　　　　　　　　　　　　　　　　　　　—『소재집』 권4

우 가난하여 곽임종(郭林宗)의 어머니 상(喪)에 조문하러 가서는 풀 한 다발만 집 앞에 두고 상주(喪主)는 보지도 않은 채 돌아왔다는 일화도 있다.

7　관리들은 포에 덮인 시신 검시하리(官須檢布憮): 이 구절은 진관(秦觀) 「자작만사自作挽詞」의 "관원은 와서 내 보따리의 물건을 기록하고, 아전은 내 시체를 살피더니(官來錄我橐, 吏來驗我屍)"에서 온 표현이다.

8　두 동생과 부모님 남겨둔 채(兩弟二親隅): 노수신의 아버지 노홍(盧鴻)은 노수신이 해배된 후인 1568년 11월에 세상을 떴다. 이 시는 양친과 동생들이 생존해 있을 때 지어졌다.

명종·선조 대 활동한 걸출한 시인 중의 한 사람인 노수신은 모두 세 수의 자만시를 남기고 있다. 시인은 을사사화乙巳士禍로 인해 장장 19년에 걸쳐 유배생활을 했는데, 그가 남긴 자만시들은 모두 이 기간 동안 지어졌다. 문집의 편차로 볼 때 권2에 실린 첫번째 작품은 33세, 권3에 실린 작품은 38세 무렵, 권4에 실린 작품은 유배 후반기에 지어진 것으로 추정된다.

　첫번째 시는 양재역良才驛 벽서壁書 사건에 연루되어 순천에서 진도로 이배移配되었을 즈음에 지어진 것이다. 자신의 결백에 대한 신념을 바탕으로 죽음에 대한 결연한 자세가 두드러진다. 경련 "한 번 바닷속에 누워 정신 스스로 지키고, 홀로 하늘 밖 가매 그림자에게 부끄러울 것 없어라"는 도연명의 시 「형영신形影神」을 연상시킨다. 「형영신」은 삶에 대한 집착이 어리석은 일임을 형체形·그림자影·정신神이 각기 이야기하는 시로 『장자莊子』 「제물론齊物論」 말미에 나오는 그림자들의 문답과 유사한 내용이다. 이 시에서 그림자는 '착한 일을 하여 후세에 은혜를 남길立善有遺愛' 것을, 정신은 자연의 운행에 맡겨 죽음을 받아들일 것을 요구한다. 이 구절은 표면적으로 섬에 유배된 자신의 처지와 관계되어 있다. 하지만 한 걸음 더 나아가 "정신 스스로 지키고神自守"와 "그림자에게 부끄러울 것 없어라影無慙"의 대우對偶에 초점을 맞춘다면, 삶에 집착하지 않고 현실에서 올바른 길을 선택한 자신의 삶의 자세를 드러낸 것으로 해석할 수 있다.

　시인은 시의 말미에서 가의와 자신을 병렬시켜 자신의 억울함을 우회적으로 드러내고 있다. 가의는 한漢 문제文帝 때의 인물로 문재로 이름

나 약관의 나이에 박사博士가 되고 대부의 지위까지 올랐던 인물이다. 하지만 주발周勃·관영灌嬰 같은 대신들의 시기로 장사왕長沙王의 태부太傅로 좌천되었고, 끝내 자신의 뜻을 펴보지 못한 채 33세의 나이로 죽고 만다. 이해 노수신 역시 서른세 살이었는데, 가의의 울음과 자신의 웃음을 대비시킴으로써 자신의 운명의 비극성과 함께 죽음에 대한 결연한 자세를 드러내고 있다.

처음 지어진 시가 자신의 결백을 내세우면서 죽음에 대한 결연한 자세를 드러내고 있다면, 5년 뒤 지어진 자만시는 상대적으로 자기연민과 비탄의 정회가 뚜렷하다. 이 작품은 6월에 지어졌다는 부제를 달고 있다. 유배지에서 다섯 해가 지나 시인의 나이는 어언 40에 가깝게 되었다. 이 시에서 화자의 어조는 앞 시와 같은 결연함이 보이지 않는다. 도리어 자신에 대한 연민의 정을 노출함으로써 애상적인 정조를 띠게 된다. 함련에서 시인은 자신의 시신을 거두는 종과 관리의 모습을 상상하고 있다. 이는 도연명의 자서전 격인 「오류선생전五柳先生傳」의 찬贊에 나오는 검루黔婁의 고사와, 송대 진관秦觀의 「자작만사自作挽詞」의 "관원은 와서 내 보따리의 물건을 기록하고, 아전은 내 시체를 살피더니官來錄我橐, 吏來驗我屍"란 구절을 교묘하게 결합시킨 것이다. 검루는 몹시 가난하여 시신 덮을 천 한 조각이 없었던 인물이다. 증자曾子가 조문하러 오자 그의 아내는 자신의 남편이 "빈천하다고 투덜대지 않고 부귀하다고 기뻐하지 않았다不戚戚于貧賤, 不忻忻于富貴"라고 평한 바 있다.(『고열녀전古列女傳』 권2, 「노검루처魯黔婁妻」)

이 시에서 빈한한 검루의 형상과 고을의 서리가 시신을 검사한다는 상상의 결합은 고결한 자아의 비극적 죽음을 부각하기에 부족함이 없다. 앞서의 시와 달리 시인의 목소리가 많이 위축되어 있음을 볼 수 있다. 이런 자기연민과 비애는 진관 시의 자만 방식을 연상시킨다.

이상을 통해 볼 때, 본래 노수신의 자만시는 윤원형尹元衡 일파가 득세한 현실정치에 대한 부정의식을 기반으로, 양재역 벽서 사건에 휘말린 자신의 결백을 드러내고자 한 것임을 알 수 있다. 하지만 유배기간이 길어져감에 따라 죽음에 대한 결연한 자세로부터 자기연민으로, 다시 종국엔 마지막 지어진 시에서와 같이 "스스로 기남자라 말하지만, 세상은 어리석은 사내라 말하지"와 같은 현실과 자신 간의 해소 불가능한 간격을 드러내는 것으로 변해간다.

노수신의 자만시는 죽음에 대한 달관을 드러낸다는 점에선 도연명의 시를, 자신에 대한 연민을 드러낸다는 점에선 진관의 시와 유사한 특성을 보인다. 결연함와 자기연민 그리고 죽음에 대한 달관과 비탄의 의식을 오가고 있다는 점에서 그의 시는 자만시의 두 가지 계열이 혼효되어 있다고 할 수 있다.

한편, 노수신이 이런 자만시를 반복하여 썼다는 점에 주목할 필요가 있다. 심지어 그는 노년에 이르러서 「암실선생자명暗室先生自銘」(『소재집』 권10)이란 자명을 또 남긴 바 있다. 도연명이 자제문과 자만시를 동시에 남긴 바도 있지만, 노수신은 모두 네 차례에 걸쳐 이런 자만류 작품을 남기고 있는 것이다. 시인이 이렇게 자신의 죽음에 집착하는 이유는 무엇일까? 표면적으로 그것은 시인이 처한 극단적 상황과 관계된 것이라고 받아들일 수 있다. 실제 자만시 창작 즈음의 작품들 중엔 죽음에 대한 공포감이나 강박관념이 반영된 경우들도 있기는 하다. 첫번째 자만시와 비슷한 시기에 지어진 「동야기몽同夜記夢」이란 시엔 자신이 죽으며 미소를 띠었다는 강박적 꿈의 내용이 담겨 있다. 그러나 이런 반복적인 자만을 단지 죽음에 대한 두려움이라고 보기는 어려울 것이다. 시인의 입장에선 도리어 죽음이란 극단적인 자기성찰만이 고통과 번민을 벗어날 수 있게 하는 것이 아니었을까? 그런 점에서 노수신의 결연함과 자기연민 그리고 죽음에 대한 달관과 비탄의 의식을 오가는 자만시들은 시인이 삶의 고비마다 자신을 점검해보는 자성의 시간 같은 것이었다고 볼 수 있다.

부질없는 공업은 긴 밤 속으로 돌아가 묻혔네

事業空歸厚夜沉

현덕승玄德升(1564~1627)

앞의 시에 첩운하여[1] 자만하다疊前韻自挽

병들어 인간사 즐거움 누리지 못하다가,　　　病來未享人間樂

부질없는 공업은 긴 밤[2] 속으로 돌아가 묻혔네.　事業空歸厚夜沉

흰머리 늙은이 뉘라서 인재 묻는다고[3] 불쌍히 여기랴,

1　앞의 시에 첩운하여(疊前韻): 앞의 시는 「양흉몽양凶夢」이란 시를 가리킨다. 첩운(疊韻)은 앞의 시에서 쓴 운자를 다시 쓴다는 의미이다.

2　긴 밤(厚夜): 후야(厚夜)는 장야(長夜)와 같은 말로 사람이 죽어서 캄캄한 지하에 묻힘을 뜻한다.

3　인재 묻는다고(埋玉樹): 옥수(玉樹)는 동진(東晉)의 사안(謝安)이 여러 자제에게 "왜 사람들은 모두 자기의 자제가 출중하기를 바라는가?"라고 묻자, 조카 사현(謝玄)이 "이것은 마치 지란(芝蘭)과 옥수가 자기 집 정원에서 자라나기를 바라는 것과 같습니다"라고 한 데서 유래한 말로, 훌륭한 인물을 가리킨다. 매옥수(埋玉樹)는 『세설신어世說新語』 「상서傷逝」편에 나오는 말로, 훌륭한 사람을 묻는다는 뜻이다. 동진(東晉)의 명신 유량(庾亮)이 죽어 장사 지낼 때 하충(何充)이 "옥수를 땅속에 묻으니, 사람의 슬픈 감정을 어찌 억제할 수 있으리오(埋玉樹於土中, 使人情何能已)"라고 말 한 바 있다.

白髮誰憐埋玉樹

단사로 황금 만든다는 말 부질없이 했다네.[4]　　丹砂虛道作黃金

평생의 화려한 문사 어디에 쓰리오?　　平生文彩知何用

반생을 낮은 자리 전전하다 지금에 이르렀네.　　半世泥塗迄至今

듣기에 양왕손楊王孫은 맨몸으로 장례 지내도록 했다[5] 하니,

聞說王孫曾裸葬

저승에선 좋은 옷과 이불 쓸모없어서겠지.　　九泉無賴美衣衾

—『희암유고希菴遺稿』 권2

4　단사로 황금 만든다는 말 부질없이 했다네(丹砂虛道作黃金): 한(漢) 무제(武帝) 때 방사(方士) 이소군(李少君)이 무제에게 말하기를, "조(竈)에 제사를 지내면 단사를 황금으로 만들 수 있고, 그 황금으로 음식 그릇을 만들어 쓰면 장수할 수 있다"라고 한 데서 온 말이다.

5　양왕손은 맨몸으로 장례 지내도록 했다(王孫曾裸葬): 한나라 때 양왕손(楊王孫)은 황로학(黃老學)에 심취했는데 당시의 호사스런 장례 풍속을 못마땅하게 여겨, 죽기 전에 아들에게 유언하기를, "나는 벌거벗은 몸으로 땅속에 들어가 자연의 도를 따르려 하니 내 뜻을 어기지 마라. 죽으면 포대로 시신을 감싸서 일곱 자 땅 밑에 집어넣은 뒤 곧바로 발 있는 부분부터 포대를 꺼내 직접 살이 땅에 닿도록 해라"라고 했다. 아들이 차마 따를 수 없어 양왕손의 벗인 기후(祈侯)와 이 문제를 상의했다. 기후가 양왕손에게 편지를 보내 "나체로 선조를 뵐 수 없다"라고 하고, 『효경孝經』의 구절을 인용하여 다시 생각해보길 권했다. 이에 양왕손이 답장을 보내 자신의 주장을 펼치니, 기후가 좋다고 하여 결국 나체로 장사를 지냈다.

현덕승이 쓴 자만시 중 한 편이다. 그에겐 임술년(1622)에 쓴 다른 자만시가 한 수 더 있다. 이 작품은 불길한 꿈을 꾼 뒤 지은 「양흉몽禳凶夢」이란 시에 첩운하여 쓴 것이다. 시인은 보잘것없는 자신의 죽음을 회한 가득한 시선으로 바라보고 있다. 병으로 고통받으며 반생을 낮은 자리를 전전했다고 했다. 현덕승은 북평사北評事를 지냈고 직강直講·지평持平·사예司藝 등의 비교적 낮은 벼슬에 임명되었지만 그나마도 나아가지 않았다. 자신의 잘못으로 파직된 일도 있었지만, 광해군의 실정, 그중에서도 인목대비 폐비 논의가 벼슬을 거절하게 만든 이유였다.

마지막 연에서 시인은 양왕손楊王孫의 고사를 들어 자신은 박장薄葬(검소하게 지내는 장례)이면 족하다는 의중을 드러낸다. 양왕손은 아들이 곤란해할 정도로 자신의 장례를 박하게 지내도록 유언했던 사람이다. 죽으면 무덤 구덩이 속에 맨몸뚱이를 바로 집어넣어 살이 땅에 닿도록 했다고 한다. 양왕손은 당시의 화려한 매장 풍속을 싫어해서 이 같은 방식의 장례를 지시했는데, 시인은 그것이 저승에선 장례에 사용된 화려한 수의와 이불이 필요 없기 때문이라고 설명한다.

그런데 양왕손의 장례 방식은 후대에 부정적으로 받아들여졌다. 도연명이 「자제문自祭文」에서 "송나라 환퇴같이 사치한 장례 부끄럽고, 양왕손같이 검소한 것도 우습구나奢恥宋臣, 儉笑王孫"라고 쓴 것처럼, 지나친 허례허식도 문제지만 맨몸뚱이로 묻는 것은 아예 장례 지내지 않는 것과 다를 바 없기 때문이다. 따라서 자신의 죽음에 양왕손의 일을 언급하는 것은 시인이 현실에 만족하지 못한 채 자신의 처지를 비관하고 있음을 잘 보여준다. 자신이 죽어 맨몸뚱이로 처참하게 묻히는 것을 독자에

게 연상시킴으로써 삶에 대한 여한만큼이나 죽음도 외롭고 쓸쓸한 것
임을 말하고 있다.

보잘것없어 가죽조차 남기지 못하네 落落未留皮

최유연崔有淵(1587~1656)

자만自挽

때마침 태어난 것 어찌 기뻐할 일이며,	適來奚足喜
때마침 세상 떠난 것[1] 어찌 슬퍼할 일이랴.	適去奚足悲
이내 생애 문장과 도덕으론,	文章與道德

---

1 때마침 태어난 것(適來)과 때마침 세상 떠난 것(適去): 삶과 죽음이란 우주의 운행에 순응
하여 왔다 가는 것임을 표현한 것이다. 『장자莊子』「양생주養生主」편에 나오는 다음의 이
야기로부터 온 표현이다.
노담(老聃: 노자)이 죽었을 때 그의 벗인 진일(秦失)이 조문하러 가서 세 번 호곡하고는 나
와버렸다. 노담의 제자가 친구로서 이렇게 조문해도 되냐고 힐난하자, "그가 때마침 이 세
상에 태어난 것은 태어날 때였기 때문이고, 때마침 세상을 떠난 것은 갈 때였기 때문이니,
태어나는 때를 편안히 맞이하고 죽는 때를 편안히 따르면 슬픔이나 즐거움 따위의 감정
이 그 사람의 마음에 들어갈 수 없다(適來, 夫子時也, 適去, 夫子順也, 安時而處順, 哀樂不能入
也)"라고 답했다.

보잘것없어 가죽조차 남기지 못하네.[2]　　　　　　落落未留皮

—『현암유고 玄巖遺稿』 권1

2　가죽조차 남기지 못하네(未留皮): "범은 죽어서 가죽을 남기고, 사람은 죽어서 이름을 남
　긴다(豹死留皮, 人死留名)"란 속언(俗諺)에서 온 표현이다. 이수광의 『지봉유설芝峯類說』에
　는 왕언장(王彦章)이 한 말이라고 했다. 왕언장은 오대(五代) 후량(後梁)의 명장으로, 행영(行
　營)의 선봉(先鋒)이 되어 철창을 사용하는 것이 몹시 빨랐으므로 군중에서 왕철창(王鐵鎗)이
　라고도 불렸다. 뒤에 후당(後唐) 이존욱(李存勖)에게 붙잡혀 투항을 거부하다 참수되었다.

조선 중기의 문인 최유연의 자만시다. 가장 짧은 시형이라 할 오언절구에 운명에 순응하려는 의식과 지난 삶에 대한 아쉬움을 담고 있다. 기구와 승구의 표현은 『장자莊子』「양생주養生主」편에 나오는 노자의 죽음 관련 일화를 가져다 쓴 것이다. 태어나는 것과 죽는 것 모두 때가 왔기 때문이니 기뻐하거나 슬퍼하지 말고, 편안히 운명을 받아들이란 말이다. 생사의 운명에 순응하겠다고 다짐하면서도 전구와 결구에는 지난 삶에 대한 회한 또한 가득하다. 시인은 자신의 문장과 도덕이 보잘것없음을 한탄하고 있다. 결구의 표현은 "범은 죽어서 가죽을 남기고, 사람은 죽어서 이름을 남긴다豹死留皮, 人死留名"는 말을 떠올리게 한다.

문장이 보잘것없다고 했지만 최유연은 각체各體에 능해 문명이 높았고, 당대를 대표하는 시인인 정두경鄭斗卿과도 가깝게 지냈다. 그의 사후 생질 맹주서孟冑瑞에게 시인의 문집 간행을 권한 이도 정두경이었다. 또 아무리 복잡하고 어려운 일이라도 잘 처리한다 하여 백사白沙 이항복李恒福으로부터 '전번지재剸煩之才'로 인정받고 나이 차를 넘어 그와 교유하기도 했다. 결구의 말이 겸사임을 짐작할 수 있다. 최유연은 1656년 70세의 나이로 세상을 떴다.

저승까지 한을 품고 가리라 遺恨抱重泉

권득기權得己(1570~1622)

자만自挽

오십 되어도 천명을 알지 못하였더니,	五十不稱天
하물며 이제 그보다 두 해나 더 살았음에랴.	況今贏二年
평생 많은 잘못 저지르다,	平生負宿累
오늘에야 앞서의 죄를 씻어내네.	此日滌前愆
일찍이 대부의 뒤를 좇다가,	曾逐大夫後
외람되이 훌륭한 선비들 앞자리 차지하였네.[1]	冒居多士先
아직 변화처럼 발꿈치 베이지 않았지만,[2]	卞和足未刖

---

1   외람되이 훌륭한 선비들 앞자리 차지하였네(冒居多士先): 권득기가 광해군 2년(1610) 식년
    (式年) 문과(文科) 전시(殿試)에서 수석했던 일을 말하는 듯하다. 다사(多士)는 현명한 선비
    들을 말한다.『시경詩經』「대아大雅 문왕文王」편에 "많은 선비여, 문왕이 이들 때문에 편안하
    도다(濟濟多士, 文王以寧)"라고 했다. 제제다사(濟濟多士)란 말이 여기에서 나온 것이다.
2   아직 변화처럼 발꿈치 베이지 않았지만(卞和足未刖): 변화(卞和)는 춘추시대 초(楚)나라

남는 한은 저승까지 품고 가리라.   遺恨抱重泉

—『만회집晚悔集』권1

사람으로 박옥(璞玉)을 캐서 초 여왕(厲王)에게 바친 바 있다. 여왕은 돌을 옥이라 한다 하여 변화의 왼쪽 발꿈치를 베었다. 무왕(武王)이 즉위하자 또 바쳤더니, 돌을 옥이라 속였다고 이번에는 오른쪽 발꿈치를 베었다. 그뒤 문왕(文王)이 즉위했는데 변화는 박옥을 안고 형산(荊山) 밑에서 울고 있었다. 왕이 사람을 시켜 물으니 "보옥(寶玉)을 돌이라 하고 정직한 사람을 속인다고 하는 것이 슬프다"라고 했다. 왕이 사람을 시켜서 박옥을 다듬었더니 과연 좋은 옥이 나왔다는 고사다.

제1부 죽음 앞의 고독 | 45

권득기는 광해군 13년(1621) 52세 되던 해 자만시를 썼다. 세상을 뜨기 한 해 전이었다. 수련부터 경련까지는 쉰두 해 자신의 삶을 되돌아보고 반성하는 내용으로 이루어져 있다. 대부분의 자만시와 크게 다르지 않은 주제의식을 담고 있다 할 만하다. 하지만 미련에 이르러 시의 내용이 갑자기 전환된다. 경련까지의 흐름이라면 죽음을 받아들이는 자세에 대한 이야기쯤으로 마무리될 법한데, 한이 남는다고 해서 다시 긴장감을 불러일으킨다. 미련에서 그가 말한 저승까지 가져갈 남는 한이란 무엇일까?

권득기는 인목대비 유폐 사건 이후 한양에 들어가지 않았으며, 고산高山 찰방察訪과 병조좌랑에 제수되었지만 끝내 관직에 나아가지 않았다. 그는 폐비의 부당함을 말하는 수천 자의 상소문을 지었다고 한다. 시 결말부에서 변화의 고사를 인용한 것은 아마 이 일과 관련된 듯하다. 변화가 양쪽 발꿈치를 베이는 혹형을 감수하면서도 끝까지 박옥璞玉을 왕에게 올렸던 것과 달리, 자신은 수천 자의 상소문을 지었지만 광해군에게 올리지는 못했기 때문이다. 권득기는 당시에 목숨을 걸고 왕의 잘못을 바로잡지 못한 일을 몹시 후회했던 듯하다. 저승까지 한을 품고 가겠다는 선언이 읽는 이의 마음을 숙연하게 만든다. 시인이 세상을 뜨고 한 해 뒤 광해군은 인조반정으로 폐위된다.

후손의 운명은 간난하기만 하구나 後嗣賦命屯

박공구 朴羾衢(1587~1658)

자만 自挽 3수

첫번째 수

신라 임금의 후예요,	羅代君王後
고려 재상의 후손이며.	麗朝宰相孫
삼한의 갑족¹이건만,	三韓爲族甲
후손의 운명은 간난하기만 하구나.	後嗣賦命屯

---

1   갑족(甲族): 가문이나 문벌이 아주 훌륭한 집안을 말한다.

두번째 수

앉은 채로 입적한 스님 공덕비 옛일이 되었고,	定化牲碑古
인륜 도리 닦은 선비 초상화는 남아 전하네.	修倫象設存
문목공² 스승의 정맥 이었으니,	正脈師文穆
한훤당을 조술한 가학³을 배웠다네.	家學述寒暄

세번째 수

문자로 도를 전할 수 있으나,	文字能傳道
금은보화는 논할 필요 없다네.	金珠不足論
원추⁴는 쥐를 탐하지 않으니,	鵷雛非嗜鼠
올빼미가 두려워하며 성낼 필요 없다네.	遮莫嚇鴟暄

—『기옹집畸翁集』권4

---

2 문목공(文穆): 문목공(文穆公)은 정구(鄭逑, 1543~1620)를 가리킨다. 박공구는 한강(寒岡) 정구의 문하에서 수학했기 때문에 이같이 말한 것이다.

3 한훤당을 조술한 가학(家學述寒暄): 정구가 한훤당(寒暄堂) 김굉필(金宏弼)의 외증손이 되기 때문에 이같이 말한 것이다.

4 원추(鵷雛): 새 이름이다.『장자莊子』「추수秋水」편에 "원추라는 새는 죽실(竹實)이 아니면 먹지 않는데, 올빼미가 썩은 쥐를 먹으려다 원추가 날아 지나가는 것을 보고 썩은 쥐를 빼앗을까봐 노하여 공갈하는 소리를 지른다"라는 이야기가 실려 있다.

병자호란 이후 낙동강가에 숨어 살았던 절의지사節義之士 박공구의 자만시다. 그는 한강寒岡 정구鄭逑의 문인으로 당대의 인재들과 도의道義로 사귀었던 인물이다. 행장에 따르면, 시인은 주희朱熹의 "과거는 사람에게 누가 되지 않으나 사람이 과거에 누가 된다科擧不累人, 人累科擧"는 말을 항상 송독했으며, 여조겸呂祖謙의 "삶을 기르는 것과 마음을 기르는 것은 한 가지 법이다養生養心同一法"라는 말에 깊은 감동을 받았다고 한다. 그래서 과거에 응시할 때도 정도正道를 지켜 스승 정구마저 탄복했다고 한다.

박공구의 자만시에는 죽음에 대한 직접적 언급이 없다. 사후의 문제보다는 죽음 앞에서 자신의 삶을 결산하는 성격이 강하다. 집안과 학맥에 대한 자부심과 함께 탐욕스런 현실에 대한 야유를 퍼붓고 있다는 점이 특징적이다.

시는 모두 세 수로 이루어져 있다. 첫번째 수에서는 자랑스러운 자신의 집안 내력과 대비하여 자신의 험난한 운명을 한탄했고, 두번째 수에서는 유자儒者로서 자신의 스승과 학맥에 대한 강한 자부심을 드러냈다. 세번째 수에서는 올빼미가 썩은 쥐를 빼앗길까봐 죽실竹實만 먹는 원추를 경계했다는 『장자莊子』「추수秋水」편의 이야기를 가지고, 세속 영화에 관심조차 없는 자신을 의심하고 견제하는 무리를 빗대고 있다. 동계桐溪 정온鄭蘊이 쓴 제문에서 박공구가 역경을 만나 귀양살이의 고초를 겪었지만 끝내 실상을 가릴 수 없었다고 한 것을 볼 때, 이 표현은 현실에 영합하여 참소나 일삼는 음험한 무리에게 일갈한 말이라고 볼 수 있다. 박공구는 평생 정대正大하고 강의剛毅한 절조로 평가받았다고 한다. 병자호란 때 인조의 항복 소식에 결연히 벼슬을 거부하고 은거했던 데서도 이 점이 잘 드러난다. 시인은 죽음 앞에서 자신의 삶을 돌이켜보며 탐욕에 사로잡혀 추한 행동을 일삼는 무리와는 다른 자신의 염결함을 드러냈다. 학행과 절의로 원추 같은 고고한 삶을 살고자 했던 시인의 외로움이 느껴진다.

고향 해 질 무렵 붉은 깃발 휘날리는데故山斜日飄丹旐

이중명李重明(1605~1672)

자만自輓

과거 응시[1]의 가시울타리에 갇힌 지 육십 년,　　戰藝荊圍六十年

용 잡는 솜씨로 검 시험[2]해보지 못한 것이 한스럽네.

　　　　　　　　　　　　　　　　　　　屠龍恨未試秋蓮

세상길에서 부침하며 잘못한 적 없으니,　　浮沈世路曾無失

내 타고난 본성 지켜 허물 면할 수 있었네.　　持守天眞庶免愆

1　과거 응시(戰藝): 전예(戰藝)는 과거에 응시하는 것을 의미한다.
2　용 잡는 솜씨(屠龍)로 검 시험(試秋蓮): 도룡(屠龍)은 용을 잡는다는 말로 특별한 재주를 의미한다.『장자莊子』「열어구列禦寇」편에 주평만(朱泙漫)이 지리익(支離益)에게 가산을 탕진해가며 용 잡는 기술을 배웠는데, 3년 만에 기술을 완전히 터득했지만 써먹을 곳이 없었다는 내용이 나온다. 이백(李白)의 「호무인행胡無人行」에 "유성과 같은 백우전(白羽箭)은 허리춤에 꽂고, 가을 연꽃 같은 검의 섬광은 칼집에서 나온다(流星白羽腰間挿, 劍花秋蓮光出匣)"라고 했다. 추련(秋蓮)은 검과 검이 맞부딪치는 데서 생기는 불꽃을 비유한 말인데 여기서는 자신의 능력을 비유하는 검의 의미로 쓰였다.

태학에서 부추와 소금 몇 번이나 먹었던가,[3]   太學薤鹽知幾啜

재랑[4]은 쇠하고 병들어 끝내 낫기 어렵구나.   齋郎衰病竟難痊

고향 해 질 무렵 붉은 깃발 휘날리는데,   故山斜日飄丹旐

창고 관리[5]의 헛된 이름 죽은 뒤에 전하랴.   委吏虛名歿後傳

—『안곡집安谷集』 권2 하

---

3   태학에서 부추와 소금 몇 번이나 먹었던가(太學薤鹽知幾啜): 여기에서 부추와 소금(薤鹽)은 좋지 않은 음식을 의미한다. 거재유생(居齋儒生)들의 고생을 상징하는 어휘로 주로 쓰인다.

4   재랑(齋郎): 종묘사직의 제례(祭禮)를 관장하는 하급 관리를 말한다.

5   창고 관리(委吏): 위리(委吏)는 곡식 창고의 출납을 맡은 신분이 낮은 관리이다. 공자가 일찍이 위리를 맡은 적이 있는데, 낮은 관직임에도 직분을 다했다고 한다.

임진왜란 당시 우리를 도와준 명나라 황제와 장수들에 대한 숭모의식이 투철했던 이중명의 자만시다. 그는 1667년(현종 8) 성균관 진사로서 임진왜란 당시 도움을 준 명나라 신종神宗의 사당 건립과 양호楊鎬와 이여송李如松의 배향을 주장하는 상소를 올린 바 있다. 송시열宋時烈의 「삼학사전三學士傳」(『송자대전宋子大全』 권213)에도 이 일이 기록되어 있는데, 조정의 의논이 한결같지 않았기 때문에 끝내 시행되지는 못했다고 썼다.

시의 내용을 간추려보면 다음과 같다. 평생을 과거에 응시했지만 끝내 자신의 능력을 발휘할 기회를 얻지 못했다. 다만 세상살이 동안 부침은 있었을지언정 내 본성을 지켜 잘못을 저지르진 않았다. 성균관 시절 힘써 공부했음에도 끝내 낮은 벼슬아치를 벗어나지 못했는데 이제 죽을 날마저 다가온다. 죽은 뒤 내 시신 묻으러 가는 고향 땅에 붉은 만장 날리는데, 나 따위의 이름이 후세에 어찌 전하겠는가. 장례의 정경과 함께 살아 있을 적 끝내 인정받지 못한 자신의 가치를 냉소적으로 언급하는 것으로 시가 마무리되고 있다. 자만시는 이렇게 자신의 죽음 이면에 생전의 불우를 암시하고 그에 대한 비애를 드러내는 경우가 많다. 이중명 역시 자신을 묻으러 가는 정경을 해 질 무렵 붉은 만장이 휘날리는 모습으로 상상함으로써 불우하게 삶을 마친 자신의 비극적 운명에 슬퍼해마지않는다. 자신의 죽음에 대한 상상력 이면에 감추어진 자기연민과 조소가 읽는 이의 마음마저 울적하게 만든다.

이중명은 이 작품 외에도 자만시를 한 수 더 남겼는데, 그 시에선 자신이 죽은 뒤 남을 자식들의 장래를 걱정하고 있다.(제4부 「아비 잃은 삼척의 아이 어느 곳에 의탁할까」 참조)

영원히 한 줌 흙 속에 의탁하리라 永托一坏中

이수연李守淵(1693~1748)

임절시臨絶詩. 무진년(1748) 1월 15일 짓다戊辰正月十五日.

평생의 일 돌이켜보니,   點檢平生事
저 하늘에 부끄러운 일 어찌 그리 많던지.   何多愧彼穹
오직 무한한 뜻 가지고,   惟將無限意
영원히 한 줌 흙 속에 의탁하리라.   永托一坏中

—『청벽집青壁集』 권1

퇴계退溪 이황李滉의 후손으로 조상 숭모가 남달랐던 이수연이 임종 무렵 남긴 자만적 작품이다. 그는 조상의 학문을 정리하여 『퇴계선생속집退溪先生續集』 등을 편찬했을 뿐만 아니라 자신의 호마저도 선조의 시구에서 취했다. 그의 호 청벽靑壁은 이황의 시 가운데 "청벽에 구름 일어나려 하니, 푸른 물결 그림 속에 들어온 듯하네靑壁欲生雲, 綠水如入畫"(「희작칠대삼곡시戲作七臺三曲詩」 중 「단사곡丹砂曲」)에서 따온 것이다.

이수연은 평생을 돌이켜보니 저 하늘에 부끄러운 일이 너무나 많다고 했다. 그래서 자신의 죽음이란 현실에서 채 이루지 못한 끝없는 뜻을 가지고 영원히 한 줌 무덤 속에 의탁하는 일이라고 썼다. 죽음을 목전에 둔 작가가 느끼는 삶에 대한 짙은 아쉬움이 전구와 결구에서 배어난다.

우습구나 청산 가에 부질없이 흙 한 줌 더하는 것이

可笑青山畔, 空添土一杯

박지서朴旨瑞(1754~1819)

자만自輓

첫번째 수

이 남자[1] 세상에 나올 적에,	夫夫出是世
스스로 영웅호걸 되길 기대했지.	期待自豪雄
이윤(伊尹) 제갈량처럼 임금과 백성에게 책임 다하고,	伊葛君民責
정자와 주자의 학문의 공 이루려 했지.	程朱問學功
근면히 자신의 직분을 닦아,	克勤修己職
감히 하늘을 저버리지 않으리니.	罔敢負天翁

---

1 이 남자(夫夫): 부부(夫夫)는 '이 남자'란 뜻이다. 『예기禮記』「단궁檀弓 상上」에 "증자(曾
   子)가 자유(子游)를 가리켜 사람들에게 보이며 '이 사람은 예에 익숙한 사람이다(夫夫也,
   爲習於禮者)'라고 말했다" 한 데서 유래했다.

이후론 바야흐로 부끄러움 없어서,   而後方無愧
자연의 조화 가운데 표연하리라.   飄然大化中

두번째 수

무슨 사업을 하였기에,   做來那事業
쇠락하여 흰 수염과 머리 되었나.   衰落白鬚頭
경륜 시험하려던 계책은 잘못되었고,   計誤經綸試
덕의를 닦지 못한 나 자신이 부끄럽구나.   躬慙德義修
세월은 점점 흘러가는데,   光陰成荏苒
강해에서 덧없이 노닐었네.   江海浪優游
우습구나 청산 가에,   可笑靑山畔
부질없이 흙 한 줌 더하는 것이.   空添土一杯

—『눌암집訥庵集』 권1

영조·정조 대 경상우도의 대표적 학자로 근기近畿 남인들과도 폭넓게 교유했던 박시서의 자만시다. 그는 당시 '강우유종江右儒宗' 또는 '남주제일인南州第一人'이라는 평가를 받았던 인물이기도 하다. 증조부 태무泰茂 역시 「자만自輓」이란 시를 남긴 바 있는데(제4부 「무덤에서도 남는 평생의 한 가지 한平生一恨泉臺下」 참조), 그런 측면에서 시인의 자만시 창작은 집안의 전통을 잇는 측면도 있다.

시는 두 수로 이루어져 있다. 첫번째 수에선 자신이 애초에 세웠던 인생 계획을 담고 있다. 그는 본래 세상에 큰 포부를 지녔다. 이윤伊尹과 제갈량처럼 국가에 기여하고, 정자와 주자처럼 학문적 성취를 거두기를 바랐던 것이다. 이렇게 자신의 직분을 충실히 하며 살아간다면 부끄러울 것 없으므로, 죽음도 자연 조화 따라 편안히 맞으리라고 생각했던 듯하다.

두번째 수에선 첫번째 수와 달리 지난 삶을 자책하고 있다. 실제 삶이 그렇게 녹록하지 않았기 때문이다. 제대로 한 일도 없이 어느새 노년이 찾아왔고, 경륜을 펼치지도 덕의를 닦지도 못했다. 이렇게 허송세월했기에 흙 한 줌 더해 묻히는 것조차 가소롭다고 했다.

첫번째 수가 초년의 희망찬 인생 청사진을 회상하고 있다면, 두번째 수에서는 죽음 앞에서 그 계획을 이루지 못한 데 대한 후회와 자조를 드러내고 있다.

죽음 앞에서 돌이켜볼 때 자신의 모든 바람을 이룬 이가 얼마나 되랴? 시인은 이루지 못한 꿈을 되짚으며 마음속 가득한 회한을 쓸쓸하게 토로하고 있다. 두 수의 시가 보이는 격차만큼 인생의 허무함도 짙어진다.

박지서는 「자만自輓」 외에도 「자명自銘」을 남기고 있다. 이 글은 『눌암집訥庵集』 권6과 현손 박재겸朴在鎌이 편찬한 『눌암유사訥庵遺事』에 실려 있다. 박지서는 66세 되던 1819년 이 두 수의 자만시를 지었고, 같은 해 9월 23일 병으로 세상을 떠났다.

어느 청산에 헛되이 죽은 이내 몸 묻으려나 去藏虛死百年身

강필효 姜必孝(1764~1848)

자만 自挽

겸선천하 兼善天下도 독선기신 獨善其身도[1] 할 기회 잃은 천하의 이 한

몸,   一身天下失兼獨

평생을 따져보니 미진한 사람이구나.   斷案平生未了人

농사지을 수 없는[2] 어느 청산에,   何處靑山不食地

---

1 겸선천하(兼善天下)와 독선기신(獨善其身): 선비가 선택해야 할 두 가지 대표적 처세 방식.
   『맹자孟子』「진심盡心 상上」에 "옛사람들은 뜻을 얻으면 은택이 백성에게 가해지고, 뜻을
   얻지 못하면 몸을 닦아 세상에 드러나니, 궁하면 그 몸을 홀로 선하게 하고, 영달하면 천
   하를 겸하여 선하게 하는 것이다(古之人, 得志, 澤加於民, 不得志, 修身見於世, 窮則獨善其身,
   達則兼善天下)"라고 했다. 원시의 '실겸독(失兼獨)'이란 표현은 아내를 잃고 홀아비인 시인
   의 처지를 의미하는 것으로 해석할 수도 있다.
2 농사지을 수 없는 땅(不食地): 불식지지(不食之地)는 장지(葬地)를 말한다. 『예기禮記』「단
   궁檀弓 상上」에 나오는 다음 일화로부터 유래한다. 제나라의 대부 성자고(成子高)가 병으
   로 누웠는데 경유(慶遺)가 들어가 청하기를 "당신의 병이 위독합니다. 만약 크게 악화된다
   면 어떻게 해야겠습니까?"라고 하니, 자고가 말하기를 "내가 들으니 살아서는 남에게 유

헛되이 죽은 이내 몸 묻으려나.   去藏虛死百年身

—『해은유고海隱遺稿』 권1

익하게 함이 있고, 죽어서는 남에게 해를 끼치지 않는다고 했다. 내가 비록 살아서는 남에게 유익하게 함이 없었으나 죽어서 남을 해롭게 할 수 있겠는가? 내가 죽거든 경작할 수 없는 땅을 골라서 나를 매장하도록 하라(成子高寢疾 慶遺入請曰, '子之病革矣, 如至乎大病, 則如之何.' 子高曰, '吾聞之也, 生有益於人, 死不害於人. 吾縱生無益於人, 吾可以死害於人乎哉. 我死則擇不食之地, 而葬我焉')"라고 했다.

순조 대 유일遺逸(재야에 있는 학덕 높은 사람)로 천거되기도 했던 강필
효의 자만시다. 시인은 자신을 천하 사람은 물론 자기 자신도 선하게 하
지 못한 미진한 사람일 뿐이라고 규정한다. 그래서 경작할 수 없는 불모
지가 자신이 묻힐 자리일 것이라고 자조 섞인 상상력을 펼치고 있다. 생
전에 세상을 위해 유익한 일을 하지 못했기에 죽을 때라도 다른 이들에
게 해를 끼치지 않겠다는 의식이 드러난다. 지난 삶에 대한 자책과 반성
이 농사지을 수 없는 땅이라 표현된 매장지에 반영되어 있다. 자만시에
서는 삶에 대한 후회와 아쉬움이 상장례나 무덤의 초라함으로 환치되
어 표현되곤 한다. 이 작품의 전구와 결구 역시 이런 표현 방식이 효과
적으로 활용된 사례라고 하겠다.

광릉산 곡조가 모진 바람에 떨어지는구나 廣陵琴調落飄風

김택영金澤榮(1850~1927)

자만自挽

공에서 태어나 다시 공으로 돌아가니,　　　　　生於空裏復歸空

잠시 천지의 조화 속에서 노닌 것이라네.　　　且可徜徉大化中

유독 혜강처럼 부질없는 한 남아 있으니,　　　獨有嵇家閒恨在

광릉산[1] 곡조가 모진 바람에 떨어지는구나.　廣陵琴調落飄風

—『소호당집韶濩堂集』『차수정잡수借樹亭雜收』 권1「갑자시록甲子詩錄」

1　광릉산(廣陵散): 금곡(琴曲) 이름. 광릉산은 죽림칠현(竹林七賢)의 한 사람인 진(晉) 혜강
(嵇康)이 즐겨 연주하던 곡조다. 그가 일찍이 낙서(洛西)에서 노닐 때 화양정(華陽亭)에서
자면서 거문고를 퉁기다가 뜻밖에 나타난 어느 객으로부터 전수받은 곡이라고 한다. 뒤에
혜강이 종회(鍾會)의 참소로 인하여 사마소(司馬昭)에게 죽을 때 형장에서 마지막으로 그
곡을 탄주하면서 "광릉산 곡조가 이제는 없어지겠구나(廣陵散, 於今絶矣)"라고 탄식한 바
있다. 이 이야기가『진서晉書』「혜강전嵇康傳」에 실려 있다. 만사에서 많이 사용되는 표현
이기도 하다. 한편, 광릉산은 아버지의 원수를 갚는다는 내용으로 이루어져 있다.

구한말 3대 문인 중의 한 사람인 김택영의 자만시다. 「갑자시록甲子詩錄」은 1924년 김택영의 나이 75세 때 지은 시들을 묶은 것이다. 따라서 이 시는 시인이 세상을 뜨기 3년 전에 지어진 것이라 볼 수 있다. 시인은 기구와 승구에서 삶이란 공空으로부터 와서 공으로 돌아가는 것이며, 삶이란 잠시 세상에 노니는 일일 뿐이라고 담담히 쓰고 있다. 이 말대로라면 죽음에 대해 어떤 여한도 남을 일 없건만 전구에선 시상이 전환되어 뜻밖에도 유독 혜강과 같은 한이 남는다고 했다. 혜강의 한이란 혜강이 억울한 죽음을 맞으며 자신만이 연주할 수 있던 광릉산이란 금곡琴曲이 더이상 계승되지 못함을 탄식한 데서 온 표현이다. 타인을 애도하는 만시에서 고인의 죽음을 광릉산이 이제 없어진다고 표현한 예들이 있지만, 자신의 죽음을 이렇게 이야기하는 것은 어지간한 자부심이 아니라면 불가능한 표현이다. 시인은 무엇을 이야기하고 싶었던 것일까? 김택영은 자신이 죽으면 고려 유민으로서의 정신이, 또는 자신만의 문학과 학문 세계가 더이상 남아 있지 못할 것을 걱정했던 듯하다. 이 작품 외에도 김택영은 자만적 작품을 두 수 더 남기고 있다.(제2부 「삼천 년 세월 생각하며 하늘을 우러러 한 번 웃노라」와 제5부 「그대 겨우 서른인데 어째서 자만시를 이리 일찍 쓰는가」 참조) 또 별도로 「자지自誌」(『소호당문집韶濩堂文集』 정본定本 권15)가 있어서 그의 삶을 살피는 데 도움을 준다.

빈손으로 왔다 빈손으로 가니 한만 남는구나

空來空去恨惟餘

하동규夏東奎(1873~1943)

자만自挽

칠십 년 세월 동안 무엇 하고 지냈나?	七旬歲月問何居
부질없이 얕은 재주로 일찍부터 책에 의지했지.	譾以菲才早托書
죽는 마당에 한 가지도 일컬어진 바 없으니,	一事無稱垂死地
처음 낳을 때 온갖 신령께 한 발원 헛되이 저버렸구나.	
	萬靈虛負有生初
몸 편안히 하고 분한 지키니 중도에 경사 있었지만,	
	身安分守中途慶
일 잘못되어 뜻과 어긋나니 만년 계획 엉성해졌네.	
	事去志違晚計疏
타고난 명이 여기서 끝날 줄 어찌 알았으랴?	稟受那知終此已

빈손으로 왔다 빈손으로 가니 한만 남는구나.　　空來空去恨惟餘

—『금은유고琴隱遺稿』권1

구한말 일제강점기를 살아간 대구 선비 하동규의 자만시다. 그는 격변기에 세상에 뜻을 두지 않고 학문에만 몰두한 인물이다. 서세동점의 시대 변화에도 아랑곳없이 성리서性理書와 예서禮書를 탐독하고 훌륭한 스승을 찾아다니며 궁금한 점을 묻곤 했다. 25살 때 송병선宋秉璿을 찾아가 폐백을 올리고 며칠 머물면서 자신의 의문점을 풀고 학문적 인정을 받기도 했다. 송병선이 1905년 을사늑약에 반대하여 「청토흉적소請討凶賊疏」를 올린 뒤 상경하여 고종을 알현하고 을사오적을 처형할 것 등을 주장할 때 따라가지 못했던 것을 평생 한스러워했다. 송병선은 같은 해 국권을 강탈당한 데 대한 통분으로, 황제와 국민과 유생 들에게 유서를 남겨놓고 독약을 마시고 자결했다. 소식을 들은 하동규는 영위靈位를 설치하고 상복을 입고서 매우 애통해했다고 한다. 이때 그의 나이 서른 셋이었다.

시인은 책 읽으며 살아온 70년 세월이 부질없다고 말한다. 특히 자신의 뜻대로 되지 않은 만년 삶에 대한 회한이 가득하다. 어떤 일이 세상 떠나는 그의 마음을 이다지도 후회스럽게 하는 것일까? 국권 강탈 이후 일제강점기에도 그는 여전히 구학舊學에 몰두했다. 형과 독무재獨茂齋에서 함께 지내며 『주자대전朱子大全』과 『주자어류朱子語類』를 밤낮으로 강독하고, 가산을 기울여 달성관達城館에서 『송자대전宋子大全』을 출판하는 것을 부담하고 일을 감독했다. 57세 되던 해 부산 등 영남 지역의 바다를 돌아본 것 외엔 이렇다 할 유람도 한 적 없이 향리에 머물며 독서인으로서 후학 양성에 매진했다. 하동규는 마지막 연에서 자신의 명이 여기서 끝날 줄 몰랐기에 빈손으로 왔다 빈손으로 가는 한스러움만 남는다고 했다. 죽음 앞에서 시인은 자신의 지난 삶이 너무나 허무해서 어쩔 줄을 모른다. 그는 조선왕조가 종막을 고하고 세상이 급변하여 신학문이 주류가 된 상황 속에서도 올곧게 과거의 학문과 신념을 고수하며 한 세상 살아갔던 사람들 중의 하나다. 하동규의 자만시는 어쩌면 그런 사람들의 마음을 대변하는 것인지도 모르겠다. 하동규는 1943년 4월 20일 만촌晚村 집에서 세상을 떠났다.

제2부

초월적
죽음

선생은 어찌하여 이토록 오래 사셨는가先生之壽何其久

정렴鄭石廉(1505~1549)

자만自挽

일생 동안 책 만 권 독파하고,	一生讀破萬卷書
하루에 천 잔 술 다 마셨지.	一日飮盡千鍾酒
복희씨 이전의 일[1]만 고상하게 말할 뿐,	高談伏羲以上事
속세의 말이란 종래로 입에 담지 않았지.	俗說從來不掛口
안회는 삼십 살에 아성[2]이라 칭송하던데,	顔回三十稱亞聖
선생은 어찌하여 이토록 오래 사셨는가!	先生之壽何其久

—『북창시집北窓詩集』권1

---

[1] 복희씨 이전의 일(伏羲以上事): 복희(伏羲)는 중국 태고시대의 임금이다. 이때는 천하가 지극히 태평했기 때문에 복희씨 이전의 일이라고 하면 순수하고 속되지 않은 상고시대의 일을 의미한다.
[2] 아성(亞聖): 도덕과 재지(才智)가 성인(聖人) 다음가는 사람을 가리킨다.

조선 전기 단학파丹學派의 한 사람인 정렴의 자만시다. 을사사화를 일
으켜 간흉으로 일컬어졌던 순붕順鵬의 아들로, 1537년(중종 32) 사마시
에 합격했지만, 아버지 문제로 벼슬길에 뜻을 두지 않았다. 유·불·도는
물론 천문·지리·의서·복서卜筮 등에 두루 능통했으며, 당시 사람들로부
터 물욕을 벗어난 인물로 평가받았다.

　시인은 속세와 거리를 둔 자신의 삶에 대한 자부심을 강하게 드러내
며, 삶에 대한 미련이 조금도 남아 있지 않다고 말한다. 심지어 요절한
공문의 수제자 안회와 비교해 왜 이렇게 오래 살았냐고 스스로 힐문하
기까지 한다. 이는 대개 자기반성을 기반으로 죽음을 통해 삶에 대한 미
련을 드러내는 다른 자만시들과는 다른 수사 방식이라고 할 수 있다. 정
렴은 다른 시에서 자신의 삶을 "손에 청사검 잡고 세상 인연 끊어버리
고, 몇 번이나 학을 타고 푸른 하늘에 올라갔던가. 물외의 삼천 겁 세월
지내고, 또 인간 세상에 귀양 온 지 이십 년手把青蛇斷世緣, 幾從笙鶴上蒼天. 曾經
物外三千劫, 又謫人間二十年"(「자술自述」)이라고 술회한 바 있다. 그런 관점에서
본다면 삶에 대한 애착이란 불필요한 일임이 분명하다. 선계의 관점에
서 볼 때 속세에서의 죽음이란 결국 원래 있던 곳으로 돌아가는 일일
뿐이기 때문이다. 그러나 창작 의도란 측면에서 본다면 이 작품은 미련
두지 않겠다는 속세에 대한 어떤 해소할 수 없는 불만을 동시에 표현하
고 있다. 세상의 말을 입에도 담지 않았다는 술회란 사실 속세의 문제가
말할 가치도 없다는 얘기일 수도 있다. 일종의 의도적인 외면을 통해 현
실에 대한 불만을 표출한 것이라고 볼 수 있다. 뛰어난 재주를 지녔지만
세상에서 손가락질받는 아버지를 둔 때문에 그의 삶 역시 자유롭지 않

았기 때문이다. 유몽인柳夢寅은 『어우야담於于野談』에서 정렴과 정작鄭碏 형제가 아비가 사림士林에게 저지른 악행 때문에 벼슬길에 나아가지 않고 이단의 무리 속에서 방탄하게 지내며 몸을 감춘 채 세상을 마쳤다고 기록하고 있다. 아버지의 원죄로부터 자유로울 수 없던 아들이 현실 속에서 겪은 괴로움, 그의 현실 초탈적 의식 뒤에 쓸쓸함이 느껴지는 이유가 여기에 있다.

이제 강남의 양진사도 가버리니又去江南楊進士

양사언楊士彦(1517~1584)

자만시自輓詩

시로는 이백이요 술로는 유령劉伶[1]인데,	詩中李白酒中伶
한 번 세상 뜬 뒤 모두 적료하구나.	一去靑山盡寂寥
이제 강남의 양진사도 가버리니,	又去江南楊進士
향기로운 풀 자고새[2] 울음에 비는 쓸쓸히 내린다.	鷓鴣芳草雨蕭蕭

—『도전道典』10편 20장

---

1 유령(劉伶): 유령은 진(晉)나라 때 죽림칠현(竹林七賢)의 한 사람으로 자는 백륜(伯倫)이
   다. 남달리 술을 좋아하여 한자리에서 한 섬 술을 마시고 다섯 말로 해장했다고 한다. 늘
   녹거(鹿車)를 타고 한 호로병의 술을 가지고 다녔는데, 한 사람에게 삽을 메고 따라다니게
   하여 자기가 죽으면 그 자리에 묻어달라고 했다. 일찍이 「주덕송酒德頌」을 지어 술을 예찬
   하기도 했다.
2 자고새(鷓鴣): 자고는 중국 남방에 서식하는 새 이름이다.

이 시는 양사언의 자만시라고 전하는 작품이다. 양사언의 문집인『봉래시집蓬萊詩集』에 실려 있지 않아서 진위 여부는 알 수 없다. 양사언은 지방관으로 40여 년간 성실히 관리의 책무를 다했던 인물이지만, 동시에 탈속을 꿈꾸며 승경勝景을 찾아다니던 자유로운 정신의 소유자이기도 했다. 시인은 자신이 시로는 이백에, 술로는 유령에 못지않은 사람임을 호기롭게 말한다. 하지만 이 모든 것이 죽음 앞에선 무의미한 일일 뿐이다. 전구와 결구에서 양사언은 자신의 죽음 뒤 정경을 향기로운 풀 자고새 울음에 쓸쓸히 내리는 비로 표현하고 있다. 전구의 강남의 양진사는 양사언 자신을 말한 것인데, 비록 외직이라도 여러 벼슬을 역임한 그가 굳이 진사로 자처하는 것도 흥미로운 일이다. 양사언은 1540년 진사시에「단사부丹砂賦」를 지어 급제한 바 있는데, 이 작품은 사람들 사이에서 널리 애송되어 그의 이름을 세상에 알리게 만들었다. 따라서 자신을 양진사라고 한 것은「단사부」로 급제했던 일과 일정한 관련이 있다고 하겠다. 그 글에서 양사언은 신선이 되기 위해 단사를 복용하는 것이 허황되다는 입장을 견지했다. 하지만 실제 양사언은 선도仙道 등 도교 전반에 관한 해박한 지식을 갖추고 있었고, 실제 조선 선맥仙脈에서 중요한 인물 중의 하나로 평가받는다. 주변인들과 주고받은 편지에서도 그는 유독 적선謫仙(귀양 온 신선)이란 표현을 즐겨 썼으며, 그의 호인 봉래蓬萊 역시 삼신산의 하나로 신선세계를 상징한다. 조선 중기 삼당파三唐派 시인 중 한 사람인 이달李達이 양사언의 죽음을 애도한 만시에서도 이 점은 잘 드러난다.

인간 세상에서 몸뚱이 벗고 신선 되어 떠난 줄 아노니,

知是人間尸解身

슬퍼하며 부질없이 수건 적실 필요 없어라.　　　　　不須惆悵浪沾巾

그대 바닷가 동쪽 봉래산 돌아가는 길은,　　　　　　蓬萊海上東歸路

아마 벽도화 수천 그루 활짝 핀 봄이리.　　　　　　　疑有碧桃千樹春

　　　　　　—「양봉래를 곡하다哭楊蓬萊」(『손곡시집蓀谷詩集』권6)

　　양사언은 자신의 죽음 뒤 정경을 묘사하면서 자고새를 등장시킨다.
중국 남방에 서식하는 이 새는 항상 길이 험난해서 갈 수 없다는 뜻으
로 "행부득야가가行不得也哥哥"라고 운다고 한다. 그래서 예로부터 시인들
은 그 울음소리로 고향 그리워하는 심정을 표현하곤 했다. 이 시에선 앞
구절에서 양사언 자신을 강남의 양진사라고 한 것과도 관련이 있다. 결
국 죽음은 고향으로 돌아가는 일이라고 생각한 것이다. 그럼에도 쓸쓸
한 빗소리라고 한 것은 시인이 현실에 얼마쯤 미련이 남아서인지도 모
른다.

양장산 돌아보매 봉분만이 우뚝하구나回首羊場封若堂

김기金圻(1547~1603)

병중에 읊다病中吟

숙부와 형 부르고 또 동생을 불러,	呼叔呼兄又呼弟
봄바람 가을 달 아래 술잔 기울이며 취했었지.[1]	春風秋月醉壺觴
이제는 끝나고 삶과 죽음으로 떨어지니,	從今已矣幽明隔
양장산[2] 돌아보매 봉분만이 우뚝하구나.	回首羊場封若堂

—『북애집北厓集』권2

---

1 봄바람 가을 달 아래 술잔 기울이며 취했었지(春風秋月醉壺觴): 백거이(白居易)의 시에 "봄
바람 가을 달에 좋은 술 가지고, 팔십 년 동안 자연을 완상하였지(春風秋月携佳酒, 八十年來
玩物華)"(「송등서자치사귀무주送滕庶子致仕歸婺州」)란 시구가 있다.

2 양장산(羊場山): 예천(醴泉) 양장산을 가리킨다. 이세택(李世澤)이 쓴 김기의 「행장行狀」에
따르면 김기가 세상을 뜬 뒤 1604년 1월 이 시구의 표현대로 양장산에 묻혔다고 한다. 이
시구가 사실상 자신이 묻힐 곳을 유언한 것임을 알 수 있다.

계묘년(1603) 12월 4일 김기가 위독할 때 쓴 자만시이다. 문집 『북애집北厓集』엔 「병중에 읊다病中吟」란 제목으로 실려 있으나, 이세택李世澤이 쓴 김기의 「행장行狀」엔 "병이 심해졌을 때 자만시를 썼는데 죽음을 초탈하여 슬퍼하지 않는 뜻이 있다及至疾革, 作自挽詩, 曠然無怛化意"고 했다. '죽음을 초탈하여 슬퍼하지 않는 뜻이 있다'는 평가는 『장자莊子』 「대종사大宗師」편에 나오는 다음 이야기를 염두에 둔 말이다. 자래子來가 병이 나서 숨을 몰아쉬며 죽으려고 하니, 그의 처자식이 그를 둘러싸고 울고 있었다. 자려子犁가 위문하러 가서 말하기를, "쉿 저리 비키시오. 변화를 슬퍼할 것은 없소叱. 避. 無怛化"라고 말했다고 한다. 시인은 숙부와 형, 동생과 함께 봄바람 가을 달 아래 술잔 기울였던 추억을 뒤로하고, 혈육들과 헤어져 저승길로 떠나면서 담담히 자신의 무덤을 바라보고 있다. 김기의 자만시에는 이렇게 죽음이란 변화에 슬퍼하지 않고 생사의 문제를 초탈하여 달관하려는 의식이 담겨 있다.

조화 따라 오산의 풀과 나무 속 평탄한 자리로 돌아가리 乘化聊歸盡, 梧山草樹平

이원익李元翼(1547~1634)

노쇠함을 한탄하며 자만시를 써서 이적[1]에게 주다 2수 嘆衰自挽贈李磧二首

첫번째 수

한창 나이 며칠이나 되었던가.	盛年能幾日
잠깐 사이 칠십 나이가 되었구나.	七十轉頭頃
아침에 일어났다 항상 도로 누우려 하고,	朝起恒還臥
저녁에 잠들었다 갑자기 놀라 깨곤 하지.	宵眠輒乍驚
다리 힘 줄어 비틀거리고,	蹣跚脚少力
눈에 정기 사라져 눈앞이 가려진 듯하네.	暝翳眼無精

---

1 이적(李磧, 1600~1627): 이정혁(李廷爀)의 아들로 이원익의 외손자이다. 자는 대유(大有)
   인데 요절하여 외할아버지보다 먼저 세상을 떴다.

자연 조화 따라 죽음으로 돌아가니,²   乘化聊歸盡

오산³의 풀과 나무 속 평탄한 자리라네.   梧山草樹平

두번째 수

처음 바란 것은 오직 벼슬 나가는 일이니,   始願惟干祿

어찌 높은 관직 바랐으랴.   高官豈所期

재주가 부족해 쓰이기 부적합했고,   才疏用不適

성품이 편벽되어 일마다 어그러지는 것 당연했네.   性偏事乖宜

머리 세도록 단심은 남아 있건만,   頭白丹心在

곤경에 처하니 평소의 뜻도 쇠미해가네.   途窮素志衰

두 임금 베풀어주신 은혜 중하건만,   兩朝恩渥重

끝내 조금도 보답하지 못하고 가는구나.   終未報毫絲

—『오리집梧里集』권1

---

2 자연 조화 따라 죽음으로 돌아가니(乘化聊歸盡): 이 구절은 도연명의 「귀거래혜사歸去來兮
辭」의 "자연의 변화 따르다가 죽음으로 돌아가니(聊乘化以歸盡)"란 표현에서 온 것이다.

3 오산(梧山): 이원익의 선영은 금천(衿川: 지금의 경기도 광명시)에 있었다고 한다. 여기서
말하는 오산도 금천에 있는 산 이름이 아닐까싶다.

이 시는 이원익이 이적李穡에게 준 자만시이다. 이적李穡(1600~1627) 은 이정혁李廷爀의 아들로 이원익의 외손자가 된다. 외할아버지가 외손 자에게 늙음을 탄식하며 자만시를 두 수나 써줬다는 것이 이채롭다. 이 적은 이원익의 시에 화운하여 돌려보낸 듯한데, 그 내용이 외할아버지 의 마음에 들지 않았던 듯하다. 후일 이원익은 외손자를 대신하여 자만 시에 차운한 시를 스스로에게 부치기도 했다. 「자만 2수. 이적이 내가 준 자만시에 화운하긴 했지만 다 스스로 마음대로 읊은 것이고 내 뜻에 응답하지는 않았다. 그런 까닭에 장난삼아 이적을 대신하여 다시 차운 하여 준다自挽二首. 李穡雖和次, 而皆自浪吟而不爲酬答吾意, 故戲代李穡復次以贈」란 시가 그것이다.(제5부 「애도사 쓰는 것이 이렇게 괴로울 줄이야」 참조)

첫번째 시의 내용은 이렇다. 나는 어느새 노년이 되어 몸에 힘이 없고 총기도 사라졌다. 이제 세상을 하직할 때니 금천衿川 선영에 마련해둔 내 묻힐 자리로 가겠다. 두번째 시에선 자신의 공적 삶을 되돌아보았다. 높은 관직을 바랐던 것은 아니건만 뜻밖에 중임을 맡았다. 하지만 능력 도 인품도 부족하니 어려움 겪는 것은 당연하다. 이제 죽으려니 두 임금 께 받은 은혜 보답도 못하고 가는 것이 후회된다.

이원익은 선조·광해군·인조 세 임금을 거치면서 다섯 번이나 영의정 에 오른 바 있다. 그러나 그의 벼슬길이 순조로웠던 것만은 아니다. 특 히 광해군 대에 임해군의 처형과 인목대비 폐비 논의에 반대하다 유배 까지 갔다. 온갖 고초로 인해 평소의 뜻마저 지키기 어려운 시기였다. 시에서 두 임금의 은혜에 보답하지 못했다고 한 것으로 보아 1623년 인 조반정이 일어나기 전에 지어진 작품임을 알 수 있다. 이 무렵은 이이첨

등 대북세력이 정국을 주도하던 때라 이원익의 고민이 적지 않았음을 짐작할 수 있다. 후일담이지만 이원익은 장수하여 이 시를 준 대상인 외손자 이적이 먼저 세상을 뜨고 말았다. 이원익은 인조반정 이후에도 영의정에 오른 뒤 88세를 일기로 세상을 떴다.

이제야 학 타고 세간 굴레 벗어나니 如今鶴駕超塵網

임제林悌(1549~1587)

자만自挽

강한풍류[1] 사십 년 세월 동안,　　　　　　　　江漢風流四十春

1　강한풍류(江漢風流): 동진(東晉)의 명신인 유량(庾亮)의 풍류를 일컫는 말이다. 유량은 타고난 위의가 있고, 담대하여 어떤 위기의 순간에도 침착했던 인물이었는데, 뛰어난 인품과 정치적 수완으로 많은 일화를 남기고 있다. 한때 반란을 유발한 책임을 물어 그를 죽이려 했던 도간(陶侃)마저 유량은 풍류만이 아니라 정치력도 겸비했다고 평가한 바 있다. 『세설신어世說新語』「용지容止」편에 유량의 강한풍류의 일화가 실려 있다. 유량이 정서장군(征西將軍)이 되어 무창(武昌)에 있을 때 장강(長江)가에 누각을 세우고 이를 남루(南樓)라 불렀다. 날씨 좋고 경치 아름다운 어느 가을밤 막료인 은호(殷浩)·왕호지(王胡之) 등이 남루에 올라 시를 읊조렸다. 음조가 막 높아지려 할 때 계단에서 나막신 소리가 몹시 크게 들렸는데 유량이 행차한 것이었다. 유공이 종자 10여 명을 이끌고 걸어오자 여러 명사가 일어나 피하려 했더니, 유공이 천천히 이르길, "여러분, 잠시 머무시게. 이 늙은이도 이 자리에 흥취가 적지 않소이다"라고 했다. 그러고는 곧장 접이의자에 앉아 사람들과 함께 읊조리고 담소하면서 그 자리가 끝날 때까지 마음껏 즐겼다. 두보(杜甫)의 「강릉절도사 양성군왕이 새 누각을 지어 왕이 엄판관에게 칠언시를 짓게 하여 함께 짓다王請嚴侍御判官, 賦七字句, 同作江陵節度使陽城郡王, 新樓成, 王請嚴侍御判官, 賦七字句, 同作」란 시에도 "퇴청한 여가에는 막료들을 맞아 즐기니, 강한의 풍류는 만고에 한 가지 정이로다(自公多暇延參佐, 江漢風流萬古情)"라는 구절이 보인다. 임제가 자신의 풍류를 동진의 명신인 유량의 풍류에

맑은 명성 당시 사람들 울리고도 남으리.　　　　　清名嬴得動時人

이제야 학 타고 세간 굴레 벗어나니,　　　　　如今鶴駕超塵網

바닷가의 반도²는 열매 새로 익겠구나.　　　　海上蟠桃子又新

―『임백호집林白湖集』 권3

<hr>

빗댄 것이다. 강한(江漢)을 한강으로 해석하기도 하지만, 임제의 환력(宦歷)이나 그의 생
장지를 감안할 때 한강을 의미하는 말로 보기 어렵다.

2　반도(蟠桃): 반도는 신화 중에 나오는 서왕모(西王母)가 심은 복숭아로, 3000년에 한 번 꽃
이 피고 3000년에 한 번 열매를 맺으며 이를 먹으면 불로장생한다고 한다.

시대와 맞지 않는 낭만적 감수성을 가졌던 임제의 자만시다. 자만시는 만시의 변격變格이라고 할 수 있지만, 시의 구성 방식에선 일정하게 공유하는 부분도 있다. 일반적으로 만시의 구성 요소로 비탄悲嘆·진혼鎭魂·칭양稱揚을 드는데, 자만시엔 이중 고인을 치켜세우는 칭양의 부분이 빠지고 자성自省의 말이 들어오는 경우가 많다. 애도의 대상이 타인이 아니라 자신이기 때문에 자연스럽게 생기는 변화라고 할 수 있다. 그런데 임제의 시는 자만시에선 찾아보기 힘든 칭양만이 극단적으로 드러난 경우다. 자성도 비탄도 그의 시에선 찾아보기 힘들다. 어떤 경로를 거치든 간에 죽음을 통해 삶을 조명해내는 일반적인 자만시와 달리, 초월적 공간인 신선세계를 이야기하는 것으로 마무리한다. 죽음을 시공간의 초탈로 형상화하고 있는 것이다. 자신의 삶에 대한 회한이란 조금도 없는 듯 초월적 세계로의 상승을 담담히 그려낸다.

임제의 실제 삶과 비교해볼 때, 승구의 "맑은 명성淸名"이란 말은 묘한 느낌을 준다. 시인은 여러 가지 사건으로 인해 당시 사람들의 구설에 오르고, 그들로부터 문학 외에는 볼 것이 없는 인물이라는 평도 들었다. 잘 알려진 것처럼, 임제는 임종 무렵 자식들에게 황제라 칭하지도 못하는 형편없는 나라에 살다가 죽는 것을 슬퍼할 필요 없다는 유언을 남긴 바 있다. 또 항상 우스갯소리로 중국의 오대五代나 육조六朝 시대에 태어났다면 돌림천자쯤은 되었을 것이라 호기롭게 말했다고 한다.(이익, 『성호사설星湖僿說』 권9, 인사문, 「선희학善戲謔」) 따라서, 이 시에서의 신선세계는 단순히 부정한 현실을 비판하는 것을 넘어서 현실의 왜소함과 한계성을 부각시키는 기능을 하게 된다.

자만시의 자아는 살아 있는 나와 죽은 나라는 이중성을 띠게 된다. 내적 구조에서 볼 때 시적 화자는 죽은 나인 반면, 작품 밖에서 볼 땐 살아 있는 시인이 죽은 자신을 이야기하는 것이 되기 때문이다. 임제의 자만시에선 반어적 표현을 통해 밖의 자아와 시 속의 자아가 대비되고 이것이 작품 전체에 역설의 미학을 만들어내고 있다. 작품을 읽고 작품과 현실의 모순과 괴리를 발견하는 순간, 시인이 자만시를 통해 의도한 바는 결실을 거두게 된다. 그런 측면에서 '학을 탄 자아'는 단순한 현실 비판을 넘어서 옹졸하고 고루한 현실을 야유하고 싶은 시인 내면의 의식을 보여준다. 자만시임에도 자신의 삶에 대한 반성적 통찰이 없는 이유가 여기에 있다. 이 시는 임제 사후에 그를 애도하는 시구로도 활용되었다. 같은 호남 출신의 의병장이었던 고경명高敬命이 임제의 죽음을 추모한 「임제를 애도하며哀林子順」란 만시에 이 시의 기구, 전구, 결구가 용사用事되어 있기도 하다. 다만 전구는 "여금학가초진망如今鶴駕超塵網"이 "초연학가선진망超然鶴駕蟬塵網"으로 바뀌어 표현의 차이가 있다.

황천에서 스승 벗과 그윽한 회포 나누길 기약했기에

重泉師友契幽襟

손처눌 孫處訥(1553~1634)

자만自輓 갑술甲戌[1]

운명 다한 것이니 내 무엇 한스러우랴,　　　　　　命之衰矣吾何恨

썩은 풀 같은 인생 한 번 지나가는 소리 같구나.　腐草人生一過音

임금과 정사 논하던[2] 후직과 설의 뜻 영원히 저버리니,

　　　　　　　　　　　　　　　　　　永負都兪稷契志

성현의 학문 잇고 후학의 길 열어주려는 마음[3]에 몹시 부끄럽구나.

1　갑술(甲戌): 갑술은 1634년인데 손처눌이 세상을 뜬 해이기도 하다.
2　임금과 정사 논하던(都兪): 도유(都兪)는 도유우불(都兪吁咈)의 준말이다. 도(都)와 유(兪)
　는 찬성할 때의 감탄사이고 우불(吁咈)은 반대할 때의 감탄사이다. 요(堯)임금이 신하들과
　정사(政事)를 토론할 때 찬성과 반대의 의견을 기탄없이 개진했던 데서 유래한다. 일반적
　으로 밝은 임금과 어진 신하가 서로 뜻이 맞아 정사를 토론하는 것을 뜻한다.
3　성현의 학문 잇고 후학의 길 열어주려는 마음(開繼聖賢心): 개계(開繼)는 계왕성개래학(繼
　往聖開來學)의 준말로 과거의 성현의 학문을 잇고 앞으로 올 후학의 길을 열어준다는 뜻이
　다. 주희(朱熹)가 『중용中庸』 서문에서 공자의 덕을 찬양하며 "옛 성인을 잇고 내세의 학자
　를 열어줌은 그 공이 요순보다도 낫다(繼往聖開來學, 其功反有賢於堯舜者)"라고 한 데서 온

多慚開繼聖賢心

음풍농월하던 것은 다 옛일일 뿐이고,　　　　　吟風弄月當年事

생순귀령生順歸寧[4]하려는 것이 이날의 참된 마음일세.

生順歸寧此日忱

저승세계 수문랑修文郞[5] 원래 바랐던 자리 아니나,

地下修文非宿計[6]

황천에서 스승 벗과 그윽한 회포 나누길 기약했기에.

重泉師友契幽襟

─『모당집慕堂集』 권3

말이다.

4　생순귀령(生順歸寧): 장재(張載)의 「서명西銘」에 나오는 "생존해서 나 하늘에 순응해 섬기
　　면 죽어서도 나 편안하리라(存吾順事沒吾寧)"라는 말을 줄인 것으로, 살아서 천명에 순응
　　해 도리를 지키는 것이 죽어서 편안해지는 방법이라는 의미다.

5　수문랑(修文): 수문랑(修文郞)은 '지하수문(地下修文)'이라고도 하는데, 저승에서 문장의
　　저술을 담당한다는 관원을 일컫는 말이다. 진(晉)의 소소(蘇韶)가 죽은 뒤 그의 종제(從
　　弟) 소절(蘇節) 앞에 나타나, "지금 저승에는 안연(顏淵)과 복상(卜商: 자하子夏)이 수문랑
　　으로 재직하고 있다. 수문랑은 여덟 사람인데, 모두 귀신 중의 성자(聖者)로서, 나도 수문
　　랑을 맡고 있다"라고 말한 데서 유래한 말이다.

6　지하수문비숙계(地下修文非宿計): 『모당집慕堂集』 권7에 실려 있는 손처눌의 연보에는 '숙
　　계(宿計)'의 '숙(宿)' 자가 '숙(夙)' 자로 되어 있다.

손처눌이 갑술년(1634)에 지은 자만시다. 그는 1634년 6월 15일 82세로 영모당永慕堂에서 세상을 떴다. 「연보年譜」에 따르면 이 시에는 다음과 같은 창작 배경이 전한다. 사망하던 해 6월에 손처눌은 망사암望思庵에서 강학을 마친 뒤 제자들에게 학문에 각자 힘쓰라는 유교遺敎를 내린다. 제자들이 이런 가르침을 내리시는 이유가 무엇인지 묻자, 손처눌은 오늘밤에 죽는 꿈을 꾸었다고 말하곤 이 자만시를 읊었다는 것이다. 세상을 뜬 날에도 아침 일찍 일어나 의관을 정제한 뒤 좌우에 붙여놓은 경계하는 글을 읽고 제자들에게 또 오늘밤 죽는 꿈을 꾸었다고 말했다고 한다. 그러곤 방을 치우게 하고 자리와 이불을 바로잡은 뒤 누워 술시戌時에 편안히 세상을 떴다고 한다. 장례 지낼 때 420여 명이 모였고 애사哀詞와 제문祭文이 200여 폭에 달했다고 하니 그의 명망을 알 수 있다.

　자만시에서 시인은 지난 삶에 연연하지 않고 죽음을 편안히 받아들이려는 의식을 드러내고 있다. 비록 임금의 정사를 돕지도, 성현의 학문을 잇고 후학을 계발啓發시켜주지도 못했지만, 하늘의 도리에 순응해 죽어서도 편안하고 싶다는 의지를 피력하고 있다. 손처눌은 마지막 연에서 자신이 이렇게 죽음에 초연할 수 있는 이유가 스승 벗들과 만날 수 있기 때문이라고 했다. 그는 조선 중기 영남의 이름 높은 학자인 정구鄭逑의 문인이었고, 곽재우郭再祐·장현광張顯光·이시발李時發·조호익曺好益 등과 교유했다. 시인은 먼저 떠난 그들과 회포를 나눌 수 있기에 죽음이 한스러울 것 없다고 쓰고 있다. 이때 장현광을 제외하면 모두 저세상 사람이 되어 있었다.

한 번 눕자 천년 세월 흐르네—枕千霜

양경우梁慶遇(1568~1638)

임종 무렵 쓴 자만시臨終自挽(죽을 때 붓을 휘둘러 스스로 썼다易簀時奮筆自題)

두 번 용문에 올랐고,[1]	再登龍門
세 번 동장[2] 찼으니.	三佩銅章
인생 백년 이에 이르러,	人生到此
다시 무엇을 바라랴.	夫復何望
돌아와 교룡산[3]에 누우니,	歸臥蛟山

---

1 용문에 올랐고(登龍門): 용문(龍門)은 황하(黃河)가 산간지대에서 평야지대로 나오는 곳인
  데, 물길이 나가는 형세가 매우 험난하다. 예로부터 잉어가 이 용문을 지나 올라가면 용이
  된다는 이야기가 전한다. 그래서 사람이 과거에 합격한 것도 용문에 올랐다(登龍門)고 말
  하기도 한다.
2 동장(銅章): 지방 수령이 차는 관인(官印)을 말한다. 동부(銅符)라고도 한다.
3 교룡산(蛟山): 교산은 전북 남원시에 있는 교룡산(蛟龍山)을 가리킨다. 산기슭에서 정상까
  지는 돌을 깎아 쌓은 교룡산성(蛟龍山城)이 있는데, 임진왜란과 정유재란 당시 의병 1만여
  명이 이곳에서 산화했다고 한다.

온갖 근심 사라지네.   萬慮俱亡

솔가지에 달빛 차가운데,   松枝月冷

한 번 눕자 천년 세월 흐르네.   一枕千霜

—필사본『제호집霽湖集』권8

조선 중기 호남의 뛰어난 시인 중 한 사람인 양경우의 자만시다. 이 시는 임종 무렵 스스로 붓을 들어 썼다고 한다. 양경우는 임진왜란 때의 의병장 양대박梁大樸의 아들로, 그 자신 역시 아버지 휘하에서 아우 형우亨遇와 함께 왜적을 대파하는 전공을 세우기도 했다.

　　시의 처음 두 구에서 언급한 것처럼 양경우는 정유년(1597) 별시 문과와 1616년 문신 중시重試에 합격했으며, 세 차례 지방관을 지냈다. 때문에 시인은 자신의 인생에서 더이상 바랄 것이 없다고 말한다. 그런데 후반부에선 죽어서 고향 남원의 교룡산 자락에 묻히니 모든 근심이 사라진다고 해서 앞 내용과는 다소 모순된 국면을 드러낸다. 그의 근심은 무엇이었을까?

　　아마도 광해군 시대 인목대비 폐비 문제로 동생이 유배되자 관직을 버리고 낙향했던 일이나, 인조반정 때 김류金瑬가 반정에 참여할 것을 권유했지만 거절하고 금강錦江으로 돌아갔던 일 그리고 이괄의 난이 일어났을 때 인심을 미혹시키는 말을 했다는 이유로 파직되었던 일 등이 관련될 것이다.

　　양경우는 마지막 연에서 자신의 죽음을 이렇게 시공간적으로 형상화하고 있다. 차가운 달빛 비치는 솔가지 아래 묻히니 천년의 시간도 금방이라고. 살아 있을 때의 영화라는 것도 기나긴 죽음의 시간 앞에서는 찰나에 지나지 않기 때문이다. 죽음 앞에서 감당키 어려운 현실의 고뇌를 훌훌 떨치고픈 시인의 의지가 굳세다.

이제 저승으로 가면 아무 생각도 없으련만便入九原無一念

이식李植(1584~1647)

5월 19일, 입으로 부른 자만시를 대신 쓰게 하다. 정해[1]五月十九日, 口占
代筆. 丁亥

지금 내 나이 예순넷,	行年六十四春秋
장부의 한평생 끊임없이 고달팠네.	弧矢生涯苦未休
문자로 얻은 헛된 이름 끝내 화를 초래했고,	文字虛名終速禍
청요직 올라 하는 일 없이 먹은 국록 항상 부끄러웠네.	
	淸班素廩每包羞
천지의 무궁한 일들 보니,	眼看天地無窮事
임금과 백성에 대한 걱정 끝이 없어라.	心抱君民不盡愁

---

1   정해(丁亥): 1647년(인조 25)을 말한다. 이해 6월 11일 이식은 지금의 경기도 양평에 있던
    택풍당(澤風堂)에서 세상을 떠났다.

이제 저승으로 가면 아무 생각도 없으련만,　　便入九原無一念
푸른 산 영원하고 물은 동으로 흘러가리.　　碧山長在水東流

　　　　　　　　　　　—『택당집澤堂集』속집續集 권6

이 시는 조선 중기의 걸출한 문인 이식의 자만적 작품이다. 세상을 떠난 해 지어졌다. 이식은 앞서 1637년 겨울에 「택구거사자서澤癯居士自敍」란 자지自誌를 지어 자신의 삶을 한 차례 결산한 바 있다.(『택당집澤堂集』 별집 권16) 택구거사란 이식이 지평砥平 은거 시절 산택山澤에 묻혀 사는 수척한 거사로 자처하며 스스로를 일컬었던 말이다. 그뒤 1647년 3월에 병이 재발하자 지난 글을 이어 속편을 써서 묘지墓誌를 대신하도록 했다.(「자지自誌 속편續篇」) 이 글에서 광해군 대 간신들에 의해 왜곡된 『선조실록』을 바로잡으려 했지만 이를 가로막는 반대 세력과 자신의 삭직削職으로 인해 완수하지 못했음을 드러냈다. 이식은 1646년 별시別試 시관試官으로서 출제한 시험 제목에 역적을 옹호하는 뜻이 있다 하여 삭직되고 문외출송門外出送되었기 때문이다. 시인이 남긴 자만적 작품 역시 이 무렵 지어진 것이다. 같은 해 5월 19일 병세가 악화되어 거동조차 못하게 되자 이 칠언율시를 입으로 불러줬다. 이식은 장례를 검소하게 치르고 만사挽詞도 요구하지 말라고 유언한 바 있는데, 이렇게 자만적 작품을 남긴 것으로 보아 타인의 만사를 대신하려는 의도도 있던 듯하다.

시 전반의 내용은 이렇다. 예순넷 자신의 한평생은 항상 고달팠다. 문학으로 이름났다곤 하지만 그것이 도리어 화만 불러일으켰고, 청요직에 올라 하는 일 없이 국록만 축냈다. 세상일 돌아가는 것 보니 임금과 백성들이 걱정된다. 죽은 뒤엔 더이상 아무 생각도 없겠지만, 나 죽어도 자연의 질서는 언제나 변함없으리라. 자신의 고통스런 지난 삶을 돌이켜보면서 이제 더이상 회한 없이 담담히 죽음을 받아들이려는 자세가 분명히 드러난다.

이 시를 쓴 뒤 이식의 병세는 더욱 위독해졌다. 6월 9일이 되자 스스로 맥을 짚어본 뒤 맥이 끊어졌다고 말하고 머리를 동쪽으로 두게 하라고 명했다. 시인은 결국 6월 11일 새벽 택풍당澤風堂에서 세상을 떴다. 후일 이민보李敏輔(1717~1799)는 이 시를 차운하여 자신의 자만시를 창작하기도 했다.(제4부 「부친 돌아가신 해 돌아오니 남은 생에 눈물 나고」 참조) 이식의 자만시는 비교적 많은 사람에게 애송되던 작품이었던 듯하다.

상봉정으로 봉황 돌아오지 않고翔鳳亭中鳳不還

조임도趙任道(1585~1664)

자만自輓

상봉정¹으로 봉황 돌아오지 않고,	翔鳳亭中鳳不還
표연히 곧장 흰 구름 사이로 올라갔네.	飄然直上白雲間
이로부터 호수와 산에 일정한 주인이 없으니,²	湖山自此無常主
밝은 달과 맑은 바람에 만세토록 한가로우리.	明月淸風萬古閒

—『간송집澗松集』권2

---

1 상봉정(翔鳳亭): 조임도는 1618년(광해군 10) 가을 그의 나이 34세 때 함안(咸安)에서 칠원(漆原)의 금내(桼內)로 이주했는데, 그곳에 작은 정자를 짓고 상봉(翔鳳)이라 편액했다. 이때 그는 인목대비 폐비에 반대했는데, 대북 세력을 피하기 위해 이주했던 것으로 알려져 있다.

2 일정한 주인이 없으니(無常主): 소식(蘇軾)의 글에 "임고정 아래로 10여 보도 되지 않는 거리에 큰 강물이 흐른다. 그 강물의 반절 정도는 아미산에서 눈이 녹은 물인데, 내가 마시고 먹고 목욕하는 것을 모두 이 물에서 취하고 있다. 그러니 내가 어찌 꼭 고향에 돌아가야만 하겠는가. 강산과 풍월은 본래 일정한 주인이 없나니, 한가로이 즐길 수 있는 그 사람이 바로 주인이라 할 것이다(臨皐亭下不十數步, 便是大江. 其半是峨嵋雪水, 吾飮食沐浴皆取焉, 何必歸鄕哉. 江山風月本無常主, 閒者便是主人)"(『동파지림東坡志林』권10)라는 말이 나온다.

이 자만시는 조임도가 대북 세력의 보복을 피해 칠원으로 이주했을 때 지은 것이다. 시인은 자만시 외에도 「자전自傳」을 남긴 바 있다. 도연명의 「오류선생전五柳先生傳」을 연상시키는 이 글에서 조임도는 자신의 성품을 "비록 부귀한 집안의 위세가 하늘을 찌를지라도 아첨하고 굽히지 않았으며雖貴家巨室勢焰熏天, 不欲詔屈" "시세에 적당히 따라 처신함은 내가 할 수 없는 것이고, 권력자에게 붙어 남을 농락하는 일은 내가 하려고 하지 않는 것俯仰浮沈, 翁不能也, 依阿籠絡, 翁不屑也"이라고 적고 있다. 그래서 자신의 아버지조차도 "우리 애는 기질이 가을 물처럼 맑지만, 세속과 잘 어울리지 못하여 지금 세상에서 화를 면하지 못할까 두려울 따름吾兒氣質, 瑩若秋水, 但恐其不能諧俗, 難乎免於今之世耳"이라고 걱정했다고 썼다.

아버지의 우려대로 그는 세상과 불화했고 서른넷의 나이에 죽을지도 모른다는 생각을 했다. 시인은 자만시를 통해 자신의 인생을 결산하고 상징적 기법을 동원하여 자신의 죽음을 애도하고 있다. 피신한 칠원현 금내에 마련한 상봉정을 무대로 스스로를 봉황에 빗대어 썼다. 하늘로 올라간 봉황이 상봉정으로 돌아오지 않는다는 말은 자신의 죽음을 의미한다. 시인은 자신의 죽음에 애써 초연함을 가장한다. 주인(자신)이 죽은 뒤 호수와 산湖山이 만세토록 한가로울 것이라고 사후의 정경을 묘사한다. '호산湖山의 주인'이란 말은 본래 소식蘇軾의 시 「기유효숙寄劉孝叔」에서 나온 표현이다. 세속 명리名利를 번거롭게 여겨 돌아가 호산의 주인이 되었다는 의미로 쓰였다. 이 시에선 환란을 피해 숨어 사는 조임도 자신과 관계된 표현으로 사용되고 있다. 그런데 주인을 잃은 호산이 오래도록 한가로울 것이란 말은 무엇을 뜻하는지 분명하게 드러나지 않는다. 자신이 없으면 세상이 한가롭다고 했다는 측면에선 자신으로 인해 세상이 시끄러워졌다는 의미일 수도 있고, 처음 두 구에서 봉황이 세상으로 돌아오지 않고 떠나버렸다는 점을 감안하면 현실이 머물 만한 곳이 못 됨을 반어적으로 표현했다고도 볼 수 있다. 그러나 어떻게 이해하더라도 이 자만시에 당대 정치현실에 대한 비판적 의식이 담겨 있음은 분명하다.

조임도는 자만시를 쓰면서 다음 시구들을 참조했다. 먼저 첫째 구의 돌아오지 않는 봉황이란 이백李白이 「임로가臨路歌」에서 "대붕은 날아올라 팔방에 떨치다가, 하늘에서 날개 꺾여 힘을 쓰지 못했네大鵬飛兮振八裔, 中天摧兮力不濟"라고 자신의 일생을 결산한 것을 연상시킨다. 한편으로 이 구절은 둘째 구절과 함께 최호崔顥 「황학루黃鶴樓」 시의 "옛사람 이미 황학 타고 떠나, 이 땅엔 부질없이 황학루만 남았네. 황학이 한 번 떠나 다시 오지 않으니, 흰 구름만 천년토록 헛되이 유유하네昔人已乘黃鶴去, 此地空餘黃鶴樓. 黃鶴一去不復返, 白雲千載空悠悠"와 이백 「등금릉봉황대登金陵鳳凰臺」 시의 "봉황대 위 봉황이 노닐더니, 봉황 떠나 누대 비고 강물만 절로 흐르네鳳凰臺上鳳凰游, 鳳去臺空江自流"를 교묘하게 교직交織한 것이다. 최고의 칠언율시로 일컬어지는 「황학루」 시와 이백의 대표작들 그리고 앞서 언급한 소식 시의 표현을 활용함으로써 시의 표현미를 끌어올리고 의미의 진폭과 여운을 강화시키고 있다.

자만시를 쓴 뒤에도 시인은 탈 없이 살아남아 80세까지 장수했다. 벼슬길에선 이렇다 할 족적을 남기지 못했지만 학자로서 명성이 대단하여 죽은 뒤 임금이 초상을 치르는 데 필요한 물품을 하사했다고 한다.

기꺼이 초목과 함께 썩으리라 甘與草木同腐

김임金恁(1604~1667)

자만自輓

행실은 다른 사람에게 미치지 못하고,	行不逮人
덕은 만물에 베풀지 못했네.	德不及物
강호에서 노년 보내니,	送老江湖
세상일 구애받지 않고 초탈하였네.	瀟灑日月
살아서 세상에 도움 된 바 없으니,	生無益於世
죽어선 후세에 이름 전할 일 없네.	死無聞於後
애오라지 자연 조화 따라 돌아가리니,	聊乘化而歸盡
기꺼이 초목과 함께 썩으리라.	甘與草木同腐

—『장고세고長皐世稿』권1『야암집野庵集』

김임이 남긴 잡언雜言(장단구長短句) 형식의 자만시다. 무엇 하나 이룬 것 없이 강호에서 세상사 초연히 늙어가는 자신의 삶을 담담히 써내려 가고 있다.

김임은 학봉鶴峯 김성일金誠一의 조카인 운천雲川 김용金涌의 손자로 태어났다. 어린 시절 글자를 배우자마자 능히 시구를 지어내 할아버지의 남다른 사랑을 받았다. 생원시에 급제했지만 벼슬엔 뜻을 두지 않고 향리인 우곡雨谷에 야암野庵이라 편액한 집을 짓고 후학 양성에 힘썼다.

시인은 살아서 세상에 도움 준 것이 없으니 죽어서도 사람들의 기억에 남을 일이 없다고 했다. 이렇게 가치 없는 삶을 살았기에 죽어서 자연의 조화 따라 초목과 더불어 썩는 것도 달갑게 받아들이겠다고 썼다. 시 전반에 자성적 의식이 두드러진다. 특히 마지막 구절의 표현이 인상적이다. 모든 생명체는 죽어 썩기 마련이지만 사람은 대개 그것을 쉽게 받아들이지 못한다. 맹자가 장례의 기원을 부모 시신이 부패해가는 것을 차마볼 수 없는 데서 찾았던 것도 이런 의식의 발로일 것이다.(『맹자孟子』「등문공滕文公 상上」) 그러나 시인은 기꺼이 초목과 함께 썩겠다고 다짐한다. 죽음을 자연의 조화로 받아들이려는 의식이 선명하다.

지동의 달만이 남아 영원토록 빈 못 비추는구나

惟餘芝洞月, 千古照虛池

죽은 이가 남긴 시遺詩. 죽기 삼 일 전에 읊은 것이다易簀前三日所吟.

이 병이 갑자기 이처럼 악화되니,	此疾遽如此
이 사람[1]이 여기에 이르렀구나.	斯人而至斯
장수하거나 요절하거나 모두 꿈같을 뿐이니,	彭殤都是夢
살고 죽음이 다시 어찌 슬퍼할 일이랴.	生死復奚悲
허둥지둥 인간 세상 떠나자니,	草草辭浮世
아득하여 씩씩한 심사가 울적해지네.	茫茫鬱壯思
오직 지동芝洞의 달만이 남아,	惟餘芝洞月

---

1 이 사람(斯人):『논어論語』「옹야雍也」편에, "백우가 병을 앓자, 공자께서 문병하실 적에
남쪽 창문으로부터 그의 손을 잡고 말씀하셨다. '이런 병에 걸릴 리가 없는데, 천명인가보
다. 이런 사람이 이런 병에 걸리다니. 이런 사람이 이런 병에 걸리다니'(伯牛有疾, 子問之,
自牖執其手曰, '亡之, 命矣夫, 斯人也, 而有斯疾也, 斯人也, 而有斯疾也」)"라는 내용이 보인다. '이
사람'이란 공자가 제자 백우의 죽음을 애통해할 때 쓴 용어를 염두에 둔 표현이다.

영원토록 빈 못 비추는구나.   千古照虛池

—『정관재집靜觀齋集』권3

이단상이 임종 3일 전에 지은 자만적 작품이다. 연보에 따르면, 병중에 읊은 시의 내용이 위와 같았는데 시의 처음 두 구 이후를 아래와 같이 바꾸도록 했다고 한다. 시의 전문을 인용해본다.

이 병이 갑자기 이처럼 악화되니,	此疾遽如此
이 사람이 여기에 이르렀구나.	斯人而至斯
살고 죽는 것 모두 운명이거니,	死生都是命
오고 감에 다시 어찌 슬퍼하랴.	來去復奚悲
성명誠明²의 업은 이루지도 못하고,	未就誠明業
부질없이 백성에게 은택 미칠 기약만 어겼네.	空違致澤期
천년 지동芝洞의 달만이,	千年芝洞月
헛되이 정관재靜觀齋의 못을 비추는구나.	虛照靜觀池

원시의 경련에서 인간 세상에 다소 연연하는 뜻을 보였다면 고쳐 쓴 시에선 그런 색채를 걷어내고 있다. 오히려 성인의 말씀대로 살지 못해 위정자로서 백성에게 어떤 은택도 미치지 못했음을 한탄한다. 이단상은 39세 때인 1666년(현종 7) 양주楊州의 영지동靈芝洞에 정관재靜觀齋를 지은

---

2 성명(誠明): 『중용中庸』 제21장 "성(誠)으로 말미암아 밝아짐을 성(性)이라 이르고, 명(明)으로 말미암아 성실해짐을 교(敎)라 이르니, 성실하면 밝아지고, 밝아지면 성실해진다(自誠明, 謂之性, 自明誠, 謂之敎, 誠則明矣, 明則誠矣)"라는 말에서 온 것이다. 주희(朱熹)의 집주(集注)에 "덕이 성실하지 않음이 없어, 밝음이 비추지 않음이 없는 자는 성인의 덕으로서 성(性)대로 하여 간직한 자이니 천도(天道)이고, 먼저 선(善)을 밝게 안 뒤에 그 선을 성실히 하는 자는 현인의 배움으로서 가르침을 말미암아 들어가는 자이니 인도(人道)이다. 성실해지면 밝지 않음이 없고, 밝아지면 성실함에 이를 수 있을 것이다"라고 풀이했다.

바 있다. 시에서 말한 지동의 달이란 그가 만년에 머물렀던 곳을 가리킨다. 시인은 42세를 일기로 세상을 떴다. 자신의 죽음 뒤에도 언제나 그렇듯이 달빛은 자기 집을 비춰줄 것이라고 썼다. 만시에서 달은 죽음의 상징으로서 종종 등장한다. 그것은 인생무상을 나타내는 징표가 되기도 하고 죽음 이후를 암시하는 이미지가 되기도 한다. 이단상은 처음 "오직 지동芝洞의 달만이 남아, 영원토록 빈 못 비추는구나惟餘芝洞月, 千古照虛池"라고 썼다가 다시 "천년 지동의 달만이, 헛되이 정관재의 못을 비추는구나千年芝洞月, 虛照靜觀池"라고 고쳐 썼다. 전자가 죽음을 운명으로 받아들이고 초탈하려는 의식이 두드러진다면, 후자는 삶에 대한 회한과 함께 죽음의 허무함이 부각된다고 볼 수도 있지만, 그 차이가 무엇인지는 분명하지 않다. 다만, 이것이 이단상 자신이 생각한 죽음의 이미지였다는 사실은 우리로 하여금 여러 가지를 생각하게 만든다.

매화 이미 졌지만 살구꽃 아직 남았네梅花已落杏花仍

김상연金尙埏(1689~1774)

자만自挽

늙은 홀아비 신세 담박하기가 중과 같고,	老鰥身世淡如僧
고루하니 어찌 멀리 있는 벗 찾아온 적 있으랴.	孤陋何曾來遠朋
쇠한 눈이라 일찍 온 봄에 더욱 놀라니,	衰眼更驚春到早
매화 이미 졌지만 살구꽃 아직 남았기에.	梅花已落杏花仍

—『기기재집棄棄齋集』권1

과거를 포기하고 학문에 전념했던 은사隱士 김상연의 자만시다. 그는
부친의 삼년상을 마친 뒤 과거 공부를 그만두고 오로지 성리서性理書와
예서禮書에만 전념했다. 1728년(영조 4) 고산高山의 묵동黙洞에 은거하며
묵계黙溪라 자호했다가, 뒤에 자손과 후생을 면려하는 뜻에서 호를 기기
재棄棄齋로 바꾸었다.

　　기구와 승구는 대부분의 자만시가 그러하듯 자신을 낮추어 표현하는
자성적 내용으로 시작된다. 홀아비의 단출한 삶과 고루한 성품이 그것
이다. 하지만 전구에 이르러 시상은 전환된다. 시인은 새 생명 움트는
봄의 이른 도래에 깜짝 놀란다. 떨어진 매화와 아직 남아 있는 살구꽃으
로 제시된 마지막 구의 이미지가 선명하다.

　　일반적으로 죽음은 계절상 봄과 상반된 성격을 갖는다. 늦가을이나
겨울 정도가 죽음과 관련 깊은 계절이라고 할 수 있다. 그래서일까? 죽
음을 앞둔 시인은 이른 봄소식에 놀라고 있다. 매화는 어느새 저버렸고
살구꽃은 이제 한창이라고 했다. 매화가 온갖 꽃들이 피기 전 눈서리를
무릅쓰고 핀다면, 살구꽃은 이제 본격적으로 봄이 왔음을 알린다. 그런
데 매화가 져도 살구꽃은 여전하다는 것은 무엇을 의미하는지 이 시
으론 분명히 알 수 없다. 어쩌면 자신 사후에도 세상은 변함없이 또 생
장하며 유전할 것임을 빗댄 것인지도 모른다.

　　이 시는 자만시임에도 상장례에 대해선 한마디도 언급하고 있지 않
다. 매화와 살구꽃으로 표현된 죽음과 삶의 기호가 드리우는 의미가 유
장하다.

조화에 맡겨 돌아갈 때 길은 절로 통하리라 乘化歸時路自通

정덕주 丁德輈(1711~1795)

죽을 무렵 쓴 자만시 臨終時自挽

천에 하나도 쓸 데 없는 이 원옹,[1]   千無一用這圓翁
나무 죽고 풀 시들듯 짧은 인생행로 마치네.   木卒草亡逆旅中
수염 꼬며 기록한 시는 공교롭지만 실질 잃었고, 詩錄撚鬚工爽實
번쇄한 이야기 전한 글은 말이 공허한 데가 많구나.

                                        文傳瑣說語多空
장자와 나비 꿈속의 변화 거의 허망한 일이고,   莊蝴更變殆幻妄
달팽이 더듬이의 만나라와 촉나라의 다툼 같은 일 무슨 공업이 되
랴.[2]   蠻觸紛爭底事功

---

1   원옹(圓翁): 원옹은 정덕주(丁德輈)의 호다.
2   장자와 나비 꿈속의 변화 거의 허망한 일이고, 달팽이 더듬이의 만나라와 촉나라의 다툼
    같은 일 무슨 공업이 되랴(莊蝴更變殆幻妄, 蠻觸紛爭底事功): 장자와 나비 꿈속의 변화(莊蝴

평생 믿는 바에 오직 부끄러울 것 없으니,　　　平生所信惟無愧

조화에 맡겨 돌아갈 때 길은 절로 통하리라.　　乘化歸時路自通

—『원산집圓山集』 권2

更變)란 『장자莊子』「제물론齊物論」편에 나오는 유명한 '호접몽(胡蝶夢)'의 이야기를 가리
킨다. '호접몽'의 내용은 다음과 같다. 언젠가 장자가 꿈속에서 나비가 되었는데, 나비의
입장에서 스스로 유쾌하고 만족스럽기만 했을 뿐 자기가 장자인 것은 알지도 못했다. 조
금 뒤 잠을 깨고 보니 엄연히 인간이었다. 이에 장자는 자신의 꿈속에 나비가 된 것인가,
나비의 꿈속에 자신이 된 것인가를 자문했다. 하지만 자신과 나비 사이에는 분명히 구분
이 있을 것이니, 이것을 일러 물화(物化)라고 설명했다. 만나라와 촉나라의 다툼(蠻觸紛爭)
이란 『장자』「칙양則陽」편에 나오는 달팽이의 양쪽 뿔에 자리잡고 있는 만(蠻)과 촉(觸)이
라는 나라가 하루가 멀다 하고 영토 쟁탈전을 벌인다는 우화에서 비롯된 표현이다. 세상
에서 명리(名利)를 다투는 것이 이처럼 부질없음을 비유한다.

벼슬길에 마음 두지 않고 처사로서 안빈자족安貧自足하며 생을 마쳤던 정덕주의 자만시다. 제목에서 이 시가 임종 무렵 작성된 것임을 알 수 있다. 시인은 전반 4구에서 자신을 겸허하게 돌아보며 반성하고 있다. 하지만 후반 4구에선 자신의 신념에 따라 명리에 구애받지 않고 허환虛幻에도 현혹되지 않았기에 부끄러울 것 없다고 썼다.

이 시는 언뜻 보면 첫 구절에서 "천에 하나도 쓸 데 없는 이 원옹"이라고 자신을 낮추고 시도 문도 공허하고 실질이 부족하다고 자책하는 듯이 보인다. 하지만 마지막 두 구에서 신념에 따라 살아왔기에 부끄러울 것 없고 죽음도 길이 절로 통하리라는 낙관적 초탈의식을 보임으로써 지난 삶에 대한 강한 자부심 또한 느껴진다. 정덕주는 몇 차례 향시에 급제했지만 공명과 부귀에 골몰하는 것이 어찌 안빈하는 것만 같겠냐며 강학에 전심했다고 한다. 성리설性理說과 예학에 밝았으며, 「수미음 24수首尾吟二十四首」와 「유년음 96운流年吟九十六韻」과 같이 자신의 일생을 회고하는 작품들을 많이 남겼다. 자만시에 보이는 의식 역시 그의 강한 자의식으로부터 비롯된 것일 수 있다. 정덕주는 이 시를 남기고 1795년 (정조 19) 9월 14일 세상을 떴다.

소옹이 먼저 내 마음을 얻어 읊조렸다네堯夫先得我心云

한경의韓敬儀(1739~1821)

자만自挽

나이 칠십 되도록 이름난 바 없음 부끄러우니,[1]   生年七十愧無聞

초목과 함께 돌아가는 것 이미 내 분수라 여겼네.   草木同歸已自分

궤 속에 있는 구슬[2]을 어찌 값을 매겨 팔 수 있으랴?

珠在櫝中寧售價

---

1 나이 칠십 되도록 이름난 바 없음 부끄러우니(生年七十愧無聞): 『논어論語』「자한子罕」편의 "공자께서 말씀하셨다. '후생이 두려울 만하니 후생의 장래가 나의 지금만 못할 줄을 어찌 알겠는가. 그러나 사오십 세가 되어도 알려짐이 없으면 이 또한 두려울 것이 없다'(子曰, '後生可畏, 焉知來者之不如今也. 四十五十而無聞焉 , 斯亦不足畏已')"를 염두에 둔 표현으로 자신은 칠십이 되도록 알려짐이 없기에 부끄럽다고 한 것이다.

2 궤 속에 있는 구슬(珠在櫝中): 『논어』「자한」편에서 "자공(子貢)이 묻기를 '여기에 미옥(美玉)이 있다면, 독에 넣어 감추어야 합니까, 충분한 값을 받고 팔아야 합니까?'라고 하니, 공자가 대답하기를, '팔아야지. 팔아야지. 나는 팔리기를 기다리는 자이다'(子貢曰, '有美玉於斯, 韞匵而藏諸, 求善賈而沽諸.' 子曰, '沽之哉沽之哉, 我, 待賈者也')"라고 한 데서 나온 말로, 자신은 팔릴 만한 가치가 없음을 겸손하게 표현한 것이다.

골짜기 속에 핀 난초는 향내 머금은 것이 이롭다네.

蘭生谷裏利含薰

한유를 궁하게 만든 것도 지금의 한유고,3   窮韓愈亦今韓愈

양웅을 알아주는 이는 오직 천년 뒤의 양웅이라네.4

知子雲惟後子雲

사방의 태평성세 알리는 노래로 조금은 위로될 만하니,

四太平歌差可慰

소옹邵雍이 먼저 내 마음을 얻어 읊조렸다네.5   堯夫先得我心云

—『치서집菑墅集』 권1

---

3 한유를 궁하게 만든 것도 지금의 한유고(窮韓愈亦今韓愈): 한유가 지은 「송궁문送窮文」은 궁귀(窮鬼)를 전송하는 글이란 제목과 달리 주인이 다섯 귀신에게 설복당해 그들을 윗자리에 앉히는 것으로 끝난다. 그래서 한유의 「송궁문」은 궁함을 보낸 것이 아니라 궁함을 굳게 지킨 글이란 평가를 받는다. "한유를 궁하게 만든 것도 지금의 한유고"란 표현도 한유의 「송궁문」을 염두에 두고 한 말이다. 자신의 불우 역시 자초한 일일 뿐이란 의미다.

4 양웅을 알아주는 이는 오직 천년 뒤의 양웅이라네(知子雲惟後子雲): 보통 당대(當代)에 알아줄 사람이 없는 것을 표현할 때, 후세의 자운(子雲)이나 요부(堯夫)를 기다릴 수밖에 없다는 표현을 많이 쓴다. 자운은 한(漢) 양웅(揚雄)의 자(字)이고, 요부는 송(宋) 소옹(邵雍)의 자이다. 이 구절에선 양웅을 이야기하고, 마지막 구절에선 소옹을 호출하고 있다.

5 소옹이 먼저 내 마음을 얻어 읊조렸다네(堯夫先得我心云): 소옹의 「태평음太平吟」을 말한다. 그는 특히 사람의 죽고 삶을 하나의 상사(常事)로 보았고, 「태평음」을 자주 읊었다고 한다. 소옹의 문집인 『격양집擊壤集』에는 여러 수의 「태평음」이 실려 있다.

한경의의 자만시다. 시인은 아버지가 돌아가신 뒤 벼슬에 뜻을 두지 않고 학문에 전념했다. 장현문張玄聞·이춘위李春緯 등과 함께 이택회麗澤會를 조직, 사서오경四書五經과 『소학小學』『심경心經』『근사록近思錄』『성리대전性理大全』『강목綱目』 등을 강론했고, 예악禮樂·도수度數·역상易象 등에도 밝았다. 지행일치知行一致를 평생의 신조로 삼았다고 한다.

첫 구절의 표현을 볼 때 70세 무렵에 지은 작품임을 알 수 있다. 시인은 현실에서의 불우와 지음知音의 부재에도 불구하고, 세상을 원망하기보다 낙관적 전망과 믿음을 통해 생사의 문제를 초극하고 있다. 시인은 현실에서 인정받지 못하는 자신의 문제는 자신의 탓일 뿐이라고 보고, 그럼에도 언젠가는 자신을 이해해줄 이가 있을 것이라 낙관하고 있다. 하지만 자신의 불우는 한유韓愈처럼 자초한 것이라고 하면서도 양웅揚雄의 고사를 통해 동시대에 알아주는 사람이 없음을 넌지시 드러내고 있다. 그러곤 마지막 두 구에서 인간에게 삶과 죽음은 늘 있는 일이라 보고 세상을 태평하다고 읊었던 소옹邵雍의 경우에서 위안을 찾고 있다. 죽음 앞에서 자신의 삶을 정리하며 자신의 고민을 과거 인물들의 사례에 비추어 초극하려는 시인의 의지가 읽을수록 가슴 뭉클하다. 한경의는 이 자만시를 쓰고 10년도 더 지난 1821년 83세를 일기로 세상을 떴다.

묘지로 가는 이 길도 나쁘지만은 않구려 此行未爲惡

이양연李亮淵(1771~1853)

병이 위급해져病革[1]

시름으로 보낸 일생,	一生愁中過
달은 암만 봐도 모자라더라.[2]	明月看不足
그곳에선 영원히 서로 대할 수 있을 터이니,	萬年長相對
묘지로 가는 이 길도 나쁘지만은 않구려.	此行未爲惡

—『임연당별집臨淵堂別集』

1　이 작품은 이양연의 다른 문집인 『임연당집臨淵堂集』과 『산운집山雲集』에는 수록되어 있
　지 않다. 규장각 소장 『한객건연집韓客巾衍集』 뒤에 합철되어 있는 『임연당별집臨淵堂別
　集』에 실려 있는데, 보통 이양연의 자만시라고 일컬어진다.
2　이 두 구절은 "일생 근심으로 인해, 밝은 달 제대로 못 보았네"라고 번역할 수도 있다.

이양연이 만년에 읊은 자만적 작품이다. 이양연은 낙척한 종실宗室의 후손으로 평생 방외인方外人을 자처했다. 시인의 죽음은 '밝은 달明月'이란 개인적 상징물과 연계되어 표현된다. 자만시에서 달은 자신의 죽음과 연계된 상징으로 즐겨 사용되는 이미지다. 이양연은 「창연悵然」이란 시에서 "밝은 달은 나의 등불이 된다明月爲我燭"고 썼다. '밝은 달'은 '흰 구름白雲'과 함께 이양연 시의 핵심적인 이미지의 하나다. 달은 항구적으로 과거와 현재, 또 미래의 일을 비추며, 이지러지고 차오르면서도 연속성을 가지며 존재하기에, 시인에게 달은 삶의 유한성을 극복할 수 있는 대체물로 존재한다.

이양연은 아내와 자식들을 앞세웠다. 그중 큰 기대를 걸었던 둘째 아들 인익寅翊의 죽음은 그에게 큰 충격으로 다가왔다.(「제망자인익문祭亡子寅翊文」) 자신의 탈 많던 삶으로부터 기인한 시세계의 침울한 정조가 이 시에서도 잘 드러난다. 달을 아무리 바라봐도 부족하게만 느껴진 이유가 삶의 시름 때문이건만, 사후에 달과 영원히 마주할 수 있기에 나쁘지 않다는 이런 역설은 죽음을 담담히 받아들이려는 의식으로 귀결된다. 이런 역설은 자만시의 수사 방식에 대한 깊은 이해가 있고서야 가능한 경지일 것이다.

이양연의 시가 특히 인상적인 것은 앞선 자만시들이 보여주는 일종의 클리셰들을 과감히 생략해버리고 있다는 점에 있다. 만시의 상투성들을 극복하는 과정에서 자만시가 탄생했다면, 자만시의 상투성을 새로운 방식으로 넘어섬으로써 이양연의 자만시가 나올 수 있었다고 하겠다.

이양연은 만시에 능숙했던 시인이다. 그의 자만시는 세상에 널리 전송되었는데, 『조선한문학사朝鮮漢文學史』를 쓴 김태준金台俊이 즐겨 암송하기도 했다.

웃음 머금은 채 기쁘게 저승 향하네含笑怡然指九泉

노광리盧光履(1775~1856)

자만自挽[1](임종臨終)

깃발 모양 물勿 자 위에 용勇 자 매달고[2]	勿字旗頭勇字懸
깊고 견고한 벽 속의 강한 적에게 휘둘렀네.	麾諸强敵壁深堅
옆에 발 딛을 곳조차 없다고 말하지 마오,	休言着脚旁無地
단지 위에 마음 알아주는 하늘 있다고 믿을 뿐이니.	只信知心上有天
잠시라도 얼음 밟듯 항상 경계하고 두려워했고,	造次淵氷常戒懼

---

1 자만(自挽): 이 시는 허전(許傳)의 「노물재묘갈명盧勿齋墓碣銘」(『성재집性齋集』 권22)에 따르면 임종 며칠 전 아들에게 입으로 불러주고 받아 쓰게 한 시라고 한다.
2 깃발 모양 물 자 위에 용 자 매달고(勿字旗頭勇字懸):『논어論語』「안연顔淵」편에 안연이 공자에게 인(仁)에 대해 묻자 공자는 사욕을 이겨 인에 돌아감(克己復禮)이 인을 하는 것이라 답했다. 안연이 다시 인의 조목을 묻자, 예가 아니면 보지도 말고(非禮勿視), 예가 아니면 듣지도 말며(非禮勿聽), 예가 아니면 말하지도 말고(非禮勿言), 예가 아니면 움직이지도 말라(非禮勿動)고 답했다. 그런 까닭에 「안연」편의 첫 장을 '사물장(四勿章)'이라고도 부른다. 이 '물(勿)' 자가 깃발의 술 모양과 비슷하기 때문에 '물기(勿旗)'라고 한 것이다. 작자 노광리의 호가 물재(勿齋)이기도 하다.

평소에 숨 쉴 때도 죄짓는 듯했지.　　　　　平居呼吸亦尤愆
지금 이후에야 내 면할 줄 알아,　　　　　而今以後吾知免
웃음 머금은 채 기쁘게 저승 향하네.　　　　含笑怡然指九泉

—『물재집勿齋集』권2

노광리가 임종 며칠 전 아들에게 받아 적게 한 자만시다. 그는 일찍부터 벼슬에 뜻을 두지 않고 위기지학爲己之學에 전념했던 재야의 독실한 학자였다. 홍석주洪奭周로부터 학문의 수준을 인정받기도 했지만 널리 알려진 인물은 아니다. 그는 천성이 강직해서 패거리 짓기를 좋아하지 않았다고 한다. 이런 염결함 때문에 도리어 적도 생겨서 그를 시기하던 자가 살던 고을에서 발생한 익명의 흉서凶書 사건에 그를 무고하여 큰 위기를 겪기도 했다. 다행히 도백道伯 정기선鄭基善이 그의 인품과 학문을 보고 누명을 벗겨줘서 위기를 넘길 수 있었다. 이 일 이후 그는 더욱더 학문과 수양에 몰두했다고 하는데, 죽기 직전에 쓴 이 시 역시 그런 자기경계의 내용이 담겨 있다.

첫 부분의 물勿 자 깃발 운운은 『논어論語』 「안연顔淵」편에 나오는 안연이 인仁에 대해 묻자 공자가 대답한 말로부터 온 표현이다. 공자는 사욕을 이겨 인에 돌아가는 것克己復禮이 인을 하는 것이라 답했다. 이에 안연이 다시 인의 조목을 묻자, 공자는 "예가 아니면 보지도 말고非禮勿視, 예가 아니면 듣지도 말며非禮勿聽, 예가 아니면 말하지도 말고非禮勿言, 예가 아니면 움직이지도 말라非禮勿動"고 답했다. 때문에 「안연」편의 첫 장을 '사물장四勿章'이라고도 부르는데, 이 '물勿' 자가 깃발의 술 모양과 비슷하기 때문에 '물기勿旗'라고 한 것이다. 작자 노광리의 호가 물재勿齋라는 점을 감안하면 평소 이것으로 항상 자신을 경계했음을 짐작할 수 있다. 언제나 스스로 잘못을 하지 않을까 극도로 조심하는 것은 힘든 일이었지만, 그런 자신의 마음을 알아줄 하늘이 있음을 믿고 견뎌냈다고 썼다. 그가 홀가분하게 죽음을 맞이할 수 있는 것도 극기복례克己復禮했기 때문이다. 자신 속의 사욕이 가장 강한 적임을, 또 사욕과 싸워 이겨내는 데에 엄청난 용기와 인내가 필요함을 잘 보여준다. 노광리의 자만시는 도학자로서 항상 얼음 위를 걷듯 경계하고 두려워하는 수신修身의 정신이 어떤 것인지 잘 보여주는 사례라고 할 것이다.

모든 것 유유히 전혀 상관하지 않으려네 一切悠悠摠不關

이만용 李晩用(1792~1863)

섣달그믐날 밤에, 주필로 유산의 시운에 화운하다 여섯 수除夕, 走筆
和酉山韻 六首 중 세번째 수[1]

세월 흘러 나 죽은 뒤에 돌아오게 되면,	歲去應吾死後還
풍광은 그대로고 초가집은 한가로우리.	風光依舊草堂閒
남은 사람 속에서 모범 될 만한 이 구하기 어려운데,	
	典型難覓餘人裏
혼백이 어찌 이 세상에 연연하리오.	魂魄寧思此世間
황량한 무덤엔 계절 따라 술 올린 자취 남고,	酒跡荒墳隨節序
시로 이름난 옛집엔 강산만이 남아 있으리.	詩名故宅有江山

---

1 이 시는 유산(酉山)의 시에 화운한 연작시 중 자만(自挽)을 주제로 한 작품이다. 유산은 정
   약용(丁若鏞)의 아들인 정학연(丁學淵)을 가리킨다. 유산은 정학연의 호다. 주필(走筆)은
   시를 쓸 때 붓을 휘둘러 단숨에 쓰는 것을 말한다.

낙화유수 같은 영락함이 평생의 한이었으니,   落花流水平生恨
모든 것 유유히 전혀 상관하지 않으려네.   一切悠悠摠不關

—『동번집東樊集』 권3

이만용의 자만自挽을 주제로 한 작품이다. 이 시는 정약용丁若鏞의 아들인 유산酉山 정학연丁學淵의 시에 화운和韻한 여섯 수 중의 하나인데, 붓을 휘둘러 단숨에 쓴 즉흥적 작품이기도 하다. 이만용은 봉환鳳煥의 손자고, 명오明五의 아들인데, 3대가 모두 뛰어난 시인이었다. 하지만 경인년(1770) 이봉환의 억울한 죽음으로 인해 집안은 큰 화를 입게 된다. 아버지 이명오는 조부 이봉환의 억울함을 풀기 위해 평생을 바쳤고, 이만용 역시 아버지에 이어 조부의 신원伸寃을 위해 애썼다. 그의 문집인 『동번집東樊集』에 수록되어 있는 당대 안동 김씨 세도가인 황산黃山 김유근金逌根에게 올린 편지가 그 대표적인 예이다. 이 편지엔 자신의 조부에 대한 표충表忠을 간곡히 부탁하는 내용이 담겨 있다.

한편 시인의 아버지 이명오는 자만시 12수를 남기고 있기도 하다. 이 작품에는 이봉환의 죽음과 그로 말미암아 자식들이 겪은 고초가 담겨 있다.(제4부 「경인년 아픔은 만겁이었으니」 참조) 따라서 이만용의 작품은 비록 화운 형식으로 쓰인 작품이긴 하나, 아버지 이명오의 자만시를 계승한 측면도 있다. 또 자만을 주제로 한 화운시란 점에서 이채로운 사례이기도 하다.

시의 내용은 다음과 같다. 죽은 뒤 먼 훗날 다시 고향집에 돌아오면 풍광은 여전하고 집도 한가로울 것이다. 이 세상에서 닮고 싶은 사람 없었으니 세상에 더이상 여한은 없다. 내 무덤엔 후손들이 제사 지낸 흔적 남아 있을 테고, 대대로 시명을 날린 옛집엔 사람은 간 데 없고 강산만이 남아 있을 것이다. 낙화유수 같은 처지였던 것이 평생의 한으로 남지만, 이젠 모든 것 관심 두지 않고 속세 일로부터 자유롭고 싶다.

시 전반을 구성하는 황량한 경물과 우울한 정조는 조부의 죽음으로
부터 비롯된 사연 많은 집안사와 서계庶系로서 겪은 현실적 장벽과 무관
하지 않을 것이다. 미련에서 이 모든 평생의 한에도 불구하고 더이상 아
무것도 관심 두지 않겠다고 한 데서 죽음을 통해 현실의 문제를 초월하고
싶은 시인의 의식이 잘 드러난다. 이만용은 1863년(철종 14) 8월 17일
72세의 나이로 별세했다.

삼천 년 세월 생각하며 하늘을 우러러 한 번 웃노라

仰空一笑三千年

김택영金澤榮(1850~1927)

자만시 뒤에後自挽

나는 불교의 게송偈頌을 말하길 좋아하지 않지만,	我不喜說天竺偈
오직 불교의 인연1 말하길 좋아하지.	所喜說者惟桑緣
삼한의 땅에서 태어나 중국 땅에서 늙어가니,	以韓之産老中土
인연 아닌데 어떻게 그렇게 할 수 있겠는가?	非緣何以能致然
색옹이 나에게 청정한 곳에 묵게 해주었으니,2	嗇翁舘我淸淨地
물의 남쪽 꽃의 북쪽에 서너 칸짜리 집이라네.	水南花北三四椽

---

1 불교의 인연(桑緣): 상(桑)은 불(佛)을 의미하기도 하므로, 상연이란 불교에서 말하는 인연을 가리키는 것으로 보인다. 불도(佛徒)를 상문(桑門)이라고도 부른다.
2 색옹이 나에게 청정한 곳에 묵게 해주었으니(嗇翁舘我淸淨地): 색옹(嗇翁)은 장건(張謇)의 호이다. 장건은 김택영의 중국 망명을 도와준 중국의 지식인이다. 자신의 근거지인 남통(南通)에 김택영의 거처를 마련해주고, 형 장찰(張詧)이 맡고 있던 한묵림인서국(翰墨林印書局)에서 근무하도록 주선했다.

이곳에서 편안히 거처한 이십여 년 동안,	於此偃仰二十載
거듭거듭 찬술하여 책이 어깨 높이와 나란했지.3	重重纂述書齊肩
긴 회수와 양자강을 좌우로 흘겨보고,	右睨長淮左揚子
용과 자라 채찍질하며 바람과 연기를 가로질렀네.	鞭龍策鱉橫風烟
천년 예원의 뛰어난 인물들,	千秋藝苑諸英儁
정령들을 초치하니 하늘에 가득하구나.	精靈招招來滿天
어리숙하게 자족하며 스스로 기뻐하니,	騰騰兀兀4以自喜
해가 바뀌는 것조차 잊고 살았네.	今年明歲忘推遷
창해에 잠겨 내 신세조차 잊고 있는데,	幷忘身世淪滄海
하물며 부귀와 신선 같은 문제는 어떻겠는가?	何況富貴與神仙
색옹의 후의에 이같이 보답하건만,	嗇翁厚意報如此
색옹 역시 알고 한마디 말도 없네.	翁亦知之無一言
이 한 몸 마침 이것뿐이니,	一身終結此而已
삼천 년 세월5 생각하며 하늘을 우러러 한 번 웃노라.	
	仰空一笑三千年

—『소호당집韶濩堂集』『차수정잡수借樹亭雜收』권1「갑자시록甲子詩錄」

---

3 거듭거듭 찬술하여 책이 어깨 높이와 나란했지(重重纂述書齊肩): 남통 한묵림인서국에서 김택영이 편찬하여 간행한 책은 자신의 시문집을 빼고도 30종 이상이었다고 한다.

4 등등올올(騰騰兀兀): 어리숙한 모습으로 자족하며 느긋하게 즐기는 생활을 말한다.

5 삼천 년 세월:『서경잡기西京雜記』권4 등공가성(滕公佳城)의 이야기에 나오는 표현이다. 등공(滕公)으로 불린 전한(前漢) 하후영(夏侯嬰)이 수레를 타고 동도문(東都門)에 이르렀을 때, 말이 울면서 앞으로 나아가려 하지 않고 발로 땅을 긁어 팠다. 그곳을 파보니 석곽(石槨)이 나왔는데, "가성(佳城)이 어둠에 묻혔다가 삼천 년 만에 해를 보리니, 아, 등공이 이 방에 거하리로다(佳城鬱鬱, 三千年見白日, 吁嗟滕公居此室)"라는 명문이 새겨져 있었으므로, 죽은 뒤 그곳에 장사 지냈다고 한다. 이 일로 인해 가성이 무덤을 비유하는 말로 쓰이게 되었다. 삼천 년 세월이란 표현도 이 고사에서 나온 것으로 보인다.

이 시는 김택영이 1924년에 쓴 「자만自挽」 뒤에 쓴 작품이다. 「자만」
은 "광릉산 곡조가 모진 바람에 떨어지는구나廣陵琴調落飄風"란 제목으로
이 책의 제1부에 실려 있다. 여기에선 먼저 쓴 「자만」을 이어 자신의 심
회를 또다른 자만시(자만적 작품)로 서술하고 있다. 김택영의 문집은 생
전 여러 차례 간행되었는데, 그의 「자만」과 「자만시 뒤에後自挽」 시편들
은 모두 『차수정잡수借樹亭雜收』에 실려 있다. 『차수정잡수』는 1924년부
터 1925년까지 지은 시문을 모아 만든 책으로 1925년에 간행되었다.

김택영은 34세 때인 1883년(고종 20) 김윤식金允植의 소개로 임오군란
에 종군한 중국인 장찰張詧·장건張謇 형제를 만났다. 김택영은 중국으로
망명할 때 장건의 도움을 받아 양자강 하류 남통南通에 정착하게 된다.
그는 장건의 소개로 출판사 일을 보는 것으로 생계를 유지했는데, 그 출
판사가 바로 장건의 형 장찰이 맡고 있던 한묵림인서국翰墨林印書局이다.

이 시에선 주로 망명 이후 자신의 삶을 술회하고 자신을 도와준 은인
에 대한 고마움을 피력하고 있다. 그 내용을 차례대로 짚어보면 다음과
같다.

시의 서두는 자신이 불교의 게송은 좋아하지 않지만 인연설은 말하
길 좋아한다는 말로 시작된다. 조선에서 태어난 자신이 망명해서 중국
에 살게 된 기구한 운명을 불교의 인연설로밖에 설명할 수 없다고 생각
했던 듯하다. 김택영은 1905년 망명하여 이 시를 쓴 1924년 무렵까지
20년 가까이 주로 남통에서 살았다. 본래 통주通州라 불렸던 이곳은 장
건의 근거지이자, 그 자신이 근대적 도시로 성장시킨 곳이었다. 김택영
은 남통에 도착하여 처음 장찰·장건 형제가 세를 낸 집에서 살다가,

2년 뒤 부근의 집에 세를 얻어 이사했고, 다시 8년을 살다가 남통성 허가항許家巷 서남쪽의 집으로 이사를 했다고 한다. 이 집이 바로 차수정借樹亭이다. 마침 옆집은 명나라 유민 포장행包壯行이 지은 것이었는데, 옆집의 여정수女貞樹가 높이 솟아 있어 시인의 집까지 그늘을 드리웠다고 한다. 그늘이 본래 자기 것이 아니기에 돌려주어야 한다고 붙인 이름이다. 시에서 색옹이 나에게 얻어준 깨끗한 수남화북水南花北의 집이란 이곳을 말하는 듯하다.(김택영의 남통 생활에 관해서는 김승룡 교수의 「근대계몽기 김택영의 남통南通 생활에 대한 소고」, 『대동한문학』 제36집, 대동한문학회, 2012를 참조)

이 시기에 그는 창작활동과 병행해서 한문학에 대한 정리·평가와 역사 서술에 힘을 기울였다. 잘 알려진 것처럼 『신자하시집申紫霞詩集』『중편박연암선생문집重編朴燕巖先生文集』『매천집梅泉集』『명미당집明美堂集』 등의 문집과 『한사경韓史綮』『한국역대소사韓國歷代小史』『신고려사新高麗史』 등의 역사서를 편찬 간행했다. 시의 표현처럼 찬술한 책의 분량이 어깨 높이에 올라올 정도였다고 할 수 있다. 그는 이때의 작업을 천년 예원의 정령들을 불러 모시는 일이라고 만족스럽게 생각했다. 이런 작업을 통해 망명한 자신의 처지나 지난 시절 세상에 대해 갖고 있었던 불만도 조금쯤 잊혔는지도 모른다. 해가 바뀌는 것도 모르고 각종 서적의 편찬과 간행에 전념했다고 김택영은 술회하고 있다.

시의 말미에선 다시 은인 장건에 대한 고마움을 표현했다. 망명객인 자신에게 머물 곳과 할 일을 마련해준 장건에게 보답할 길은 그저 한묵림인서국의 일을 묵묵히 하는 것뿐이었고, 장건 역시 시인에게 어떠한 요구도 하지 않았던 듯하다.

비교적 긴 호흡으로 쓴 이 시는 다음과 같이 끝난다. "이 한 몸 마침

이것뿐이니, 삼천 년 세월 생각하며 하늘을 우러러 한 번 웃노라." 자신의 기구한 삶에 이제 종막이 다가옴을 예상해서였을까? 김택영은 지난 세월 탈도 많고 말도 많았던 자신의 삶을 마무리지으면서 하늘 우러러 한 번 웃겠다고 했다. 웃음 속에 담긴 세상에 대한 회한이 긴 여운을 남긴다.

김택영은 1927년 2월 중국 통주에서 병으로 세상을 떴다. 낭산狼山 아래에 묻혔는데, 묘비에 '한국시인김창강지묘韓國詩人金滄江之墓'라고 써 있다고 한다.

제3부

가장된
죽음

땅강아지와 개미가 내 입에 들어오고螻蟻入我口

남효온南孝溫(1454~1492)

자만 4장, 점필재 선생께 올리다自挽四章, 上佔畢齋先生

공손한 마음으로 공조工曹 상공相公 점필재 김선생님께 삼가 아룁니다. 섣달이 이미 다하고 봄철이 시작되어 바야흐로 묵은해를 보내고 새해를 맞이하는 이즈음 문인제자로서 예의상 마땅히 달려가 뵈어야 할 것입니다만 겨울 석 달 동안 병을 앓은 나머지 두 다리가 마비되었고, 또 타고 갈 말도 구할 수 없어서 감히 사람을 보내 안부를 여쭙습니다. 삼가 바라건대 나라를 위하여 몸을 진중히 하소서.

이곳의 저는 병들지 않았을 때, 밖으로 육맥六脈[1]을 짚고 안으로 오장五臟을 살피며, 팔괘八卦를 두루 찾고 용호龍虎를 참고하여 이에 수명

---

1 육맥(六脈): 한의에서 말하는 여섯 개의 맥박으로, 부(浮)·침(沈)·지(遲)·삭(數)·허(虛)·실(實), 혹은 심(心)·간(肝)·신(腎)·폐(肺)·명문(命門)의 총칭이다.

이 얼마 남지 않았음을 알게 되었습니다. 지난가을이 끝날 무렵, 집안의 액운이 크게 겹쳐 상사喪事가 반복되니, 바쁘게 쫓아다니는 사이에 마음이 허하고 미친 듯 두근거리는 병을 얻어 요망하고 실없는 말을 절도 없이 발설하게 되었습니다. 다행히 약물의 힘을 입어 큰 병세는 조금 가라앉았지만 남은 독기가 아직 거세니, 지난번에 얻었던 점괘가 공연한 것이 아니었습니다. 이에 타향살이중에 만가挽歌 네 편을 지었는데, 아들 녀석에게 맡겨 다시 정서淨書한 뒤에 선생의 자리 아래에 올립니다. 비루한 제가 세상맛을 탐내어 명리名利의 관문을 깨치고 나오지 못했음을 지극히 잘 알고 있으니, 어찌 다시 옛사람이 생사를 동일시하고 물아物我를 잊어버리는 경지를 바랄 수 있겠습니까. 다만 병중에 정신이 소모되고 지기志氣가 꺾여서 거친 말이 필시 문리가 이어지지 않을 것이니, 바로잡아주시기를 바랍니다.

端肅謹達冬官相公佔畢金先生座下. 殘臘已盡, 靑陽用事, 方除舊更新之際, 門人弟子, 禮當匍匐往拜, 三冬病餘, 兩脚不仁, 騎馬且不能得, 敢遣人寒暄, 伏惟爲國珍重. 此中小子, 未病時, 外診六脈, 內觀五臟, 旁探八卦, 參之龍虎, 乃知大數近在朝夕, 去秋之秒, 家厄深重, 喪事重重, 奔走之間, 得心虛狂悸之病, 妖言妄語, 發作無節. 幸賴藥力, 大病稍歇, 而餘毒尙梗, 曩所得不虛也, 僑居, 乃作挽歌四篇, 付之豚犬, 更繕寫呈先生座下, 極知鄙人貪戀世味, 不得透利名關, 安能更希古人齊死生了物我之遺意耶. 但病中精神喪耗, 志氣摧挫, 荒詞必不文理接屬, 幸加斤正是望.

제1장

음양이 나뉘기 전에는,	兩儀未判前
도가 무명 질박하였지.2	道在無名朴
태극이 이미 움직인 뒤에는,	太極旣動後
만사가 드넓어 끝이 없도다.	萬事浩無極
이로 인해 좋고 싫어함이 생기고,	由玆好惡生
이 때문에 기심機心3이 쌓이네.	以是機心蓄
누구나 다 빈천을 싫어하여,	莫不惡貧賤
죽을 때까지 작록을 꾀하는구나.	抵死營爵祿
생사의 관문에 이르러서는,	至於生死關
현달한 사람도 면할 수 없네.	達人免不得
경공은 우산에서 낙조를 탄식했고,4	牛山嘆落暉
갈홍은 구루에서 단약을 구했다네.5	句漏求丹藥

---

2 음양이 나뉘기 전에는, 도가 무명 질박하였지(兩儀未判前, 道在無名朴): 음양(陰陽)으로 나뉘지 않은 상태는 이름도 없고 그저 질박했을 뿐이라는 말이다. 『노자老子』 제32장에 "도는 언제나 이름도 없고 질박한 것이다(道常無名·樸)"라고 했다.

3 기심(機心): 사적(私的)인 목적을 이루기 위하여 교묘하게 도모하는 마음을 말한다. 『열자列子』 「황제黃帝」편에 바닷가에서 아무런 기심도 없이 날마다 갈매기와 벗하며 친하게 지내던 사람이 부친의 부탁을 받고 갈매기를 잡으려는 마음을 갖게 되자 갈매기들이 벌써 알아채고는 그 사람 가까이 날아오지 않았다는 이야기가 나온다.

4 경공은 우산에서 낙조를 탄식했고(牛山嘆落暉): 『한시외전漢詩外傳』 권10에 나오는 제(齊) 나라 경공(景公)의 고사를 인용한 것이다. 제나라 경공이 우산(牛山)에 올랐다가 해가 서산에 지자 북쪽의 제나라를 바라보며 이르기를, "아름답구나, 저 나라여! 만약 옛날부터 사람이 죽지 않는 존재였다면 과인(寡人)이 무슨 수로 저 나라를 차지했으랴. 그러나 과인은 장차 저것을 버리고 어디로 갈 것이란 말인가"라고 하고, 엎드려서 옷깃이 젖도록 울었다고 한다.

5 갈홍은 구루에서 단약을 구했다네(句漏求丹藥): 구루(句漏)는 한대(漢代) 교지군(交趾郡)의 현(縣) 이름이다. 진(晉)나라 때 갈홍(葛洪)이 연단(鍊丹)을 통해 장생(長生)하려고 교지에 단사(丹砂)가 난다는 소문을 듣고 구루 현령이 되기를 자청했던 일이 있다.

왕희지는 팽상을 서글퍼했고,[6]　　　　　　　　　右軍悲彭殤

굴원은 닥칠 근심에 상심했네.[7]　　　　　　　屈原傷逖逖

왕가는 사약 사발을 내던졌고,[8]　　　　　　王嘉擲藥卮

추양은 감옥에서 죽을까 두려워했네.[9]　　鄒陽懼梁獄

삶을 탐함이 예부터 이러하니,　　　　　　　貪生古來然

나 또한 세속과 마찬가지라네.　　　　　　　余亦諧世俗

『음부경』 속 신선에 관한 일,　　　　　　　　陰符經內事

하나하나 귀곡 선생께 배웠다네.[10]　　　　一一習鬼谷

6　왕희지는 팽상을 서글퍼했고(右軍悲彭殤): 왕희지(王羲之)는 진(晉)나라 우군장군(右軍將軍)
　　을 지냈기 때문에 우군(右軍)이라고도 부른다. 팽상은 800세를 살았다는 팽조(彭祖)와 요
　　절한 아이(殤子)를 말한다. 『장자莊子』「제물론齊物論」편에, "천하에는 털끝보다 더 큰 것이
　　없을 수 있는 반면에 태산이 작은 것이 될 수도 있고, 요절한 아이보다 더 장수한 이가 없
　　을 수 있는 반면에 800세를 산 팽조를 요절했다고 할 수도 있다(天下莫大於秋毫之末, 而大山
　　爲小, 莫壽乎殤子, 而彭祖爲夭)"라고 했는데, 왕희지는 「난정기蘭亭記」에서, 이를 "죽고 삶을
　　하나로 보는 것은 허탄한 말이고, 팽조와 요절한 아이를 똑같이 보는 것은 망령되이 지어
　　낸 말이다(一死生爲虛誕, 齊彭殤爲妄作)"라고 반박했다.
7　굴원은 닥칠 근심에 상심했네(屈原傷逖逖): 적적(逖逖)은 근심하고 두려워함을 의미한다.
　　굴원(屈原)은 『초사楚辭』「구장九章 비회풍悲回風」에서 "내 지난날의 희망이 실현되지 못
　　함을 원망하고, 장래의 일이 나를 근심케 함을 애도하노라(吾怨往昔之所冀兮, 悼來者之逖逖)"
　　라고 말했다. "장래의 일이 나를 근심케 한다"는 것은 장차 멱라수(汨羅水)로 달려가서 죽
　　을 것임을 말한다.
8　왕가는 사약 사발을 내던졌고(王嘉擲藥卮): 왕가(王嘉)는 한나라 애제(哀帝) 때의 승상으로
　　죽음에 초연했던 인물이다. 간신에게 식읍을 하사함이 부당하다고 극간(極諫)하다 애제의
　　노여움을 사서 하옥되었다. 옥리(獄吏)가 사약을 올리자 약사발을 땅에 던지고 말하기를,
　　"삼공(三公)이 나라를 저버렸으면 마땅히 저잣거리에서 형벌을 받아야 할 것이거늘, 어찌
　　약을 먹고 죽겠는가"라고 말했다.
9　추양은 감옥에서 죽을까 두려워했네(鄒陽懼梁獄): 추양(鄒陽)은 한나라 임치(臨淄) 사람이
　　고, 양옥(梁獄)은 양(梁)나라 감옥이다. 양나라 효왕(孝王)이 참소하는 말을 듣고 추양을
　　하옥시켜 죽이려 하자, 추양이 죽음을 두려워하여 옥중에서 글을 올려 석방된 적이 있다.
10　『음부경』 속 신선에 관한 일, 하나하나 귀곡 선생께 배웠다네(陰符經內事, 一一習鬼谷): 『음
　　부경陰符經』에는 여러 사람의 주석이 있는데 이 책을 귀곡(鬼谷) 선생의 주석을 통해 배웠
　　다는 말이다. 『음부경』은 황제(黃帝)가 지었다고 전하는 도가서(道家書)이고, 귀곡은 전국
　　시대 왕후(王詡)의 별호이다. 왕후가 청계(淸溪)의 귀곡에 살았으므로 귀곡 선생이라 불렸
　　는데 『음부경』에 주석을 달았다고 한다.

거의 해와 달과 별빛을 시들게 하여,	庶幾彫三光
상제처럼 빨리 내달리려 하였지.[11]	與帝驅齊速
어느새 무덤이 말 앞에 이르고,[12]	佳城馬前至
성명이 귀신 명부[13]에 떨어졌구나.	姓名墮鬼錄
땅강아지와 개미가 내 입에 들어오고,	螻蟻入我口
파리 모기떼 내 살을 빨아대네.[14]	蠅蚋嘬我肉
새로 꼰 새끼줄로 내 허리를 묶고,	新繩束我腰
해진 거적으로 내 배를 덮는구나.	弊苫蓋我腹
다섯 딸은 아버지를 찾아 울고,	五女索父啼

---

11 거의 해와 달과 별빛을 시들게 하여, 상제처럼 빨리 내달리려 하였지(庶幾彫三光, 與帝驅齊速): 삼광(三光)은 해와 달과 별을 가리킨다. 불로장생하려 했음을 말한다. 이백(李白)의 「비룡인飛龍引」 2수 중 두번째 수에서 "황제가 옥녀를 태우고 자황 계신 곳을 지나가는데, 자황께서 이에 흰 토끼가 찧은 약을 내려주니, 하늘보다 더디 늙어서 삼광을 시들게 하였네(載玉女, 過紫皇, 紫皇乃賜白兔所擣之藥方, 後天而老凋三光)"라고 했다. 이백의 시는 황제가 정호(鼎湖)에서 단사(丹砂)를 빚은 뒤 용을 타고 하늘로 올라간 일을 읊고 있는데, 황제가 자황(도교의 신 이름)이 주는 선약(仙藥)을 먹고 해·달·별보다 오래 살았다는 의미이다.

12 어느새 무덤이 말 앞에 이르고(佳城馬前至): 가성(佳城)은 무덤을 뜻한다. 『서경잡기西京雜記』 권4에 다음과 같은 이야기가 실려 있다. 한나라 등공(滕公)이 말을 타고 가다가 동도문(東都門)에 이르자 말이 울면서 앞으로 나아가지 않은 채 발로 땅을 긁어 파기에 사졸(士卒)을 시켜 땅을 파보니, 깊이 석 자쯤 들어간 곳에 석곽(石槨)이 있고 거기에 "가성(佳城)이 어둠에 묻혔다가 삼천 년 만에 해를 보리니, 아, 등공이 이 방에 거하리로다"라는 글이 새겨져 있었다고 한다.

13 귀신 명부(鬼錄): 귀록(鬼錄)은 음계(陰界)에서 죽은 사람들의 이름을 명부에 기록하는 것으로, 저승의 귀신 명부를 말한다.

14 땅강아지와 개미가 내 입에 들어오고, 파리 모기떼 내 살을 빨아대네(螻蟻入我口, 蠅蚋嘬我肉): 『장자莊子』 「열어구列禦寇」편에 다음과 같은 일화가 실려 있다. 장자가 죽음을 맞이할 때 제자들이 그를 후하게 장사 지내려 하자, 장자가 그렇게 하지 못하게 하므로, 제자들이 "저희는 까마귀나 솔개가 선생님의 시체를 파먹을까 두렵습니다(吾恐烏鳶之食夫子也)"라고 하니, 장자가 "위에 있으면 까마귀와 솔개의 밥이 되고, 땅속에 있으면 땅강아지와 개미의 밥이 되는 것인데, 그것을 저쪽에서 빼앗아다가 이쪽에다 주려고 하니, 어찌 그리 편벽한가(在上爲烏鳶食, 在下爲螻蟻食, 奪彼與此, 何其偏也)"라고 말했다. 또 『맹자孟子』 「등문공滕文公 상上」에 "파리와 모기가 물어뜯고(蠅蚋姑嘬之)"라는 표현이, 육기(陸機) 「만가시 3수挽歌詩三首」 두번째 수에는 "땅강아지 개미 너희를 어찌 원망하랴(螻蟻爾何怨)"라는 표현이 보인다. 이 구절은 이상의 고사 및 표현들과 일정한 관계에 있다고 볼 수 있다.

한 아들은 하늘 부르며 곡하며,	一男呼天哭
어린 종은 와서 박주를 올리고,	僮來奠薄酒
승려는 찾아와 명복을 빌도다.	僧來祝冥福
경사¹⁵는 풀 베어 제사 지내고,	經師斬草祭
지전은 풀섶에 걸렸는데.	紙錢掛林薄
상여꾼¹⁶은 늙은 뼈 묻고,	香徒瘞老骨
열 달구로 소리 맞춰 무덤 다지네.	十杵齊聲築
이때에 나는 어떠한 마음이던가,	是時余何心
혼돈처럼 일곱 구멍이 막혔네.¹⁷	混沌七竅塞
세상에 있을 때 살고 싶던 마음,	在世欲生心
죽음과 함께 적막한 데로 돌아가네.	與化歸寂寞
여희가 시집올 때 운 것 후회하고,	驪姬悔來泣
약상이 고향으로 돌아간 듯하도다.¹⁸	弱喪歸故國

---

15 경사(經師): 불교에서 불경을 잘 독송하는 법사를 부르는 말이다.

16 상여꾼(香徒):『성호사설星湖僿說』인사문(人事門)에, 우리나라의 이른바 향도(香徒)라고 하는 것은 곧 남의 상여를 메고 그 품값을 받는 자라고 했다. 우리 문헌에 나오는 향도라는 말의 용례는 여러 가지가 있는데, 대체로 불교로부터 시작된 것이라고 한다.

17 혼돈처럼 일곱 구멍이 막혔네(混沌七竅塞): 혼돈(混沌)은 천지가 개벽하기 전에 천지의 원기(元氣)가 아직 나뉘지 않고 한데 엉겨 있는 상태를 말하는 것이다. 『장자莊子』「응제왕應帝王」편에 혼돈에 관한 이야기가 실려 있다. 장자가 말하기를, "남해(南海)의 제(帝)가 숙(儵)이고 북해(北海)의 제가 홀(忽)이고 중앙의 제가 혼돈이다. 숙과 홀이 때때로 혼돈의 땅에서 만나니, 혼돈이 그들을 융숭히 대접했다. 숙과 홀이 혼돈의 덕을 갚으려고 말하기를, '사람들은 모두 일곱 구멍이 있어 보고 듣고 먹고 숨 쉬거늘 이 혼돈만이 그것이 없으니, 뚫어주어야겠다' 하고, 날마다 하나의 구멍을 뚫었더니 7일 만에 혼돈이 죽었다"라고 했다.

18 여희가 시집올 때 운 것 후회하고, 약상이 고향으로 돌아간 듯하도다(驪姬悔來泣, 弱喪歸故國): 여희(驪姬)는 진(晉) 헌공(晉獻公)의 후처로, 애(艾) 땅 봉인(封人)의 딸이었다. 처음 시집왔을 때는 눈물이 옷깃을 적실 정도로 울었지만 궁궐에서 왕과 함께 자고 맛있는 음식을 먹게 된 뒤에는 처음 울었던 일을 후회했다. 약상(弱喪)은 어려서 집을 떠나 오래도록 타향에서 편안하게 살다보니 마침내 고향에 돌아갈 줄도 모르게 된 경우를 말한다. 『장

이는 소문이 거문고를 타지 않고,	昭文不鼓琴
사광이 악기를 치지 않는 격이네.[19]	師曠不技策
생전에 입 벌려 웃을지니,[20]	生前開口笑
누가 이 즐거움 함께할 수 있으랴?	孰能竝此樂
다만 한스럽기는 사람이었을 때에,[21]	但恨爲人時
참혹하게 여섯 가지 액이 있었다네.	慘慘有六厄
얼굴이 못생겨 여색이 다가오지 않고,	貌醜色不近
집이 가난하여 술이 넉넉지 못했네.	家貧酒不足
행실이 더러워서 미치광이로 불렸고,	行穢招狂號
허리가 곧아 높은 사람 노엽게 했지.	腰直怒尊客

자』「제물론齊物論」편에서 장자는 이 두 가지 사례를 들어 삶을 기뻐하는 것이 여희처럼 죽은 뒤를 잘 몰라서 미혹된 일이며, 죽음을 싫어하는 일 역시 약상처럼 어려서 집을 떠나 고향에 돌아갈 줄 모르게 된 것이라고 했다. 이 두 구절은 살아 있을 때는 죽음을 알지 못한 채 싫어하지만 사후엔 죽음이 도리어 즐겁고 편안할 수 있다는 말이다.

19 이는 소문이 거문고를 타지 않고, 사광이 악기를 치지 않는 격이네(昭文不鼓琴, 師曠不技 策): 소문(昭文)은 뛰어난 거문고 연주자였고, 사광(師曠)은 진(晉)나라의 악사(樂師)였다. 『장자』「제물론」편에서, "이루어짐(成)과 이지러짐(虧)이 있는 것은 소문이 거문고를 타 는 경우에 비유할 수 있고, 이루어짐도 이지러짐도 없는 것은 소문이 거문고를 타지 않는 경우에 비유할 수 있다(無成與虧, 故昭氏之不鼓琴也, 無成與虧, 故昭氏之不鼓琴也)"라고 했다. 이 글에선 소문의 거문고 연주를 가지고 이루어짐과 이지러짐의 문제를 논하고 있다. 곧 소문이 거문고를 타면 연주하는 음 외에는 놓치게 되고, 소문이 연주를 하지 않으면 이 루어짐도 놓치는 것도 없게 된다는 말이다. 도연명이 자신의 방에 줄이 없는 거문고(無絃 琴)를 걸어둔 것도 이와 같은 이유에서다.

20 생전에 입 벌려 웃을지니(生前開口笑): 『장자』「도척盜跖」편에 다음과 같은 이야기나 나온 다. 도척이 공자와 만나, 공자를 꾸짖으며 인생이 짧기가 창틈을 지나가는 천리마와 같은 데, 부질없이 이익과 명예에 얽매여 그 마음을 즐겁게 하고 그 목숨을 기를 줄 모르는 사 람은 다 같이 도에 통한 사람이 아니라고 했다. 사람의 삶이 근심으로 가득차 있어, 입을 벌리고 웃을 수 있는 것(開口而笑者)은 한 달에 4, 5일 정도에 불과하다는 것이다. 여기서 는 인생의 덧없음을 일컫는 말로 쓰였다.

21 다만 한스럽기는 사람이었을 때에(但恨爲人時): 이 구절 이하는 도연명의 「의만가사擬挽 歌辭」3수 중 첫번째 수 "다만 한스럽긴 세상 살 적에, 술 충분히 마시지 못한 것이라네(但 恨在世時, 飮酒不得足)"를 남효온 자신의 입장에서 부연한 내용이다.

신발이 뚫어져 발꿈치가 돌에 차이고,	履穿踵觸石
집이 낮아 서까래가 이마 때렸다네.	屋矮椽打額

제2장

인생은 아침이슬이 마르는 것 같아,[22]	人生朝露晞
세월은 머리 위로 재빨리 지나가네.	日月頭上速
천년 뒤 돌아온 학이 돌기둥에 앉으니,	千年鶴歸表
요동의 성곽에는 무덤만 즐비하였네.[23]	有塚滿城郭
터덜터덜 가는 인생길에,[24]	茻茻征途上
불로장생할 사람이 그 누가 있으랴?	孰有長年客
운명 맡은 신이 내 목숨 거둬가고,	司命收我壽

---

22 인생은 아침이슬이 마르는 것 같아(人生朝露晞): 염교 위에 맺힌 이슬처럼 덧없이 지는 인
    생을 표현한 구절이다. 한나라 고조(高祖)에게 반기를 들다 패망한 전횡(田橫)의 죽음을
    두고 그 무리가 지은 만가인 「해로가薤露歌」 2장 중 첫번째 장에서 "염교 위에 맺힌 이슬
    어이 쉽게 마르나. 이슬은 말라도 내일이면 다시 내리지만, 사람은 죽어 한 번 가면 언제
    나 돌아오나(薤上朝露何易晞, 露晞明朝更復落, 人死一去何時歸)"라고 했다.
23 천년 뒤 돌아온 학이 돌기둥에 앉으니, 요동의 성곽에는 무덤만 즐비하였네(千年鶴歸表,
    有塚滿城郭): 천년 뒤 학이 되어 돌아온 정영위(丁令威)의 고사를 가리킨다. 도연명의 『수
    신후기搜神後記』에 "정영위는 본래 요동(遼東) 사람으로 영호산(靈虎山)에서 도를 배워 신
    선이 되었는데, 그가 뒤에 학으로 화하여 성문 앞의 큰 기둥인 화표(華表)에 앉아 있었다.
    이때 한 소년이 활로 쏘려고 하자 학이 날아서 공중을 배회하며 말하기를, '새여, 새여, 정
    영위로다. 집을 떠난 지 천년 만에 이제야 돌아오니, 성곽은 예전과 같은데 백성은 옛사
    람이 아니로다. 어찌 신선술을 배우지 않아 무덤만 즐비한가(有鳥有鳥丁令威, 去家千年今始
    歸. 城郭如故人民非, 何不學仙塚纍纍)'라고 하고 날아가버렸다"는 내용이 나온다.
24 터덜터덜 가는 인생길에(茻茻征途上): 두보(杜甫)의 「옥화궁玉華宮」 시 마지막 구절 '바삐
    가는 인생길에, 누가 장생불사할 사람인고(茻茻征途間, 誰是長年者)"에서 온 표현이다. 옥
    화궁은 당나라 태종이 조성한 이궁(離宮)이었다. 두보의 시구는 이제는 황폐해진 궁궐에
    서 미인(태종)의 죽음을 떠올리며 삶의 덧없음을 탄식한 내용이다.

고양이와 쥐들이 내 양식 뺏어가네.	貓鼠奪我食
무당들은 내 옷을 나누어 가지고,	巫師分我衣
다른 사람이 내 집에 들어오네.	他人入我屋
연단하던 방에는 『홍보』[25]만 남았고,	鍊室遺鴻寶
글방에는 서책만 놓여 있구나.	文房有書冊
늙은 어머니는 시신 만지며 통곡하고,	老母撫屍痛
친한 벗은 상여 줄 당기며 곡하네.	親朋執引哭
선산[26]에 장사 지낼 때,	相送南陽阡
언 시신 나무토막처럼 뻣뻣하네.	凍屍直如木
초라하게 박한 술로 제상 갖추어,	草草魯酒奠
내게 술 따르고 무덤에 들게 하네.	酹我入新宅
저승은 까마득히 만리나 먼 곳이라,	九泉邈萬里
아득하고 아득하여 이승과 막혀 있네.	茫茫與世隔
하늘은 본래 소리도 냄새도 없고,	上天無聲臭
높고 넓으며 텅 비고도 고요하지.	高廣且寥廓
지극히 은밀해서 들어도 들리지 않고,	至隱聽不聞
지극히 정미해서 흔적도 찾을 수 없네.[27]	至微軌不搏

---

25 『홍보鴻寶』: 비서(祕書)의 제목이다. 『한서漢書』「유향전劉向傳」에 "회남왕(淮南王)이 베개 속에 간직한 『홍보원비서鴻寶苑祕書』가 있는데 세상 사람은 그것을 본 자가 없었다. 갱생 (更生)의 아버지 덕(德)이 무제(武帝) 때 회남의 옥(獄)을 다스리면서 그 책을 얻었는데 갱생이 기이하게 여겨 나라에 바쳤다"라고 했다.

26 선산(南陽阡): 남양천(南陽阡)은 본래 선천의 무덤 앞길을 말하는데 여기서는 선산(先山) 을 가리킨다. 『한서漢書』「원섭전原涉傳」에 "무제(武帝) 때에 경조윤(京兆尹) 조씨(曹氏)가 무릉(茂陵)에 장사하고 그 묘도(墓道)를 경조천(京兆阡)이라 일렀는데, 원섭(原涉)이 그것 을 보고 선모(羨慕)하여 마침내 땅을 사서 묘도를 열고 표(表)를 세워 서(署)하기를 남양 천(南陽阡)이라고 했다"라는 기록이 보인다.

27 지극히 은밀해서 들어도 들리지 않고, 지극히 정미해서 흔적도 찾을 수 없네(至隱聽不聞,

귀신과 더불어 길흉이 합치하고,	鬼神合吉凶
사철과 더불어 변화를 함께하니,	四序同消息
세상에 있을 때 좋고 싫은 생각들,	在世好惡念
하나도 가슴속에 걸린 것이 없다네.	無一掛胸臆

제3장

무양²⁸이 나의 충성 천거하니,	巫陽薦我忠
상제가 내 재주에 기뻐하네.	上帝悅我才
용백²⁹국의 거인이 잉어에다 멍에 얹고,	龍伯駕文鯉
비의 신이 티끌 먼지 걷어내네.	雨師開塵埃
우레 신이 길을 깨끗이 치우고,	雷公淸道路
나를 맞으러 화양으로 오네.³⁰	逆我華陽來
조서를 붉은 진흙으로 봉하니,	詔書紫泥封
추강秋江³¹ 모퉁이 밝게 비추네.	照輝秋江隈

至微軌不搏):『노자老子』 제14장에 "보아도 보이지 않는 것을 이(夷)라 하고, 들어도 들리지
않는 것을 희(希)라 하며, 만져도 만져지지 않는 것을 미(微)라 한다(視而不見, 名曰夷, 聽而不
聞, 名曰希, 搏之不得, 名曰微)"라고 했다. 이 세 가지는 모두 도(道)를 가리키는 말이다.

28 무양(巫陽): 전설 속의 여무(女巫)로 상제의 명을 받고 혼백을 주관하는 일종의 저승사자
이다.

29 용백(龍伯): 옛날 용백국(龍伯國)의 거인(巨人)으로 키가 30길이 되는데, 몇 걸음에 다섯
신산(五山)에 이르러 한 번에 신산을 이고 있는 여섯 마리의 거오(巨鰲)를 낚았다고 한다.

30 나를 맞으러 화양으로 오네(逆我華陽來): 용백국의 거인과 비를 맡은 신인 우사(雨師), 우
레를 맡은 신인 뇌공(雷公) 등 하늘의 사자들이 나를 데려가기 위해 화양(華陽)으로 내려
왔다는 말이다. 화양은 삼각산(三角山) 남쪽인데, 신선이 사는 곳인 화양동(華陽洞)을 의
미하기도 한다. 여기에선 중의적으로 사용된 것으로 보인다.

31 추강(秋江): 본래 가을 강이란 의미지만 남효온의 호도 추강(秋江)이기 때문에 여기에선

나는 천상 영관[32]에 와 있건만,	天上榮觀至
인간 세상에선 친척들이 슬퍼하네.	人間九族哀
아내는 관 앞으로 나아가서,	室人就柩前
허둥지둥 한잔 술 올리며,	匍匐奠單桮
내게 "저승에 돌아가면,	謂我歸重泉
음식은 어디에 의탁할꼬?"라고 하네.	食飲焉托哉
어찌 알리오 사후의 즐거움이,	焉知死後樂
생전의 재앙보다 더 나은 줄을.	勝於生前災
내 일찍이 인간의 몸이었을 때,	余嘗爲人時
온 세상이 쓸모없는 재주를 비웃었네.	擧世嘲散材
현명한 이는 나의 방랑함을 미워하고,	賢人憎放浪
귀인은 나의 영락함을 능멸했지.	貴人陵傾頹
궁귀[33]는 쫓아도 오히려 달라붙고,	窮鬼逐猶隨
돈은 절대로 다가오지 않았네.	孔方絕不徠
서른여섯 해를 사는 동안,	三十六年間
언제나 세인의 시기를 받았네.[34]	長被物情猜

남효온 자신을 가리키는 의미로도 사용되었다.

32 영관(榮觀): 궁궐을 말한다. 『노자』 제26장에 "비록 궁궐에 있을지라도 편안하게 태연히 거처한다(雖有榮觀, 燕處超然)"라고 했다. 영관을 영화나 굉장한 구경거리란 의미로 풀이해서 "아무리 굉장한 구경거리가 있다 하더라도 동요되지 않고 편안히 거하면서 외물(外物)을 초월한다"라고 해석하기도 한다.

33 궁귀(窮鬼): 항상 사람에게 달라붙어서 그 사람을 곤궁하게 만드는 다섯 귀신을 말한다. 당대 한유(韓愈)가 「송궁문送窮文」을 지어 지궁(智窮), 학궁(學窮), 문궁(文窮), 명궁(命窮), 교궁(交窮)이란 다섯 궁귀를 쫓아버리려고 한 적이 있다.

34 서른여섯 해를 사는 동안, 언제나 세인의 시기를 받았네(三十六年間, 長被物情猜): 김종직이 이 시를 읽고 남효온에게 보낸 답장 중에 "'서른여섯 해를 사는 동안, 언제나 세인의 시기를 받았네'라고 하였소. 이것은 자찬(自讚)함이 깊은 것이고, 또 정성스레 이 세상을 잊지 못하는 생각이 있으니, 이런 사람이 어찌 아침이슬처럼 갑자기 죽을 리가 있겠소

오늘밤은 다시 어떤 밤이던가,	今夕復何夕
연화대³⁵ 위에 이 몸을 서게 하였네.	立我蓮花臺
붉은 대궐은 빛나고 드넓은데,	彤庭赫弘敞
차례로 구빈³⁶이 늘어섰네.	秩秩九賓開
상빈이 「녹명」을 노래하고,³⁷	湘濱歌鹿鳴
복비가 「남해」를 연주하니,³⁸	虙妃彈南陔
음악 소리 희와 이를 뒤섞었고,³⁹	簫管混希夷
붉은 구름⁴⁰ 금 술잔을 채웠네.	紅雲盛金罍
계단에 붉은 활⁴¹을 늘어놓고 부르니,	陛陳彤弓招
광주리로 폐백을 받아 돌아오네.	承筐玄幣回

('三十六年間, 長被物情猜.' 其自讚也, 深矣, 且有拳拳不忘斯世之慮焉, 是豈溘先朝露之人哉)"(『점 필재강집佔畢齋集』권1 「답남추강서答南秋江書」)라고 했다.

35 연화대(蓮花臺): 불좌(佛座)를 말한다. 화대(華臺)·연대(蓮臺)라고도 하는데, 부처나 보살 들이 앉은 연화의 좌대를 말한다. 극락세계에는 연화대가 있다 한다. 또 정토(淨土)에 왕 생하는 이가 앉는 9종의 연화대를 구품연대(九品蓮臺)라고 한다. 평생 지은 업(業)의 깊고 얕음에 따라 9등으로 나뉘는데, 중상품은 연화대에 앉는다고 한다.

36 구빈(九賓): 임금이 우대하는 아홉 손님을 말한다. 공(公)·후(侯)·백(伯)·자(子)·남(男)· 고(孤)·경(卿)·대부(大夫)·사(士)가 그것이다.

37 상빈이 「녹명」을 노래하고(湘濱歌鹿鳴): 상빈(湘濱)은 상강(湘江) 물가로, 순(舜)임금의 두 비(妃)인 아황(娥皇)과 여영(女英)이나 상강에 빠져 죽은 굴원(屈原)이 모두 관련된다. 하 지만 내용상으로는 아황과 여영을 가리키는 것으로 보는 편이 자연스러울 듯하다. 「녹명 鹿鳴」은 『시경詩經』 소아(小雅)의 편명으로 빈객을 연향(宴饗)하는 것을 읊은 시이다.

38 복비가 「남해」를 연주하니(虙妃彈南陔): 복비(虙妃)는 복희씨(伏羲氏)의 딸로, 낙수(洛水) 에 익사하여 수신(水神)이 되었다고 한다. 「남해南陔」는 『시경』 소아의 편명으로 효자가 서로 경계하여 부모를 봉양함을 읊은 시이다. 가사는 전하지 않는다.

39 음악 소리 희와 이를 뒤섞었고(簫管混希夷): 색깔도 없고 소리도 없는 오묘한 음악 소리가 울려퍼진다는 말이다. 주 27 참조.

40 붉은 구름(紅雲): 선인(仙人)이 머무는 곳에는 항상 붉은 구름이 에워싸고 있다는 이야기 가 있기 때문에 제왕(帝王)의 궁궐을 형용할 때 홍운(紅雲)이라는 표현을 많이 쓴다.

41 붉은 활(彤弓): 동궁(彤弓)은 임금이 공이 있는 사람에게 하사하는 붉은 활이다. 『시경』 「소아 동궁」편에 "풀어놓은 붉은 활을 받아서 보관했더니, 내 아름다운 손님 있어 진심으 로 주려 하네(彤弓弨兮, 受言藏之, 我有嘉賓, 中心貺之)"라고 했다.

옥황상제는 나를 보고 웃고,　　　　　　玉皇向我笑

뭇 신선들 나를 끼고서 배회하네.　　　　群仙擁徘徊

은혜를 받은 하루아침에,　　　　　　　　承恩一朝間

명성이 팔방에 떨치네.　　　　　　　　　聲名振八垓

사후의 복이 누가 나와 같을까,　　　　　冥福誰我竝

나를 위해 재물 허비하지 말지어다.　　　毋爲我傾財

제4장

신선의 무리 항만도[42]는,　　　　　　　仙曹項曼都

가소로울 뿐 아니라 망령되고 용렬한 사람이라.　堪笑妄庸人

그대 보건대 화식火食하는 사람,[43]　　　君看火食者

누가 죽지 않는 몸 가졌던가?　　　　　　孰有不死身

어저께 밤 비파를 탈 때에는,　　　　　　昨宵彈琵琶

맑은 소리 구천에 통하더니.　　　　　　　淸聲徹九旻

오늘 새벽 네 줄이 끊어져,　　　　　　　今晨四絃斷

나를 적막한 곳에 눕게 하네.　　　　　　臥我寂寞濱

42　항만도(項曼都): 하동(河東) 포판(蒲坂) 사람으로, 신선술을 배운 지 3년 만에 돌아와서
　　궁금해하는 집안사람에게 다음과 같은 요지의 말을 남겼다. 선인들이 자신을 붙들고 달
　　에서 몇 리 떨어진 곳에 멈추고, 선인이 선주(仙酒)를 마시게 했는데, 한 잔씩 마실 때마
　　다 주리지도 않고 시간이 얼마나 흘렀는지도 모르고 무슨 잘못을 했는지도 모르다가 다
　　시 지상으로 돌아왔다는 것이다. 하동에서는 이 때문에 그를 척선인(斥仙人)이라 불렀다.
　　『논형論衡』 「도허편道虛篇」에 항만도의 이야기가 실려 있는데, 항만도가 도술을 좋아하여
　　먼 곳에 갔다가 소득 없이 돌아와선 거짓으로 지어낸 이야기라고 보았다.
43　화식하는 사람(火食者): 음식을 익혀 먹는 속세의 평범한 사람들을 가리킨다.

몽당붓에는 거미줄 얽혔고,	禿筆胃蛛網
마른 벼루엔 누런 먼지 쌓였네.	枯硯沒黃塵
부질없이 호리사⁴⁴를 지어와서,	空成蒿里詞
길옆 만장이 어지럽게 날리네.	路左挽紛繽
누런 구름은 얼어서 날리지 않고,	黃雲凍不飛
흰 상여는 덜컹거리며 굴러가네.	素車驅轔轔
백부님 숙부님 길을 끼고 따르며,	伯叔挾路隨
마흔도 못 되어 죽은 것 탄식하네.	嘆我未四旬

—『추강집秋江集』 권1

---

44 호리사(蒿里詞): 옛날의 만가(輓歌)를 말한다. 진(晉)나라 최표(崔豹)의 『고금주古今註』에
서 "해로(薤露)와 호리(蒿里)는 모두 초상 때 부르는 노래로, 전횡(田橫)의 문인(門人)에게
서 나왔다. 전횡이 자살하자 문인들이 상심하여 비가(悲歌)를 지었는데, 그 내용은 사람
의 목숨은 염교에 맺힌 이슬처럼 덧없고 사람이 죽으면 혼백이 호리산(蒿里山), 즉 묘지
로 돌아간다는 것이다"라고 설명했다.

이 시는 현재 전하는 자만시 중 최초로 '자만'이란 제목을 단 작품이다. 1489년 시인의 나이 36세 때 지어졌는데 본래 스승 김종직에게 올리는 편지의 별지에 쓰여 있던 것이다. 남효온은 편지에서 자신의 수명이 얼마 남지 않았음을 말하고, 자신의 병과 집안의 흉액과 상사_{喪事}로 인한 괴로움 속에서 얻은 깨달음을 자만시로 써냈다고 적고 있다. 김종직은 남효온을 항상 '우리 추강_{吾秋江}'이라고 불렀을 만큼 단순히 제자를 대하는 것 이상의 깊은 신뢰를 보였다고 한다. 그런 스승을 문안하는 편지에 굳이 자만시를 써서 질정을 구했다는 점에서 의미심장하다.

「자만 4장」은 죽음-장례-매장-사후세계-매장 이후의 일로 구성되어 있다. 이런 구성 방식은 도연명의 자만시와 유사하다. 하지만 상장례의 과정이 시간 흐름대로 전개되는 도연명의 작품과 달리 남효온의 시는 상장례의 과정이 일정하게 반복되면서 그 사이에 삽입된 사후세계(제3장)가 부각된다.

대체로 볼 때 제1장과 제2장은 유사한 내용과 구조로 이루어져 있다. 누구도 피할 수 없는 죽음-자신의 죽음-장례 정경은 양자의 공통된 부분이다. 하지만 두 수의 시는 서로 모순되는 표현으로 마무리된다는 점에서 이질성을 보이기도 한다. 이런 유사성의 반복과 상호 모순되는 의식의 대비는 반드시 의도된 것이라 할 수는 없지만 시 전반에 묘한 긴장감을 불러일으킨다. 제1장에서 우리의 관심을 끄는 것은 자신의 죽음의 정경을 묘사하는 장면이다.

어느새 무덤이 말 앞에 이르고,

성명이 귀신 명부에 떨어졌구나.
땅강아지와 개미가 내 입에 들어오고,
파리 모기떼 내 살을 빨아대네.
새로 꼰 새끼줄로 내 허리를 묶고,
해진 거적으로 내 배를 덮는구나.

만시에선 대체로 삶과 죽음의 현격한 대비가 부각된다. 내용 중의 '귀신 명부鬼錄'란 표현은 도연명 「의만가사擬挽歌辭」 첫번째 수의 "어제 저녁에는 똑같이 산 사람이었으나, 오늘 아침에는 귀신 명부에 이름 올랐구나昨暮同爲人, 今旦在鬼錄"로부터 온 것이다. '땅강아지 개미들 내 입에 들어오고'란 구절은 육기陸機 「만가시 3수挽歌詩三首」 중 두번째 수의 "땅강아지 개미 너희를 어찌 원망하랴螻蟻爾何怨"를 연상시키지만, 주검의 참혹한 모습을 사실적으로 그려내고 있다는 점에서 특별하다. 이전의 만시 혹은 자만시에서 찾아보기 어려운 표현이기 때문이다. 참혹한 주검의 모습은 제2장에서도 발견된다. "선산에 장사 지낼 때, 언 시신 나무토막처럼 뻣뻣하네" 같은 예가 그렇다. 이런 표현들은 중세 서구의 '마카브르macabre'를 연상시키는 측면이 있다. 15세기, 특히 16세기에 들어 서구인들은 죽음에 대한 허구적 관념 대신 실제의 죽음에, 곧 악취를 풍기며 구더기에 뜯어 먹히는 참혹한 시체의 모습에 부쩍 관심을 가지게 되었다고 한다. 프랑스의 역사학자 필리프 아리에스Philippe Ariès에 따르면, 이것은 우리 모두의 죽음에서 '나의 죽음'으로 관심이 옮겨가는 증거라고 한다.(『죽음 앞의 인간L'homme devant la mort』) 시신 훼손에 대한 묘사는 우리가 아니라 '나의 죽음'을 부각한 특징적 사례로서 주목함직하다. 이전의 만시에서 삶과 죽음의 공간적 대비를 표현하는 데 그쳤다면, 남효온의 자만시는 산 자와 죽은 자의 신체적 대비에까지 나아가고 있다고 볼 수 있다. 이런 표현들은 시에서 자연 삶과 죽음의 대비를 심화시킨다. 그리고 그 현격한 격차는 죽음을 통해 삶의 문제를 부각시키는 데 더욱 효과적인 방식이 된다. 제1장의 마지막 부분은 다음과 같다.

> 다만 한스럽기는 사람이었을 때에,
> 참혹하게 여섯 가지 액이 있었다네.
> 얼굴이 못생겨 여색이 다가오지 않고,
> 집이 가난하여 술이 넉넉지 못했네.
> 행실이 더러워서 미치광이로 불렸고,
> 허리가 곧아 높은 사람 노엽게 했지.
> 신발이 뚫어져 발꿈치가 돌에 차이고,
> 집이 낮아 서까래가 이마 때렸다네.

생전의 '한恨' 운운은 도연명의 「의만가사」 첫번째 수의 마지막 부분 "다만 한스럽긴 세상 살 적에, 술 충분히 마시지 못한 것이라네但恨在世時, 飮酒不得足"에서 온 것이다. 남효온은 이를 여섯 가지 액으로 부연하고 있는데, 이는 다시 가난과 세평世評의 문제로 묶어볼 수 있다. 동아시아 고전문학에서 음주는 세속의 질서에 반항하는 의지의 표시였다. 술의 쾌락은 사람의 평정 상태를 무너뜨리기 때문에 현실체제와 조화할 수 없게 한다. 그런 점에서 술의 부족을 탓하는 것은 단순히 가난의 문제에 국한되지 않고 현실에 대한 불만을 제기하는 것으로 해석할 수 있다. 남효온은 여기에 자신에게 부정적인 세평을 덧붙임으로써 그런 의식을 노골화하고 있다.

반면, 제2장의 말미에선 "세상에 있을 때 좋고 싫은 생각들, 하나도 가슴속에 걸린 것이 없다네"라며 앞서 제시한 '생전의 한'을 무화시켜 버린다. 이런 표현은 제1장과 제2장이 유사한 내용과 구조를 공유하고 있음에도 의식은 물론 미적 국면에서조차 대비되는 결과를 가져온다. 이 책 뒤의 「자만시에 대하여」에서 설명할 진관秦觀 자만시의 '애원哀怨'과 도연명 자만시의 '초탈'을 보는 듯하다. 동일한 작품 내에서 제1장과 제2장이 갖는 구조적 반복과 주제의식상의 대비 그리고 양자의 논리적 모순은 역설적으로 남효온의 버리지 못한 삶에 대한 열망을 보여준다. 이 점은 제3장에서 극명하게 드러난다.

　　　무양이 나의 충성 천거하니,
　　　상제가 내 재주에 기뻐하네.
　　　용백국의 거인이 잉어에다 멍에 얹고,
　　　비의 신이 티끌 먼지 걸어내네.
　　　우레 신이 길을 깨끗이 치우고,
　　　나를 맞으러 화양으로 오네.
　　　조서를 붉은 진흙으로 봉하니,
　　　추강秋江 모퉁이 밝게 비추네.
　　　(…)
　　　오늘밤은 다시 어떤 밤이던가,
　　　연화대 위에 이 몸을 서게 하였네.
　　　붉은 대궐은 빛나고 드넓은데,
　　　차례로 구빈이 늘어섰네.
　　　상빈이 「녹명」을 노래하고,

복비가「남해」를 연주하니,

음악 소리 희와 이를 뒤섞었고,

붉은 구름 금 술잔을 채웠네.

계단에 붉은 활을 늘어놓고 부르니,

광주리로 폐백을 받아 돌아오네.

옥황상제는 나를 보고 웃고,

뭇 신선들 나를 끼고서 배회하네.

은혜를 받은 하루아침에,

명성이 팔방에 떨치네.

시인이 상정한 사후의 세계는 불우한 현실과 대비된다는 측면에서, 한국 고전문학 중 몽유록夢遊錄 계열 작품의 서사 방식을 연상시킨다. 이런 기법은 비슷한 시기 김시습의『금오신화金鰲新話』중의「남염부주지南炎浮洲志」「용궁부연록龍宮赴宴錄」이나 심의沈義의「대관재몽유록大觀齋夢遊錄」(원제는「기몽記夢」)과 같은 작품과 기식을 같이한다. 이런 구도는 남효온의 다른 작품에서도 발견된다.「수향기睡鄉記」(『추강집秋江集』권4)가 그런 예다. 시의 구조상 시인이 천상의 궁궐에서 받는 대접이 융숭하면 융숭할수록 현실의 누추함은 도드라지게 된다. 남효온은 이를 숨기지 않고 직설적으로 토로하기까지 한다. 사후세계에서의 영예와 즐거움을 누리는 내용 중간에 다음과 같은 내용이 삽입되어 있다.

내 일찍이 인간의 몸이었을 때,

온 세상이 쓸모없는 재주를 비웃었네.

현명한 이는 나의 방랑함을 미워하고,

귀인은 나의 영락함을 능멸했지.

궁귀는 쫓아도 오히려 달라붙고,

돈은 절대로 다가오지 않았네.

서른여섯 해를 사는 동안,

언제나 세인의 시기를 받았네.

현실의 자아는 세상으로부터 쓸모없다고 조롱당하고, 때론 방랑벽으
로, 때론 영락한 처지로 인해 미움과 멸시를 받는다. 시인은 이것을 평
생토록 세상의 시기를 받은 것이라고 말한다.

마지막 제4장에서 시인은 다시 자신의 장례 정경으로 시선을 돌리고
있다. 시인의 죽음은 "몽당붓에는 거미줄 얽혔고, 마른 벼루엔 누런 먼
지 쌓였네"와 같이 상징되고, 마지막 가는 길은 "부질없이 호리사를 지
어와서, 길옆 만장이 어지럽게 날리네. 누런 구름은 얼어서 날리지 않
고, 흰 상여는 덜컹거리며 굴러가네"와 같이 스산하기 그지없다. 이런
결말은 앞서의 사후세계에서의 영예와 대조되어 현실 속 자아의 비극
적 운명을 부각시키게 된다.

이 시가 상정하고 있는 독자인 김종직 역시 이 여섯 가지 한과 36년
간 세상으로부터 받은 시기에 대해 주목하고 있다.

우리 추강은 세상의 여섯 가지 액을 슬퍼한 것 같지만 마침내는, "서른
여섯 해를 사는 동안, 언제나 세상의 시기를 받았네"라고 하였소. 이것은
자찬함이 깊은 것이고, 또 정성스레 이 세상을 잊지 못하는 생각이 있으
니, 이런 사람이 어찌 아침이슬처럼 갑자기 죽을 리가 있겠소? 吾秋江, 則似
傷其在世六厄, 而竟云, "三十六年間, 長被物情猜", 其自讚也, 深矣, 且有拳拳不忘斯世之慮焉, 是豈

김종직은 남효온의 시가 자신의 불운을 슬퍼하는 듯하지만, 실제론 강한 자부심이 깃들어 있다고 지적한다. "서른여섯 해를 사는 동안, 언제나 세인의 시기를 받았네"(제3장)라는 말은 불우가 자신의 문제가 아니라 자신을 정당하게 평가하지 못하는 세상의 문제임을 이야기하고 있다는 것이다. 그래서 이 작품은 자신의 죽음을 읊는 듯하지만, 실제론 삶의 문제를, 그중에서도 특히 부정한 현실의 모순들을 드러낸 것이 된다.

김종직은 같은 편지에서 남효온의 시가 도연명과 진관의 자만시를 계승했음을 밝히고 있다. 진관 시의 흔적은 자기연민의 미감으로부터 "지전은 풀섶에 걸렸는데"(제1장)와 같은 표현에 이르기까지 다양한 층위에서 발견된다. 도연명의 시가 초탈을, 진관의 시가 애원의 방식을 취했다면, 남효온은 자신의 삶을 사후와 현생으로 대비시키며 광달曠達과 비감의 정서를 오가고 있다. 사후의 세계를 긍정한다는 점에서 일면 달관을 연상시키기도 하지만, 동시에 현생에서의 불우를 자탄하고 있다는 점에서 자기연민의 면모 또한 가지고 있다. 이 시가 보여주는 혼란상을 스승 김종직은 어떻게 받아들였을까? 김종직은 이를 다음과 같이 재치 있게 풀이하고 있다.

나는 옛사람이 자기 묻힐 자리를 미리 만들어놓는 경우가 많다는 말을 들은 적이 있소. 또 시골 노인이 스스로 관을 만들고 의복과 이불 등 염습의 물건까지도 빠짐없이 다 준비하고, 죽을 때까지 관 속에 누워보곤 하는 것을 본 적이 있소. 이는 다만 미리 준비해둔다는 의미만이 아니라 은연중 오래 살기를 기원하는 것이라고 비웃는 자도 있소. 지금 추강이 만시를 모의한 것도 이런 종류가 아니오?僕嘗聞, 古之人, 多有豫作壽藏之兆者. 又嘗見鄕中老人, 自治棺槨, 至其衣衾斂襲之物, 無一不備, 常常自臥其中, 以迄沒齒, 此蓋非徒爲緩急之用, 或有哂其暗行祈禳之術者焉. 今秋江之擬挽, 無乃類是耶?

김종직은 이 시가 실제 죽음을 예비한다기보다 삶에 대한 욕구를 은연중 표출한 것이라고 지적한다. 이런 점은 자만시의 계보에서 볼 때 결코 드물지 않은 국면이지만, 남효온의 작품은 이를 극대화했다고 평가할 만하다. 그것은 무엇보다도 사후세계의 설정과 같은 독특한 표현 방식에서 이유를 찾을 수 있다. 앞서 언급한 것처럼 남효온의 작품 안에서 사후세계는 시인이 처한 현실과 상대된다. 시인은 이 사후세계의 조명을 통해 은연중 현실의 문제를 부각시키고 있다. "사후의 복이 누가 나와 같을까, 나를 위해 재물 허비하지 말지어다"(제3장)라고 현실에 미련이 없음을 가장해도, 그 말이 도리어 어떤 바람으로 들리는 것도 그 때문이다. 애써 현실을 외면하면서도 결국 현실적 가치에 대한 미련을 버리지 못하는 자아의 모습, 그것이 이 시가 어떠한 경로를 거치더라도 결국 현실의 음화陰畫가 될 수밖에 없는 이유일 것이다.

저승이 참으로 내 고향이로다 九原眞我鄕

최기남崔奇男(1586~?)

도연명의 만시[1]에 화운한 시 3장和陶靖節輓詩三章

내 나이가 예순셋인데, 몇 해 전부터 왼쪽 귀가 먹어 소리를 분별하지 못하게 되었다. 올해 오른팔에 병이 나 굽히거나 펴지도 못하게 되어 침과 뜸으로 치료하고 약도 먹어보았지만 병이 잘 낫지 않으니 기력이 점점 쇠해간다는 것을 깨닫게 되니, 생로병사란 말은 참으로 거짓이 아니구나. 신음하던 중에 우연히 도연명의 문집에서 자만시를 보게 되니 슬픈 감정이 일어나 붓을 잡고 그 운자를 따라 시를 지어 내 마음을 달래본다.

吾年六十三, 數年前左耳聾, 不辨聲音. 今年右臂病, 不能屈伸, 連砭灸, 兼且服藥, 不差快, 氣力漸覺衰敗, 生老病死之語, 信乎不誣. 呻吟

---

1 도연명의 만시(陶靖節輓詩): 도연명의 「의만가사擬挽歌辭」 3수를 말한다.

中, 偶閱靖節集, 看到自挽, 悵然感懷, 命筆步其韻以自遣云.

제1장

자연의 변화 따라 죽음으로 돌아가리니,[2]	乘化會歸盡
예순 해 삶 어찌 짧다 하리.	六十敢言促
다만 한스럽기는 스승과 벗 잃고,	但恨失師友
기록할 만한 선행이 없다는 것뿐.	無善可以錄
몸 떠난 넋 흩어져 어디로 갔는가?	游魂散何之
바람만이 무덤 앞 나무에서 울부짖겠지.	風號墓前木
살아 있을 때 나 알아주는 이 없었나니,	在世無賞音
날 애달파하며 곡해줄 사람 누구랴.	吊我有誰哭
비록 아내와 자식들 운다고 해도,	縱有妻兒啼
컴컴한 저승에서 내 어찌 느끼랴.	冥冥我何覺
귀한 이의 영화도 모를 것이니,	不省貴者榮
어찌 천한 자의 욕됨을 알리오.	焉知賤者辱
푸른 산 흰 구름 속에,	靑山白雲中
돌아가 누우니 부족함 없으리.	歸臥無不足

---

2   자연의 변화 따라 죽음으로 돌아가리니(乘化會歸盡): 도연명 「귀거래혜사歸去來兮辭」의
    "자연의 변화 따르다가 죽음으로 돌아가니(聊乘化以歸盡)"에서 온 표현이다.

제2장

살아선 콩과 물³도 배불리 먹지 못했는데,	生不飽菽水
죽은 뒤 어찌 술과 음식 차려주길 바라랴.	死何羅豆觴
한 잔 술도 다시 마시지 못하리니,	一勺不復飮
한 점의 고긴들⁴ 어찌 맛볼 수 있으리오.	一臠那得嘗
관은 도성 문을 나가,	行出國都門
영원히 무덤⁵가로 돌아가네.	永歸西陵傍
숲 바람 목멘 듯 슬피 울고,	林風咽悲響
산 위 뜬 달 시름겨운 빛으로 엉겨 있으리.	山月凝愁光
인간 세상은 잠시 몸 부쳤다 가는 곳이니,	人間聊寄爾
저승⁶이 참으로 내 고향이로다.	九原眞我鄕
누가 해골의 즐거움⁷을 알리오,	誰知髑髏樂

---

3 콩과 물(菽水): 변변하지 못한 음식을 의미한다. 『예기禮記』 「단궁檀弓 하下」에 실려 있는 다음 내용으로부터 온 표현이다. 자로가 집이 빈한해서 어버이에 대한 효도를 제대로 하지 못한다고 한탄하자, 공자가 "콩과 물을 마시더라도 어버이를 기쁘게 해드린다면 효라고 할 수 있다(啜菽飮水盡其歡, 斯之謂孝)"라고 했다.

4 한 점의 고기(一臠): 『장자莊子』 외편 「지락至樂」편에 실려 있는 다음 고사에서 온 표현이다. 노(魯)나라 때 해조(海鳥)가 노나라 교외에 날아와 앉았다. 노나라 임금은 그 새를 모셔다가 종묘에서 잔치를 베풀고 순(舜)임금의 음악인 구소(九韶)를 연주하고 소·양·돼지의 고기로 극진하게 대접하니, 그 새는 어리둥절하여 근심하고 슬퍼하다가 3일 만에 죽었다.

5 무덤(西陵): 서릉(西陵)은 본래 초(楚)나라 왕들의 무덤이 있던 곳인데, 후일 전용되어 무덤의 의미로도 쓰인다.

6 저승(九原): 구원(九原)은 본래 전국시대 진(晉)나라 경대부들의 무덤이 있던 산이다. 후일 전용되어 지하 또는 저승의 비유로도 쓰인다.

7 해골의 즐거움(髑髏樂): 『장자』 외편 「지락」편에 실려 있는 다음 고사에서 온 표현이다. 장자가 초(楚)나라로 가는 길에 모양만 남아 속이 빈 해골을 보았다. 장자는 말채찍으로 해골을 치면서 어떻게 죽어서 해골이 된 것인지를 따져 묻곤 해골을 베개 삼아 누워 잤는데, 해골이 꿈에 나타나 죽게 되면 산 자와 같은 괴로움이 없으며, 위로 군주가 없고 아래로는 신하가 없기에 즐겁다고 말했다. 장자가 믿지 못하고 수명을 관장하는 신에게 부탁해서 다

천지자연의 장구한 시간과 더불어 끝이 없다네.　　　天地同未央

제3장

저 북망산 길 돌아보니,	睠言北邙道
솔바람은 차고 쓸쓸한데.	松風寒蕭蕭
까마귀떼 모였다 다시 흩어지며,	羣鴉集復散
황량한 들판 울며 맴돌며 나는구나.	飛鳴遶荒郊
가만히 흐르는 샘물은 절로 잔잔하고,	暗泉自潺湲
여기저기 산만 공연히 높구나.	亂山空嶕嶢
외로운 무덤엔 한 줌 흙 모았고,	孤塚聚一坏
백양나무8엔 여러 가지들 모여 있네.	白楊攢衆條
처량한 저승세계에선,	凄涼九泉下
아득하고 멀어 밤과 아침도 없으리.	冥漠無昏朝
육신9이 공허로 돌아가거니,	四大返空虛
명예와 비방이 내게 무슨 상관이랴.	毀譽於我何

시 살아나게 해주겠다고 제안하자, 해골은 왕의 즐거움보다 더한 죽음세계의 즐거움을 버
리고 다시 인간 세상의 괴로움을 반복하지 않겠다고 거절했다.
8 백양나무(白楊): 백양은 고대 중국에서 무덤 위에 심는 나무로 무덤을 가리키는 말로 쓰인
다. 두보(杜甫)의 시 「장유壯遊」에 "두곡에 노인들 이미 많이 죽어, 사방 들판에는 백양나
무 많구나(杜曲晩耆舊, 四郊多白楊)"라고 했고, 백거이(白居易)의 「한식야망음寒食野望吟」에
선 "팥배나무 꽃이 백양나무에 비치니, 모두 생사 간에 이별하는 곳이라네(棠梨花映白楊樹,
盡是死生離別處)"라고 했다.
9 육신(四大): 사대(四大)에서 대(大)는 그 이상 더 큰 것이 없다는 뜻으로 오늘날의 원소에
해당한다고 볼 수 있다. 지(地: 뼈), 수(水: 피·고름), 화(火: 온기), 풍(風: 호흡)의 사대가
화합하여 하나의 몸이 되는 것이다. 여기에서 사대는 사람의 육신을 가리킨다.

해와 달을 구슬 삼고,	日月爲璣璧
하늘과 땅을 집으로 삼네.	天地爲室家
누가 구곡 노인[10]의 무덤인 줄 알리오,	誰知龜老藏
나무꾼 목동이나 와서 슬피 노래하리.	樵牧來悲歌
먼 훗날 천년만년 뒤에도,	千秋萬歲後
적막하게 산모퉁이에 놓여 있겠지.	寂寞依山阿

—『구곡시고龜谷詩稿』권1 상

---

10 구곡 노인(龜老): 구로(龜老)는 최기남 자신을 가리킨다. 최기남의 호가 구곡(龜谷)이기
   때문에 이같이 말한 것이다.

최기남이 도연명의 「의만가사 擬挽歌辭」에 화운 和韻한 작품이다. 최기남은 대표적인 중인 시인 중의 한 사람이다. 중인 시인들이 가진 중인서리층으로서의 자의식은 신분적 한계에 대한 불만으로 표출되곤 한다. 그 중에서도 최기남은 신분적 한계에 대한 의식의 정도가 높은 편에 속한다. 그는 도연명의 시 중에서 왜 「의만가사」에 화운했던 것일까? 병서 幷序에 따르면, 최기남은 신병으로 인해 도연명의 「의만가사」에 주목하게 되었다고 했다. 일종의 '공감'으로부터 창작이 유발된 경우다. 공감은 죽음을 눈앞에 둔 자신의 병약한 처지로부터 비롯되었다. 시인은 병서에서 화도시 和陶詩 창작이 의도적인 것이 아니라 우연히 이루어진 것임을 강조하고 있지만, 이 우연성 역시 가탁된 창작 명분의 하나일 뿐이다. 그의 말대로 공감에서 비롯되었다면 「의만가사」의 주제의식을 그대로 계승할 법하지만, 실제 내용을 검토해보면 일정한 차이 또한 발견된다.

도연명의 자만시 3수는 입관-장송-매장의 순서로 내용이 전개된다. 최기남의 시는 이와 달리 매 장마다 자신의 삶에 대한 회한과 상장례의 장면이 오버랩되는 한편, 저승이 자신이 진정 안주할 수 있는 곳임을 거듭 강조하고 있다. 이는 시인의 현실적 처지와 밀접한 관련을 갖는 것으로 보인다. 최기남은 선조의 부마인 신익성 申翊聖의 노비 출신이라는 이야기가 전할 만큼 출신 성분의 한계가 분명했던 인물이다. 타고난 시적 재능으로 신흠 申欽·신익성 부자는 물론 이경석 李景奭·조경 趙絅에게도 높은 평가를 받아 사대부들 사이에 알려지게 되었지만, 신분의 한계로 인해 그의 삶은 몹시 빈궁했다. 그가 죽을 때 관조차 마련할 수 없을 만큼 가난하여 여러 문인이 돈을 대 장례를 치렀다는 기록은 이를 잘 보여준

다.(장지연張志淵,『일사유사逸士遺事』권3)

　도연명의 자만시가 현실에 대한 불만을 "다만 한스럽긴 세상 살 적에, 술 충분히 마시지 못한 것이라네但恨在世時, 飮酒不得足"라고 넌지시 비유했던 반면 최기남은 현실의 곤궁과 사후의 문제를 보다 구체적으로 대비시키고 있다. 제2장에 나오는 "살아선 콩과 물도 배불리 먹지 못했는데, 죽은 뒤 어찌 술과 음식 차려주길 바라랴生不飽菽水, 死何羅豆觴"같은 표현이 그렇다. 대체로 보아 죽음이 나쁜 이유는 삶이 우리에게 주는 풍요로움이 박탈되기 때문이라고 할 수 있다. 여기에 대해서는 현대 철학자들이 죽음에 대해 제기한 문제들을 참조할 필요가 있다. 예일대 교수인 셸리 케이건Shelly Kagan은『죽음이란 무엇인가Death』란 책에서 죽음이 과연 나쁜 것인가 하는 질문을 우리에게 던진다. 가치론적으로 볼 때 죽음은 삶의 모든 좋은 것을 송두리째 앗아가기 때문에 나쁜 것이라고 볼 수 있다고 한다. 그런 관점에서 볼 때 최기남의 언술은 죽음을 통해 도리어 삶의 문제를 제기한 것이라고 볼 수 있다. 이 시에서 시인은 자신의 삶이 결코 좋지 않았음을 드러내고 있다. 죽음에 대해서 기대하지 않는 이유 역시 자신의 삶에 어떤 좋은 것도 없었기 때문이다. 최기남이 주목하는 것은 무엇보다 죽음, 더 정확하게는 매장까지의 과정이다. 자신의 시신을 담은 관은 도성 문을 나서 영원히 무덤으로 돌아간다. 이때 숲 바람도 슬피 목멘 듯 울고, 산 위에 뜬 달엔 시름겨운 빛愁光마저 엉겨 있다.(제2장)

　그래서일까? 최기남의 시에 등장하는 상장례의 공간은 아무도 돌보지 않는 고독하고 쓸쓸한 정경이 집중적으로 부각된다. "몸 떠난 넋 흩어져 어디로 갔는가? 바람만이 무덤 앞 나무에서 울부짖겠지. 살아 있을 때 나 알아주는 이 없었나니, 날 애달파하며 곡해줄 사람 누구랴游魂

散何之, 風號墓前木. 在世無賞音, 弔我有誰哭"(제1장) "저 북망산 길 돌아보니, 솔바람은 차고 쓸쓸한데. 까마귀떼 모였다 다시 흩어지며, 황량한 들판 울며 맴돌며 나는구나晻言北邙道, 松風寒蕭蕭. 羣鴉集復散, 飛鳴遶荒郊" "누가 구곡 노인의 무덤인 줄 알리오, 나무꾼 목동이나 와서 슬피 노래하리誰知龜老藏, 樵牧來悲歌"(이상 제3장) 등이 대표적인 예다. 시인의 죽음이 외롭고 쓸쓸한 이유는 이처럼 자신을 진정으로 이해해주는 사람이 없기 때문이다. 도연명의 자만시에도 "거친 풀 어찌 그리 무성한가, 백양나무도 바람에 우수수 소리 낸다荒草何茫茫, 白楊亦蕭蕭" "말은 하늘 우러러 울부짖고, 바람은 절로 소슬하다오馬爲仰天鳴, 風爲自蕭條"와 같이 무덤의 스산한 정경이 묘사되기는 하지만, 최기남의 경우는 외롭고 쓸쓸함이 더욱 두드러진다.

그런데 최기남이 현실에서 처한 문제는 도연명과는 달리 신분적 한계로부터 기인한다. 그래서 도연명의 원시에는 없는 국면이 새롭게 부각된다. 제2장의 "한 잔 술도 다시 마시지 못하리니, 한 점의 고긴들 어찌 맛볼 수 있으리오一勺不復飲, 一臠那得嘗"와 "해골의 즐거움髑髏樂"이란 표현이 그런 예다. 두 표현은 모두『장자莊子』「지락至樂」편의 일화를 바탕으로 하고 있다. 전자는 노나라 임금이 바닷새海鳥에게 어울리지 않는 음악과 주연을 베푸니 새가 당황하여 감히 한 잔의 술과 한 점의 고기도 먹지 못하고 사흘 만에 죽었다는 고사로부터 온 것이다. 후자는 장자가 초나라 가는 길에 맞닥뜨린 해골과의 대화중에 나오는 내용이다. 장자가 해골이 된 것을 애처롭게 여긴 데 대해 해골은 자신의 즐거움을 이야기한다. 죽게 되면 산 자와 같은 괴로움이 없는데, 특히 죽음의 세계는 위로 군주가 없고 아래로는 신하가 없기에 즐겁다는 것이다. 이런 표현들은 신분제 질서 하에서 자신의 가치에 걸맞은 대우를 받지 못한 채, 가난과 고통 속에서 삶을 영위할 수밖에 없는 시인 자신의 처지를 암시한다.

최기남은 자만시 외에도 「자제문自祭文」과 자전自傳인 「졸옹전拙翁傳」을 남기고 있다. 이 작품들은 각기 71, 74세에 지어졌는데, 시기적으로 가장 뒤의 작품인 「졸옹전」 안에 다시 자만시와 자제문을 인용하고 있어서 세 작품 간의 밀접한 관련성을 짐작할 수 있다. 최기남은 「졸옹전」에서 자신이 "생업은 농업이나 상업도 아니요, 그럴듯한 호칭도 없는業不農商, 身無號名" 어중간한 중인 출신임을 토로하면서, "보는 사람마다 조소하지만 어딘지 모르게 교만한 기색이 있다人見之, 莫不調笑, 熙然有驕傲之色"라고 자평했다. 자신을 비웃는 양반들에 대해서는 "저들의 현달함이 지혜로 얻은 것이 아니요, 나의 궁함이 어리석음으로 인한 것이 아닌즉, 모두 타고난 것이요, 인위적으로 어찌할 수 있는 일이 아니다. 그러니 저들과 같지 않음을 부끄러워한다면 본래부터 그렇게 된 이치를 모르는 것이다彼之達非智得, 此之窮非愚失, 則皆天也, 非人也, 以不若人爲恥, 則不識固然之理矣"라고 서슬 퍼런 자존심을 드러내기도 했다. 하지만 현실은 결코 녹록지 않아서 자신의 신념대로 행할 수 없기에, "평생 졸함으로써 스스로 지켜 분수 밖의 일은 조금이라도 두려워 피할斯人生平, 以拙自守, 分外雖一毫, 瞿然畏避" 수밖에 없었음을 밝혀두고 있다.

최기남의 자만시에 그려진 외롭고 쓸쓸한 상장례의 공간은 이렇게 현실에 대한 근원적인 부정의식으로부터 비롯된 것이라 할 수 있다. 아무도 돌보지 않는 쓸쓸한 무덤과 주변의 음산하고 처절하기까지 한 정경은 기실 현실에서 철저히 외면받았던 시인의 비극적 처지를 형상화한 것이다. 이 시에서 가장된 죽음은 자신에 대한 연민을 드러내는 수사적 장치로서 기능하고 있다.

내 유골이 묻혀 영원한 밤이 오고 掩骼自長夜

권시權諰(1604~1672)

도연명의 만가[1]에 차운하여 짓다 次陶挽歌韻 3수

첫번째 수

나의 삶 반백 년을 넘었으니,	吾生過半百
지금 죽어도 이미 짧은 것은 아니리.	卽死已非促
오십육 하고도 또 두 해를 더 살았으니,	七八又二年
어느 때에나 귀신 명부에 이름 오를까?	幾時登鬼錄
영혼 비록 있다고 하지만,	魂氣雖云在
형체에 붙은 것은 마른나무 같구나.	寄形如枯木

---

1 도연명의 만가(陶挽歌): 도연명의 「의만가사擬挽歌辭」 3수를 가리킨다. 제목을 「만가시挽歌詩」「만가挽歌」「만가사挽歌辭」「의만가擬挽歌」 등으로도 부른다.

진솔하게 걱정하고 기뻐하며,　　　　　　　　　　憂喜隨眞率

미친 듯 북치며 노래하고 또 곡하네.　　　　　狂歠歌且哭

득실은 말 타고 활 쏘는 데[2] 맡기니,　　　　得失任弓馬

시비를 지금도 깨닫지 못하겠네.　　　　　　　是非今未覺

어찌 굳이 백년 뒤 기다리랴,　　　　　　　　　何須百年後

이미 영예와 치욕 알지 못한다네.　　　　　　已不知榮辱

다만 또한 세상 살 적에,　　　　　　　　　　　但亦在世時

술 충분히 마시지 못했다네.[3]　　　　　　　　飮酒不得足

두번째 수

평생에 술 마시기 어렵더니,　　　　　　　　　平生有酒難

시렁[4] 위엔 빈 술잔 놓여 있구나.　　　　　　庋閣置空觴

음식도 어긋난 적 많았으나,　　　　　　　　　飮食多謬誤

이제는 먹으려 해도 맛볼 수 없네.　　　　　伊今欲不嘗

죽은 뒤 다시 무엇에 쓰리오마는,　　　　　死後更何用

부질없이 귀신 옆에 베풀어놓았구나.　　　徒然設鬼傍

2　말 타고 활 쏘는 일(弓馬): 궁마(弓馬)는 말 타고 활 쏘는 일을 의미한다. 무예와 관련된 일
　　을 널리 가리키는 말로 쓰인다.

3　다만 또한 세상 살 적에, 술 충분히 마시지 못했다네(但亦在世時, 飮酒不得足): 도연명 「의만
　　가사」 첫번째 수의 "다만 한스럽긴 세상 살 적에, 술 충분히 마시지 못한 것이라네(但恨在
　　世時, 飮酒不得足)"에서 '한(恨)' 자를 '역(亦)' 자로 바꾼 것이다.

4　시렁(庋閣): 기각(庋閣)은 음식을 놓아두는 시렁을 말한다. 사람이 죽었을 때 시신을 염한
　　뒤 장례하기 전까지 빈소를 마련하고 아침저녁으로 음식을 올리는 것을 전(奠)이라 하는
　　데, 사람이 막 죽었을 때 처음 올리는 전은 기각에 남아 있던 것으로 올려도 된다고 한다.

헐뜯는 말 많은 신세라,	身世多口病
바로 보려 해도 눈이 보이지 않네.	卽欲無眼光
고대광실과 황량한 풀 속 무덤,	高堂與荒草
어느 곳이나 내 고향 아님이 없네.	何莫非吾鄕
항상 도를 깨치지 못할까 두려워했는데,	常恐未聞道
살아서도 죽어서도 즐거움은 끝이 없어라.	存沒樂未央

세번째 수

봄날과 가을 풀,	春日與秋草
희희낙락하고 또 쓸쓸하구나.	熙熙亦蕭蕭
어느 해 어느 달 어느 날,	何年何月日
나를 묻으러 멀리 교외로 나가네.	死我出遠郊
새 무덤은 겨우 돋워 있고,	新壙纔突兀
옛 선조 무덤들은 우뚝우뚝 솟아 있네.	先墳舊嶕嶢
경작하던 밭 나무꾼과 목동 차지 되었고,	耕田任樵牧
무덤가 심은 나무5는 가지 무성해졌네.	丘木滿枝條
내 유골이 묻혀 영원한 밤이 오고,	掩骼自長夜
속된 생각 끊어 마음 고요히 하니 곧 오늘 아침이네.	冥心卽今朝
속된 생각 끊어 마음 고요히 하니 곧 오늘 아침이니,	冥心卽今朝
삶과 죽음 둘 다 잊음이 어떠한가?	死生兩忘何

---

5 무덤가 심은 나무(丘木): 구목(丘木)은 무덤가에 심은 나무를 말한다.

다만 바라기는 인간 세상에서,	但願人間世
각각 몸과 집안 보중하는 것.	各保身與家
복희씨 때 사람[6] 같은 마음으로,	共心羲皇上
「격양가」[7]를 서로 창화唱和한다.	相和擊壤歌
돌아와 죽는 일 예로부터 있었던 것이니,	歸來逝終古
함께 더불어 산모퉁이에 맡길 뿐.	同與託山阿

—『탄옹집炭翁集』권2

---

6 복희씨 때 사람(羲皇上): 도연명이 「아들 엄 등에게 주는 소與子儼等疏」에서 "나는 항상 오
   뉴월에 북쪽으로 난 창 밑에 누워 있는데 시원한 바람이 살랑살랑 불어오면, 스스로 옛날
   태평성대의 제왕인 복희씨 이전의 사람이 된 듯한 기분이 든다(常言五六月中, 北窓下臥, 遇
   涼風暫至, 自謂是羲皇上人)"라고 말한 데서 온 표현이다.
7 「격양가擊壤歌」: 요(堯)임금 때 어떤 노인이 지었다는 노래로 격양(擊壤)은 땅을 두드린다
   는 뜻이다. 노래 내용은 다음과 같다. "해가 뜨면 일어나고, 해가 지면 쉬면서, 내 우물 파
   서 물 마시고, 내 밭 갈아서 밥 먹나니, 임금의 힘이 나에게 무슨 상관이 있으랴(日出而作,
   日入而息, 鑿井而飲, 耕田而食, 帝力於我何哉)." 요임금 시절에 천하가 태평하고 백성들이 편
   안했음을 보여주는 노래로 일컬어진다.

권시가 도연명陶淵明의 「의만가사擬挽歌詞」 3수에 차운次韻한 작품이다. 그의 아버지 득기得己 역시 자만시를 남긴 바 있다.(제1부 「저승까지 한을 품고 가리라」 참조) 권시는 잠야潛冶 박지계朴知誠의 문인으로, 예학禮學에 조예가 깊었던 인물이다. 숙종 대 예송禮訟 문제로 당쟁이 격화되었을 때 송시열·송준길과 대립하여 윤선도를 지지하는 상소를 올렸다가 파직되기도 했다.

한국 한시사漢詩史에서 도연명은 많은 이의 관심을 받았고, 「의만가사」는 자만시의 효시가 되는 작품으로 조선시대 시인들에게도 일정한 영향을 미쳤다. 「의만가사」는 크게 두 가지 방식으로 수용되었는데, 한 가지는 도연명의 시에 화운하는 방식이고, 다른 한 가지는 주제나 의경, 특정 표현을 계승하는 방식이다. 권시의 작품은 도연명의 자만시를 원래의 운자대로 따라 쓴 차운시다. 내용에 있어서도 대체로 원시의 주제 의식을 따르고 있다. "다만 또한 세상 살 적에, 술 충분히 마시지 못했다네"(첫번째 수), "평생에 술 마시기 어렵더니, 시렁 위엔 빈 술잔 놓여 있구나"(두번째 수), "돌아와 죽는 일 예로부터 있었던 것이니, 함께 더불어 산모퉁이에 맡길 뿐"(세번째 수) 등의 구절을 읽어보면 도연명의 「의만가사」를 따르고 있음이 잘 드러난다.

도연명 작품에 대한 차운시(화운시)는 그 자체로 도연명의 처지나 인생에 대한 태도에 공명하고 이를 선택한 것이라 볼 수 있다. 권시의 문집인 『탄옹집炭翁集』에는 이 시 외에도 여러 수의 도연명 시에 대한 차운작과 화운작和韻作이 있는 것으로 보아 평소 그가 도연명의 시에 관심이 많았음을 짐작할 수 있다. 그러나 차운시라고 해서 모두 원시의 내용을 따르고 있는 것만은 아니다. 조선시대 도연명 시에 대한 가장 많은 차운 작품을 남긴 이만수李晚秀(1752~1820)의 경우 「의만가사」의 운만 취했을 뿐 그 시는 원시와 무관한 내용으로 이루어져 있다. 따라서 권시의 차운 시는 내용에 있어서도 도연명 자만시에 공감한 사례로 볼 수 있을 것이 다. 다만 아버지 권득기가 「자만自挽」이란 시를 남기고 있는 것으로 보아, 그의 「의만가사」 차운에는 아버지가 스스로 자신의 만시를 썼던 것을 계승하고자 하는 의식도 담겨 있던 듯하다.

권시는 대체로 도연명 시의 시상詩想을 따라가는 방식으로 차운하고 있다. 하지만 차이도 없는 것은 아니다. 두번째 수의 자신의 신세를 한 탄한 부분과 도를 깨치지 못할까 두려워했다는 부분이 그것이다. 도연 명의 「의만가사」 두번째 수가 "하루아침에 집 문을 나서 떠나면, 돌아올 날 분명 기약이 없으리—朝出門去, 歸來夜未央"라고 한 것과 달리 이 시에선 "항상 도를 깨치지 못할까 두려워했는데, 살아서도 죽어서도 즐거움은 끝이 없어라常恐未聞道, 存沒樂未央"라고 마무리하고 있다. 공자의 "아침에 도를 들으면 저녁에 죽어도 괜찮다朝聞道, 夕死, 可矣"(『논어論語』 「이인里仁」)를 염두에 둔 표현이다. 이런 표현은 도학자로서 사물의 당연한 이치를 탐 구하려는 간절함과 함께, 도를 깨우친다면 살아서는 순하고 죽어서는 편안해서 더이상 여한이 없음을 나타내고 있다. 이런 '문도聞道'에 대한 추구는 현실의 삶으로부터 초탈을 말하는 도연명의 시에는 보이지 않 는 부분이다.

앞서 언급했듯이 권시는 효종의 초상에 자의대비慈懿大妃의 복제服制를 3년으로 해야 함을 주장하고, 삼년복三年服을 주장한 윤선도尹善道를 죄주 지 말 것을 상소했다가 송시열·송준길을 비판했다는 이유로 삼사三司의 논박을 받던 끝에 파직된다. 파직되곤 광주廣州 소곡素谷 선영 아래에 우거했는데, 1668년 송준길의 추천으로 한성부 좌윤에 임명되었지만 나아가지 않았다. 그리고 이듬해 탄방炭坊의 옛집으로 돌아가 은거하다가 1672년 1월 24일 세상을 떴다. 그가 두번째 수에서 말한 헐뜯는 말 많은 신세란 이 일들과 무관치 않을 듯하다. 그런 측면에서 마지막 수에서 "다만 바라기는 인간 세상에서, 각각 몸과 집안 보중하는 것"이라고 쓴 것도 의미심장하다. 당쟁에 휘말렸던 한 지식인의 체험으로부터 나온 표현이기 때문이다. 권시의 차운시가 도연명 시의 생사 초탈의식을 계승하고 있다는 점과는 일면 모순되기도 하지만, 도리어 그 이질성 때문에 그 바람이 더욱 절절하게 느껴지기도 한다.

어찌 인간 세상 연연하여 다시 살아오랴何戀人間又活來

김조순金祖淳(1765~1832)

스스로 애도하며自悼

아녀자 사내 할 것 없이 밤새도록 슬프게 호곡하니,

女哭男號徹曉哀

집집마다 재기再朞[1] 돌아왔음 알겠구나.   家家知是再朞廻

등불 앞에서 스스로 당시 일 떠올리노라니,   燈前自念當時事

어찌 인간 세상 연연하여 다시 살아오랴.   何戀人間又活來

—『풍고집楓皐集』권5

---

1   재기(再朞): 고인이 세상을 뜬 지 두 돌이 된 것을 이르는 말이다.

김조순의 자도시自悼詩다. 자도시란 자신의 처지를 스스로 애도하는 내용의 시를 말한다. 일반적으로 자도시는 자만시와 차이를 보인다. 내가 나를 돌이켜본다는 점에서 시적 발화 방식의 유사성이 발견되지만, 그 내용이 반드시 자신의 죽음과 연결되는 것은 아니기 때문이다. 자도시의 경우 자신의 현실적 고통을 토로하는 데 그치는 경우도 많다. 하지만 김조순의 시는 자신의 죽음을 가정하고 죽고 나서 두 해 뒤 기일의 정경을 상상하고 있다는 점에서 자만적 작품이라고 보기에 부족함이 없다. 죽은 자의 눈으로 자신의 죽음을 돌아보는 자만시의 창작 방식이 적용되고 있기 때문이다.

시는 남녀가 모두 소리 내서 슬프게 우는 다소 갑작스런 장면 제시로 시작된다. 이는 이어진 구절에서 제시하고 있듯이 자신의 재기일이 돌아왔기 때문이다. 전구轉句에선 말 그대로 시상이 전환되어 죽은 자신이 과거의 일을 회상하고 있다. 그 일이 무엇인지는 드러나 있지 않지만, 마지막 구절에서 다시 인간 세상으로 돌아오고 싶지 않다고 하는 것으로 보아 '당시의 일當時事'이 시인을 몹시도 절망시켰던 일임은 분명하다. 이 작품만으론 삶에 미련을 갖지 않을 만큼 시인을 괴롭힌 일이 구체적으로 무엇인지 알 수 없다. 다만, 이를 이런 독특한 시적 상황으로 표현해내는 시작 능력만큼은 주목될 필요가 있다. 자만시가 '나의 죽음'을 다루고 있지만 이를 통해 은연중 현실 속 나의 문제를 다룬다는 점도 상기할 필요가 있다.

주지하는 것처럼 김조순의 집안은 서울 북촌 자하동紫霞洞에 세거世居하면서 '장동壯洞 김문金門'이라 불리던 경화거족이었다. 척화의 상징적

인물인 청음淸陰 김상헌金尙憲을 배출한 이래 김수항金壽恒과 김창집金昌集 부자가 연이어 영의정을 지내면서 노론을 지도하는 핵심적 가문이 되었다. 후일 흥선대원군과 대립한 세도정치의 핵심인물인 좌근左根이 그의 셋째 아들이었던 데서도 이 점은 잘 드러난다. 김조순 자신도 일찍부터 관직에 진출하여 정조의 신임을 받았고, 순원왕후純元王后의 아버지로서 순조 대 국정의 실권을 장악했다. 하지만 한편으론 연암燕巖 일파의 학자들과 교유를 통하여 북학北學과 패관소품稗官小品에 몰입하기도 했다. 또 김려金鑪와 함께 청나라 책 『우초신지虞初新志』를 모방하여 『우초속지虞初續志』를 편찬하기도 했다. 이런 패관소품의 탐독으로 인하여 문체가 바르지 못하다는 정조의 견책을 받고 사행 도중에 자송문自訟文을 지어 올린 바도 있다. 이 시의 기발한 착상 역시 그의 문학적 특성을 보여주는 사례의 하나로 활용됨직하다.

살아서는 하늘에 순응하고 죽어서는 편안하거니

生順死則安

전우田愚(1841~1922)

『도연명집』의 「의자만가사擬自挽歌辭」[1]에 화운하다 3수和陶集擬自挽歌辭
三首

첫번째 수

인생이란 겨우 얼마나 되던가,	人生財幾時
늘그막[2]이 어느새 시간 재촉하는구나.	崦嵫俄已促
얼고 주림 스스로 괘념치 않는데,	凍餓不自念
부귀영화 따위 참으로 누가 기록하랴.	榮耀諒誰錄

---

1 『도연명집』의 「의자만가사擬自挽歌辭」: 도연명의 시 원제목은 「의만가사擬挽歌辭」다.
2 늘그막: 엄자(崦嵫)는 『초사楚辭』 「이소離騷」의 "희화에게 명하여 해 지는 속도 늦추게 하고,
   엄자산 바라보며 가까이 가지 못하게 하네(吾令羲和弭節兮, 望崦嵫而勿迫)"에 나오는 산 이름
   으로, 옛날에는 해가 이곳으로 들어간다고 생각했다. 만년 또는 노년의 비유로 쓰인다.

저녁에 죽는데 아침에 도 들은 것 없으니,[3]	夕死無朝聞
초목과 함께 썩을 뿐이네.	同腐有草木
어리석은 자는 듣고 기뻐하는데,	惑者聞之喜
곡하는 어진 선비는 누구일까.	誰歟賢士哭
한 번 형체와 정신이 떨어진 뒤부터,	一自形神離
은혜와 원한도 다시 깨닫지 못하리.	恩怨不復覺
후한 장례 이미 걸맞지 않으니,	厚葬旣不稱
구렁에 버려져도 욕된 것 아니라네.	溝壑未爲辱
바라건댄 이승의 사람으로,	願言陽界人
온갖 행실 충족되길 힘써 구했으면.	務求百行足

두번째 수

산 위의 달이 내 촛불 되고,	山月爲我燭
강물은 내 마실 술이 되네.	江水爲我觴
무덤[4]에도 어진 이 어리석은 이 있건만,	夜臺有賢愚
누구와 더불어 함께 술 맛볼까?	誰與我同嘗
혼기는 조화와 더불어 노니는 것이니,	魂氣與化遊
안도 없고 곁도 없구나.	無內亦無傍

---

3 저녁에 죽는데 아침에 도 들은 것 없으니(夕死無朝聞):『논어論語』「이인里仁」편의 "선생님 께서 말씀하셨다. 아침에 도를 들으면 저녁에 죽어도 괜찮다(子曰, 朝聞道, 夕死, 可矣)"를 뒤집어 쓴 것이다.

4 무덤(夜臺): 야대(夜臺)는 죽은 사람이 머무는 곳으로 무덤이나 저승을 말한다. 야실(夜室)이라고도 한다.

지하엔 음기가 많이 쌓여 있으니,　　　　　　　地底羣陰積

일촌의 빛5이 되고 싶구나.　　　　　　　　　願爲一寸光

어디에서 만물을 화육하여,　　　　　　　　　于以育萬物

이를 써서 제향6에 알리나?　　　　　　　　　庸此報帝鄕

세월은 어찌 그리 유유한가,　　　　　　　　日月何悠悠

천지도 넓기만 하구나.　　　　　　　　　　　天地亦央央

세번째 수

바라는 바는 있으나 공이 이루어지기도 전에,　　有願功未就

머리카락 먼저 빠지는구나.　　　　　　　　　鬢髮先蕭蕭

하루아침에 두 눈 감은 채,　　　　　　　　　一曙瞑兩目

붉은 명정銘旌이 먼 교외로 나가는구나.　　　丹旌出遠郊

무덤 앞에 이르자 사람들 다 흩어지고,　　　神扉人散盡

우뚝 솟은 산만 바라보네.　　　　　　　　　但見山嶕嶢

5　일촌의 빛(一寸光): 미몽을 깨워줄 수 있는 빛. 혹은 주희(朱熹)의 「우성偶成」시라고 알려
　진 "소년은 늙기 쉽고 학업은 이루기 어렵나니, 한 치의 시간도 가벼이 여겨서는 안 되리.
　못가 봄풀의 꿈 채 깨기도 전에, 뜰 앞 오동잎에 벌써 가을 소리 들리네(少年易老學難成, 一
　寸光陰不可輕, 未覺池塘春草夢, 階前梧葉已秋聲)"의 '일촌광음(一寸光陰)'에서 온 말로 볼 수도
　있다. 주희의 「우성」은 실제론 일본 관중중체(觀中中諦)의 「진학해進學齋」(『청장집靑嶂集』)
　란 작품일 가능성이 높다고 한다.
6　제향(帝鄕): 도연명(陶淵明)의 「귀거래사歸去來辭」에 "그만두어라, 형체를 우주 안에 붙이고
　다시 얼마나 살리오. 어이해 가고 머묾을 마음대로 하지 않고, 어찌하여 황급히 어디를 가
　려고 하는가. 부귀는 내가 바라는 바 아니요, 제향도 기약할 수 없는 일이라(已矣乎, 寓形宇
　內復幾時, 曷不委心任去留, 胡爲乎遑遑欲何之, 富貴非吾願, 帝鄕不可期)"라고 한 데서 온 말이다.
　제향은 신화에서 천제(天帝)가 사는 곳이나 선계를 가리킨다.

예로부터 귀하고 현달한 자,	從古貴顯者
이렇게 적막한 신세 되지 않은 자 누구인가.	誰靡此蕭條
달인은 이런 이치를 알아서,	達人識斯理
세상에 오고 감에 아침저녁과 같이 여기네.	來去等夜朝
가련하구나 속세 속 나그네는,	可憐塵中客
애쓰면서 결국 무엇 하려고 하는가?	營營竟爲何
살아서는 하늘에 순응하고 죽어서는 편안하거니,[7]	生順死則安
떠돌다 집에 돌아가는 것과 같다네.	如旅得返家
백년의 삶 눈 깜짝할 사이에 지나가니,	百年一瞬過
덧없는 인생 응당 노래하고 웃어야 하리.	浮生當笑歌
육신과 명예 둘 다 용속庸俗해져서,	身名兩悠悠
어디에도 구속받지 않고 하늘[8]로 올라가네.	脩然入天阿

—『간재집艮齋集』 전편속前編續 권6

---

7 살아서는 하늘에 순응하고 죽어서는 편안하거니(生順死則安):『논어』「이인」편의 "선생님
께서 말씀하셨다. 아침에 도를 들으면 저녁에 죽어도 괜찮다"를 두고,『논어집주論語集註』
에선 "도는 사물의 당연한 이치이니, 진실로 그것을 얻어 듣는다면 살아서는 순하고 죽어
서는 편안해서 다시 남는 한이 없을 것이다(道者, 事物當然之理, 苟得聞之, 則生順死安, 無復遺
恨矣)"라고 풀이했다. 장재(張載)의 「서명西銘」에도 "생존해서 나 하늘에 순응해 섬기면, 죽
어서도 나 편안하리라(存吾順事, 沒吾寧也)"라고 했다.
8 하늘: 천아(天阿)는 천아성(天阿星)으로 별 이름이다. 청대 왕염손(王念孫)은 천아는 은하
(天河)라고 했다. 여기서는 운자를 고려한 표현으로 보아 천아로 해석하지 않고 천(天)의
의미로만 풀이했다. 문면상으론 천아성으로 들어간다고 해석할 수도 있다.

구한말의 학자 전우의 자만시다. 시제에 「『도연명집』의 「의자만가사擬自挽歌辭」에 화운하다和陶集擬自挽歌辭」라고 한 데서 도연명 자만시의 화운작임을 알 수 있다.

전우는 구한말 국가 존망이 위태로운 현실 속에서 도학道學을 일으켜 국권을 회복하려 했던 인물이다. 박영효朴泳孝는 수구당守舊黨의 괴수魁首로 전우를 지목하고, 개화를 실현시키기 위해선 그를 죽여야 한다고 고종에게 여러 차례 청한 바 있다. 한편으론 파리장서巴里長書에 서명을 거절함으로써 유림들에게도 비난을 받았다. 1912년 계화도界火島에 정착하여 중화中華를 계승한다는 뜻으로 계화도繼華島라 부르면서 세상을 떠날 때까지 저술과 제자 양성에 힘썼다.

전우가 이 시를 쓴 것은 문집의 편차로 보아 대체로 1905년 전후였을 것으로 보인다. 이 무렵 그는 을사늑약의 소식을 듣고 '오적신五賊臣'을 벨 것을 청하는 상소를 올리기도 했다. 전우는 시제에서도 드러나듯이 만시가 아니라 자만시에 화운한다는 의식을 분명히 가지고 있었다. 도연명의 자만시는 보통 「의만가사擬挽歌辭」 「만가시挽歌詩」 등으로 불리는데, 전우는 이를 「의자만가사擬自挽歌辭」라고 부르고 있다. 다만, 이것이 그 자신이 본 『도연명집』 판본에 따른 것인지 아니면 오기인지는 분명하지 않다. 혹은 전우 자신이 이 시의 성격을 감안하여 명명한 것일 수도 있다. 다만 이 시를 「의자만가사」라고 한 사례는 거의 발견되지 않는다.

도연명은 「의만가사」 3수를 통해 삶과 죽음의 현격한 격차를 드러내면서도 죽음을 달관하려는 정신을 보여주고 있다. 반면 전우의 시는 도연명의 이런 정신을 계승하면서도 한편으론 이승의 사람으로 온갖 행실이 충족되고(첫번째 수), 지하에 쌓인 음기를 비출 일촌의 빛이 되며 (두번째 수), 살아선 천리天理에 순응하기를 바라고 있다(세번째 수). 최종 적인 결론은 도연명과 다르지 않다고 하겠지만 그 경로의 차이가 분명 하다. 그는 죽음을 통해 삶의 유한성과 허무함을 부각하기보다 삶도 죽 음도 천리의 실현이어야 함을 밝히고 있다. 또 마지막 수에서 "살아서는 하늘에 순응하고 죽어서는 편안하거니生順死則安"는 문도聞道의 중요성을 분명히 하고 있다. 남송 장재張載가 「서명西銘」에서 "생존해서 나 하늘에 순응해 섬기면, 죽어서도 나 편안하리라存吾順事, 沒吾寧也"라고 한 것처럼, 전우의 관점 역시 철저하게 도학적 맥락에 놓여 있음을 보여준다. 도학 적 입장을 삶과 학문 모두에서 투철하게 견지하던 그로서는 도연명의 도가적 상대주의에 가까운 생사관을 그대로 받아들일 수는 없었을 것 이다.

한편 이 시에는 첫번째 수에서 자신의 죽음 소식을 듣고 기뻐하는 사 람들이 등장하고, 마지막 수에서 지기知己의 부재를 은연중 암시하고 있 어서 당대 자신에 대한 분분한 세평을 의식한 흔적이 보인다.

오늘날의 잣대로 볼 때 전우의 학문과 사상은 시대의 조류에 뒤떨어 진 것일지도 모른다. 하지만 살아서는 물론 죽어서도 천도를 실현하여 만물을 화육하고자 했던 도학적 정신지향만큼은 이 시에서 분명하게 드러난다. 죽음이란 가정마저도 그의 이런 신념을 가로막는 장벽이 되 진 못했다.

| 제4부 |

죽음 앞에서
혈육을
떠올리며

돌아가 부모님 모시고 두 아이를 보리라 歸侍雙親見兩兒

현덕승 玄德升 (1564~1627)

자만 自挽

쉰아홉 나이 짧은 세월 아니거니,　　　　　　五十九齡非短促
인간사 온갖 영욕 다 겪었다네.　　　　　　人間榮辱備嘗之
자연으로 돌아가 변화 살피니 내 어찌 한스러우랴,

　　　　　　　　　　　　　　　　　　返眞觀化吾何恨
돌아가 부모님 모시고 두 아이 만나리라.　　歸侍雙親見兩兒

—『희암유고 希菴遺稿』 권2

현덕승이 쉰아홉 되던 해인 임술년(1622)에 쓴 자만시다. 시인이 64세까지 살았던 것을 감안한다면 임종 무렵에 쓴 작품은 아니라고 할 수 있다. 자만시라곤 하지만 마지막 구의 내용이 특별하다. 왜 저승에서 부모님 모시고 두 아이를 본다는 것일까? 해답은 현덕승의 문집인 『희암유고希菴遺稿』 권4에 실려 있는 「행장략行狀略」에 수록된 내용에서 찾을 수 있다. 시인 자신이 시에 단 주석에 "부모님은 이미 장례 지냈고 두 자식도 잃었기 때문에 마지막 구절에 이같이 말한 것이다考妣旣葬, 二子又失, 故末句云"라고 쓰여 있다. 시인은 쉰아홉이 될 동안 인간사 온갖 영욕을 다 겪었다고 썼다. 실제 그는 부침을 거듭했다. 임진왜란 때 전공을 세워 여러 고을의 수령을 지내기도 했지만, 광해군의 동궁기사관東宮記事官으로 있을 때 몰래 창기娼妓와 잤다고 하여 파직되었으며, 북평사北評事로 있을 때 사헌부의 탄핵으로 파직되기도 했다. 또 광해군의 실정이 거듭되고 급기야 인목대비 폐비론까지 일어나자 벼슬을 버리고 천안 용두리에 숨어 살기에 이른다. 자만시를 쓴 바로 그해 현덕승은 사예司藝가 되었지만 끝내 벼슬길에 나아가지 않았다. 그동안 세상살이의 풍파들을 견뎌왔기에 앞으로 닥쳐올 죽음도 두렵지 않다. 심지어 먼저 떠난 혈육을 생각하면 만날 날을 고대하게 된다. 현덕승에게 죽음은 이렇게 저승의 가족들과 해후하는 일이다.

평생 충과 효 저버린 것 스스로 부끄럽구나 自愧平生負孝忠

김곤金錕(1596~1678)

자만自挽

늘그막에 급제하여[1] 공 세운 것도 전혀 없으니,	晚年科第最無功
평생 충과 효 저버린 것 스스로 부끄럽구나.[2]	自愧平生負孝忠
다만 바라기론 자손들이 내 뜻 따라서,	但願子孫遵我意
힘써 선을 행하여 처음과 끝 한결같이 했으면.	孜孜爲善保初終

—김태일金兌—의 「선고절충장군첨지중추부사부군가장先考折衝將軍僉
知中樞府事府君家狀」[3] 중에서

---

1 늘그막에 급제하여(晚年科第): 김곤은 무자년(1648) 겨울에 문과(文科)에 급제했다. 그의
  나이 53세 때의 일이기 때문에 늘그막이라고 한 것이다.
2 평생 충과 효 저버린 것 스스로 부끄럽구나(自愧平生負孝忠): 시의 표현과 달리 김곤은 효
  성이 지극한 인물이었다. 김곤은 노모 봉양이 지극해서 종을 시키지 않고 추울 땐 직접 장
  작을 때 방을 따뜻하게 했으며, 반백의 나이에도 노모 앞에서 재롱을 떨었다고 한다.
3 김태일(金兌—)의 「선고절충장군첨지중추부사부군가장先考折衝將軍僉知中樞府事府君家狀」:
  이 글은 『노주집蘆洲集』 권4에 실려 있다.

김곤의 자만시다. 잘 알려져 있지 않은 인물로 문집도 전하지 않는다. 그의 자만시는 아들 김태일金兌一이 쓴 「선고절충장군첨지중추부사부군가장先考折衝將軍僉知中樞府事府君家狀」에 실려 전한다.

가장家狀에 따르면, 김곤은 40에 이르러 증광시에 합격하여 성균관에서 공부했으며, 1648년 53세의 나이로 뒤늦게 문과에 급제했다. 기구에서 늘그막에 급제해서 공 세운 것도 전혀 없다는 것은 이를 말한다.

반면 승구는 의도적인 겸사에 가깝다. 평생 효도 충도 저버렸다고 했지만 실제론 그렇게 볼 수 없는 이야기들이 전한다. 병자호란 때는 김강金鋼, 나이준羅以俊과 함께 성균관의 오성위판五聖位版을 모시고 남한산성으로 피했고, 어머니에 대한 효성이 유독 지극하여 반백의 나이에도 항상 앞에서 재롱을 부렸다고 한다.

전구와 결구에선 자신의 뜻 따라 자손들이 힘써 선을 행하길 권면하는 것으로 마무리하고 있다. 이렇게 마지막 구절을 유언으로 마무리하는 것은 자만시에서 흔히 발견되는 내용 구성 방식이기도 하다. 특별하진 않지만 시를 읽으면 자신의 삶을 겸허하게 돌이켜보고 자손들에게 마지막 당부를 하는 시인의 마지막 모습이 연상된다. 이 시를 쓰고 며칠 뒤 김곤은 83세의 나이로 세상을 떴다.

너는 무슨 낯으로 돌아가 저승의 조상 뵐 건가?

爾何顔面, 歸見先人

김휴金烋(1597~1638)

임종 무렵 쓴 자만시臨終自輓

학문은 어디에 뜻을 두었던가,	學何有志
끝내 성취한 바 없구나.	竟無所成
예는 어떻게 실천하려 했던가,	禮何欲履
그런데 죽음에 이르렀구나.	而至滅生
위론 네 부모 저버리고,	上負爾親
아래론 네 몸 저버렸구나.	下負爾身
너는 무슨 낯으로,	爾何顔面
돌아가 저승의 조상 뵐 건?	歸見先人

—『경와집敬窩集』 권3

17세기 전반을 살다 간 영남의 학자 김휴의 자만시다. 4언으로 쓰여서 명銘 같은 느낌을 주기도 한다.

김휴는 대쪽 같은 성품으로 불의를 보면 참지 못했던 인물이다. 광해군 대 간신 이이첨의 무리인 정조鄭造가 경상도 안찰사로 부임하여 예안禮安을 순시하던 길에 도산서원陶山書院에 들러 자기 이름을 원록院錄에 기재했는데, 그때 이를 보고 분개하여 유적儒籍을 더럽히는 자라며 그 이름을 지워버렸던 일이 있다. 벼슬길에 나아가지 않고 평생 학문에만 몰두했다.

이 시는 죽음 앞에서 자신의 삶을 가혹하리만큼 냉정하게 결산하고 있다. 학문 성취도 예의 실천도 하지 못한 자신은 죽어서 저승의 조상 뵐 면목이 없다고 쓰고 있다. 하지만 실제 김휴는 스승 장현광張顯光의 학통을 계승하여 성리학을 깊이 연구하는 한편, 『해동문헌총록海東文獻總錄』을 편찬하는 등 학문적 업적을 남겼다.

남에게 관대하고 자신에게 엄격한 도학자적 풍모가 이 시에도 잘 드러난다. 1638년 8월 23일 병이 위독해지자 김휴는 자만시를 짓고, 다음 날 세상을 떴다.

아비 잃은 삼 척의 아이 어느 곳에 의탁할까 三尺孤兒何處托

이중명李重明(1605~1672)

자만自挽

여러 해를 떠돌며 서울에서 먹고살았더니,	多年旅食滯秦京
규방에서 품행이 단정치 못하다는 이름 얻었네.	贏得幽閨薄行名
아비 잃은 삼 척의 아이 어느 곳에 의탁할까,	三尺孤兒何處托
장성하여 아버지 뜻 이을[1] 때 형 믿어야겠지.	長成幹蠱恃其兄

—『안곡집安谷集』권2 상

---

1 아버지 뜻을 잇다(幹蠱): 간고(幹蠱)는 간부지고(幹父之蠱)의 준말로, 아들이 부친의 뜻을 잇는 것을 말한다. 『주역周易』 고괘(蠱卦)에, "초육(初六)은 아버지의 일을 주관함이니, 자식이 있으면 돌아간 아버지가 허물이 없으리니, 위태롭게 여겨야 끝내 길하리라(初六, 幹父之蠱, 有子, 考无咎, 厲, 終吉)"라고 했다.

17세기 숭명배청崇明排淸 의식에 충실했던 인물인 이중명의 자만시다. 그는 1667년(현종 8) 5월 성균관 진사로 상소하여 임진왜란 당시 도움을 준 명나라 신종神宗·의종毅宗의 사우 건립과 양호楊鎬와 이여송李如松의 배향을 주장한 바 있다. 그의 신종 사우 설치 주장은 후일 대보단大報壇 창설의 단초가 되었고, 이 때문에 『존주록尊周錄』에도 이중명의 이름이 특별히 기록되었다고 한다. 우암尤庵 송시열宋時烈은 이중명의 사우 건립 주장이 삼학사三學士의 공로와 비견된다고 평가하기도 했다.

시는 서울에서 벼슬살이하면서 얻은 오명들을 후회하고 자신이 죽은 뒤 남을 어린 자식에게 대한 걱정을 담고 있다. 죽음 앞에서도 자식 걱정뿐인 것은 우리네 부모들의 공통된 마음인 듯하다. 이중명은 1806년(순조 6)에 천안의 육현사六賢祠에 배향되었다. 이중명은 이 시 외에도 자만시를 한 수 더 남기고 있다.(제1부 「고향 해 질 무렵 붉은 깃발 휘날리는데」 참조)

집안에 시례의 훈육 전하니 가난하기만 한 것 아니라네

家傳詩禮未全貧

이채李埰(1616~1684)

자만自挽

고질병 점점 심해져가는 불초자의 몸,　　　　　痼疾侵尋不孝身

부모님 주신 몸을 상한 일은 스스로 맵게 쏨 구한 것이네.[1]

　　　　　　　　　　　　　　　　　　積傷遺體自求辛

파리한 외양 이미 인간 세상의 귀신이 되었고,　　癯形已作人間鬼

약 힘으로 병든 몸 젊은 시절로 돌리기 어렵구나.　藥力難回病裡春

나이 황혼[2]에 이르렀으니 요절하는 것 아니고,　年迫桑楡非是夭

---

1 스스로 맵게 쏨 구한 것이네(自求辛): 『시경詩經』「주송周頌 소비小毖」에 "내 그 징계하는지라, 후환을 삼갈 수 있을까, 내 벌을 부리지 말지어다, 스스로 맵게 쏨을 구하는 것이로다 (予其懲, 而毖後患, 莫予荓蜂, 自求辛螫)"라는 구절에서 온 표현이다. 본래 성왕(成王)이 지난 일을 경계로 삼겠다는 뜻으로 지은 시인데, 여기에서는 몸을 상한 것이 자초한 결과임을 반성하는 말로 쓰였다.

2 황혼(桑楡): 상유(桑楡)는 뽕나무와 느릅나무라는 뜻인데, 해가 질 때에는 저녁 햇빛이 이 나무의 가지 끝에 비친다는 말에서 늘그막, 노년을 뜻하는 말로 전용(轉用)되었다. 상유모

집안에 시례의 훈육 전하니[3] 가난하기만 한 것 아니라네.

家傳詩禮未全貧

낙천지명樂天知命[4]하니 내 어찌 한스러우랴,　　　　　　　樂天知命吾何憾

팽조와 안연의 자취 함께 말하네.　　　　　　　　　　　彭祖顔淵迹共陳

—『몽암집蒙庵集』권2

경(桑楡暮景)이라고도 한다.

3　집안에 시례의 훈육 전하니(家傳詩禮): 시례지교(詩禮之敎)의 가르침이 대대로 전해졌음을
　　말한다. 시례지교는 아들에게 주는 아버지의 가르침을 뜻하는 말로, 『논어』 「계씨季氏」편
　　에 나오는 공자의 아들 백어(伯魚)가 뜰을 지나다가 아버지에게서 시와 예를 배워야 한다
　　는 가르침을 받은 고사에서 유래한 표현이다.

4　낙천지명(樂天知命): 『주역周易』 「계사전繫辭傳 상上」의 "하늘의 뜻을 기꺼이 받아들이고
　　명이 있음을 알기 때문에 걱정을 하지 않는다(樂天知命, 故不憂)"라는 말에서 온 표현이다.

17세기 영남 학자 이채의 자만시다. 그는 평생 벼슬하지 않고 경주에 머물면서 책과 꽃을 벗하며 은거했던 인물이다. 경주 지역 사정과 신라 시대 전설·역사·풍속·문물 등을 수록한 『동경잡기東京雜記』를 편찬·간행하기도 했다.

시는 쇠약해가는 자신의 몸이 이제 돌이킬 수 없는 상태임을 말하고 자신의 운명에 순응하려는 의식을 드러내고 있다. 수련에선 병이 점차 심해져 죽음이 다가오는 자신의 상황을 이야기하면서 부모님 주신 몸을 상하는 것이 불효임을 말하고 있다. 『효경孝經』 첫머리의 신체발부身體髮膚는 부모님에게서 받은 것이니 감히 다치지 않게 하는 것이 효의 시작이라고 한 구절을 떠올리게 만든다. 함련에선 이제 죽음이 눈앞에 와 있어서 다시 돌이킬 수 없음을 자각하고 있다. 경련에선 자신의 삶을 정리하며 가문의 계승자로서 자신의 역할을 짚고 있다. 그 내용이 시례의 훈육이다. 이는 공자와 아들 백어佰魚 사이의 대화로부터 온 표현이지만, 자신이 벼슬길에 나아가 영달하진 못했어도 집안의 유풍을 이었으므로 가난한 것만은 아니란 자기위안을 담고 있다. 그래서일까? 마지막 미련에서 시인은 하늘의 뜻을 기꺼이 받아들이고 명이 있음을 알기 때문에 죽음도 한스러울 것이 없다고 썼다. 장수한 팽조나 요절한 안연이나 인간으로서 죽음을 맞이한다는 점에선 마찬가지기에 자신도 죽음을 담담히 받아들일 수 있다는 말이다.

선조의 무덤 아래 몸 누일 수 있음 얼마나 다행인가

何幸托身先壟下

이유장 李惟樟(1625~1701)

자만 自輓

옛날 아버지의 시례 詩禮의 가르침[1] 함부로 들었더니,

趨庭夙昔猥聞詩

시간 낭비하다 중년에 곤경에 빠졌구나.　　　　失脚中年枉費時

글 읽기 근면히 한다지만 실지로 깨친 것은 아니니,

佔畢雖勤非實得

몽매한 이 깨우치는 방법 모르는데도 감히 스승 되었네.

擊蒙無術敢爲師

일찍부터 불필요한 말 나오게 한 것 누구의 허물이랴,

1　시례(詩禮)의 가르침: 시례지교(詩禮之敎)를 말한다. 『논어』「계씨季氏」편에 나오는 공자의
　아들 백어(伯魚)가 뜰을 지나다가 아버지에게서 시와 예를 배워야 한다는 가르침을 받은
　고사에서 유래한 말이다. 시례지교는 아들에게 주는 아버지의 가르침을 뜻한다.

早招多口將誰咎

만년에 헛된 이름 훔친 일² 스스로 비웃노라.　　　晚竊虛名却自嗤

선조의 무덤 아래 몸 누일 수 있음 얼마나 다행인가,

何幸托身先壟下

무덤³에서 영원토록 즐겁게 지내리라.　　　幽堂千古永怡怡

―『고산집孤山集』권3

2　만년에 헛된 이름 훔친 일(晚竊虛名): 이유장의 나이 70세 때 당시 이조판서였던 갈암(葛庵)
　　이현일(李玄逸)이 영남의 숙덕(宿德)으로 그를 천거한 바 있다.
3　무덤(幽堂): 유당(幽堂)은 그윽한 집이란 의미로 무덤을 뜻한다.

17세기 영남에서 예학자로 명망이 높던 이유장의 작품이다. 그는 안동에서 태어나 주희朱熹와 이황李滉의 예설禮說을 분류하여 『이선생예설二先生禮說』을 편찬했고, 이황 등 영남 선배 학자들의 예학을 수용 발전시킨 것으로 평가받는다.

이 시의 수련 역시 앞의 작품들처럼 지난 삶에 대한 회한으로부터 시작된다. 아버지의 가르침을 제대로 따르지 않다가 중년에 곤경을 겪었다고 썼다. 이 일은 아마도 광해군 대 폐모론을 발의했던 정호관丁好寬의 손자 정시한丁時翰의 『변무록辨誣錄』에 연루된 일을 말하는 듯하다. 당시 재상이던 조경趙絅은 이덕형李德馨의 비문碑文을 쓰면서 "대관臺官 정호관 등이 함께 모후母后를 폐하자고 발론發論하였다"고 했다. 이에 정시한은 자신의 할아버지를 변호하기 위해 『변무록』을 썼고, 여기에 이유장이 후어後語를 붙이면서 갈등이 촉발된 것이다. 이 사건은 그의 사후까지도 여파가 가라앉지 않았던 것을 보면 이유장에게도 상당한 압박이 된 듯하다.

함련의 부족한 자신이 남의 스승이 되었다는 것은 36세에 사마시에 합격한 뒤 대과를 단념하고 후진 교육에만 전념했던 일을 말한다. 이유장은 1669년(현종 10) 모친상을 당한 뒤 두문불출하며 강학講學에만 전념했다. 경련에선 자신의 명성이 과분한 것이며 그조차도 자신의 잘못이라고 썼다. 실제 이유장은 당시 이조판서였던 이현일李玄逸이 낙향하면서 영남의 덕망 높은 선비로 천거한 바도 있는데, 시인은 이것을 만년에 헛된 이름을 훔친 일이라고 부끄러워한다.

임종을 앞두고 이유장은 사익당四益堂이라 자호自號했다. 금琴·검劍·명나라 주지번朱之蕃의 글씨·매죽화梅竹畫, 이 사익우四益友가 마음의 벗으로서 덕성을 함양하는 매개체가 된다는 의미였다. 이 사익우로 말미암아 덕성이 함양된 덕분인지 이유장의 시는 다른 자만시들보다 유독 낙관적인 의식이 두드러진다. 미련에선 죽게 되어 선영에 묻히는 것을 다행으로 여기고 무덤에서 영원히 즐겁게 지낼 것이라 확신하고 있다. 죽음에 대한 이런 긍정적 인식 태도는 그의 자만시의 특징적 국면으로 주목할 만하다.

이유장은 앞서 언급한 정시한과 유달리 가까웠다. 이유장은 1701년(숙종 27) 4월 정시한에게 영결永訣의 편지를 띄운 뒤, 5월 14일 세상을 떴다.

무덤에서도 남는 평생의 한 가지 한 平生一恨泉臺下

박태무 朴泰茂(1677~1756)

자만 自輓. 병자년(1756) 9월 20일 쓰다 丙子九月二十日

끝없는 고통의 바다에서 몇 번이나 거의 죽을 뻔한 몸,

　　　　　　　　　　　　　苦海漫漫幾沒身

오늘에야 훌훌 털고 이내 몸 영원히 돌아가네.　　飄然今日大歸身

무덤에서도 남는 평생 한 가지 한은,　　　　　平生一恨泉臺下

선대의 공덕 많이 어그러뜨리고 죄지은 몸이란 점.　世德多虧獲戾身

—『서계집 西溪集』권2

17세기 말과 18세기 전반을 살다 간 진주의 학자 박태무의 시다. 그는 남명南冥 조식曺植의 학문을 이어받았는데, 과거 공부를 스스로 그만두고 1696년(숙종 22)부터 진주晉州 남내동南柰洞 지계芝溪 서쪽에 서계서실西溪書室을 짓고, 이곳에서 학문에 전념했다.

시에선 세상살이를 끝없는 고통의 바다를 건너는 것으로, 죽음을 이런 고통을 훌훌 털고 영원히 돌아가는 것이라 표현하고 있다. 고통을 벗어난다는 측면에서 일면 시원하다고 할 죽음 앞에서 시인은 도리어 한 가지 한이 남는다고 했다. 곧 선대로부터 이어온 공덕을 자기 대에 온전히 계승하지 못했다는 자책감이 그것이다. 박태무 자신이 아버지의 권유로 비교적 늦은 나이에 과거 공부를 다시 시작하여 43세 때 증광增廣 생원시에 합격하기도 했지만, 아버지가 돌아가신 뒤 다시 서실에서 성리서性理書를 읽고 학문을 연찬하는 데만 힘썼기 때문이다. 죽음 앞에서 자신의 삶을 돌이켜볼 때 남는 한 가지 한이란 점에서 박태무의 오랜 내면적 갈등이 고스란히 드러난다. 그가 살아간 시대는 당쟁이 격화되었고 또 그로 인해 일어난 무신란戊申亂의 여파로 경상우도의 선비들이 위축되었던 때였다. 시인 역시 불의한 세상과 타협하기보다 학문 강론에 뜻을 두었지만 남는 여한은 어쩔 수 없었던 듯하다.

박태무의 자만시는 1756년 9월 20일에 쓰였는데, 이날은 그의 80년 삶의 마지막 하루이기도 했다.

이 시는 운자가 놓여야 할 자리에 '신身' 자를 세 번이나 중복해서 쓰고 있다. 의도적으로 한시 작법을 거스르고 있는 것으로 보인다.

부친 돌아가신 해 돌아오니 남은 생에 눈물 나고

年回苦罣殘生淚

이민보李敏輔(1717~1799)

부모님 연이어 돌아가시고[1] 해가 바뀌어, 다시 기미년己未年이 돌아옴을 보고, 해가 또 경신년庚申年으로 이어지려고 하니,[2] 놀랍고 비통하여 죽고자 하였지만 뜻을 이루지 못하였다. 『택당집』의 「절필」 시[3]를 차운하여 대략 도연명이 자만自挽한 의미를 붙이다.

---

1 부모님 연이어 돌아가시고(愍凶): 민흉(愍凶)은 부모님의 상을 말한다. 기미년(1739)과 경신년(1740)에 이민보의 생부 이양신(李亮臣)과 생모 평산(平山) 신씨(申氏)가 연이어 세상을 떴다.

2 다시 기미년이 돌아옴을 보고, 해가 또 경신년으로 이어지려고 하니(復見己未讐, 年又接庚申): 아버지가 돌아가신 기미년에서 한 갑자가 지나 다시 기미년이 되었다고 한 것으로 보아 이 시는 이민보가 세상을 떠난 해인 1799년에 지어졌음을 알 수 있다.

3 『택당집』의 「절필」 시: 이식(李植)의 「5월 19일, 입으로 부른 자만시를 대신 쓰게 하다. 정해五月十九日, 口占代筆. 丁亥」를 가리킨다. "지금 내 나이 예순넷, 장부의 한평생 끊임없이 고달팠네. 문자로 얻은 헛된 이름 끝내 화를 초래했고, 청요직 올라 하는 일 없이 먹은 국록 항상 부끄러웠네. 천지의 무궁한 일들 보니, 임금과 백성에 대한 걱정 끝이 없어라. 이제 저승으로 가면 아무 생각도 없으련만, 푸른 산 영원하고 물은 동으로 흘러가리(行年六十四春秋, 弧矢生涯苦未休. 文字虛名終速禍, 淸班素廩每包羞. 眼看天地無窮事, 心抱君民不盡愁. 便入九原無一念, 碧山長在水東流)."

慼凶逢新, 復見己未讐, 年又接庚申, 驚慟摧怛, 求死不得, 次澤堂集
絕筆韻, 畧寓淵明自挽之意.

첫번째 수

흰머리 되어서 성은 입어 특별히 추관秋官⁴을 맡았으나,

　　　　　　　　　　　　　　　白頭恩遇特知秋

맡은 바 직위 감당키 어려워 물러나겠다 아뢰었지.

　　　　　　　　　　　　　　　陳力難能便告休

노래 부르니 절로 도연명의 자만시⁵가 되고,　歌發自成陶令挽

나이 먹어서 조무趙武를 부끄럽게 하는 일⁶ 생길까 두렵구나.

　　　　　　　　　　　　　　　耋深竊畏趙文羞

부친 돌아가신 해 돌아오니 남은 생에 눈물 나고,　年回苦塈殘生淚

4　추관(秋官): 『주례周禮』에 나오는 육관(六官)의 하나로, 형옥(刑獄)을 관장하는 벼슬이다.
　　이는 이민보가 그의 나이 76세 때인 1792년(임자)에 아들 이조원(李肇源)이 등제하자 시종
　　신(侍從臣)의 아비로 품계가 올라 형조판서가 되었기 때문에 한 말로 보인다.
5　도연명의 자만시(陶令挽): 도령(陶令)은 도연명을 말한다. 도연명이 팽택령(彭澤令)을 지냈
　　기 때문에 이같이 일컬은 것이다. 만(挽)은 도연명이 지은 자만시 「의만가사擬挽歌辭」를 말
　　한다.
6　조무를 부끄럽게 하는 일(趙文羞): 조문(趙文)은 조문자(趙文子), 곧 춘추시대 진(晉)나라의
　　재상인 조무(趙武)를 가리킨다. 조무는 조맹(趙孟)이라고도 하는데 시호가 문자(文子)이므
　　로 조문자라고도 부른다. 『춘추좌씨전春秋左氏傳』 양공(襄公) 30년 2월 23일조에는 다음과
　　같은 이야기가 실려 있다. 기(杞)나라의 성을 쌓을 적에 강현(絳縣)에서 동원된 사람이 있
　　었는데, 자신의 나이도 몰랐다. 나이를 추산해보니 73세나 되었다. 조무가 노인을 징발한
　　관리가 누군지 따져보니 원래 자신의 속리(屬吏)였던 사람이었다. 이에 조무는 노인에게
　　토목공사에 동원한 일을 사과했다는 것이다. 여기에서 조문자의 부끄러움이란 이민보 자
　　신이 나이가 들어 관직에 나가게 되어 주변 사람들을 부끄럽게 만들었다는 의미로 사용된
　　듯하다.

상전벽해의 변화 보느라 겁7 지나도록 근심하였다네.

眼闊滄桑過刦愁

누가 사장으로 불후의 명성 남기려고 하는가?8   誰欲詞章垂不朽

저 두레박줄 아래 우물 안 개구리처럼 구는 것을 보게나.9

看他蛙井綆潺流

두번째 수

팔십 노년에 세 해를 더하였지만,   八旬遐耊三添秋

하루살이 하루 만에 죽는 것과 마찬가지라네.   等是蜉蝣朝暮休

까닭 없이 구설에 올라 시끄러워지는 일 달게 받아들이나,

齒舌無端甘受聒

벌 받을 날 멀지 않아서 치욕당함이 두렵네.10

---

7 겁(刦): 한(漢) 무제(武帝) 초에 곤명지(昆明池)를 파니 땅속에서 검은 재가 나왔는데 아무
   도 그것이 무엇인지 몰랐다. 동방삭(東方朔)이 보고 "서역(西域) 사람이 알 것이다" 했는데
   명제(明帝) 때 인도에서 온 승려가 보고 겁회(刦灰)라 했다.(『삼보황도三輔黃圖 지소지沼』)
   우주가 한 번 생성해서 존속하는 기간을 1겁(刦)이라 하고, 겁이 다하여 우주가 괴멸하는
   시기를 괴겁(壞刦)이라 하는데 이때 세찬 불길이 하늘과 땅을 태운다 한다.
8 누가 사장으로 불후의 명성 남기려고 하는가?(誰欲詞章垂不朽): 이민보는 3대 문형을 배출
   한 집안에서 태어나 초년에는 이천보(李天輔), 오원(吳瑗) 등에게 배워 사장에 힘썼으나,
   이후 박필주(朴弼周), 이재(李縡)에게 도학에 힘쓸 것을 권유받고 이후 성리학에 전념했다
   고 한다.
9 저 두레박줄 아래 우물 안 개구리처럼 구는 것을 보게나(看他蛙井綆潺流): 경잔류(綆潺流)
   는 재능이나 식견이 부족해서 일을 감당할 능력이 없는 것을 말한다. 『장자莊子』 「지락至
   樂」편의 "주머니가 작으면 큰 물건을 담을 수 없고, 두레박줄이 짧으면 깊은 우물의 물을
   길을 수 없다(褚小者不可以懷大, 綆短者不可以汲深)"라는 말을 염두에 둔 표현이다.
10 벌 받을 날 멀지 않아서 치욕당함이 두렵네(典刑非遠惕貽羞): 이민보는 말년인 1794년(갑
   인) 그의 나이 78세 때 삼일포(三日浦) 소나무 벌목 사건에 공문을 잘못 전달한 일로 나처
   (拿處: 잡아들여 처벌함)된 바 있다.

典刑非遠惕貽羞

사리에 어긋난 일 겪으며 매우 슬프니 어찌 이리도 완악할까,

恫經逆理頑胡忍

높은 반열에 오른 영예마저도 근심스럽기만 하구나.[11]

榮有聯班盛亦愁

회혼 맞은 애틋한 정은 영구靈柩 줄 나란히 하고 싶은데,[12]

回卺餘情思竝緋

인간 세상 함께 마치려고 보니 세월은 번갯불처럼 지나갔구나.

塵寰偕了電光流

—『풍서집豐墅集』 권5

---

11 높은 반열에 오른 영예마저도 근심스럽기만 하구나(榮有聯班盛亦愁): 이민보는 1796년(병진) 1월 아들 이시원(李始源)의 등제와 80세 이상의 조관(朝官)에 대한 가자(加資)의 예로 음관(蔭官)으로서는 특별히 보국숭록대부(輔國崇錄大夫)에 오른 바 있다.
12 회혼 맞은 애틋한 정은 영구 줄 나란히 하고 싶은데(回卺餘情思竝緋): 회근(回卺)은 회혼(回婚)과 같은 뜻으로 혼인한 지 61년째 되는 해를 말한다. 병불(竝緋)은 영구 줄을 나란히 한다는 의미로 같은 날 함께 죽는 것을 의미한다.

이 시는 작자가 노년에 이르러 부모님이 돌아가신 해가 다시 돌아오자 느끼는 비감한 마음을 담고 있다. 이민보는 3대 문형을 배출한 명문가에서 태어났지만, 개인적인 아픔이 있었다. 그가 20대 초반일 때 생부 이양신李亮臣과 생모 평산平山 신씨申氏가 연이어 세상을 떠났기 때문이다. 이민보는 뒤에 출계하여 후사가 없는 당숙 이숭신李崇臣의 양자가 되었지만, 아버지가 돌아가신 해가 다시 돌아오자 죽고 싶을 만큼 비통해했다. 이때 느낀 슬픔을 『택당집澤堂集』의 「절필絶筆」 시를 차운하여 도연명이 자만自挽한 의미를 붙이는 방식으로 절절하게 써낸 것이 이 작품이다. 차운한 이식李植(1584~1647)의 「절필」 시는 문집에 「5월 19일, 입으로 부른 자만시를 대신 쓰게 하다. 정해五月十九日, 口占代筆 丁亥」란 제목으로 실려 있다. 증조부인 이단상李端相도 자만적 작품을 남긴 바 있어서, 시인의 창작은 집안의 문풍을 계승한 측면도 있다.(제2부 「지동의 달만이 남아 영원토록 빈 못 비추는구나」 참조)

이민보의 시는 자신의 삶을 결산하는 자만적 성격의 작품이라고 규정할 수 있다. 이식의 자만적 작품의 운을 빌려 쓰면서 거기에 다시 도연명 「의만가사」의 의미를 덧붙이고 있는 셈이다. "노래 부르니 절로 도연명의 자만시가 되고"라는 표현에서 죽음을 생각하며 자신의 삶을 되돌아보는 과정에서 자연스럽게 도연명 자만시의 뜻을 붙이게 된 것임을 알 수 있다.

시의 첫번째 수에서는 부모님이 돌아가시고 한 갑자가 지나 다시 그해가 돌아온 지난 60여 년 삶에 대한 회한이, 두번째 수에서는 세상사 영욕을 함께하며 회혼을 맞은 아내에 대한 애틋함이 담겨 있다.

이 작품은 1799년 기미년에 지어졌다. 이민보가 1월 6일에 별세했다는 점을 감안하면 임종 무렵이거나 불과 며칠 전에 이 시를 지었다는 사실을 확인할 수 있다. 죽음이 멀지 않은 83세의 노인이 임종시나 자만시를 쓴 것 자체는 특별한 일이 아니다. 하지만 60년 전 돌아가신 부모님을 떠올리며 비탄에 잠겨 죽고 싶어서 썼다는 창작 동기만큼은 눈여겨볼 필요가 있다. 시인의 부모님에 대한 효심은 긴 세월이 지나도 변함이 없었던 듯하다. 그래서 다시 그해가 돌아오자 비통함에 이제 죽을 날이 되었다고 생각했던 것이 아닐까? 자만시에 담긴 그 절절한 효심이 읽는 이의 심금을 울린다.

경인년 아픔은 만겁이었으니 萬劫庚寅痛

이명오 李明五(1750~1836)

자만自挽 12수

첫번째 수

요행히 흰머리로 마치게 되니,[1]	幸及白頭了
황천길 깊다고 감히 사양하랴?	敢辭黃壤深
잔해는 외물의 부림 벗었지만,	殘骸除物役
재귀才鬼[2]는 마구 읊조린 시 비웃겠지.	才鬼笑狂吟

---

1 요행히 흰머리로 마치게 되니(幸及白頭了): 여기에서 '요(了)'자는 '마치다'의 의미로 쓰였다. 두보(杜甫) 「제가除架」시의 "다행히 흰 꽃이 맺힘을 마치니, 어찌 푸른 덩굴을 걷어버리지 않으랴(幸結白花了, 寧辭(謝)靑蔓除!)"라는 구절과 같은 방식의 표현이다.

2 재귀(才鬼): 재주가 뛰어난 사람의 죽음을 가리킨다. 양(梁)나라 도홍경(陶弘景)이 일찍이 양(梁) 무제(武帝)에게 글씨를 논하여 올린 계(啓)에서 "매양 재귀가 되는 것이 또한 의당 완둔한 신선보다 낫다고 여깁니다(每以爲得作才鬼, 亦當勝於頑仙矣)"라고 했다. 당(唐)나라 때의 천재 시인 이하(李賀)가 죽은 뒤에 그를 재귀라 일컫기도 했다.

넋은 사몽(思夢)3 좇으니,	魂欲尋思夢
염금(斂衾)4에 눈물 적시지 말게나.	淚休漬斂衾
상여는 누가 영구 줄 잡으며,	祖車誰執紼
영전에선 누가 거문고 타려나?5	靈几孰彈琴

두번째 수

땅강아지 개미는 두개골을 뚫고,	螻蟻鑽頭骨
까마귀 솔개는 내장을 쪼는구나.6	烏鳶啄腹腸

---

3 사몽(思夢): 낮에 생각한 것이 밤에 꿈으로 나타나는 것을 말한다. 『주례周禮』 권6 「춘관春官」 종백(宗伯) 하(下) 점몽(占夢)조에 정몽(正夢), 악몽(噩夢), 사몽(思夢), 오몽(寤夢), 희몽(喜夢), 구몽(懼夢)이란 여섯 가지 꿈이 소개되어 있다. 이중 사몽은 깨어 있을 때 생각했던 것을 꿈꾸는 것을 말한다.

4 염금(斂衾): 소렴(小殮)이나 대렴(大殮) 때 시신을 감싸는 이불을 말한다.

5 영전에선 누가 거문고 타려나?(靈几孰彈琴): 상례(喪禮)에서 친상(親喪)의 대상일(大祥日)에 슬픔을 절제하기 위해 거문고를 탔던 것을 가져다 쓴 것이다. 이를 상금(祥琴)이라고 부른다. 『예기禮記』 「단궁檀弓 상上」에 "공자가 상제를 지낸 지 5일 뒤에 거문고를 탔으나 소리를 이루지 못했고, 10일 뒤에야 생황을 불고 노래할 수 있었다(孔子旣祥, 五日彈琴而不成聲, 十日而成笙歌)"라고 했다.

6 땅강아지 개미는 두개골을 뚫고, 까마귀 솔개는 내장을 쪼는구나(螻蟻鑽頭骨, 烏鳶啄腹腸): 첫 두 구절은 『맹자孟子』 「등문공滕文公 상上」의 "파리와 모기가 물어뜯고(蠅蚋姑嘬之)"와 『장자莊子』 「열어구列禦寇」의 "제자들이 말했다. '저희는 까마귀나 솔개가 선생님의 시체를 파먹을까 두렵습니다.' 장자가 말했다. '위에 있으면 까마귀와 솔개의 밥이 되고, 땅속에 있으면 땅강아지와 개미의 밥이 되는 것인데, 그것을 저쪽에서 빼앗아다가 이쪽에다 주려고 하니 어찌 그리 편벽한가?'(弟子曰, '吾恐烏鳶之食夫子也.' 莊子曰, '在上, 爲烏鳶食, 在下, 爲螻蟻食, 奪彼與此, 何其偏也?')"로부터 온 표현이다. 이 두 구절은 한편으로 육기(陸機) 「만가시 3수挽歌詩三首」 중 두번째 수의 "땅강아지 개미 너희를 어찌 원망하랴(螻蟻爾何怨)", 이백(李白), 「전성남戰城南」, "까마귀와 솔개는 사람의 장을 쪼고는, 물고서 날아올라 마른나무 가지에 걸어놓네(烏鳶啄人腸, 銜飛上挂枯樹枝)", 남효온(南孝溫), 「자만 4장自挽四章」 중 제1장, "땅강아지와 개미가 내 입에 들어오고, 파리 모기떼 내 살을 빨아대네(螻蟻入我口, 蠅蚋嘬我肉)" 등을 연상시키기도 한다

대나무 묶어 활 만들면 새 쫓아낼 수 있고,[7]	逐飛竹可續
돌로 묻는다면 벌레 구멍 막으련만.	防穴石堪藏
지혜 있고 용기 있는 이라면 운이 다한 것이고,	智勇運皆盡
우매하고 어리석은 이라면 꾀가 불길했던 것이겠지.	痴愚計不藏
성대한 장례식이든 초라한 매장이든,[8]	珠襦與藁葬
흰 풀[9]은 한결같이 무성해지리.	白草一茫茫

세번째 수

몹시 좋아한 것 산과 물 아니고,	酷愛非山水
정말 즐긴 것 아마 술이었지.	眞耽豈酸醨
쪼갠다고 어찌 화석畵石 골라낼 수 있으랴,[10]	剖何成畵石

7　대나무 묶어 활 만들면 새 쫓아낼 수 있고(逐飛竹可續): 대나무 쪼갠 것을 묶은 뒤, 손바닥에 두드려 소리를 내는 것을 가리킨다. 중국 상고시대 황제(黃帝)의 「탄가彈歌」에 "대나무 쪼개서 대나무를 묶고, 흙 뭉쳐 던져서 짐승을 쫓네(斷竹, 續竹, 飛土, 逐肉)"라는 구절이 보인다.

8　성대한 장례식이든 초라한 매장이든(珠襦與藁葬): 주유(珠襦)는 옛날 제왕(帝王), 후비(后妃) 및 귀족의 장례에 사용했던 염복(殮服)이다. 구슬로 갑옷 모양처럼 만든 속옷인데, 황금 실로 구슬을 연해서 꿰맨 것이다. 호장(藁葬)은 시신을 짚이나 거적으로 싸서 장사함을 말한다.

9　흰 풀(白草): 흰 풀은 본래 중국 북방 변새에서 나는 풀을 가리킨다. 보통 한시에 변새의 황량한 정경을 나타낼 때 사용되는 상투 시어로, 여기에서는 자기 무덤의 스산한 정경을 표현하기 위해 활용되었다.

10　쪼갠다고 어찌 화석(畵石) 골라낼 수 있으랴(剖何成畵石): 옛날 초(楚)나라 사람 화씨(和氏)가 초산(楚山)에서 박옥(璞玉)을 얻어가지고 여왕(厲王)에게 바쳤는데, 여왕은 돌을 가지고 거짓말을 한다고 그의 왼쪽 발꿈치를 잘라버렸다. 그뒤 또 무왕(武王)에게 바치니, 무왕 역시 거짓말을 한다고 그의 오른쪽 발꿈치를 잘라버렸다. 그러나 그는 좌절하지 않고 다시 문왕(文王)에게 바치니, 문왕은 옥인(玉人)을 시켜 그 박옥을 다듬게 하여 보물을 얻었는데 이를 화씨벽(和氏璧)이라 불렀다. 화석(畵石)은 무늬 있는 돌을 가리킨다. 이 구절은

장례에 도자기병[11] 바라지 않노라.　　　　　葬不願陶瓶

세상일로 코밑수염 완전히 세었지만,　　　　閱世髭全白

책을 볼 땐 눈은 절로 청안靑眼이 되었네.　　觀書眼自靑

저승길에 이것 가지고 가리니,[12]　　　　　泉臺將此去

응대함에 어찌 지각조차 없으랴?　　　　　　應對豈冥冥

네번째 수

어느 때에나 다시 나를 만날까 하고,　　　　何時復見我

식구들 함께 슬퍼하는구나.　　　　　　　　眷屬悵然同

남은 자취 꽃 아래서 찾고,　　　　　　　　遺躅尋花下

여윈 얼굴 술 마시며 떠올리겠지.　　　　　凋顔想酒中

무덤엔 한 서린 풀 우거지고,　　　　　　　蓬科結恨草

궂은비에 선명한 무지개 뜨는구나.　　　　　陰雨發雄虹

돌을 쪼갠다고 누구나 화씨벽으로 상징되는 안목을 갖춘 자만이 알아볼 수 있는 보물을 얻을 수 있는 것은 아니라는 의미다. 시인 자신의 재능 없음을 이렇게 비유한 것으로 보인다.

11　도자기병(陶瓶): 도자기로 된 술두루미를 의미한다. 이 구절은 한편으로 도연명처럼 장례에 술을 바라지 않는다는 의미로도 해석될 수 있다. 도연명은 「의만가사擬挽歌辭」 3수 중 첫째 수에서 "다만 한스럽긴 세상 살 적에, 술 충분히 마시지 못한 것이라네(但恨在世時, 飮酒不得足)"라고 했다.

12　저승길에 이것 가지고 가리니(泉臺將此去): 이것은 책을 가리킨다. 이명오는 박옹(泊翁)이라는 호로도 불리지만, 가까운 친구들은 그의 또다른 호인 서오생(書娛生)으로 불렀으며, 서재는 서오헌(書娛軒)이라 명명되었다. 책을 즐기는 사람이란 호의 의미대로 이명오는 장서가인 동시에 애서가(愛書家)이기도 했다. 그는 책에 대한 관심을 「장서藏書」「산서散書」「차서借書」「송서送書」「간서看書」(이상 『박옹집泊翁集』 권1) 등의 시로도 표현한 바 있다. 아버지로부터 물려받은 책이 만 권이나 되었다고 하는데, 경인년(庚寅年) 아버지의 옥사로 집안이 풍비박산이 되었을 때 장서 역시 상당 부분 훼손되었다고 한다.

| 경인년 아픔[13]은 만겁이었으니, | 萬劫庚寅痛 |
| 일체의 곤궁 따위 어찌 근심하랴? | 寧愁一切窮 |

다섯번째 수

| 저승 수문랑修文郎[14] 되어 기쁘지 아니한가? | 修文不快活 |
| 도솔천[15]은 과연 청정하고 한가롭구나. | 兜率果淸閑 |

---

13 경인년 아픔(庚寅痛): 아버지 이봉환의 옥사를 가리킨다. 이명오 집안의 비극은 1762년 임
오화변(壬午禍變)으로부터 비롯한다. 사도세자(思悼世子)로부터 특별한 지우(知遇)를 받
았던 이봉환은 세자의 비참한 죽음 이후 스스로 벼슬에서 물러나 '서정(西汀)'이란 호를
'우념재(雨念齋)'라 고치기에 이른다. '우념재'란 호는 주희(朱熹)의 "평생 비바람 치는 밤
이면, 누워 명예와 절조 지키기 어려움 생각했노라(平生風雨夜, 臥念名節難)"란 시구에서
온 것이라고 한다(하지만 실제 이 시구는 송대 장식張栻의 시 「송양정방送楊廷芳」 3수 중
마지막 수 "평생 비바람 치는 밤이면, 매번 명예와 절조 지키기 어려움 생각했노라平生風
雨夕, 每念名節難"에서 온 것으로 보인다). 경인년(1770) 평소 이봉환과 교유가 있던 최익
남(崔益南)은 영의정 김치인(金致仁)이 사도세자의 죽음에 죄가 큼을 논하고, 세손으로 하
여금 사도세자의 묘사(墓祠)에 참배하게 할 것을 상소했다. 이 일로 최익남은 대신들의
맹렬한 탄핵과 영조의 노여움을 사게 된다. 이봉환은 최익남의 상소에 연루되어, 영조의
친국(親鞫)을 받게 된다. 영조는 이봉환이 끝내 자복(自服)하지 않자 사형에 처하려고 하
다가 옥사가 끝나지 않았다는 이유로 형을 일단 유예한다. 하지만 이봉환은 친국을 받은
다음날 세상을 뜨고 만다. 이명오를 포함한 5형제 역시 아버지의 일에 연좌되어 옥에서
모진 고초를 겪다가 3년간 유배살이를 하게 된다. 이때 막냇동생 상오(尙五)의 나이는 겨
우 열 살이었다. 이때 겪은 고초가 얼마나 심했던지, 아들 이만용은 아버지 앞에서 경인
(庚寅)이란 두 글자를 입에 담을 수 없었다고 적고 있다. 이때의 일들은 이명오가 1776년
에 지은 550구의 장편 고시 「만술漫述」에 상세히 묘사되어 있다.

14 수문랑(修文郎): '지하수문(地下修文)'이라고도 하는데, 저승에서 문장의 저술을 담당하는
관원을 일컫는 말이다. 진(晉)의 소소(蘇韶)가 죽은 뒤 그의 종제(從弟) 소절(蘇節) 앞에
나타나, "지금 저승에는 안연(顔淵)과 복상(卜商: 자하子夏)이 수문랑으로 재직하고 있다.
수문랑은 여덟 사람인데, 모두 귀신 중의 성자(聖者)로서, 나도 수문랑을 맡고 있다"라고
말한 데서 유래한 말이다.

15 도솔천(兜率天): 범어(梵語) 'Tuṣita'의 음역으로 도사다(都史多)라고도 한다. 도솔천은 불
교의 이른바 욕계(欲界) 육천(六天) 가운데 넷째 층에 있는 하늘로, 외원(外院)과 내원(內
院)으로 이루어져 있는데, 미륵보살(彌勒菩薩)이 이 내원에서 미래불(未來佛)로 이 땅에 하

타고난 성품이 얽매임 싫어하여,	靈性厭拘管
허공에 마음대로 오고 가네.	虛空任往還
아침엔 고래 타고[16] 사해를 넘나들고,	跨鯨朝四海
저물녘엔 학 타고 삼신산에 깃들이네.	騎鶴暮三山
좁다란 인간 세상 굽어보노라니,	俯看塵寰窄
죽기 전엔 어찌 그리 힘겨웠던가.	死前何太艱

여섯번째 수

이윽고 나 여전히 살아 있는데,	俄看我猶在
곡하는 소리에 혼도 놀라네.	哭聲魂亦驚
약사발 아직 다 마르고 식지 않았는데,	藥椀未乾冷
염복에 이미 칭칭 감겨 있구나.	斂衣已縱橫
가난해도 쌀 꾸는 편지[17] 보내긴 부끄럽고,	貧羞乞米帖
궁해도 글 팔아 재물 취했단 이름은 피하고 싶네.	窮避賣文名
좋은 벗 다 저세상 사람이 되었으니,	凋謝盡朋好

생(下生)하려고 준비하면서 천신(天神)들을 지도하고 있다고 한다. 도가(道家)에도 도솔천이 있는데 태상노군(太上老君)이 사는 곳이라고 한다.

16 고래 타고(跨鯨): 송(宋)나라 마존(馬存)의 「연사정燕思亭」 시에서 시선(詩仙) 이백(李白)의 죽음을 두고 "이백이 고래 타고 하늘로 날아가버리니, 강남의 풍월이 여러 해 동안 한가로 웠네(李白騎鯨飛上天, 江南風月閑多年)"라고 표현한 바 있다.

17 쌀 꾸는 편지(乞米帖): 걸미첩(乞米帖)은 쌀을 구걸하는 글이라는 뜻이다. 당나라 때의 명필 안진경(顔眞卿)이 이태보(李太保)에게 "생계를 꾸리는 데에 졸렬해서 온 집안이 죽을 먹고 있는데 그렇게 몇 달이 지나는 동안 지금은 이마저도 떨어졌으니 참으로 걱정이 되어 애가 탈 뿐이다(拙於生事, 擧家食粥, 而已數月, 今又罄乏, 實用憂煎)"라는 내용의 편지를 보내면서 쌀을 구걸한 바 있다.

맹교 죽었을 땐 장적이 정요 선생이라 사시私諡 붙여줬건만.[18]

　　　　　　　　　　　　　　　　　　　郊亡私諡貞

일곱번째 수

선배들이 어찌 나를 속이랴,　　　　　　　　前輩豈吾欺

죽어서도 지각이 있다고 했던가.[19]　　　　死而亦有知

어릴 적 아버지께서 무릎에 앉혀주시던 추억,　幼情坐父膝

젊은 날 아내 얼굴 부비던 사랑　　　　　　[缺]愛接孃腮

밤 늦게 귀가한 일 후회스럽기만 하니,　　　追恨歸來晚

늦도록 문에 기대어 기다리시게 한 일[20] 슬프구나.　方悲倚望遲

영혼은 영원히 소멸하지 않으리니,　　　　　靈魂長不壞

지극한 즐거움 다함이 없으리.　　　　　　至樂無窮時

---

18 맹교 죽었을 땐 장적이 정요 선생이라 사시 붙여줬건만(郊亡私諡貞): 사시(私諡)는 친지나
　제자들이 지어주는 시호이다. 도덕이나 학문이 뛰어나 세상의 존경을 받은 사람이 지위
　가 낮아 시호(諡號)를 받지 못하면 친속이나 문하들이 시호를 올리는 것을 말한다. 진(晉)
　의 고사(高士) 도연명의 사시는 정절(靖節)이었으며, 맹교(孟郊)가 죽자 장적(張籍)이 정요
　선생(貞曜先生)이라는 사시를 붙여준 바 있다. 이 구절은 이 일을 가지고 자신에게 사시를
　붙여줄 친구들이 먼저 세상 뜬 것을 한탄한 것이다.
19 죽어서도 지각이 있다고 했던가(死而亦有知): 당(唐) 한유(韓愈)의 「제십이랑문祭十二郎
　文」에 "몸과 혈기는 날로 쇠하고, 의욕과 기운은 날로 약해지니, 너를 따라 죽지 않고 살아 있
　을 날이 얼마나 되겠는가! 죽어서도 지각이 있다면 헤어져 있을 날이 그 얼마나 되겠는가!
　지각이 없다면 슬플 날은 얼마 되지 않고 슬프지 않을 날은 영원하리라!(毛血日益衰, 志氣日
　益微, 幾何不從汝而死也! 死而有知, 其幾何離! 其無知, 悲不幾時, 而不悲者, 無窮期矣!)"라고 했
　다.
20 문에 기대어 기다리시게 한 일(倚望): 의망(倚望)은 의려지망(倚閭之望)을 말한다. 어머니
　가 문에 의지하여 자녀가 돌아오기만을 마음 졸여가며 기다리는 지극한 애정을 이른다.

여덟번째 수

나그네가 대평상²¹ 부수는 날,　　　　　　　　　客破竹床日

말이 작약꽃²² 밟고 지나가는 때라네　　　　　馬殘紅藥時

만물이 모두 정해진 한도가 있으니,　　　　　物皆有定限

사람이 어찌 돌아갈 날 없으랴.　　　　　　　人豈無歸期

여든이라 세상 깃들인 지 오래니,　　　　　　八耋居停久

온갖 인연으로부터 해탈함이 기이하네.　　　　衆緣解脫奇

이러저리 둘러봐도 미련 남을 일 없다마는,　遍看無掛戀

우리 아이 슬퍼할까 다시 괴로워지네.　　　　還惱我兒悲

아홉번째 수

영원히 집안일 끊어지련만,　　　　　　　　永斷家中事

무슨 수로 내가 관여할 수 있겠는가?　　　　何由關我爲

막걸리는 솜씨 좋은 아내 그립게 하고,　　　酒醪思巧婦

책은 총명한 아이에게 주었지.　　　　　　　書籍付佳兒

---

21 대평상(竹床): 대나무로 만든 침상으로 청정한 은일의 삶을 상징하는 어휘로 주로 사용된
다.

22 작약꽃(紅藥): 홍약(紅藥)은 작약(芍藥)의 별칭인데, 중서성(中書省)을 가리킨다. 남조(南
朝) 사조(謝朓) 「직중서성直中書省」 시의 "홍약은 뜰에 당하여 번득이고, 푸른 이끼는 섬돌
을 타고 오르네(紅藥當階翻, 蒼苔依砌上)"에서 온 말로, 전하여 곧 중서성(中書省)을 가리킨
다. 당나라 때는 중서성에 백일홍을 심었던 까닭에 중서성의 별칭을 자미성(紫薇省)이라
했었는데, 조선시대에는 사간원(司諫院)의 별칭을 미원(薇垣)이라고도 했으므로 여기서
자미는 곧 중서성 또는 사간원을 가리킨다. 혹은 홍약이 5월에 꽃이 예쁘게 피나, 연인에
게 보내면 이별하게 된다고도 한다. 이 구절에서는 어떤 의미로 쓰였는지 분명하지 않다.

오래 봉양하였으니 네 무엇이 한스러우며,　　　久養汝何恨

장수하였으니 내 어찌 슬프랴.　　　遲齡我底悲

재능과 명예가 타고난 복 누리는 힘을 더는 것,　　　才名折福力

군자도 부끄러워한다네.　　　君子亦羞之

열번째 수

예로부터 지금까지 명당[23]을 다투지만,　　　今古爭蜂穴

어진 이나 어리석은 이나 죽음은 마찬가지라네.[24]　　　賢愚共貉邱

천수天壽 마치기까지 세상은 늘 어지럽고,　　　終秊長擾擾

처음부터 끝까지 팔방이 어둡기만 하구나.　　　到底八幽幽

이름난 선비 되라 공부하길 권하였고,　　　勸學爲名士

시 읊조려 선량한 이들 진작시켰지.　　　誦詩作善流

내 일찍이 악한 일 하지 않았지만,　　　我嘗不爲惡

음덕[25] 또한 구하지 않는다네.　　　陰騭亦非求

---

23 명당(蜂穴): 봉혈(蜂穴)은 풍수에서 벌 형태의 산을 일컫는 말로, 그 허리 부근을 명당혈로 본다. 여기에 묘를 쓰면 후손 중에 부귀장상이 많이 나오게 된다고 한다.

24 어진 이나 어리석은 이나 죽음은 마찬가지라네(賢愚共貉邱): 한나라 양운(楊惲)이 흉노의 선우(單于)가 피살된 이유와 진(秦)나라가 멸망한 까닭이 똑같다고 하면서 "예나 지금 사람이나 마치 한 언덕의 오소리와 같은 것이다(古與今如一丘之貉)"라고 한 데서 온 말이다. 이 이야기가 『한서漢書』 「양운전楊惲傳」에 실려 있다. 여기서는 고금(古今)과 귀천(貴賤)을 막론하고 사람의 죽음은 한무리로서 차별이 없음을 의미한다. 소식(蘇軾)의 「과령過嶺」 시에서도 "평생에 토끼의 세 개의 굴은 만들지 못했지만, 고금이 다 같이 한 언덕 오소리와 어찌 다르랴(平生不作兎三窟 古今何殊貉一丘)"라고 했다.

25 음덕(陰騭): 음즐(陰騭)은 음덕을 의미한다. 『서경書經』 「홍범洪範」의 "하늘이 속으로 하민을 안정시켜 거처하는 것을 도와 화합하게 하시니(惟天, 陰騭下民, 相協厥居)"에서 나온 말로, 하늘이 가만히 돕는다는 말이다.

열한번째 수

썩지 않을 천년의 업이러니,[26]	不朽千季業
남은 아버지의 글 지금 여기 있네.	遺文今在玆
털을 뽑아 붓[27]을 만들고,	拔毛爲不律
흐르는 피로 먹[28]을 대신하노라.	漉血代隃糜
이 일 끝내 이루어지기 어려우리니,	此事終難辦
다음 생에라도 어찌 쉽게 바라랴.	來生豈易期
아! 응당 눈감지 못하겠어서,	噫乎應不瞑
서둘러 장사 지내매[29] 함께 슬퍼할 뿐이네.	渴葬亦同悲

열두번째 수

지가공[30] 잊기 어렵고,	難忘遲稼公

---

26 썩지 않을 천년의 업이러니(不朽千季業): 삼불후(三不朽)로 입덕(立德)·입공(立功)·입언(立言)을 꼽는데, 문학이 그중 하나라고 볼 수 있다. 이 구절은 이명오가 선대로부터 이어져 온 문학에 대한 자부심을 표현한 것이다.

27 붓(不律): 불률(不律)은 붓의 이칭이다.

28 먹(隃糜): 유미(隃糜)는 중국의 현(縣) 이름으로 먹의 산지로 유명한 곳이다. 이 때문에 먹을 가리키는 말로 쓰였다.

29 서둘러 장사(渴葬) 지내매: 갈장(渴葬)이란 기일이 되기 전에 미리 장사 지내는 것을 말한다. 예월(禮月)을 기다리지 않고 급히 지내는 서인(庶人)의 장사를 가리키기도 한다. 사망에서부터 장사를 지내기까지 신분에 따라 예법에 정해진 일정한 기간이 있는데, 그 기간을 무시하고 서둘러 장사를 지내는 것이다.

30 지가공(遲稼公): 홍봉한(洪鳳漢)의 아들이자 혜경궁(惠慶宮) 홍씨의 동생인 홍낙임(洪樂任: 1741~1801)을 가리킨다. 홍낙임은 번천시사(樊川詩社: 동강시사東岡詩社로도 불림)를 열어 30년간 당대의 문원(文苑)을 주도했다는 평가를 받는데, 이명오 역시 이 시사에 참여했다. 홍낙임은 신유박해 때 서학의 배후로 몰려 사사(賜死)되었기에 그를 추모한 것이다.

한원옹[31] 매번 생각나네.	每憶漢源翁
촉급한 소리 빈 골짜기에서 나오고,	急響出空峽
기이한 향기 바람결에 풍겨오네.	奇香送逆風
그림 속 눈망울 물빛과 같고,	卷中眼似水
술잔 속 비친 기색은 무지개처럼 뻗어났지.	盃底氣如虹
금대[32]도 먼저 손꼽던 분이었으니,	錦帶指先數
세상 떠나면 마침내 함께 만나겠구나.	終歸會合同

―『박옹집泊翁集』권6

---

31 한원옹(漢源翁): 당대의 천재 문인으로 평가받던 노긍(盧兢: 1738~1790)을 가리킨다. 조선 후기 야담집『동패낙송東稗洛誦』의 편자로 알려진 노명흠(盧命欽)의 아들로 과책(科策)·과시(科詩)·과부(科賦)는 물론 고시문(古詩文)에도 능했던 문사였다. 과장(科場)의 일에 연루되어 유배된 바 있고 불우하게 살다 죽었다.

32 금대(錦帶): 이가환(李家煥: 1742~1801)을 가리킨다. 당대의 천재로 꼽히던 이가환은 남인으로 신유박해 때 천주교도로 몰려 옥사(獄死)했다. 이가환은 심문 과정에서 당색이 다른 홍낙임과의 교유 관계를 추궁당한 바 있으며, 노긍의 묘지명을 써주기도 했다.

아버지의 억울함을 풀기 위해 평생을 바쳤던 이명오의 자만시 12수다. 12수는 현전하는 자만이라 제목을 단 시 중 가장 많은 편수에 해당한다. 자만시가 지닌 주제적 일탈성이나 예외성을 감안할 때, 자만시를 쓴다는 것 자체가 시인의 처지나 입장이 매우 특별함을 의미한다. 그래서 자만시는 만시와 달리 한두 수 정도로 간략하게 지어지는 것이 일반적이었다. 이런 자만시를 12수나 쓴다는 것은 그야말로 예외적인 경우라고 할 수 있다.

12수의 내용을 간추려보면 다음과 같다. 첫번째 수부터 네번째 수까지는 자신의 죽음과 상장례의 과정들이 담겨 있다. 자신의 삶에 대한 반성적 회고, 썩어가는 자신의 시신과 매장 후의 정경, 자신의 죽음을 슬퍼하는 가족들, 경인년 선친의 억울한 죽음에 대한 통한 등의 내용이 보인다. 다섯번째 수에선 내용이 바뀌어 사후세계의 일이 언급된다. 자신을 인정해주는 자유로운 사후세계와 답답했던 현실세계가 극명하게 대비된다. 여섯번째 수에선 입관하는 모습이 나오고, 일곱번째 수에선 다시 사후세계의 내용이 등장한다. 여덟번째 수와 아홉번째 수에서는 자신이 세상을 뜬 뒤 가족들의 문제를 언급하고 있다. 아내에 대한 그리움과 자식들에 대한 걱정 등이 담겨 있다. 열번째 수에서는 죽음 앞에서 자신의 삶을 다시 돌이켜보고 있으며, 열한번째 수에서는 다시 아버지를 떠올리며 아버지 문제가 완전히 해결되지 않았음을 암시하고 있다. 마지막 수에서는 죽은 뒤에 만날 이들을 꼽아보고 있다. 홍낙임과 노긍 그리고 이가환이 그들인데 그들을 추모하며 저승에서 만날 날을 기약하는 것으로 마무리짓는다.

대체로 볼 때 자만류 문학의 창작의식은 타인이 자신의 죽음 뒤에 지은 만시·제문·묘지명 등의 문학과는 다르다. 자만시를 남긴 작가들은 자신의 죽음의 의미를 소유해야 하는 것은 바로 삶을 산 자신이 되어야 한다고 생각했다. 또 삶이 자신의 정체성을 찾아가는 기나긴 여로라고 한다면, 그런 정체성은 자만시와 같은 자기표현 안에서 이루어질 수 있다고 확신했다. 이를테면 자만시는 이러한 자기인식을 재구성하고 세상에 각인시킬 수 있는 최선의 혹은 최후의 기회였던 셈이다. 그렇다면 이명오가 세상에 각인시키고자 했던 자기인식은 무엇일까? 다음 시의 구절들을 살펴보자.

[1] 다섯번째 수의 미련
좁다란 인간 세상 굽어보노라니,
죽기 전엔 어찌 그리 힘겨웠던가.

[2] 열번째 수의 함련
천수天壽 마치기까지 세상은 늘 어지럽고,
처음부터 끝까지 팔방이 어둡기만 하구나.

[3] 열한번째 수의 경련
이 일 끝내 이루어지기 어려우리니,
다음 생에라도 어찌 쉽게 바라랴.

예시에서 드러나는 것처럼 시인은 세상의 협착함([1]), 어지럽고 어두운 현실([2]), 해결을 기대하기 어려운 현실의 문제([3]) 등을 이야기하고 있다. 이 표현들은 모두 자만시의 관습적 틀인 상장례 사이사이에 배치되어, 시인의 자기인식들을 재구성하고 있다. 시인이 죽음이라는 극한 상황의 가설假設을 통해 드러내고자 했던 의식의 핵심은 역시 아버지 이봉환의 억울한 죽음이었다고 할 수 있다. 그 자신과 집안의 통한이 된 경인년(1770) 아버지의 억울한 죽음과 그로 말미암아 자식들이 겪은 고초 그리고 신원伸冤을 위한 노력이 자신이 늙어서까지도 완전히 마무리되지 못했다는 것과 관련이 있다. 이명오는 1786년부터 선친의 신원을 위해 백방으로 노력했는데, 정조는 이봉환의 신원을 약속하고 1797년 이명오에게 25결에 달하는 토지를 하사한 바도 있다. 하지만 정조의 갑작스런 죽음으로 인해 신원 약속은 미뤄지게 된다. 이 과정에서 이명오는 임금의 수레를 가로막기도 하면서 그 억울함을 강력하게 호소했다. 결국 선친의 복권은 1809년이 되어서야 김이도金履度와 김조순金祖淳 등의 도움을 받아 이루어진다. 하지만 그것이 시인 자신이 희망한 완전한 명예 회복은 아니었던 것으로 보인다. [3]에서 다음 생에도 바라기 어렵다고 한 것은 이 점을 잘 보여준다. 이명오가 1830년경 이 자만시편을 쓸 때도 여전히 풀리지 않은 억울함이 남아 있었음을 짐작할 수 있다. 이 일에 대한 이명오의 내심이 네번째 수에서 잘 드러난다.

어느 때에나 다시 나를 만날까 하고,
식구들 함께 슬퍼하는구나.
남은 자취 꽃 아래서 찾고,
여윈 얼굴 술 마시며 떠올리겠지.
무덤엔 한 서린 풀 우거지고,
궂은비에 선명한 무지개 뜨는구나.

경인년 아픔은 만겁이었으니,

일체의 곤궁 따위 어찌 근심하랴?

후일 3대에 걸친 비원이 된 경인년 이봉환의 옥사는 이명오에게 특히 큰 영향을 미쳤던 것으로 보인다. 미련의 표현에서 드러나는 것처럼, 경인년의 참화는 만겁의 고통으로 영원히 잊을 수 없는 것이었다. 자만시에서는 상징적 표현만으로 그치고 있지만, 관련 내용이 다른 시에 자세히 서술되어 있다. 1776년에 지은 550구의 장편 고시 「만술漫述」(『박옹집泊翁集』 권1)에서는 아버지의 억울한 죽음과 그 이후 집안이 겪은 고통을 매우 상세하게 읊고 있다. 시인은 그 고통을 "뱃속에 수레바퀴가 움직이는 것 같은腹裏車輪動" 지극한 슬픔이라고 썼다. 이때의 고통은 「만술」 시 전체에서 가장 빈번하게 사용된 어휘가 '혈血'이라는 사실에서도 잘 드러난다. '피'라는 시어는 본래 시에서 잘 쓰지 않는다. 이와 같은 자극적 표현은 작시상 금기시할 뿐 아니라 시를 읽는 사람에게도 좋은 느낌을 주지 못하기 때문이다. 그럼에도 이명오가 시에서 의도적으로 '혈' 자를 남발한 것은, 아버지의 사건에 연루되어 겪은 고통이 얼마나 사무친 것이었던가를 우리에게 잘 보여준다. 「자만」 열한번째 수에서도 그는 아버지의 유문을 편찬하는 마음을 "털을 뽑아 붓을 만들고, 흐르는 피로 먹을 대신하노라"라고 쓰고 있다.

따라서 이명오가 자만시를 남긴 것은 단순히 남은 생을 정리하려 했던 것이 아니라, 고통의 기억을 세상에 분명히 각인시키기 위함이었다고 볼 수 있다. 네번째 수에서 "어느 때에나 다시 나를 만날까 하고, 식구들 함께 슬퍼하는구나"라고 시작된 내용이 "경인년 아픔은 만겁이었으니, 일체의 곤궁 따위 어찌 근심하랴?"라고 마무리되고 있는 것처럼,

아버지의 일은 그 자신과 가족 공동체 모두에게 절대적인 영향을 미친 것이었기 때문이다. 자만시에서 '나의 죽음'만이 아니라 '아버지의 죽음'을 굳이 언급하는 이유가 여기에 있다. 아들 이만용의 글에 따르면 자식들과 조카들이 이명오 앞에서 경인이라는 두 글자를 입에 담을 수조차 없었다고 한다.(「제중부석한공문祭仲父石閒公文」)

이명오의 자만시에서 한 가지 독특한 점은 자신의 죽음을 이야기하는 시에서 다른 사람의 이름을 거명한다는 데 있다. 마지막 수를 살펴보기로 하자.

> 지가공 잊기 어렵고,
> 한원옹 매번 생각나네.
> 촉급한 소리 빈 골짜기에서 나오고,
> 기이한 향기 바람결에 풍겨오네.
> 그림 속 눈망울 물빛과 같고,
> 술잔 속 비친 기색은 무지개처럼 뻗어났지.
> 금대도 먼저 손꼽던 분이었으니,
> 세상 떠나면 마침내 함께 만나겠구나.

자만시의 마지막 수엔 보통 매장과 매장 이후의 일이 담기는 것이 일반적이다. 하지만 이 시는 수련에서 두 사람을 거명하고 있다. 지가공遲稼公과 한원옹漢源翁이 그들이다. 지가공은 홍봉한洪鳳漢의 아들이자 혜경궁 홍씨의 동생인 홍낙임洪樂任을 가리키고, 한원옹은 당대의 천재 문인으로 평가받던 노긍盧兢을 말한다. 홍낙임은 풍산 홍씨가의 기대를 한 몸에 받던 인물이었지만 당쟁 과정에서 희생되었고, 이 일을 혜경궁 홍

씨가 두고두고 한으로 여긴 바 있다. 노긍은 『동패낙송東稗洛誦』의 편자
로 알려진 노명흠盧命欽의 아들로 과책科策·과시科詩·과부科賦는 물론 고
시문古詩文에도 능했던 문사였으나 과장의 일에 연루되어 유배를 당해
불우하게 살다 죽었다. 노긍의 아버지 노명흠은 30대 이후 홍봉한가에
서 평생 숙사塾師 노릇을 했으며, 노긍 역시 이 집안 사람들과 가까웠는
데 그중에서도 특히 홍낙임과 가까웠다고 한다. 이들은 모두 이명오를
진정으로 인정해주었고 이명오 자신 역시 이 선배 문인들을 존경했다.

이명오는 해배된 이후 줄곧 선친의 신원을 위해 필사적인 노력을 했
다. 길거리에 거적을 깔고 왕이 지나가는 길목에서 수차례 탄원하다가
귀양을 가기도 했다.(『국조인물지國朝人物志』) 이 과정에서 아버지 대부터
출입했던 홍봉한 집안으로부터 큰 도움을 받게 된다. 특히 홍낙임은 홍
봉한의 셋째 아들로, 아버지의 신원을 위해 적극적으로 도와준 은인 같
은 인물이었다. 아버지 이봉환은 홍봉한 대에 이 집안에 출입했던 인연
이 있기도 했다. 홍낙임은 번천시사樊川詩社를 열어 30년간 문원文苑을 주
도했다는 평가를 받는데, 이명오 역시 이 시사에 참여했다.

하지만 홍낙임은 신유박해 때 서학의 배후로 몰려 사사賜死되었고, 노
긍 역시 불우하게 살다가 오래전 세상을 뜨고 말았다. 시인은 이들을 결
코 잊을 수 없고 또 매번 생각나는 인물이라 썼다. 아마도 그의 머릿속
에서는 홍낙임이 이끌던 시사와 시사에서 함께 어울리던 노긍이 영영
잊히지 않았던 듯하다. 노긍은 1790년에, 홍낙임은 1801년에 세상을 떠
이미 40여 년이 지났음에도, 시인은 자신의 죽음을 선배들 있는 곳으로
돌아가는 일이라 규정하고 있다. 시인이 자신의 죽음을 이들과 함께 세
상에 각인시키고자 했던 것이다. 이명오의 시집에서는 두 사람을 그리
워한 시들이 유독 눈에 많이 띈다. 그런 점에서 이 작품은 이명오 개인

의 자만시에 그치지 않고, 먼저 세상을 뜬 홍낙임·노긍과의 정신적 연대를 분명히 한 작품으로 해석할 수 있다. 그들의 삶이 비극적이었던 만큼, 이명오 자신의 가화家禍와 함께 일종의 동병상련으로서 시대적 아픔을 노래한 것이라 볼 수 있다. 이는 이명오의 자만시 외에는 유례를 찾아보기 힘든 독특한 시적 국면이다.

한 가지 첨언할 사항은 저승에서 함께 만날 또다른 이로 금대錦帶를 꼽고 있다는 점이다. 금대는 바로 노긍·심익운沈翼雲과 함께 조선 후기 3대 천재로 불린 이가환李家煥이다. 이가환은 남인으로 신유박해 때 천주교도로 몰려 옥사했다. 이가환은 심문 과정에서 당색이 다른 홍낙임과의 교유 관계를 추궁당한 바 있으며, 노긍의 묘지명을 써주기도 했다. 이명오 역시 서인 노론계로 분류될 수 있는 인물이지만, 색목色目이 다름에도 불구하고 이가환을 높이 평가했음을 짐작할 수 있다. 요컨대 이명오의 정신적 연대는 당파적 틀을 넘어 인간 가치에 초점을 맞추고 있다 하겠다. 자신의 사후 만날 인물로 홍낙임·노긍과 함께 이가환을 지목한 것은 그런 점에서 또다른 의미가 있다.

이명오는 이렇게 자신이 겪어온 비극적 세상사들을 자만시로 풀어냈다. 사연 없는 죽음이 어디 있겠냐마는 아버지의 일은 본인이 너무 고통스러워 차마 다시 듣고 싶지도 않던 사건이었다. 그가 자만시를 통해 자신의 삶을 반추하는 과정에 군이 아버지 사건을 다시 꺼낸 이유는 이제 자신의 죽음이 멀지 않았으리라는 예감에서였을 것이다. 「자만」 12수는 『박옹집』 권6에 실려 있는데, 문집의 편차로 볼 때 여기에 수록된 작품들은 1814년부터 1815년 사이에 지어진 시로 추정된다. 하지만 여덟번째 수의 "여든이라 세상 깃들인 지 오래니, 온갖 인연으로부터 해탈함이 기이하네"라는 구절을 볼 때, 이 시는 80세 무렵에 창작된 것으로 보는 편이 타당하리라 생각한다. 이명오의 자만시는 그의 여든일곱 해의 삶이 저물어가던 어느 시점에 지어진 것이라고 할 수 있다.

아들 이만용 역시 자만적 작품을 한 수 남기고 있어서 이 작품의 영향이 감지된다.(제2부 「모든 것 유유히 전혀 상관하지 않으려네」 참조)

흘린 물을 무슨 수로 주워 담으랴拾潘何由補漏盃

이시원李是遠(1790~1866)

회갑이 되는 날, 넷째 종형 연옹然翁이 절구 한 수를 다음과 같이 부쳐왔다. "소년이 어찌 노인의 마음 알리오, 갑년이 다시 돌아와 술 마련하니 응당 기쁘구나. 군자는 종신토록 모두 이날이거니, 처연한 눈물 든 잔에 떨구지는 말게나." 그날 심회가 좋지 못하여 가까운 친지들이 내게 권하는 잔을 다 받아 마셔서 드디어 밤새 크게 취하였다. 밤에 잠자리에 들어 그 운자를 써서 입으로 불러 감회를 드러내니, 때는 임금의 장례가 막 지나 글 쓰는 일을 자제해야 하지만 심정이 매우 슬프고 괴로우며 말은 통곡하는 것 같으니 옛사람이 스스로 자신의 만시를 썼던 뜻을 취한 것이다. 충서忠恕하는 군자라면 혹 보고 슬퍼하지 않을까. 족형 휘원씨는 연옹이라 자호하였는데 호서 지방에 숨어 사는 군자다.

回甲日, 然翁四從兄, 寄一絶日, 少年豈識老年懷, 辦酒應懽晬甲回. 君子終身皆此日, 莫將悽淚落稱盃. 其日心懷不佳, 骨肉切己之觴, 皆

受飲之, 遂沈醉竟夕. 夜枕, 用其韻, 口占抒感, 時因山纔過, 方戒筆硯, 而情甚悲苦, 語類痛哭, 盖取古人自挽之意. 忠恕之君子, 儻或覽而悲之, 族兄輝遠氏, 自號然翁, 湖西隱君子也. 13수

첫번째 수

형의 시는 나를 위해 그 품은 뜻을 말씀해주셨으니,	兄詩爲我道其懷
온갖 감회가 돌아온 갑자 따라 같이 오네.	百感同隨甲子回
동생 조카 자식 들이 다투어 술 올리니,	弟姪兒甥爭進酒
열세 잔째에 기분좋게 취하여 쓰러지는구나.	陶然醉倒十三盃

두번째 수

시인은 예로부터 자신이 태어난 해 회포를 읊곤 하니,

風人自古我辰懷

「이소」를 읽게 됨에 감회가 자주 살아나네.　讀到離騷感屢回

경인년 돌아가신 아버지께서 나를 처음 살피던 날,

忍說庚寅皇覽1日

1　황람(皇覽): 『초사楚辭』「이소離騷」에 "황고(皇考)께서 나의 초년 시절을 관찰하여 헤아리사, 비로소 내게 아름다운 이름을 내리셨으니, 나의 이름을 정칙으로 하시고, 나의 자를 영균으로 하셨네(皇覽揆余于初度兮, 肇錫余以嘉名, 名余曰正則兮, 字余曰靈均)"라고 한 데서 온 말. 황고는 돌아가신 아버지를 말한다. 이시원의 아버지 이면백(李勉伯)은 경인년(1830) 세상을 떴는데, 「이소」에 마침 "인년(寅年)의 정월, 경인일에 나는 태어났네(攝提貞

이웃에서 양고기와 술²로 아이 탄생 축하했던 일을 차마 말할 수
있으랴.   村鄰羊酒賀兒盃

세번째 수

아이 태어나 젓 부족해 어미 품속에서 우니,   兒生乏乳哭於懷
조부께선 자애롭게도 수고로이 과일 씹어 먹이셨네.

                                         皇祖恩勤哺果回

강석에서 경전 가르쳐주신 뜻 저버리니,   孤負董帷授經意
남은 시문 죽림칠현의 술잔³ 속에서 사라져가네. 遺篇蕪沒竹林盃

네번째 수

병치레 많아 할머니 품에서 떠나지 않았으니,   多病不離祖母懷
백약의 후신이 돌아온 듯하구나.   恍疑百藥後身回
가없는 은혜 받았건만 끝내 쓸모없어,   受恩深重終無賴

于孟陬兮, 惟庚寅吾以降)"란 구절이 나와서 아버지가 돌아가신 해를 떠올리게 하기 때문에
이렇게 말한 것이다.

2 양고기와 술(羊酒): 옛날에 아들이 태어났을 때 선사품으로 양고기와 술을 썼던 고사에서
   온 말. 한나라 고조(高祖)와 노관(盧綰)이 같은 날 태어나니, 마을 사람들이 양주(羊酒)를
   가지고 가서 양쪽 집안에 하례했던 일에서 온 말이다.

3 죽림칠현의 술잔(竹林盃): 진(晉)의 죽림칠현(竹林七賢)인 혜강(嵇康)·완적(阮籍)·완함(阮
   咸)·산도(山濤)·상수(向秀)·유령(劉伶)·왕융(王戎) 등 7명이 노장(老莊)의 고답적인 풍모
   를 가지고 교유하던 모임에서 나누던 술잔을 가리킨다.

무덤에 술잔과 축문 올리며4 눈물 떨구었네.   淚落焚黃告墓盃

다섯번째 수

중년엔 가난 때문에 녹봉 받길 생각했지만,   中歲爲貧祿利懷

어머니께선 내게 관직 그만두고 돌아오길 권하셨지.

        阿孃勸我解官回

부모님 슬하에서 즐겁게 지내던 날 떠올리면 마음 아파지니,

        傷心膝下怡愉日

정결하고 풍성한 음식5 장만하여 술잔 올린 적이나 있었던가.

        洗腆何曾用酒盃

여섯번째 수

짝 잃은 슬픈 울음에 스스로 회포 말하니,   寡鶴聲悲自道懷

아내 잃고 지낸 세월 다시 기일이 돌아왔구나.6   悼亡日月再碁回

---

4 축문 올리며(焚黃): 본래 증직(贈職)이 된 때에 관고(官誥)의 부본(副本)을 쓴 누런 종이를
    무덤 앞에서 불사르는 일을 가리켰는데, 후에 제사 지낼 때 축문을 아뢰는 일을 일컫는 말
    로도 사용되었다.
5 정결하고 풍성한 음식(洗腆): 음식을 정갈하고 풍성하게 장만하여 공경히 부모를 봉양함을
    이른다. 『서경書經』「주고酒誥」에 "효도로 그 부모를 봉양해서 부모가 기뻐하시거든 스스
    로 음식을 정갈하고 풍성하게 장만하여 술을 올리도록 하라(用孝養厥父母, 厥父母慶, 自洗腆,
    致用酒)"라고 한 데서 온 말이다.
6 아내 잃고 지낸 세월 다시 기일이 돌아왔구나(悼亡日月再碁回): 이시원의 나이 59세 때인
    1848년(무신) 심혜륜(沈惠倫)의 딸이었던 부인 청송(靑松) 심씨(沈氏)가 세상을 떠났다. 이

수척한 아이는 아비를 어민 줄 알고 보니,　　　　　　變變兒視爺如母

어찌 백세 축원하는 잔 사양하랴.　　　　　　　　那得辭渠百歲盃

일곱번째 수

하늘도 땅도 쇠하였으니 이 심정을 어이할꼬,　　　　天荒地老若爲懷

국왕 승하하시던 날 눈물 훔쳤네.　　　　　　　弓劍喬山7掩淚回

이날 미친 듯 노래 부르며 진실로 통곡했으니,　　　此日狂歌眞痛哭

크게 취한 것은 완적의 술 마시던 일 배워서 그런 것 아니라네.

　　　　　　　　　　　　　　　　　　昏冥非學步兵盃

여덟번째 수

은혜로운 조서 끌어안고 흘린 눈물 가슴에 가득하니,

　　　　　　　　　　　　　　　　　　抱泣恩綸淚滿懷

성대한 의식에서 누런 주머니 하사받고 돌아왔네　黃囊拜賜縟儀回

───────────────

시를 쓰기 한 해 전의 일이다.

7　궁검(弓劍)과 교산(喬山): 임금의 죽음을 가리킨다. 『사기史記』 「봉선서封禪書」에 "황제(黃帝)가 수산(首山)의 동(銅)을 캐어 형산(荊山) 아래서 솥을 지었는데, 그 솥이 완성되자 하늘에서 수염을 드리운 용(龍)이 내려와서 황제를 맞으니 황제는 올라탔으나 그때 황제를 시종한 여러 신하와 후궁(後宮) 70여 명은 타지 못했다. 용이 마침내 올라가니 나머지 소신(小臣)들이 모두 용의 수염을 잡고 늘어졌으나 용의 수염이 뽑히면서 신하들과 황제의 활과 칼을 떨어뜨렸다. 황제가 하늘로 올라가버리니 백성은 그 궁검과 용의 수염을 안고 울었다"했다. 그래서 뒤에 임금이 돌아간 것을 궁검이라 한다. 교산은 황제를 장례 지낸 곳이다. 여기서는 헌종이 승하한 것을 가리킨다.

정성스런 마음 하나[8] 불타오르듯 붉으니,   心香一瓣丹如爇

대궐에서 멀리 노모 장수하길 축원했었지.[9]   遙祝重宸壽母盃

아홉번째 수

동산에 석양이 비쳐서 내 심회 어지럽히니,[10]   返照東山攪我懷

자식 낳던 처음으로 돌아간 것만 같네.[11]   依如生子厥初回

---

8 정성스런 마음 하나(一瓣心香): 일판심향(一瓣心香)은 일판향(一瓣香)이라고도 하는데, 선승(禪僧)이 도를 전수할 때 이 한 가닥 향을 모 법사에게 전한다고 한 데서 온 말이다. 심향은 정성스러운 마음으로 사르는 향을 이른다. 본래 도를 전수하고 어떤 사람을 숭모할 때 사용되는 비유다. 혹은 남을 축복할 때 쓰는 향인데 전의하여 성경(誠敬)·열복(悅服)의 마음을 비유한다고도 설명한다.

9 대궐에서 멀리 노모 장수하길 축원했었지(遙祝重宸壽母盃): 이시원의 어머니는 1843년(헌종 9)에 세상을 떴다. 이 시에서 읊은 내용은 헌종 대에 그가 받은 성은을 회고한 것인 듯하다. 이시원은 1838년(헌종 4) 통정대부에 오르고 승정원 동부승지와 형조참의에 제수되었으나 나아가지는 않았다.

10 동산에 석양이 비쳐서 내 심회 어지럽히니(返照東山攪我懷): 여기에서 동산(東山)은 동진(東晉)의 명신(名臣) 사안(謝安)이 은거했던 곳에서 유래한 표현이다. 사안은 젊은 나이에 회계(會稽)의 동산에 은거했는데, 조정에서 누차 초빙했지만 응하지 않았다. 후일 동산을 나와 벼슬이 사도(司徒)에 이르러서도 동산에서 은거하던 때의 생각은 시종 변하지 않아서 매양 그의 맑은 모습에 드러났다고 한다. 한편, 이백(李白)은 이 동산이란 지명 의상(意象)을 유독 좋아하여 자신의 시에서 여러 차례 사용하기도 했다. "조정에서 청운의 꿈 이룬다는 것 기약할 수 없으니, 사직하고 동산에 돌아가 늙으리라(北闕靑雲不可期, 東山白首還歸去)"(「억구유기초군원참군憶舊游寄譙郡元參軍」) 같은 구절이 그 대표적 예이다. 이백의 시에 보이는 '동산'은 웅대한 포부와 뛰어난 재능을 지니고 있지만 세상에 쓰이지 못하는 인물의 상징이다. 여기에선 이시원 자신이 머물고 있는 곳을 동산에 빗댄 것으로 볼 수 있다. 동산에 석양이 비쳐서 자신의 심회를 어지럽힌다고 한 것은 아마도 노경에 다시 벼슬길에 나설 상황이 되었음을 우회적으로 표현한 것으로 보인다.

11 자식 낳던 처음으로 돌아간 것만 같네(依如生子厥初回): '자식 낳던 처음(生子厥初)'이란 『서경書經』「소고召誥」의 "자식을 낳는 것은 처음 낳을 때에 달려 있어 스스로 밝은 명을 받지 않음이 없음과 같으니, 이제 하늘이 우리에게 밝음을 명할 것인가, 길흉을 명할 것인가, 역년을 명할 것인가. 이를 아는 것은 지금 우리가 처음 정사를 하는 데 달려 있다(若生子, 罔不在厥初生, 自貽哲命, 今天, 其命哲, 命吉凶, 命歷年, 知今我初服)"에서 온 표현이다. 이는

소학을 좇아 새 산가지 일으키고자 하니,[12]　　　欲起新籌從小學

도소주[13]를 몇 번이나 다시 마실 수 있을까?　　　屠蘇能復幾番盃

열번째 수

만년에 허물 적기 바라는 것이 내 마음이라,　　　殘年寡過是吾懷

오히려 시비가 모든 사람 입에 오르내림 기뻐하네.

　　　　　　　　　　　　　　　　　　　　尙喜雌黃萬口回

마침 날 멀리해 버려두지 않는 가까운 벗 있으니,　賴有情親不遐棄

반드시 각궁角弓 그림자 뱀이라 의심한 일[14] 해명하리라.

　　　　　　　　　　　　　　　　　　　　會敎弓影釋樽盃

자식을 처음 낳았을 때 선(善)을 가르치면 선해지듯이 정치도 처음에 어떻게 하느냐에 달려 있다는 뜻인데, 여기서는 자신의 정치적 행로와 관련된 표현으로 쓰였다.

12　소학을 좇아 새 산가지 일으키고자 하니(欲起新籌從小學): 소학을 좇는다는 것은 『소학小學』「계고稽古」편에 춘추시대 초(楚)나라 사람인 노래자(老萊子)가 노쇠하신 부모를 즐겁게 하기 위하여 나이 70에도 어린아이 놀이를 했던 것을 말한다. 노래자는 색동저고리를 입고 물을 떠가지고 당(堂)에 오르다가 거짓으로 넘어져 어린아이처럼 울었으며 새 새끼를 부모 옆에서 희롱하여 부모를 기쁘게 하고자 했다. 새 산가지(新籌)란 장수를 축원할 때 쓰는 표현이다. 소식(蘇軾)의 『동파지림東坡志林』「삼로어三老語」에 노인 세 사람이 만나서 나이를 물어보니, 한 사람이 대답하기를 "바닷물이 말라서 뽕나무밭이 될 때면 내가 산가지 하나를 내려놓는데, 그동안 내가 헤아린 산가지가 열 칸의 내 집에 벌써 가득찼다 (海水變桑田時, 吾輒下一籌, 邇來吾籌已滿十間屋)"라고 했다는 이야기가 보인다.

13　도소주(屠蘇酒): 설날에 마시는 약주의 한 가지로, 이 술을 마시면 사기(邪氣)와 질병을 물리친다고 한다.

14　각궁(角弓) 그림자 뱀이라 의심한 일: 서진(西晉) 때 악광(樂廣)이 하남(河南) 윤(尹)으로 있을 적에 항상 친하게 지낸 사람이 있었다. 한참 동안 그 사람이 다시 오지 않으므로 그 까닭을 물으니, "지난번에 베풀어준 술자리에서 갑자기 잔 속에 뱀이 있는 것을 보고는 몹시 혐오감을 느꼈는데, 그 술을 마신 뒤 병을 얻었다"라고 대답했다. 청사(廳事) 벽 위에 걸린 각궁 그림자가 술잔에 뱀처럼 비쳐서 오인한 것이었다. 다시 술자리를 마련하고 그 사람에게 그 까닭을 일러주니, 병이 대번에 나았다는 고사에서 온 말이다.

열한번째 수

노경에 이르러 후회하는 마음 참되어지니,　　　　至老方眞悔悟懷
총명함이 한번 사라진 뒤 어찌 다시 돌아오랴.　　聰明一去豈重回
아들 조카 들 책 읽을 때 경계할 줄 알아야 할지니,
　　　　　　　　　　　　　　　　　　　讀書兒姪須知戒
흘린 물을 무슨 수로 주워 담으랴.　　　　　　拾瀋何由補漏盃

열두번째 수

뒤숭숭하기가 항상 멀리 떠나온 나그네 같아서,　忽忽常如遠客懷
오직 무덤으로 일찍 돌아가기만 바랐다네.　　　泉臺惟願早歸回
돌아갈 때 가지고 갈 물건 하나 없으니,　　　　歸時無物持將去
그 죄 의당 백 잔의 벌주[15]보다 크리라.　　　　厥罪宜深百罰盃

열세번째 수

어떻게 편지 보내 내 정회 말할 수 있을까?　　寄書何以道情懷

---

15 백 잔의 벌주(百罰盃): 백벌(百罰)은 여러 차례 죄를 받는다는 의미인데, 벌주의 의미로도
많이 쓰인다. 두보(杜甫)의 시 「낙유원가樂游園歌」에 "몇 줄기 백발을 어찌 벗어날 수 있
겠는가, 백 번 벌하는 깊은 잔 사양도 마다하지 않네(數莖白髮那抛得, 百罰深杯亦不辭)"라
는 구절이 보인다.

죽어서 혼이 갔다 돌아오는 것이 낫겠네.   瞑目不如魂往回

들자하니 난파[16]에겐 신선술 있어서,   聞說欒巴有仙術

타향의 술기운으로 비 내려 고향 사람과 술잔 함께했다지.

                                                        異鄉酒氣可同盃

                                           —『사기집沙磯集』 책2

---

16 난파(欒巴): 후한(後漢) 시기 도사 난파가 조정의 연회석상에서 황제가 하사한 술을 입에
    머금었다가 서북방을 향해 내뿜어 비를 만들어서 자신의 고향인 성도(成都) 저잣거리의
    화재를 진화했는데, 성도 사람들이 동북방에서 온 그 비를 맞고 보니 술 냄새가 났다고
    한다. 진(晉) 갈홍(葛洪)의『신선전神仙傳』권5 「난파」에 이 이야기가 실려 있다.

이시원이 회갑 날 밤에 쓴 자만적 작품들이다. 모두 열세 수로 이루어진 이 작품은 좁은 의미의 자만시까지 포함하더라도 자만 주제 연작시로서 가장 많은 양이다. 또 장수를 축하하는 회갑 잔칫날 이런 자만적 작품을 썼다는 점에서 이채롭다. 이시원이 이 작품들을 쓴 이유는 긴 제목에 밝혀져 있는 것처럼 족형이 되는 이휘원李輝遠이 부쳐온 "소년이 어찌 노인의 마음 알리오, 갑년이 다시 돌아와 술 마련하니 응당 기쁘구나. 군자는 종신토록 모두 이날이거니, 처연한 눈물 든 잔에 떨구지는 말게나"라는 절구 한 수로부터 비롯한 것이다. 회갑이 되었다고 주변에서 모두 축하하겠지만 노인의 마음은 노인만이 알 수 있다. 매일매일을 이날같이 생각하고 죽음이 다가온다고 슬퍼하지 말라는 의미가 이 시에 담겨 있다. 이 시를 읽고 시인은 마음이 우울해져 평소보다 많은 술을 마시고 크게 취했지만, 밤에 잠자리에 누워서도 잠이 오지 않았던 듯하다. 그래서 일어나 입으로 불러 지은 시가 바로 이 연작시인 것이다.

열세 수의 내용을 살펴보면 다음과 같다.

첫번째 수에선 시의 창작 동기를 밝히고 회갑 잔칫날의 정경을 스케치하고 있다. 두번째 수에선 돌아가신 아버지를 떠올리며 이웃에서 자신의 출생을 축하했던 일을 언급하고 있다. 세번째 수에선 어린 시절 할아버지의 사랑과 훈육을, 네번째 수에선 병약한 자신을 보살펴주신 할머니에 대한 그리움을 말하고 있다. 다섯번째 수에는 벼슬길 만류하시던 어머니의 이야기와 부모님에 대한 그리움이 드러나 있다. 여섯번째 수에는 아내의 죽음과 어미 잃은 자식들에 대한 연민이 표현되어 있다. 일곱번째 수는 헌종의 승하를 언급하고 있고, 여덟번째 수에서는 과거 벼슬길에서 누린 영예들을 회고하고 있다. 아홉번째 수에서는 다시 벼슬길에 나아갈 것임을 암시하며 자신의 삶이 얼마 남지 않았음을 말하고 있다. 열번째 수에서는 만년에 잘못된 행실을 하지 않고 가까운 벗과도 오해가 풀리길 바라고 있다. 열한번째 수에서는 자식들과 조카들에게 책 읽을 때 자신과 같은 잘못을 반복하지 말라고 권면하고 있으며, 열두번째 수에서는 지난 삶을 돌이켜보며 자신의 잘못을 자책하고 있다. 마지막 열세번째 수에서는 족형 휘원씨에게 자신의 정회를 말하지 못함을 안타깝게 여기고 있다.

이상 내용을 정리해보면 열세 수는 내용상 다시 네 부분으로 나누어볼 수 있다. 창작 동기와 관련된 부분(첫번째 수와 마지막 수), 성장 과정 등 가정사를 이야기하고 있는 부분(두번째 수부터 네번째 수까지, 여섯번째 수), 벼슬길에 나아가서 겪은 이런저런 일들을 말하고 있는 부분(다섯번째 수, 일곱번째 수, 여덟번째 수), 자신의 삶을 반추하며 반성하는 부분(아홉번째 수부터 열한번째 수까지)이 그것이다.

족형의 시로 말미암아 자신의 삶을 돌이켜보게 되었지만, 연작시의 창작에는 그를 잠 못 이루게 한 여러 가지 세상사의 번민들이 작용했던 것으로 보인다. 시제에서 스스로 옛사람들이 자만自挽한 뜻을 취했다고 밝힌 것처럼, 그가 통곡하듯 시를 써내려간 이유를 단순히 인생의 무상함이나 죽음의 도래에 대한 두려움에서만 찾을 수는 없다. "충서忠恕하는 군자라면 혹 보고 슬퍼하지 않을까"라고 쓴 것처럼 자신이 지키고자 하는 절조나 신념과 달리 돌아가는 세상에 대한 고민도 없지 않은 듯하다. 이시원은 관직에 있을 때 불의와 타협하지 않아 무고를 당하여 파직되기도 할 만큼 강직한 성격의 소유자였다. 하지만 시인은 이 모두를 자신의 부족과 허물로 돌리며 도리어 자식들과 조카들에게 자신과 같은 잘못을 반복하지 말라고 권면하고 있다. 시인의 마음속 갈등과 번민이 미묘하게 시 속에서 모습을 드러내고 있다.

이 작품들을 쓰고 16년이 지난 1866년, 이시원은 프랑스 군대가 강화를 점령하자 피란하지 않고 아우 이지원李止遠과 함께 음독 자결함으로써 자신의 충절을 세상에 각인시켰다.

제5부

또다른
죽음의
모습

이제 저승길 웃으며 가리라 笑指歸程甘露近

이정암 李廷馣(1541~1600)

자만 2수 自挽二首

첫번째 수

효행도 충성도 모두 하지 못하여,　　　　　　爲孝爲忠百不能

하늘의 재앙과 귀신의 화가 연이어 닥쳤네.[1]　天殃鬼禍競相乘

헛된 이름 나도록 누가 황금 관자에 초미관[2] 쓰게 했나,

　　　　　　　　　　　　　　　　　　　浮名誰使金貂貴

만년에는 온통 병만 되풀이될 뿐이구나.　　　末路都成疾病仍

---

1 하늘의 재앙과 귀신의 화가 연이어 닥쳤네(天殃鬼禍競相乘): 이정암은 1597년(정유) 6월 모
　친상을 당한 데 이어 7월 부인이 죽었다. 또 이해 왜란이 다시 일어나기도 했다. 이정암은
　정유재란 때 해서초토사(海西招討使)가 되어 연안(延安)을 지킨 바 있다.
2 황금 관자에 초미관(金貂): 금초(金貂)는 한나라 때 중상시 벼슬은 황금 관자(黃金瑠)에 매
　미를 붙이고 초미(貂尾)로 관모를 장식했던 것을 말한다. 그래서 금초라고 하면 고위 관직
　을 상징하는 말로 쓰였다.

떠돌며 외로이 누워 천 일의 취기[3]를 깨지 못하고,

羈枕未醒千日醉

여관 창 아래 밤새 등잔 심지 돋우네.

客窓挑盡一釭燈

저승 가는 길 끝없는 원한 품으리니,

只應泉路無窮恨

동해가 언덕으로 변하는 것[4] 보지 못해서라네.

不見扶桑海作陵

두번째 수

외모는 왜소하지만 정신은 살아 있어,

形容短小只精神

육십 년 세월 동안 남에게 아첨하지 않았네.

六十年來不佞人

강물 같은 인생 머리 기른 승려[5]였던 셈이고,

流水生涯僧有髮

뜬구름 같은 세간사 시루엔 먼지만[6] 날리네.

浮雲世事甑埋塵

---

3 천 일의 취기(千日醉): 장화(張華)의 『박물지博物志』 권5에 다음과 같은 이야기가 실려 있
   다. 중산(中山) 사람 적희(狄希)가 천일주(千日酒)라는 술을 만들었는데 이 술을 마시면 취
   해 1000일 동안 잠들었다고 한다. 유현석(劉玄石)이 중산의 주가(酒家)에서 술을 샀는데
   그 주인이 천일주를 주면서 마시는 절도를 말해주지 않았다. 유현석이 천일주를 마시고
   취해 잠드니, 집안사람들은 죽은 줄 알고 그를 가매장했다. 1000일이 지났을 때 그 술집
   주인이 찾아와서 관을 여니 그제야 유현석이 술에서 깨어났다. 그래서 세상에서는 "현석
   이 술을 마시고 한 번 취해 1000일이 지나갔다(玄石飮酒, 一醉千日)"라고 했다.

4 동해가 언덕으로 변하는 것(扶桑海作陵): 『산해경山海經』「북산경北山經」에 나오는 염제(炎
   帝)의 딸이 동해(東海)에 빠져 죽은 뒤 정위(精衛)라는 새로 변해 그 원한을 풀려고 늘 서
   산(西山)의 목석(木石)을 입에 물고서 동해에 빠뜨려 메우려고 했던 고사를 염두에 둔 표
   현이다.

5 머리 기른 승려(僧有髮): 황정견(黃庭堅)의 「사진자찬寫眞自贊」에 "중 같으면서도 머리를
   길렀고, 속인 같으면서도 티끌이 묻어 있지 않다(似僧有髮, 似俗無塵)"란 구절이 보인다.

6 먼지 이는 시루(甑埋塵): 범단(范丹)은 범염(范冉)이라고도 하는데, 자는 사운(史雲)이다.
   후한(後漢) 환제(桓帝) 때 내무(萊蕪) 고을의 수령으로 임명되었는데 가난하게 살면서도
   개의치 않아서, 사람들이 "범사운의 시루 속에서는 먼지만 풀풀 일어나고, 범내무의 가마
   솥 속에는 물고기가 뛰어논다(甑中生塵范史雲, 釜中生魚范萊蕪)"라고 노래를 지어 불렀다고

옳고 그름 예로부터 누가 판가름할 수 있으랴,	是非從古誰能定
근심과 즐거움도 이젠 묵은 자취 되었네.	憂樂如今跡已陳
갈 길이 감로사⁷에 가깝기에 웃으며 가리키나니,	笑指歸程甘露近
절 앞 강물의 달이 내 전신이라서.	寺前江月是前身

—『사류재집四留齋集』 권4

한다.

7 감로사(甘露寺): 이정암의 선영이 있는 개성 오봉산(五峯山)에 있는 절 이름이다.

이 시는 임진왜란 때 연안성延安城 전투에서 승리를 거둔 이정암의 작품이다. 『사류재집四留齋集』 권11에 실려 있는 「행장行狀」을 통해 이 시가 지어질 무렵의 상황을 확인할 수 있다. 이정암은 경자년(1600) 9월 10일에 세상을 떴는데, 이때 그의 나이 60세였다. 이정암이 죽은 뒤 집엔 조금의 양식조차 없었고 남은 건 옷 한 벌뿐이었다고 한다. 병중에 목욕을 하고 자만시 2수를 썼는데, 두 수의 시는 각기 다른 내용을 담고 있다.

첫번째 수에선 먼저 자신의 삶을 겸허하게 되돌아보고 있다. 효도 충도 제대로 실천하지 못했으며, 자신이 역임한 벼슬도 과분한 자리일 뿐이라고 보았다. 그런데 뜻밖에도 미련에선 죽음을 앞두고 사무치는 원한을 드러내고 있다. 동해에 빠져 죽은 뒤 나무와 돌을 물고 와 바다를 메우려고 했던 정위조精衛鳥 같은 원한은 무엇이었을까? 이정암은 아우 이정형과 함께 연안성에서 왜군의 공격을 막아냈던 인물이다. 『국조보감國朝寶鑑』 제31권 선조조 8에 실려 있는 그의 승전 과정은 한 편의 감동적인 드라마다. 그 내용을 간추리면 다음과 같다. 이정암은 황해도로 들어가 초토사招討使가 되어 의병을 모집해 연안성을 지켰다. 주변에선 연안성을 에워싼 왜군의 기세에 눌려 피신을 권했지만, 이정암은 백성들을 지키기 위해 목숨을 걸고 응전하기로 결정했다. 적이 밤낮으로 수천 자루의 조총鳥銃으로 일제히 공격해도 이정암은 태연자약한 모습으로 병사들에게 경솔히 활을 쏘지 말고 적이 성에 기어오르거든 쏘아 죽이도록 명령했다. 또 적이 시초를 참호에 채우고 올라오면 횃불을 던져 태우고, 적이 긴 사다리로 성을 타고 오르면 끓는 물을 퍼붓게 하는 등 공격 방식에 따라 적절하게 임기응변하여 공격을 막아냈다. 포위당하고

4일 동안 밤낮으로 공격을 막아내자 왜적도 결국 퇴각했는데, 추격하여 많은 왜군을 죽였다. 이정암은 승리를 보고하면서 단지 어느 날에 성이 포위당하고 어느 날에 적이 포위를 풀고 떠났다고만 했을 뿐 다른 말이 없었다. 조정에서도 "전쟁에 이기는 것도 쉽지 않지만 공을 자랑하지 않는 것은 더욱 어렵다"고 높이 평가했다고 한다. 따라서 이 시에서 말한 저승길의 무궁한 한이란 우리 강토를 유린한 왜적에 대한 것이라고 추정할 수 있다. 왜적에게 완전한 복수를 하지 못한 채 눈감는 것이 한스러웠던 것이리라.

두번째 수에서는 다른 관점에서 자신의 삶을 반추하고 있다. 자신이 비록 보잘것없는 외모를 가지고 있지만 정신은 올곧아서 누구에게도 아부하지 않았다고 적고 있다. 또 자신은 물욕이 없는 승려처럼 담박한 생활을 해서 재물도 모으지 않았다고 했다. 죽음 앞에선 옳고 그름도 걱정과 기쁨도 모두 중요한 일이 아니라고도 썼다. 이정암은 선영이 있는 개성 전포錢浦 밖에 묻혔는데, 부근에 감로사가 있다. 미련에서 갈 길이 감로사에 가깝다고 한 것은 자신이 묻힐 장소가 그곳이기 때문이다. 첫번째 시가 저승 가는 길에도 남는 한을 말했다면, 여기서는 웃으며 편안히 죽음을 맞이하겠다고 쓰고 있다. 이정암은 자신의 전신이 절 앞 강물에 비친 달이라고 말한다. 달을 통한 원한의 정화淨化라고나 할까. 시인은 불교의 윤회관에 입각해서 달이 전생의 몸이었다고 설명하고 있다. 끝없는 윤회의 굴레를 생각한다면 이승의 원한에 연연할 필요는 없게 된다. 결국 이 두 수의 시는 그 내용을 '죽음 앞에서도 끝없는 한이 남지만, 이제 저승길 웃으며 가리라'라고 정리해도 좋을 것이다.

애도사 쓰는 것이 이렇게 괴로울 줄이야_{哀詞乃爾苦}

이원익_{李元翼}(1547~1634)

자만 2수. 이적[1]이 내가 준 자만시에 화운하긴 했지만 다 스스로 마음대로 읊은 것이고 내 뜻에 응답하지는 않았다. 그런 까닭에 장난삼아 이적을 대신하여 다시 차운하여 준다.

　自挽二首. 李稬雖和次, 而皆自浪吟而不爲酬答吾意, 故戲代李稬復次以贈

첫번째 수

시와 예의 가르침[2] 공손히 받드셨고, 　　　　　　　詩禮恭承訓

1　이적(李稬, 1600~1627): 이정혁(李廷爀)의 아들로 이원익의 외손자이다. 자는 대유(大有)인데 요절하여 외할아버지보다 먼저 세상을 떴다.

2　시와 예의 가르침(詩禮): 시례지교(詩禮之敎)를 말한다. 『논어論語』「계씨季氏」편에 나오는

마음 잠시도 놓지 않으셨네.　　　　　　　操存造次頃

집에 있을 때 선한 일 하는 것이 가장 즐거웠고,[3]　居家善最樂

부모님 섬길 날 줄어드는[4] 것에 놀라곤 했지.　愛日意還驚

노년에 새해 맞이하는 일 경사였고,　　　　　耆耋新年慶

정신은 작년처럼 맑으셨네.　　　　　　　　心神舊歲精

승천한다고 세상 싫어하진 마셨으면,　　　　乘雲莫厭世

영명한 임금 계셔서 조정 태평할 터이니.　主聖泰階平

두번째 수

이곳은 할아버님[5] 따르던 곳이었는데,　　杖屨追從處

강산에도 약속이 있는 듯하구나.　　　　　江山若有期

사람이 땅을 따라 함께 순박하니,　　　　　人隨地共朴

주인과 객이 서로 잘 맞는 듯하네.　　　　　主與客相宜

절기가 바뀌어도 몸 여전히 건강하셨고,　節換身猶健

공자의 아들 백어(伯魚)가 뜰을 지나다가 아버지에게서 시와 예를 배워야 한다는 가르침
을 받은 고사에서 유래한 말이다. 시례지교는 아들에게 주는 아버지의 가르침을 뜻한다.

3　선한 일 하는 것이 가장 즐거웠고(善最樂): 후한(後漢) 광무제(光武帝)의 여덟째 아들인 동
평왕(東平王) 유창(劉蒼)이 집에 있을 때 어떤 일이 가장 즐겁냐는 광무제의 물음에 "선한
일을 하는 것이 가장 즐겁다(善最樂)"라고 대답한 데서 온 말이다.

4　날이 줄어들다(愛日): 효자가 어버이를 섬길 날이 얼마 남지 않아 안타까워하는 것을 말한
다. 한(漢) 양웅(揚雄)의 『법언法言』에 "부모를 섬기되 스스로 부족한 줄 아는 이는 순(舜)
이로다. 오래 할 수 없는 것이란 어버이를 섬기는 것을 이르니, 효자는 부모를 모실 시일이
적음을 안타까워한다"라고 했다.

5　할아버님(杖屨): 장구(杖屨)는 본래 지팡이와 신발을 의미하는 말인데 노인에 대한 존칭으
로도 쓰인다. 여기선 시적 화자가 외손자이므로 할아버님으로 옮겼다.

나이들어도 뜻은 쇠하지 않으셨지.　　　　　　　年尊志未衰
애사哀詞[6] 쓰는 것이 이렇게 괴로울 줄이야,　　哀詞乃爾苦
나로 하여금 실 같은 눈물 흘리게 하네.　　　　令我淚如絲

　　　　　　　　　　　　　　　　　　　　　　　—『오리집梧里集』권1

6　애사(哀詞): 문체의 하나로 애사(哀辭)라고도 한다. 본래는 요절한 사람을 애도하는 글이었
　　는데 뒤엔 장수한 사람을 애도할 때도 썼다.

이원익이 외손 이적李積을 대신해서 자신이 써준 자만시에 화답한 독특한 작품이다.(이원익이 처음 보낸 자만시는 제2부 「조화 따라 오산의 풀과 나무 속 평탄한 자리로 돌아가리」 참조) 외할아버지가 외손자에게 늙음을 탄식하며 자만시를 두 수나 써줬다는 것도 이채롭지만, 화운한 외손자의 시 내용이 마음에 들지 않는다고 직접 자만시에 차운했다는 사실이 흥미롭다. 「자만 2수. 이적이 내가 준 자만시에 화운하긴 했지만 다 스스로 마음대로 읊은 것이고 내 뜻에 응답하지는 않았다. 그런 까닭에 장난삼아 이적을 대신하여 다시 차운하여 준다」란 긴 제목에서 드러나듯이 이 시엔 얼마간 희작적戱作的 색채도 있다. 지금으로선 이적의 원작 내용을 알 수 없지만, 시 제목을 볼 때 그 내용이 이원익의 자만시에서 제기한 문제들과 잘 연결되지 않았음을 짐작할 수 있다.

이원익이 이적을 대신해서 쓴 자만시 두 수의 내용은 이렇다. 첫번째 수에선 외손자의 입장에서 외할아버지의 지난 삶을 추모하고 있다. 외조부께선 아버지의 가르침을 받들어 잠시도 마음 놓지 않았고, 집에선 선한 일 하길 즐겼으며 부모님 섬길 날이 줄어들까 걱정하던 효자였다. 장수하셨지만 노년에도 정신은 맑았다. 성군이 계셔서 조정 태평할 터이니 세상 뜨시면서 세상일 너무 걱정하시지 않았으면 한다. 마지막 연의 내용은 원시의 두번째 수의 경련과 미련에서 "머리 세도록 단심은 남아 있건만, 곤경에 처하니 평소의 뜻도 쇠미해가네. 두 임금 베풀어주신 은혜 중하건만, 끝내 조금도 보답하지 못하고 가는구나"(제2부 「조화 따라 오산의 풀과 나무 속 평탄한 자리로 돌아가리」)라고 한 것에 대한 답이라고 할 수 있다. 일종의 자문자답인 셈이다. 두번째 수에선 외손자로서 세상을 떠난 할아버지에 대한 그리움과 슬픔을 담고 있다. 묻혀 계신 이 곳은 외할아버지 따르던 장소다. 이곳은 할아버님의 순박한 성품과도 잘 맞는 풍수를 가지고 있다. 연세 들어도 쇠하지 않던 외조부의 숭고한 뜻을 다시금 생각해본다. 외할아버지의 죽음을 애도하는 만시가 이렇게 쓰기 어려울 줄이야. 쓰려니 눈물이 뚝뚝 떨어진다.

내용만 보면 돌아가신 외할아버지를 추모하는 뜻이 매우 간절하다 하겠지만, 실제 이 시는 이원익 자신이 쓴 것이기 때문에 또다른 의미를 낳게 된다. 외손으로서 외조부의 죽음을 추모하는 만시를 쓴다는 것은 차마 하기 어려운 일임을 아주 잘 알고 있음에도, 외조부는 왜 짓궂게 그것을 강권했을까? 왜 심지어 그 내용이 마음에 들지 않는다고 장난삼아 자신이 대신 그것을 썼을까? 이원익의 사례에서 우리는 조선시대 지식인들이 죽음을 다루고 대처하는 방식을 엿보게 된다. 자신의 죽음이란 다소 무거운 주제를 일상적인 시작의 소재로 활용하고 있다는 점에서 죽음을 삶의 일부분으로 자연스럽게 받아들이려는 의식을 발견하게 된다. 죽음이 아직 낯선 젊은 손자에게 군이 자만시 화운을 요구한 것도 이를 스스로 깨닫게 하고 싶었기 때문은 아닐까? 이원익은 장수했기 때문에 자만시를 준 대상인 이적이 먼저 세상을 뜨고 만다. 시의 내용을 보면 외손자의 요절은 운명의 아이러니가 아닐 수 없다.

평생을 자술하여 스스로 내 죽음 전송하네 自述平生自送歸

유인배柳仁培(1589~1668)

자만自挽 10수

　내가 보니 세상의 어버이를 장례 지내는 자들이 어질고 어리석음과 귀하고 천함을 막론하고 오로지 만시挽詩 구하는 것을 첫번째 일로 여겨서 원근에 널리 구하고 오직 많이 얻는 것만을 힘쓴다. 장례 날에 도로에서 구경하는 자들이 만장을 보고 찬탄하지 않는 경우가 없으니, 아마 그렇지 않다면 다 수치스럽게 여길 것이다. 그런데 가령 죽은 이가 실제 기록에 칭송할 일이 많을지라도 반드시 이처럼 할 필요는 없을 듯하다. 하물며 나처럼 한 일 없는 자의 경우에랴. 이 때문에 만시가 없는 것을 부끄럽다고 여기지 않고 오로지 비웃음 사는 것을 두려워해서 간략히 소회를 말했으니, 관을 매달아 하관한 뒤에 한쪽 귀퉁이에나 넣어둠이 지당한 일일 것이다.

　吾觀世之葬親者, 無賢愚貴賤, 惟以求挽爲第一事, 廣求遠邇, 惟多

是務. 葬之日, 道路觀者, 莫不嗟賞, 其不然者, 皆以爲恥. 設使化者實錄多有所稱, 似不必如是, 況如我之空空者乎. 以故不以無挽爲恥, 惟以取笑爲懼, 略道所懷, 懸棺之後, 納于一角, 至當.

첫번째 수

동방의 원계라 부르는 한 늙은이,	東方一老號猿溪
늘그막에 청산 향해 고요하게 깃들일 곳 점치네.	晚向靑山卜靜栖
지난 사십 년간 무슨 일 했던가,	四十年間何所事
손님 오면 술 마시고 흥이 일면 시 지었지.	客來謀酒興來題

두번째 수

헛되이 보낸 인간 세상 팔십 세,	虛度人間八十齡
살아서 한 일 없으니 죽어서도 이름 없으리.	生無所事死無名
하물며 자식 된 도리 전혀 못했으니,	況爲人子全虧職
저승 가는 길에 무슨 낯으로 구천[1]의 어버이 뵐까.	
	此去何顔拜九京

---

1 구천(九京): 구경(九京)은 구천(九泉)과 같은 말로 땅속 깊은 밑바닥이란 뜻이다. 죽은 뒤에 넋이 돌아가는 곳을 이르는 말이다.

세번째 수

악은 행해서는 안 되고 선은 반드시 실천하라 했으니,

惡不當爲善必爲

평생 배운 바 여기에 그친다네.　　　　平生所學止於斯
어째서 죽게 되어도 끝내 공효 없는가?　如何抵死終無效
다만 사私라는 한 글자 제거하기 어렵기 때문이라네.

只爲難除一字私

네번째 수

나이 팔십 되는 일 비록 드물다곤 하지만,　行年八十縱云稀
지난 일흔아홉 해가 그릇됨을 알지 못했네.　七十九年非不知
천년 전 거백옥2을 만난다면,　　　　千載蘧公如可見
계면쩍게 바라보며 아무 말도 못할 듯하구나.　覥然相對恐無辭

다섯번째 수

죽어서 만사를 받을 수 있을까, 받을 수 없으리니,　死可挽乎不可挽

2　거백옥(蘧公): 거공(蘧公)은 춘추시대 위(衛)나라 대부 거백옥(蘧伯玉)을 가리킨다. 그는
　　나이 50에 지난 49년 동안의 잘못을 깨달았다고 한다.

예로부터 어떤 사람이 만사를 짓는가?   古來何者作爲詞
하물며 나는 다른 사람에게 구하는 말도 못해서,   況余未有求人說
평생을 자술하여 스스로 내 죽음 전송하네.   自述平生自送歸

여섯번째 수

다시 여러 친척들에게 말 한마디 남기노니,   更向諸親留一語
이 삶이 비록 끝날지라도 다음 삶 구할 만하다네.   此生雖斷彼堪求
다음 생 어느 곳에서 만나는 것이 좋을까,   彼生良覷宜何處
천상에 있는 백옥경의 십이루³가 적합하겠구나.   白玉京中十二樓

일곱번째 수

이승과 저승의 우열 그대는 아는가?   兩鄕優劣君知否
내가 그대들 위해 한번 판가름해보리라.   我爲諸君一破之
만고의 영웅 모두 지혜로운 선비인데,   萬古英雄皆智士
다만 갈 줄만 알지 돌아올 줄 모른다네.   只知其去不知歸

---

3   백옥경의 십이루(白玉京十二樓): 백옥경(白玉京)은 도가(道家)에서 말하는 천제(天帝)의 도
    성(都城)이다. 백옥경 중에서 십이루(十二樓)를 말한 것은 이백(李白)의 「경난리후천은류
    야랑억구유서회증강하위태수양재經亂離後天恩流夜郞憶舊遊書懷贈江夏韋太守良宰」 시에 "천
    상에는 백옥경이 있어, 오성에 십이루가 있네(天上白玉京, 十二樓五城)"라고 한 데서 온 표
    현이다.

여덟번째 수

한번 간 뒤 돌아오지 않음에 진실로 이유 있을 테니,

有去無歸良有以

어찌 선계를 사양하고 티끌세상 속에 오래 머물랴.

寧辭仙境久於塵

하물며 이제 친애의 정도 남아 있지 않으니,
어찌 가서 내 어버이를 따르지 않겠는가.

況今情愛無餘在
盍往從乎吾至親

아홉번째 수

태평한 시절에 왔다가 또 태평한 시절에 떠나노니,

太平來又太平去

어린 나이의 고난과 우환에 놀랄 것 없다네.
내 밭에 난 것 먹고 내 우물에서 물 마시니,[4]

幼歲艱虞不足驚
食我之田飲我井

팔십 해 동안 무고하게 살아온 하늘의 한 생민일세.

八旬無恙一天氓

---

4 내 밭에 난 것 먹고 내 우물에서 물 마시니(食我之田飲我井): 요(堯)임금 시대의 어떤 노인
   이 땅을 두드리며 불렀다는 「격양가擊壤歌」 중 "내 우물 파서 물 마시고, 내 밭 갈아서 밥
   먹나니(鑿井而飲, 耕田而食)"라는 구절에서 온 표현이다.

열번째 수

병 다스리다 요즘 들어 또 본성을 수양하니,　　　養疾年來又養眞

하느님께서 내게 베풀어 가난치만은 않게 하시네.

天公餉我不全貧

이제 죽으면 누구에게 의지하여 손과 발 펴보게[5] 할까?

今歸手足憑誰啓

홀로 옛 시문 대하고 있노라니 옛사람에게 부끄럽구나.

獨對遺篇媿古人

—『원계집猿溪集』 권3

5　손과 발 펴보게(啓手足): 『논어論語』「태백泰伯」편에 실려 있는 증자(曾子)의 임종 무렵의
　말에서 나온 표현이다. 증자가 병이 들자 문하의 제자를 불러 말하기를 "이불을 헤치고 나
　의 발과 손을 보아라. 『시경詩經』에 이르기를 '전전긍긍(戰戰兢兢)하여 깊은 못에 다다른
　듯 얇은 얼음을 밟듯 하라(戰戰兢兢, 如臨深淵, 如履薄氷)'고 했으니, 이제야 나는 이 몸을
　훼상할까 하는 근심을 면한 것을 알겠노라"라고 했다. 이로 말미암아 계수족(啓手足)은 평
　생토록 조심하여 부모가 주신 몸을 상하게 하지 않고 죽게 된 것에 안도함을 의미하는 말
　로 쓰이게 되었다. 증자가 인용한 시는 『시경』「소아小雅 소민小旻」편의 구절이다.

17세기 영남 안동의 학자 유인배의 자만시다. 그의 자만시는 모두 열 수로 이루어져 있는데, 당시의 장례 습속에 대한 문제의식에서 창작된 것이다. 유인배는 병서幷序에서 당시 부모를 장례 지내는 자들이 누구를 막론하고 만시 구하는 것을 급선무로 여겨서 널리 많이 얻는 것에만 힘쓴다고 비판했다. 이는 당시 사람들이 만장의 수효로 죽은 이의 덕성과 업적을 평가하는 잘못된 풍조로부터 기인한 것이지만, 설사 실제 훌륭한 인물이라 할지라도 꼭 이렇게 과도하게 만시를 받을 필요는 없다고 지적한다. 그래서 자신과 같이 이룬 일 없는 사람의 경우 구태여 만시를 받을 필요가 없기 때문에 스스로 만시를 쓴 것이라고 창작 동기를 밝히고 있다.

전체 시의 내용을 간략히 정리해보면 다음과 같다.

첫번째와 두번째 수에서는 자신의 지난 삶을 돌이켜보고 자식 된 도리를 못한 것을 자책하고 있다. 세번째와 네번째 수에서는 유자儒者로서 극기克己의 중요성을 강조하고, 지난 79년의 삶이 잘못되었음을 알지 못했음을 거백옥과 비교하여 자책하고 있다. 다섯번째 수에서는 자신이 스스로 만시를 짓는 것은 다른 사람에게 만시를 구할 수 없어서라고 해명하고 있다. 여섯번째 수부터 여덟번째 수까지는 여러 친척들에게 다음 생에 천상세계 백옥루에서 만나자고 장난스럽게 이야기한 뒤, 만고의 영웅들이 죽고 나서 돌아올 줄 모르는 것을 보면 이승보다 저승이 더 좋은 곳임을 알 수 있으니, 선계(저승)를 사양하고 티끌세상(이승)에 오래 머물 필요가 없다고 주장하고 있다. 아홉번째 수에서는 다시 현실의 문제로 돌아와 자신이 80년 동안 태평한 시대를 허물없이 살다 간

천지간의 한 생민임을 밝혔다. 그리고 열번째 수에서는 이제 죽음을 눈앞에 둔 채 옛 시문 대하노라니 옛사람에게 부끄럽다고 마무리하고 있다.

병서에서 자만시를 쓴 이유를 겸사로 치장하고 있지만, 유인배는 유력한 인물에게 만사挽詞 받는 것을 큰 영광으로 여기고, 만시가 많은 것을 자랑스럽게 여기는 당시의 풍조를 혐오했던 듯하다. 그는 실상에 부합하지 않는 억지스러운 내용이 들어가는 것보다는 스스로 만시를 쓰는 편이 낫다고 생각했다. 따라서 그의 자만시는 자신의 죽음을 가장假裝한 일종의 문학적 수사가 아니라 사후 만시를 둘러싸고 벌어질 허위와 허례를 미연에 방지하기 위해 창작되었다는 점에서 특별하다. 또한 상투적이고 의례적인 만시를 받는 대신 직접 자신의 만시를 썼다는 점에서 실용적 성격도 동시에 가지고 있다. 유인배는 정구鄭逑의 제자인 장흥효張興孝 문하에서 수학했고, 뒤에 김성일金誠一의 조카인 김용金涌에게도 배웠다. 퇴계 학맥을 이었다고 볼 수 있는데, 자만시에서도 위기지학爲己之學에 전심했던 안동 사림의 학풍과 처사적 삶의 자세를 엿볼 수 있다. 특히 허례허식을 배격하고 예의 실질을 추구하는 면모가 두드러진다. 그의 문집 『원계집猿溪集』에 실려 있는 「문중완의門中完議」와 「유계遺誡」 같은 글은 자손들에게 제사를 무성의하게 지내는 잘못을 바로잡을 것을 권면하고, 장례 기구와 절차 등에 대해 상세히 설명하고 있다.

이 자만시들을 쓸 때 유인배의 나이는 여든이었다. 같은 해 8월 10일 그는 세상을 뜬다. 병서 말미의 내용처럼 이 자만시는 만시를 대신하여 관 속에 함께 묻혔을 것이다.

이리저리 전전하던 파촉의 시름 누구에게 말할까?

間關巴蜀愁誰語

석지형石之珩(1610~?)

자만自挽

이리저리 전전하던 파촉의 시름 누구에게 말할까? 間關巴蜀愁誰語

(파촉은 당 현종이 안녹산을 피한 곳이다.)　　　　　　　(明皇避胡地)

동쪽 바라보니 오문1의 흥취는 아득하기만 하네.

東望吳門興渺2然

(동쪽 오문으로 동쪽 낙양을 비유한 것이다.)　　　　　(以東吳比東洛)

혼이 떠난 구강은 봄풀 밖이고,　　　　　　　　　魂去九江春艸外

(한강3 일대의 강은 아홉 줄기에 그치지 않는다.)　　　(京江不止九)

1　오문(吳門): 지명으로 오(吳) 지역을 대표하는 곳이다. 두보의 「나그네遊子」 시에선 두보가
　　가고자 하던 곳이다. 이 구절은 원래 오 지역에 가고자 하지만 기약하기가 어려움을 말한
　　다.
2　묘(渺): 두보의 「나그네」 시엔 '묘(渺)' 자가 '묘(杳)' 자로 되어 있다.
3　한강(京江): 경강(京江)은 한강 일대의 모든 강을 총칭하는 것이다.

꿈 돌아가는 삼협⁴은 저녁 돛배 앞이네. 夢歸三峽暮帆前

(삼각산이 이것이다.) (三角是也)

가난 달갑게 여겨 성도로 점 보러 가길⁵ 싫어했고, 甘貧厭就成都卜

(평생에 점치기를 좋아하지 않았다.) (平生不好卜)

술 마시고 필탁畢卓처럼 잠들지는⁶ 않겠네. 飮酒休爲吏部眠

만리 밖 봉래⁷산에 만일 갈 수 있다면, 萬里蓬萊如可到

내 쇠한 흰머리 가지고 여러 신선들께 묻고 싶구나.⁸

欲將衰白問羣仙

—『수현집壽峴集』 권상卷上

---

4 구강(九江)과 삼협(三峽): 구강과 삼협은 지명으로 두보가 남으로 갈 때 지나는 곳이기 때
   문에 이 두 곳의 지명을 들어 쓴 것이다.
5 성도로 점 보러 가다(成都卜): 엄준(嚴遵)의 고사에서 나온 표현이다. 엄준의 자는 군평(君平)
   인데, 성도의 저자에서 점을 치며 살았다. 매일 몇 사람의 점을 봐주고 생활하는 데 필요한
   100전 정도를 벌면 곧 가게를 닫고 발을 내리고서 『노자老子』를 가르쳤다고 한다.
6 필탁처럼 잠들다(吏部眠): 이부면(吏部眠)에서 이부(吏部)는 필탁(畢卓)을 가리킨다. 그가
   이부랑(吏部郞)을 지냈기 때문에 이렇게 부른 것이다. 필탁은 동진(東晉) 때 사람으로 자는
   무세(茂世)이다. 필탁은 술을 끔찍이도 좋아하면서 예속(禮俗)에 구애받지 않던 인물이다.
   그는 이부랑으로 있을 때 비사랑(比舍郞)의 집에 숨어들어가 술을 훔쳐 먹다가 포박을 당
   했을 정도로 술을 좋아했다. 필탁은 또 "오른손에 술잔 왼손에 게 다리를 잡고서 술 못 속
   에서 퍼마시다 죽으면 충분하다(右手持酒巵, 左手持蟹螯, 拍浮酒池中, 便足了一生)"라는 말을
   남기기도 했다. 필탁은 항상 술을 마시고 직무를 소홀히 했는데, 이로 인하여 술을 마시고
   일을 폐기하는 것을 이부면이라 했다. 앞 구절과 이 구절은 두보 시에서 길 떠나기를 주저
   하지 않으니 그래서 점치러 가는 것이 싫은 것이고, 시름을 술로 풀 수 없으니 그래서 취하
   여 자는 짓을 배우지 않겠다는 의미로 쓰였다. 이 구절에도 원주가 붙어 있으나 글자 판독
   이 되지 않는 부분이 있어서 부득이 번역을 생략했다.
7 봉래(蓬萊): 봉래·방장(方丈)·영주(瀛洲) 삼신산(三神山) 중의 하나로, 신선이 산다는 전설
   상의 산 이름이다.
8 두보 시의 의미는 연로함을 슬퍼하는 데 있다.

두보의 오언시 「나그네遊子」의 매 구 앞에 두 글자씩을 덧붙여 칠언시로 바꿔 쓴 독특한 자만시다. 괄호 안은 시인이 직접 주석을 단 내용이다. 두보의 시는 764년(광덕廣德 2) 봄에 낭주閬州에서 지어진 것으로 본래 삼협三峽을 떠나려는 의지를 담고 있다. 원시를 소개해본다.

파촉에서의 시름 누구에게 말하랴?	巴蜀愁誰語
오문의 흥취는 아득하기만 하네.	吳門興渺然
구강은 봄풀 밖에 있고,	九江春草外
삼협은 저녁 돛배 앞에 있다.	三峽暮帆前
성도에 점치러 가는 것 싫증나고,	厭就成都卜
이부랑처럼 잠드는 짓 그만둘 것이니,	休爲吏部眠
봉래산에 만약 이를 수 있다면,	蓬萊如可到
늙고 노쇠한 몸이 여러 신선에게 물어보리라.	衰白問羣仙

이 시에 관해서는 두보가 자신의 후원자였던 엄무嚴武를 찾아 촉蜀으로 가려는 뜻을 담았다고 보기도 하고, 촉을 떠나 오吳로 가고자 하는 뜻을 나타내는 것이라고 풀이하기도 한다. 석지형은 두보의 시를 자신의 자만시로 삼았다. 시 내용이 자신의 삶과 죽음을 이야기하기에 적합하다고 생각해서였을 것이다. 조선시대 문인들 중에 도연명의 「의만가사擬挽歌辭」를 자신의 만시로 삼은 예들은 있지만, 두보의 「나그네」 같은 시를 자만시로 삼은 경우는 찾아보기 힘들다. 그런데 석지형은 두보의 시를 그대로 가져온 것만은 아니고, 두 글자씩 더해 시형식을 바꾸고 주

석을 달아 독자의 이해를 돕고 있다. 특히 제시된 중국 지명들을 실제 조선의 공간과 연계하고, 그 내용을 실제 자신의 삶과 연결하여 자신의 만시로 탈바꿈시키고 있다. 석지형이 말한 이리저리 전전하던 파촉의 시름이란 구체적으로 어떤 것이었을까? 두보의 시름에 십분 공감한 삶의 편력이 궁금증을 낳는다.

죽어서는 명나라의 신하가 되리死作皇明臣

이언직李言直(1631~1698)

자만 6수自挽六首. 무인년(1698) 10월 5일 임종 무렵 쓰다戊寅十月五日臨

化時

첫번째 수

살아서는 조선의 선비가 되고,	生爲東國士
죽어서는 명나라의 신하가 되리.	死作皇明臣
아! 나의 끝없는 한이,	嗟吾無窮恨
압록강 나루터 씻고 지나가네.[1]	洗流鴨水津

---

1 아! 나의 끝없는 한이, 압록강 나루터 씻고 지나가네(嗟吾無窮恨, 洗流鴨水津): 이언직 자신
  의 꿈 내용과 관련된 표현이다. 갑술년에 명재헌(明齋軒)에서 명호(明湖)에 뗏목을 띄워
  가다 연경(燕京)의 무사를 만나 압록강을 건너고 백제성에 올라 천하의 장관을 다 본 뒤
  에 대명여지도(大明輿地圖)를 뒤적이며 미인지시(美人之詩)를 노래하고 하녀(下女)의 술을
  사는 꿈을 꾸었는데, 깨고 나니 아리(衙吏)들이 문을 두드리며 돈을 재촉했다고 한다. 그

두번째 수

산 남쪽 세상 떠난 할아버지 집,	山南皇祖宅
누가 다시 단청 입히랴.	誰復膴丹焉
옥계 가로 시선 돌리니,	回視玉溪畔
말없이 후천의 설로 위로하네.	無言慰後天

세번째 수

돌아가신 아버지 무덤에 절하고 돌아가려니,	拜歸先考廟
눈물이 절로 끊임없이 흐르네.	有淚自漣漣
네 조카 극천에게 경계하노니,²	戒汝極天姪
가업이 대대로 이어지도록 노력하거라.	家業求世傳

네번째 수

| 옷깃 여미고 책상에 앉아, | 整襟推案坐 |
| 내 말하길 너 형천³아. | 曰汝亨天兒 |

의 「기몽시記夢詩」를 사람들로 하여금 읽게 하면 부지불식간에 간담이 싸늘해지고 눈물이 흐르게 된다고 했는데, 이 표현도 그의 꿈 내용과 관련되어 있다.

2 네 조카 극천에게 경계하노니(戒汝極天姪): 이언직은 자식들과 조카들을 가르칠 때 잠(箴)을 지어 경계한 바 있다.

3 형천(亨天): 이언직의 1남 3녀 중 장남의 이름이 형천이다.

저 수명재_{守明齋}⁴에 올라가서,　　　　　　　陟彼守明室

삼가 기왓장 부수고 담장 꾸밈을 함부로 그어놓는 일⁵ 따윈 말거라.

　　　　　　　　　　　　　　　　　　　　　　愼罔毁畫之

다섯번째 수

근래 들어 대명동_{大明洞}에서 결사를 이루니,⁶　　邇來明洞社

내 친구 누구누구냐고 묻네.　　　　　　　　吾友問誰誰

아! 저 요대에서 짝할 이여,　　　　　　　　噫彼瑤臺伴

올겨울엔 나와 더불어 기약하자꾸나.　　　　今冬與我期

여섯번째 수

내 죽음에 스스로 만사를 쓰니,　　　　　　自誄向蒿里

사람 없어 홀로 방황했다네.　　　　　　　　無人獨彷徨

장차 어디로 떠나가는가?　　　　　　　　　且將何處去

내일 명 황제께 조회하려네.　　　　　　　　翌日朝明皇

　　　　　　　　　　　　　　　　—『명호집_{明湖集}』권상

4　수명재(守明齋): 수명재란 당호(堂號) 역시 대명의리와 관련된 명칭이다. 당 주변의 못과 나무
　에도 영명(映明)·보명(保明)과 같이 모두 명나라를 의미하는 '명(明)' 자를 붙였다고 한다.

5　기왓장 부수고 담장 꾸밈을 함부로 그어놓는 일(毁畫之):『맹자孟子』「등문공滕文公 하下」에
　나오는 '훼와획만(毁瓦畫墁)'을 가리킨다. 기왓장을 깨뜨리고 벽토를 긁어놓는다는 의미다.

6　근래 들어 대명동에서 결사를 이루니(邇來明洞社): 이언직은 기해년에 동지 13인과 함께
　대명동(大明洞)에 들어가 남녕사(南寧社)를 짓고 명호산인(明湖散人)이라 자호한 바 있다.

17세기를 살다 간 이언직이 남긴 여섯 수의 자만시다. 그는 농암聾巖
이현보李賢輔의 후손으로 명나라에 대한 의리를 특히 강조했던 인물이었
다. 열네 살 때 이미 숭정황제崇禎皇帝의 승하 소식을 듣고 몹시 애통해하
면서 만시를 지었으며, 병자호란 당시 일을 기록한『병자일기丙子日記』를
읽을 때 최명길崔鳴吉이 후금(후일의 청나라)과 화친을 맺자고 주장하는
부분에 이르러선 책을 덮고 크게 탄식했다고 한다. 또 송나라의 애국시
인 육유陸游의 "온갖 어둠 굴복하고, 태양이 떠오른다. 오랑캐엔 인재가
없으니, 송나라는 다시 흥하리라群陰伏, 太陽升. 胡無人, 宋中興"(「전성남戰城南」
중 「호무인胡無人」)란 시구를 외울 때면 비분한 마음을 억누르지 못했다고
한다. 당시 지식인들 대부분이 명나라에 대한 의리를 지켜야 하며 청나
라에 복수해서 지난날의 수치를 씻어야 한다고 생각했던 것이 사실이
다. 그러나 이언직의 경우는 남다른 점이 있었다. 병자호란 이후 그는
오로지 학문과 수신에만 전념했는데, 석후정石后亭을 짓고 동지들과 함
께 남녕사南寧社를 수축하여 존주尊周의 의리를 밝히고『존주사尊周史』를
편찬하기도 했다.

자만시의 내용 역시 이런 그의 삶과 무관하지 않다. 첫번째 수에선 살
아선 조선의 신하가, 죽어서는 명나라의 신하가 되겠다고 썼으며, 네번
째 수에선 수명재守明齋라는 당호堂號, 다섯번째 수에선 대명동大明洞에서
의 결사를 언급했으며, 마지막 수에선 죽은 뒤 저승의 명나라 황제에게
조회하겠다고 선언하고 있다. 모두 대명의리와 관련된 의식이며 표현들
이다. 자신이 세상을 떠난 뒤 돌볼 수 없는 선대의 자취들과 관련된 한
탄도 일부 있지만 시의 주조는 오로지 명나라에 대한 강한 숭모의식이

다. 또 자신의 죽음에 대한 상상조차도 모두 명나라에 대한 의리나 명 황제에 대한 충성심으로 채워져 있다. 그가 자신이 거처하는 곳의 당호를 수명재라 하고, 주변의 못과 나무에도 영명映明·보명保明과 같이 모두 명나라를 의미하는 '명明' 자를 붙였다고 하니, 이런 면모가 그의 실제 삶과 무관치 않음을 알 수 있다. 명호明湖라는 이언직의 호 역시 시인의 대명의리 정신과 관련이 깊다. 이언직의 나이 29세 때 동지 13인과 대명동에 들어가 남녕사를 지을 때 명호산인明湖散人이라 자처한 데서 생긴 호이기 때문이다. 호에도 존주의 의리를 밝히겠다는 의지를 담은 것이다.

이언직은 유일遺逸로 여러 차례 천거되었으나 평생 벼슬하지 않고 처사로 살았다. 68세 되던 1698년 스스로 이 여섯 수의 만시를 지었다. 당시 시대상과 지식인 사회의 분위기를 감안하더라도 죽음 앞에서도 선언될 만큼 투철한 대명의리가 이채롭다. 이언직은 같은 해 10월 5일 세상을 떴다.

삼가 신명의 보우를 받아 세상에 돌아왔네恭肅保神歸

박치화朴致和(1680~1767)

자만自輓

태허 속 천지의 정기가,	元精太虛裡
얼음 얼듯 함께 모였다 흩어지네.	聚散同凝氷
장수와 요절¹ 어찌 길고 짧음을 따지랴,	彭殤豈長短
성인이나 범인이나 무덤 하나에 묻힌다네.	聖凡一丘陵
끝없이 슬퍼하는 것은 육친²이고,	哀哀六親是
애통해하는 것은 친구 누구인가.	戚戚朋友誰
그 사이에 나는 무사하게 되어,	其間我無事
삼가 신명의 보우를 받아 세상에 돌아왔네.	恭肅保神歸

―『설계수록雪溪隨錄』 권19

---

1 장수와 요절(彭殤): 팽(彭)은 장수하는 것, 상(殤)은 요절하는 것을 의미한다.
2 육친(六親): 여섯 친족을 가리킨다. 여러 가지 견해가 있는데, 여기서는 부모·형제·처자를 가리키는 말로 쓰였다.

노론 강경파 인물이었던 박치화의 자만시다. 시의 전반부는 천지의 정기가 모였다 흩어지는 것이 죽음이니 길고 짧음을 따질 필요가 없으며, 성인이나 평범한 사람도 죽는 것은 마찬가지라는 내용이다. 하지만 내가 죽으니 육친과 친구들은 몹시도 슬퍼한다고 했다. 그런데 마지막 연에선 자신이 신명의 도움으로 세상에 돌아왔다고 쓰고 있다. 자만시는 자신의 죽음을 가정해서 쓰기 때문에 살아 돌아왔다는 내용으로 끝나는 경우는 거의 없다. 무슨 의미일까? 시의 말미에 붙어 있는 다음 기록을 통해 의문을 해결할 수 있다. "어느 해에 공의 병이 갑자기 사경에 이를 정도로 악화되어 만시를 지었는데, 얼마 후에 다시 살아났다歲某甲, 公病猝欲幾殊, 有此輓, 須臾乃甦." 정말 죽었다고 생각해서 자만시를 썼는데 뜻밖에 죽을병에서 소생했다는 것이다. 신기한 일이 아닐 수 없다. 하지만 죽음이 임박했다고 생각한 시인이 자만시를 쓰고 다시 살아난 사례들은 조선은 물론 중국 문헌에서도 발견된다. 요즈음도 시한부 인생의 환자가 죽음을 앞두고 신변을 정리하다 극적으로 건강이 회복되었다는 이야기들이 있는 것을 보면 가능할 법하다. 박치화의 시는 자신의 만시를 쓰고 죽음의 고비를 넘긴 사실의 기록이라는 점에서 흥미롭다.

저승에도 취향이 있으려나 夜臺亦有醉鄕否

정기안鄭基安(1695~1775)

도연명의 시구절 "술 충분히 마시지 못한 일 한스럽네"를 가지고
우의한 자만시托意自挽詩, 恨飮酒不足[1]

술동이 앞에서 두건을 벗으니,   樽前脫却頭上巾
두건아 너를 나는 참으로 저버렸구나.[2]   巾乎於汝吾實負

---

1 이 시는 도연명의 「의만가사擬挽歌辭」 3수 중 첫번째 수의 마지막 두 구절을 시제로 삼아
   지은 과체시(科體詩)이다. 시 제목엔 '술 충분히 마시지 못한 일 한스럽네(恨飮酒不足)'라고
   되어 있지만, 원래 구절은 "다만 한스럽긴 세상 살 적에, 술 충분히 마시지 못한 것이라네
   (但恨在世時, 飮酒不得足)"라고 되어 있다.
2 술동이 앞에서 두건을 벗으니, 두건아 너를 나는 참으로 저버렸구나(樽前脫却頭上巾, 巾乎於
   汝吾實負): 두상건(頭上巾)은 머리에 쓰는 갈건(葛巾)을 말한다. 도연명은 술이 익으면 머리
   에 쓴 갈건으로 술을 거른 다음 다시 썼다고 한다. 도연명의 「음주飮酒」 시 스무번째 수에
   "만일 다시 통쾌하게 마시지 않는다면, 머리 위 두건을 저버리는 것이리라(若復不快飮, 空負
   頭上巾)"라고 했다. 이 구절은 도연명의 갈건 고사와 「음주」 시 스무번째 수의 표현을 연결
   시켜 표현한 것이다.

마냥 울타리 아래 국화[3]로 하여금 사람 웃게 하지만,

長敎籬菊好笑人

세간에 왕홍처럼 늘 주안상[4] 차려줄 이 많지 않음에랴.

世間王弘不多有

인생 백년 하물며 잠깐이거니,

人生百年況斯須

내 입에 술잔 물고[5] 있는 날 얼마나 될까?

余口銜杯能幾久

우울하게 유령劉伶[6]의 혼에게 묻노니,

悄然爲問伯倫魂

황량한 들판에서 다시 술잔 잡을 수 있는가?

可復荒原提榼卣

큰 고래 냇물 들이마시듯 술 마시는 배 채우지 못했으니,[7]

長鯨未果吸川腹

이 한스러움 관 뚜껑 덮은 뒤에도 다스리기 어려워라.

---

3 울타리 아래 국화(籬菊): 도연명의 「음주」 시 다섯번째 수에 "동쪽 울타리 밑에서 국화를 따노라니, 유연히 남산이 눈에 들어오네(采菊東籬下, 悠然見南山)"라고 한 데서 온 표현이다.
4 왕홍(王弘)의 주안상: 도연명은 농민들과 가까이 지냈지만 관리들과 귀족들은 멸시했다고 한다. 도연명이 쉰다섯이 되던 해에 자사 왕홍이 가까이 지내고 싶은 마음에 하루는 사람을 보내 그를 관청으로 청했다. 그러나 도연명은 거들떠보지도 않았다. 그러자 왕홍은 한 가지 꾀를 냈다. 도연명과 가까운 사람에게 시켜서 그가 늘 지나다니는 길목에 주안상을 차리게 한 것이다. 그러고는 지나가는 도연명을 잡아당기며 같이 술을 먹자고 했다. 도연명은 이름난 애주가였다. 술을 보자 도연명은 좋아하며 자리에 앉았다. 그들이 흥이 나서 한창 술을 마시고 있는데 왕홍이 나타났다. 그는 마치 지나가다가 우연히 만난 것처럼 수인사를 하고 술상 앞에 앉았다. 그제야 왕홍은 도연명의 비위를 거스르지 않고 만날 수 있었다.
5 술잔 물고(銜杯): 함배(銜杯)는 술 마시는 것을 의미한다.
6 유령(伯倫): 유령(劉伶)은 진(晉)나라 때 죽림칠현(竹林七賢)의 한 사람으로 자는 백륜(伯倫)이다. 남달리 술을 좋아하여 한자리에서 한 섬 술을 마시고 다섯 말로 해장했다고 한다. 늘 녹거(鹿車)를 타고 한 호로병의 술을 가지고 다녔는데, 한 사람에게 삽을 메고 따라다니게 하여 자기가 죽으면 그 자리에 묻어달라고 했다. 일찍이 「주덕송酒德頌」을 지어 술을 예찬하기도 했다.
7 큰 고래 냇물 들이마시듯 술 마시는 배 채우지 못했으니(長鯨未果吸川腹): 두보(杜甫)의 「음중팔선가飮中八仙歌」에 "좌상은 날마다 주흥으로 만전을 허비하여, 술을 큰 고래가 온갖 하천 들이마시듯 하네(左相日興費萬錢, 飮如長鯨吸百川)"라고 한 데서 온 표현이다.

순간의 삶⁸ 속에서 일찌감치 대자연의 권능을 엿보니,

浮休早覰大化權

예로부터 천명에는 박하고 후함이 없더라.　　自古洪勻無薄厚

공명과 부귀도 바라지 않았으니,　　功名富貴亦非願

이미 풍진 속에서 오두미에 허리 굽히는 일 사양했다네.⁹

已曾風塵謝五斗

죽는 날 평생을 돌이켜보니,　　平生點檢大歸日

천명을 어찌 의심하랴, 오직 순응할 뿐.¹⁰　　樂天奚疑惟順受

몸뚱이 묻혀 뼈마저 썩는 것도 사양치 않지만,　　身淪骨朽也不辭

이 인간 세상에서 술잔 잡던 손은 애석하구나.　　惜此人間把杯手

천하 일에 상심한 진나라의 도망간 신하¹¹는,　　傷心天地晉逋臣

홀로 심양의 차조 밭 오십 무¹²에 의지해 살았지.　　獨賴潯陽秫五畝

---

8 순간의 삶(浮休): 부휴(浮休)는 『장자莊子』「각의刻意」편의 "성인의 삶은 물 위에 떠 있는 것과 같고, 그가 죽었을 때는 쉬고 있는 것과 같다(其生若浮, 其死若休)"라고 한 데서 온 표현으로, 인생이 짧고 무상(無常)함을 의미한다.

9 이미 풍진 속에서 오두미에 허리 굽히는 일 사양했다네(已曾風塵謝五斗): 오두미(五斗米)는 현령(縣令)의 녹봉을 가리킨다. 도연명이 팽택령(彭澤令)이 된 지 80여 일쯤 지났을 때였다. 섣달이 되어 군(郡)에서 독우(督郵)를 파견하여 팽택현에 이르자 아전들이 관복을 입고 뵈어야 한다고 하니, 도연명이 "내가 어찌 오두미 때문에 향리의 소인배들에게 허리를 굽힌단 말이냐"라고 말하고 그날로 인수를 풀어 관직을 버리고 「귀거래혜사歸去來兮辭」를 읊으며 돌아왔다고 한다.

10 천명을 어찌 의심하랴, 오직 순응할 뿐(樂天奚疑惟順受): 도연명의 「귀거래혜사」에 "잠시나마 자연의 변화 따르다가 죽음으로 돌아가는 것이니, 천명을 즐기는 데 다시 무엇을 의심하랴!(聊乘化以歸盡, 樂夫天命復奚疑)"라고 했던 것을 염두에 둔 표현이다.

11 진나라의 도망간 신하(晉逋臣): 포신(逋臣)은 도망간 신하를 의미하는데 여기서는 팽택령을 마다하고 고향으로 돌아가 은거했던 도연명을 가리킨다.

12 차조 밭 오십 무(秫五畝): 도연명이 팽택령이 되었을 때, 현(縣)의 공전(公田)에다 모두 차조(秫)만 심으라 하면서 말하기를, "내가 항상 차조로 빚은 술에 취하기만 한다면 족하겠다" 했는데, 처자(妻子)들이 메벼(秔) 심기를 굳이 청하자, 이에 1경(頃) 50무(畝)에는 차

오랜 세월 도화원에서 진나라 피한 뜻,　　　　　千秋武陵避秦意

술병 속에서 흉내내며 남은 생애 보냈네.　　　　擬向壺中送餘壽

궁한 처지라 뜻대로 되는 일은 드물었고,　　　　窮途少有可意事

가난한 집이라 항상 술 구하기도 쉽지 않았네.　未易貧家常得酒

문 앞에는 속세 반생 동안 취해 누웠던 바위[13] 있어,

　　　　　　　　　　　　　　　　　　　　　　門前醉石半生塵

오랜 세월 동안 열에 여덟아홉은 깨었지.　　　三萬光陰醒八九

기분좋게 늘 술 마시는데,　　　　　　　　　陶然時復一中之

조금 기울여서 어찌 내 머리 적시랴?[14]　　　細傾何足濡吾首

봄 강물이 술로 바뀌지 않는다면,[15]　　　　春江不變作春酒

서남 사람[16]과 더불어 백일 아래 달리리.　　却與西南白日走

조를 심고, 나머지 50무에는 메벼를 심도록 했던 데서 온 표현이다.

13 취해 누웠던 바위(醉石): 취석(醉石)은 도연명이 술에 취해 누웠다고 하는 바위 이름이다. 동진(東晉) 때 여산(廬山) 동림사(東林寺)의 고승 혜원법사(慧遠法師)가 도연명에게 술을 마시게 해주겠다고 하여 도연명이 동림사를 찾아갔던 적이 있다. 여산 앞을 흐르는 강물 가운데 반석이 있는데, 도연명이 취하면 이 바위에 누워 잤다 하여 '연명취석(淵明醉石)'이라 한다.

14 내 머리 적시랴(濡吾首): 『주역周易』 「미제괘未濟卦」에 "상구는 믿음을 두고 술을 마시면 허물이 없지만 머리를 적시듯 지나치면 믿음을 둠에 옳음을 잃으리라(上九, 有孚于飮酒, 无咎, 濡其首, 有孚失是)"라고 했는데, 이에 대한 상사(象辭)에 "술을 마셔 머리를 적심은 또한 절제를 모르는 것이다(飮酒濡首, 亦不知節也)"라고 했다. 이 때문에 머리를 적신다(濡首)는 말은 술에 취해 본성을 잃는다는 의미를 가지게 되었다

15 봄 강물이 술로 바뀌지 않는다면(春江不變作春酒): 이백(李白)의 「양양가襄陽歌」에 "멀리 바라보니 한수는 오리 머리처럼 푸르러, 흡사 포도주가 막 괴기 시작한 것 같네. 만일 이 강물이 봄 술로 변화한다면, 쌓인 누룩으로 술지게미 누대를 만들리라(遙看漢水鴨頭綠 恰似葡萄初釀醅 此江若變作春酒 壘麴便築糟丘臺)"라고 한 데서 온 표현이다.

16 서남 사람(西南): 서남쪽은 본래 친구가 있는 방향이다. 『주역』 「곤괘坤卦」 괘사(卦辭)에 "서남으로 가면 벗을 얻고, 동북으로 가면 벗을 잃는다(西南得朋, 東北喪朋)"라고 했다. 여기서는 도연명을 가리키는 듯하다. 도연명은 심양(潯陽) 시상(柴桑) 사람인데, 이곳은 구강(九江)의 서남쪽에 해당한다.

어지러운 속세에서 잠시 머물렀던[17] 인연 이미 끊겼지만,

狂塵已斷宿桑戀

오직 백주(白酒)[18]만은 가장 잊기 어렵구나.   寂所難忘惟玉友

평생 유독 술 좋아하여 목마른 꿈[19] 꾸더니,   偏憐一生病渴夢

누가 쓸쓸한 백양나무[20] 언덕으로부터 불러주리오?

誰喚蕭蕭白楊皋

천 잔의 술[21] 죽기 전 마시지 못함이 한스러우니,   千鍾恨未死前辦

저승에선 술에 침 흘리던 입[22] 영원히 닫힌다네.   九京長閉流涎口

매우 한스러운 건 일 처리할 때 흥취 부족하여,   生憎從事少情味

항상 이 늙은이에게 술 권하려 하지 않았던 것.   未肯長時侑此叟

근심스러움에 취하고자 빈 술동이 앞에라도 누우니,

憂來欲醉臥空樽

---

17 잠시 머물렀던(宿桑): 숙상(宿桑)은 '상하일숙지연(桑下一宿之緣)'의 준말로 뽕나무 밑에서 하룻밤을 지낸 인연이란 뜻인데, 잠시 동안 머문 곳을 가리키는 말로 쓰인다.

18 백주(玉友): 옥우(玉友)는 백주(白酒)의 별칭으로 일반적으로 좋은 술을 가리키는 말로 쓰인다.

19 목마른 꿈(病渴夢): 병갈(病渴)은 본래 소갈증을 말한다. 한(漢)나라 사마상여(司馬相如)가 평생 소갈병(消渴病)으로 시달렸기 때문에 뛰어난 문인(文人)을 가리키는 말로 쓰이기도 하지만, 여기서는 술과 관련된 의미로 쓰였다.

20 백양나무(白楊): 백양은 무덤 위에 심는 나무로 무덤을 가리키는 말로도 쓰인다. 두보(杜甫)의 시 「장유壯遊」에 "두곡에 노인들 이미 많이 죽어, 사방 들판에는 백양나무 많구나 (杜曲晚耆舊, 四郊多白楊)"라는 구절이 있다.

21 천 잔의 술(千鍾): 후한(後漢) 말 조조(曹操)가 술을 금지하는 법을 만들자, 공융(孔融)이 그에게 편지를 보내 이를 비판한 바 있다. 편지 가운데 "요(堯)임금은 천 잔의 술이 아니면 태평을 이룩할 수 없었고, 공자는 백 잔의 술이 아니면 으뜸 성인이 될 수 없었다(堯不千鍾, 無以建太平, 孔非百觚, 無以堪上聖)"라고 한 바 있다. 요임금은 술 천종(千鍾)을 마셨고, 공자는 백고(百觚)를 마셨다 한다.

22 술에 침 흘리던 입(流涎口): 두보(杜甫)의 「음중팔선가飲中八仙歌」에 "여양왕(汝陽王) 이진(李璡)은 술을 세 말은 마셔야 조정에 나갔고, 길에서 누룩을 실은 수레만 보아도 입에서 침을 흘렸다네(汝陽三斗始朝天, 道逢麯車口流涎)"라는 구절이 있다.

소슬한 가을바람은 오류[23]에 가득하네.　　　　　　蕭瑟西風滿五柳

고개 돌려 다시 백이·숙제[24]에게 묻노니,　　　　　回頭更問採薇子

고비와 고사리가 시름 씻어주는 도구[25]가 될 수 있는가?

　　　　　　　　　　　　　　　　　　　　　薇蕨能爲掃愁帚

도연명은 어디에 뼈를 묻고자 했던가?　　　　　　陶家何在願埋骨

저승에도 취향[26]이 있으려나.　　　　　　　　　夜臺亦有醉鄕否

　　　　　　　　　　　　　　　　　—『만모유고晩慕遺稿』권3

23　오류(五柳): 오류(五柳)는 도연명을 상징한다. 도연명의 집 가에 심겨 있던 다섯 그루의
　　버드나무로부터 유래한 말로, 도연명은 자신을 오류선생(五柳先生)이라 부르고 「오류선
　　생전」이란 자전(自傳)을 남긴 바 있다.
24　백이·숙제(採薇子): 채미자(採薇子)는 수양산에 들어가 고사리를 캐 먹다 굶어죽은 백이
　　(伯夷)와 숙제(叔齊)를 가리킨다.
25　시름 씻어주는 도구(掃愁帚): 소수추(掃愁帚)란 근심을 쓸어내는 비란 의미로 술의 별칭이
　　다. 술이 마음의 근심과 괴로움을 씻어줄 수 있기 때문에 이렇게 부른 것이다.
26　취향(醉鄕): 술에 취해 온갖 걱정을 잊을 수 있는 별천지의 세계를 말한다. 당(唐) 왕적(王
　　績)이 「취향기醉鄕記」에서 도연명이 취향에서 놀았던 일화를 지어낸 바 있다.

정기안이 과체시科體詩 형식으로 쓴 독특한 자만시다. 과체시는 과시科試에 부과되는 시험 과목의 한 가지로 일반 한시와 다른 시적 형식을 가지고 있다. 18운 36구를 기본으로 하며, 출구出句 처음 두 글자는 평성이고 대구對句 처음 두 글자는 측성이라는 색다른 평측平仄 원칙이 적용된다. 정약용에 따르면 이 평측 원칙은 조선 초기 문신 변계량卞季良이 이백의 「양양가襄陽歌」 "천금준마환소첩千金駿馬喚少妾(평평측측측측측), 소좌조안가락매笑坐雕鞍歌落梅(측측평평평측평)"의 성률聲律을 본떠서 만든 것이라고 했다.(『목민심서牧民心書』 권8, 예전육조禮典六條, 「과예課藝」) 또 과체시는 제목 중에서 한 글자를 낙점하면 그 글자와 같은 운을 써야 한다. 이 시는 제목 중 '주酒' 자와 같은 운자韻字인 상성上聲 유운有韻에 속하는 글자를 사용하고 있다. 과체시는 이런 자국적 특수성 때문에 동시東詩라는 명칭으로도 불린다.

정기안의 시는 도연명의 「의만가사擬挽歌辭」 첫째 수의 "술 충분히 마시지 못한 일 한스럽네恨飲酒不足"를 제재로 삼아 쓴 것이다. 원시엔 "다만 한스럽긴 세상 살 적에, 술 충분히 마시지 못한 것이라네但恨在世時, 飲酒不得足"라고 되어 있다. 문집에 실린 「도연명의 시구절 "술 충분히 마시지 못한 일 한스럽네"를 가지고 우의한 자만시托意自挽詩, 恨飲酒不足」라는 제목은 작자 혹은 문집 편찬자의 윤색이 가해진 듯하다. 과체시의 제목은 일반적으로 시구를 가져오는 방식으로 제시되기 때문이다. 정기안의 문집 『만모유고晩慕遺稿』 권3에는 과체시란 항목이 별도로 설정되어 있고, 이 작품을 포함해 모두 세 수의 과체시가 실려 있다. 그러나 이 작품이 실제 시장試場에서 지어진 것인지는 알 수 없다. 문집 중에 별도로 과체시 항목을 설정하고, 모두 네 수의 시를 실어놓은 것을 보면 정기안이 과체시에 뛰어났음을 짐작할 수 있다. 실제 그는 약관의 나이에 진사시와 별시에 합격했고, 후일 영조로부터 소과회방小科回榜, 곧 소과 합격 후 60년이 지났다고 호피虎皮를 하사받기도 했다. 일반적으로 진사시(소과)의 초시初試나 복시覆試에서 과체시를 가지고 시험했던 것을 감안하면, 과체시에 뛰어나 일찍 등과할 수 있었던 것으로 보인다.

흥미로운 점은 하필 도연명 「의만가사」의 시구가 과체시 주제로 출제되었다는 사실이다. 과체시는 일반적으로 고시문 중에서 한 구절을 따다 제목으로 쓰는데, "술 충분히 마시지 못한 일 한스럽네恨飮酒不足"라고 축약된 구절이 출제되었다는 것은 조선 후기 지식인들 사이에 이 작품이 널리 알려져 있음을 짐작게 한다. 다만, 이 시는 과체시의 정식과는 약간의 차이가 있다. 총 22운 44구로 이루어져 18운 36구를 기본으로 하는 조선 후기 과체시 정식보다는 약간 길다. 출구 처음 두 글자는 평성이고, 대구 처음 두 글자는 측성이라는 평측 원칙도 제대로 지켜지지 않고 있다.

이제 과체시의 작법을 감안해서 이 시를 살펴보기로 한다. 과체시의 구조에서 매 세 연은 하나의 의미 단위로 묶여 조條라고 불리는데, 시의 첫 부분인 제1조를 살펴보기로 한다.

술동이 앞에서 두건을 벗으니,
두건아 너를 나는 참으로 저버렸구나.
마냥 울타리 아래 국화로 하여금 사람 웃게 하지만,
세간에 왕홍처럼 늘 주안상 차려줄 이 많지 않음에랴.
인생 백년 하물며 잠깐이거니,

내 입에 술잔 물고 있는 날 얼마나 될까?

　과체시에선 일반 한시의 두 구절을 한 구로 계산하는데 첫 구를 서두書頭라고 부른다. 이 시의 서두는 도연명이 머리에 썼다는 갈건葛巾으로부터 시작된다. 도연명은 술이 익으면 머리에 쓴 갈건으로 술을 거른 다음 다시 썼다고 한다. 그의 「음주飮酒」시 스무번째 수에 "만일 다시 통쾌하게 마시지 않는다면, 머리 위 두건을 저버리는 것이리라若復不快飮, 空負頭上巾"라는 표현이 보이는데, 정기안 시의 표현도 거기에서 온 것이다.

　이어서 두번째 연에선 도연명을 떠올리게 하는 울타리 밑 국화와 그를 흠모했던 왕홍王弘을 등장시켜 도연명의 인품을 상징적으로 표현하고 있다. 전자는 도연명 「음주」시 다섯번째 수의 "동쪽 울타리 밑에서 국화를 따노라니, 유연히 남산이 눈에 들어오네采菊東籬下, 悠然見南山"라는 유명한 구절에서, 후자는 왕홍의 고사로부터 온 것이다.

　과체시를 평가할 때 당락이 결정될 만큼 중요한 대목이 입제入題다. 입제는 첫 조 중 세번째 연, 과체시에선 제3구에 해당한다. "인생 백년 하물며 잠깐이거니, 내 입에 술잔 물고 있는 날 얼마나 될까?人生百年況斯須, 余口銜杯能幾久"는 인생무상과 음주의 문제를 연결시키고 있다.

　과체시에서 입제 다음으로 중시되는 부분이 제4조의 3구인 회제回題다. 이 시의 해당 구절은 다음과 같다.

　　궁한 처지라 뜻대로 되는 일은 드물었고,
　　가난한 집이라 항상 술 구하기도 쉽지 않았네.

　회제에서는 제목과의 호응관계에 주의해야 하는데, 인용구는 시제가

"술 충분히 마시지 못한 일 한스럽네"인 것과 관련이 있다. 시인은 술이 부족한 것이 현실의 결핍에서 비롯된 문제임을 강조하고 있다. 이런 이해 방식은 동아시아 고전문학에서 술이 상징하는 바를 효과적으로 활용한 것이라 볼 수 있다. 정기안의 과체시에선 "평생 유독 술 좋아하여 목마른 꿈 꾸더니, 누가 쓸쓸한 백양나무 언덕으로부터 불러주리오?偏憐一生病渴夢, 誰喚蕭蕭白楊皐."와 같이 「의만가사」의 표현을 바로 계승한 경우도 있지만, 대체로 표현의 중복을 피하면서 시의식을 따르는 방식으로 "술 충분히 마시지 못한 일 한스럽네"라는 문제가 부연되고 있다. 이 시는 술의 부족이라는 문제를 세상일과 삶 일반의 문제로 환치시킨 뒤 다음과 같이 마무리된다.

> 매우 한스러운 건 일 처리할 때 흥취 부족하여,
> 항상 이 늙은이에게 술 권하려 하지 않았던 것.
> 근심스러움에 취하고자 빈 술동이 앞에라도 누우니,
> 소슬한 가을바람은 오류에 가득하네.
> 고개 돌려 다시 백이·숙제에게 묻노니,
> 고비와 고사리가 시름 씻어주는 도구가 될 수 있는가?
> 도연명은 어디에 뼈를 묻고자 했던가?
> 저승에도 취향이 있으려나.

시인은 「의만가사」의 마실 술이 부족했던 것이 한이라는 표현의 의미를 부연하고 확장해서 마침내 술이 백이·숙제의 절개를 상징하는 고비와 고사리보다 더 대단한 역할을 함을 지적해내고 있다. 여기서 말한 취향醉鄕은 근심을 잊기 위한 가상공간이다. 도연명이 묻히고자 한 곳도 바로 취향일 것이라고 추정함으로써 시인은 술이라는 관점에서 「의만가사」, 곧 자만시를 흥미롭게 윤색해내고 있다. 술을 빌려 감정을 기탁한 자만시托意自挽詩라는 제목의 의미가 여기에 있다.

이 작품은 물론 자신의 죽음을 진지하게 염두에 두고 쓴 것이라고 보기는 어렵다. 정기안은 다만 「의만가사」의 시구를 제재로 삼아, 인생의 유한함을 인지하고 죽음을 편안히 받아들이겠다는 주제의식을 원작과는 다른 방식으로 풀어내고 있다. 매 구마다 술과 관련된 고사와 문학작품들을 효과적으로 원용하여 과체시로서도 성공을 거두고 있다. 하지만 과체시 작법보다 우리의 흥미를 끄는 부분이 있다. 시인이 도연명을 대신해 마실 술이 부족해서 한스럽다는 문제를 설명하기보다, 은연중 자신의 모습에 도연명을 투영시키는 방식으로 이 주제를 다양하게 변주하고 있다는 점이다. 이는 한편으로 도연명의 시구에 우의한 자만시가 그의 삶과 어떤 관계를 가지며, 또 그로 인해 어떤 의미가 새롭게 만들어질 수 있을지 궁금하게 만든다. 아직 정기안이란 시인이 미지의 작가임을 감안한다면 이 문제는 좀더 검토가 필요하리라 생각한다. 이 책에서는 일단 이 작품을 소개하는 것으로 그치고자 한다.

적벽강 위에 띄운 배에서 붉은 만장 펄럭이네

丹旐悠揚赤壁船

조영순 趙榮順(1725~1775)

절필絕筆

첫번째 수

10월 13일 유시(오후 5시~7시)에 공주의 객사에서 임종 무렵 친히 쓰다 十月十三日酉時, 在公州客館, 臨終親書

내 나이 쉰 하고도 하나이니,	行年五十一秋春
영욕과 비환에 머리는 이미 하얗게 되었네.	榮辱悲歡髮已銀
태허 향해 조화 따라 돌아감도 좋으니,	好向太虛歸造化
태평한 이 세상에서 내 몸 마치네.[1]	昇平今世了吾身

---

1 태평한 이 세상에서 내 몸 마치네(昇平今世了吾身): 조영순이 남긴 「자지명自誌銘」(『퇴헌집

두번째 수

10월 13일 밤에 조카 우철을 시켜 쓰게 하다 十月十三日夜, 命從子宇喆書

상여 싣고 고향 선산 앞으로 가니,	靈輀駕向故山前
적벽강 위에 띄운 배에서 붉은 만장 펄럭이네.[2]	丹旐悠揚赤壁船
여라와 벽려 우거진 청산에 길지를 남겨두어,	蘿薜靑山留吉地
선친 발아래 남은 언덕 있구나.	先人足下有餘阡

세번째 수

10월 14일 자시[3](오후 11시～오전 1시)에 정철을 시켜 쓰게 하다 十月

十四日子時, 命貞喆書

유령은 삽 메고 따라오다 죽으면 그 자리에 묻으라 했으니,[4]	
	劉伶隨鍤便埋之

退軒集』권7)에도 유사한 내용이 담겨 있다. "태평한 세상에서 태어나 태평한 세상에서 죽
노라(生於太平, 死於太平)."

2 적벽강 위에 띄운 배에서 붉은 만장 펄럭이네(丹旐悠揚赤壁船): 소식(蘇軾)의 「전적벽부前
赤壁賦」와 「후적벽부後赤壁賦」에 담긴 인생무상의 정조를 이 구절에 오버랩시키고 있다.

3 10월 14일 자시(十月十四日子時): 이때 자지명도 함께 남겼다. 「자지명」에 "을미 10월 14일
자시 임종 무렵 아들 원철에게 받아 쓰게 했다(乙未十月十四日子時, 臨屬纊, 命子元喆受書)"
라는 말이 부기되어 있다.

4 유령은 삽 메고 따라오다 죽으면 그 자리에 묻으라 했으니(劉伶隨鍤便埋之): 진(晉) 죽림칠현
(竹林七賢)의 한 사람으로 「주덕송酒德頌」을 남긴 유령(劉伶)이 늘 술병을 들고 나가면서 한
사람에게 삽을 메고 따라오게 하다가 자기가 죽으면 그 자리에 파묻도록 한 것을 말한다.

통달한 선비의 신체도 오히려 이와 같구나.　達士形骸尙爾爲

하필 내 빈소 등불 아래서,　何必吾楹燈燭下

세 번 고복[5]하여 꼭 예법대로 하리오?　三呼皋復正如儀

—『퇴헌집退軒集』권3

5　고복(皋復): 사람이 죽은 뒤 지붕 위에 올라가 죽은 사람의 영혼을 부르는 일을 말한다.

조영순이 임종 무렵 쓴 자만적 작품들이다. 그는 노론 사대신의 한 사람인 조태채趙泰采의 손자가 되는데, 그 역시 당파적 입장에 충실한 인물이었다.

이 작품들은「절필」이란 시제를 달고 있지만 시인이 시시각각 닥쳐오는 죽음을 느끼며 자신의 죽음 이후 상장례를 상상하고 있다는 점에서 자만적 작품이라고 볼 수 있다. 공주 객사에서 세상을 뜨기 전날인 10월 13일 오후부터 시작된 이 시작은 임종 당일까지 세 차례에 걸쳐 이루어진다. 전날 오후의 첫번째 수는 직접 썼지만, 밤중의 두번째 수와 세상을 뜬 날의 마지막 수는 불러준 내용을 조카와 아들로 하여금 쓰게 했다. 죽음이 다가오는 과정에서도 의연하게 자신의 삶을 정리하고 죽음을 기록하고자 했던 시인의 자세에 마음이 숙연해진다.

시의 내용을 간추려보면 이렇다. 첫번째 수에선 51년 자신의 삶을 회고하며 죽음을 편안히 받아들이려는 의식을 드러내고 있고, 두번째 수에선 죽음 이후 상장례의 정경과 매장지를 상상하고 있으며, 마지막 수에선 죽음이란 누구에게나 찾아오는 것이니 장례 치를 때 꼭 예법대로 할 필요가 없음을 말하고 있다.

조영순은 세상을 뜬 10월 14일에 별도로 아들을 시켜 자신이 불러주는「자지명自誌銘」을 받아 적게 했다. 그 내용은 다음과 같다. "태평한 세상에서 태어나, 태평한 세상에서 죽노라. 누구를 원망하랴, 이를 순녕이라 한다. 충성은 깊고, 뜻은 유장하구나. 아 천백세에, 아는 자 하늘이리 生於太平, 死於太平. 夫誰之憾, 是謂順寧. 惟忠之深, 惟志之長. 噫千百世, 知者其蒼."여기서 '순녕順寧'이란 남송南宋 장재張載의「서명西銘」에 "생존해서 나 하늘에 순응해 섬기면 죽어서도 나 편안하리라存吾順事, 沒吾寧也"란 구절에서 온 말이다. 주희朱熹 역시 그 뜻을 취하여 수장壽藏할 곳(미리 정해놓은 자신의 묘지)을 순녕順寧이라 이름 붙인 바 있다. 대개 군자가 천리대로 살면 마음에 부끄러울 것이 없고 죽어서도 편안할 것이라는 뜻이다. 결국 조영순은 자신의 삶이 한 점 부끄러울 것 없었음을 밝히고 비록 세상에서 이해받지 못했어도 하늘만큼은 알아줄 것이라고 말한 것이다. 「자지명」의 내용은 함께 지어진 자만적 작품들과도 상통하는 부분이 있다. 첫번째 수에서 "태평한 이 세상昇平今世"이라고 한 것이나, 영욕과 비환을 이야기한 부분이 그렇다. 태평한 세상이라 했지만, 「자지명」에서 하늘만이 자신을 알리라고 한 것처럼 첫번째 수의 내용 역시 자신의 충심을 알아주지 않았던 정치현실을 넌지시 드러내고 있는 셈이다.

조영순은 왕세자에게 소론 영의정 이천보李天輔를 매도하는 글을 올렸다가 유배 가기도 했고, 영조가 탕평의 일환으로 소론 최석항崔錫恒·이광좌李光佐 등의 관작을 회복시킬 때 반대하는 상소를 올렸다가 큰 노여움을 산 바도 있다. 이 일로 국문을 받고 유배를 가게 되는데, 죽기 1년 전에 풀려난 바 있다. 이런 일련의 사건들이 그가 「자지명」에서 자신의 충심과 본래 뜻을 하늘은 알아줄 것이라 쓰게 만든 이유일 것이다. 조영순은 태어난 지 열흘 만에 어머니를 잃고 외가인 여흥驪興 민씨閔氏 민진원閔鎭遠 집안에서 자랐다. 이때 어린 조영순을 돌봐준 민진원의 큰며느리가 김창집金昌集의 딸이었고, 장성한 후 얻은 배필 역시 김상용金尙容의 후손이었다. 그의 집안 내력과 생장 환경을 고려하면 그가 노론으로서 당파적 입장에 충실했던 이유를 짐작할 수 있다.

두번째 수와 마지막 수에서는 죽음 이후 자신의 상장례를 형상화하고 예법에 대한 당부를 하고 있다. 이 부분은 이 시가 가진 자만시적 특성을 잘 보여준다. 죽음에 대한 비유인 적벽강 배에서 펄럭이는 붉은 만장이나, 죽림칠현 중 한 사람인 유령의 일화를 언급하며 죽음의 의식을 너무 엄숙하게 진행하지 말라고 당부하는 말이 특히 주목된다. 자만시라고 하더라도 임종 무렵 쓰인 작품들이 대체로 죽음과의 거리를 유지하지 못한 채 유언적 내용에 그치는 데 반해, 이 작품은 시인이 시시각각 다가오는 죽음을 예감하면서도 그것을 대상화하고 있다는 측면에서 특별하다. 1775년 10월 14일 공주에서 객사한 조영순은 돌아가 장단_{長湍}동파_{東坡}에 있는 선영에 묻혔다.

그대 겨우 서른인데 어째서 자만시를 이리 일찍 쓰는가

如何君三十, 自挽詩成早

김택영金澤榮(1850~1927)

장봉석[1]이 자만시를 가지고 화운을 부탁한 지 몇 년이 되었는데, 이제 비로소 요청에 응하여 쓰다張峰石以自挽詩屬和者數年, 今始有應

동쪽 이웃집에서 작은 양을 잡아,	東家宰羔羊
모인 벗과 함께 술 마시며 장수를 기원하네.	朋酒祈壽考
그대 겨우 서른인데 어째서,	如何君三十
자만시를 이리 일찍 쓰는가?	自挽詩成早
알겠구려 그대 문장이 뛰어나,	知君文字工
날마다 칠보 옷 만들고 있음을.	日裁衣七寶
술잔 들고 푸른 하늘로 날아올라,	擧瓢向靑天
은하수를 기울이려 하는구나.	銀河欲傾倒

---

1   장봉석(張峰石): 장인년(張麟年)을 말한다. 봉석은 그의 자이다. 형인 장봉년(張鳳年)과 함께 김택영이 남통(南通)에 체재하던 시절 교유했던 중국인이다. 김택영은 장봉석이 교건신기(矯健新奇)한 시를 쓰기 좋아해서 남통에서 사귄 젊은이들 중 으뜸이라고 했다. 이런 내용이 『소호당문집韶濩堂文集』 정본(定本) 권6, 「봉석금명 4수○병진峰石琴銘 四首○丙辰」의 병서(幷序)에 보인다.

한 조각 오만한 마음이라,	一片傲兀懷
궁중에선 비로 쓸어버린 듯 옷자락 끄는 자취 없구나.[2]	王門跡如掃
다른 사람 비난하면 입안이 억세지나,	罵人牙頰勃
대추 씹지 않고 삼키는 식[3]의 두루뭉수리 넘어가는 말 따윈 하고 싶지 않네.	不肯爲吞棗
이것을 가지고 난세를 살아가니,	以此涉亂世
어찌 근심 걱정을 면할 수 있으랴.	安能免憂惱
마음속엔 굶주린 도연명이 있고,	腸肚陶潛餒
외양은 여윈 굴원이라네.	形容屈原槁
초탈한 채 긴 노래 불러서,	耄耄發長歌
아무도 이해하지 못하는 아득한 뜻 부친다.	茫茫寄孤抱
일체의 고통을 버리고자 하니,	欲棄一切苦
무덤에 초라하게 묻히는 것도 달갑게 여겼다네.	北邙甘葬藳
내 듣고 크게 놀라서,	我聞大驚之
급히 가서 하늘에 하소연했네.	奔走訴蒼昊
청하기를 무양[4]을 급히 보내서,	請急遣巫陽

---

2 궁중에선 비로 쓸어버린 듯 옷자락 끄는 자취 없구나.(王門跡如掃): 한(漢)나라 추양(鄒陽) 처럼 타인을 설득하는 능력이 부족하다는 말이다. 왕문(王門)은 "장거예왕문(長裾曳王門)" 의 고사를 줄인 말이다. 추양이 옥중에서 올린 글을 오왕(吳王) 유비(劉濞)가 보고 감탄하 여 그를 상객(上客)으로 예우했는데, 그 글 중에 "내가 고루한 나의 마음을 꾸미려고만 들 었다면, 어떤 왕의 궁문인들 나의 긴 옷자락을 끌고 다닐 수가 없었겠는가(飾固陋之心, 則 何王之門, 不可曳長裾乎)"라고 말한 데서 유래한 것이다. 『한서漢書』권51 「추양전鄒陽」.
3 대추 씹지 않고 삼키는 식(吞棗): 골륜탄조(鶻圇吞棗)를 말함. 음식물을 씹지 않고 그냥 넘 기는 것을 골륜탄이라 하는데, 대추를 씹지 않고 그냥 삼키면 전혀 맛을 알 수 없듯이 학 문을 강론하면서 조리를 분석하지 않고 두루뭉술하게 넘겨 정확한 뜻을 모른다는 말이다.
4 무양(巫陽): 『초사楚辭』「초혼招魂」에 나오는 무당의 이름으로, 천제(天帝)의 명을 받들어 죽은 사람의 영혼을 불러들인다고 함.

영혼을 잘 위로해달라고 했네.	魂氣招招好
서쪽으로 불러 함지에 이르고,	西招至咸池
동쪽으로 불러 봉래산에 도달하네.	東招至蓬島
다시 옛 지인至人을 생각하노니,	還念古至人
자연에 방임放任하는 것을 도라고 여겼지.	天游以爲道
이것을 '좌치'⁵라고 이름하였으니,	是名曰坐馳
마음에 혼란스러움이 없는 것이라.	一心無所怓
가난하고 부유함을 가지고 어찌 기뻐하고 근심하며,	貧富何欣戚
시비 가리는 데 어찌 옳고 그름 따지랴.	是非何白皁
재주를 모아 날마다 둔한 데로 돌아가고,	斂才日歸鈍
정신을 거두어 날마다 머릿속에 간직하네.	收神日藏腦
백년 천년 지나도록,	百歲千秋間
어린아이 같은 얼굴 영원히 늙지 않네.	童顔長不老
청컨대 그대는 노래를 멈추고,	請君且停歌
나와 함께 이 뜻 찾아보세.	共我斯義討
어찌 한겨울 푸른 소나무⁶가	焉有大冬松
아래로 구월 늦가을 풀과 같겠나.	下同九秋草

—『소호당집韶濩堂集』 시집정본詩集定本 권5 경술고庚戌稿

---

5 좌치(坐馳): 조용히 앉아 있는 듯해도 마음속으로는 온갖 번뇌가 치달리는 것을 말한다. 『장자莊子』 「인간세人間世」편에 "저 비어 있는 공간을 볼지어다. 텅 빈 방에서 밝은 빛이 뿜어 나오지 않는가. 길상의 경지는 부동(不動)의 경지에서 이루어지나니, 부동이 되지 않는 상태 그것을 앉아서 치달린다고 하느니라(瞻彼闋者, 虛室生白, 吉祥止止, 夫且不止, 是之謂坐馳)"라는 구절이 나온다.

6 한겨울 푸른 소나무(大冬松): 사양좌(謝良佐)는 호안국(胡安國)을 칭찬하여 '한겨울의 소나무 잣나무(大冬松柏)'에 빗댄 바 있다.

이 시는 김택영의 중국 망명 시절인 1910년에 지어진 작품이다. 정확하게는 타인의 자만시에 대한 화답시로서 시인의 자만시라 보기엔 무리가 있다. 하지만 그 대상이 김택영과 가깝게 지냈던 인물이고, 또 자만시에 대한 직접적 언급이 있다는 점에서 자만시 관련 작품으로서 함께 살펴보는 것도 흥미로우리라 생각한다.

시제에서 말한 장봉석張峰石은 장인년張麟年을 가리킨다. 봉석은 그의 자이다. 형인 장봉년張鳳年과 함께 김택영이 남통南通에 체재하던 시절 교유했던 중국인이다. 이 지역 출신으로 김택영보다 30살 가까이 연하였지만 벗으로 사귀었다. 김택영은 장봉석이 교건신기矯健新奇한 시를 쓰기 좋아해서 남통에서 사귄 젊은이들 중 으뜸이라고 평가했으며, 이들 형제와 함께 찍은 사진이 지금도 전해서 두터운 교분을 짐작할 수 있다. (장봉년·봉석 형제와 김택영의 교유에 관해서는 김승룡 교수의 「근대계몽기 김택영의 남통南通 생활에 대한 소고」, 『대동한문학』 제36집, 대동한문학회, 2012를 참조)

이런 관계에 있던 장봉석이 고작 나이 서른에 자만시를 써서 회갑을 바라보던 김택영에게 화답시를 구했던 것이다. 김택영은 처음에는 응하지 않다가 몇 년이 흐른 뒤에 그 요청에 응해서 이 화답시를 썼다.

시의 전반부는 장봉석이 쓴 자만시에 대해 언급하고 있다. 비교적 젊은 나이에 자신의 죽음을 주제로 시를 쓴 일을 은근히 힐난하면서도, 한편으론 과거 뛰어난 문인들의 낭만적 죽음에 빗대어 상대를 추어올린다. 장봉석의 자만시는 아마도 자신이 세상에 나가지 않으려는 이유를 담고 있는 듯한데, 김택영은 그의 염결한 지조를 "마음속엔 굶주린 도연명이 있고, 외양은 여윈 굴원이라네"라고 높이 평가하고, 그가 초라한 무덤에 묻히는 것도 달가이 여겼음을 언급하고 있다. 시인은 이어 그의 죽음을 초혼하고는 도가적 삶의 자세를 제시하고 있다. 김택영은 장봉석의 자만시에서 혼탁한 세상에 대한 분노를 읽고는, 시비도 재주의 유무도 초탈한 채 어린아이 같은 지인至人의 자세로 혼란한 세상을 살아가길 권한다. 한겨울에도 변치 않는 푸른 소나무처럼. 이때 김택영의 나이 61세였고 이해는 경술국치가 있던 때이기도 하다. 이 작품은 장봉석에게 준 화답시이지만, 그 내용은 조국의 현실에 대한 분노로 이역에 망명한 자기 자신에게 하는 말이라고도 볼 수 있을 것이다.

자만시에 대하여

죽음은 시공을 초월한 가장 보편적인 문학 주제 중 하나다. 동아시아만 보더라도 중국의 「갈생葛生」 「황조黃鳥」 「육아蓼莪」 「녹의綠衣」(『시경詩經』), 「초혼招魂」 「국상國殤」(『초사楚辭』), 한국의 「공무도하가公無渡河歌」와 「제망매가祭亡妹歌」 등은 이미 상고시대부터 죽음을 모티프로 한 시가가 존재했음을 보여준다. 그중에서도 만시挽詩는 실제 장례의식과 결부된 문학 양식으로서 유구한 전통을 지니고 있다. 영구를 앞에서 끌고 인도하는 시라는 의미를 갖고 있는 만시는 본래 죽은 자를 대상으로 하는 애도문학의 하나다. 타인의 죽음을 애도하는 이런 유형의 한시 작품은 동아시아 한자문화권에서 선진 시기부터 있어왔다. 중국에서 만시가 양식화된 것은 한대漢代에 이르러서고, 이 과정에 상장례의 변화가 큰 영향을 미쳤다. 우리의 경우 고려시대의 문인들도 만시를 남겼지만, 본격적으로 창작된 것은 조선조에 들어서였다. 이 시기 들어 만시가 늘어난 것은 유교적 상례가 널리 퍼진 것과 일정한 관련이 있는 것으로 보인다.[1]

원래 만시는 타인의 죽음에 대한 순연한 감정의 발로로서 시작되었다. 이런 사적이고 자발적인 감정을 드러내는 만시의 대표적 유형으로는 아내의 죽음을 애도한 도망시悼亡詩, 자식의 죽음을 애도한 곡자시哭子詩, 동기의 죽음을 애도한 곡형제시哭兄弟詩와 벗과 동료의 죽음을 애도한 도붕시悼朋詩가 있다.[2] 하지만 만시의 보편화 과정에서 의례적이고 상투성을 띠는 작품들도 늘어났다. 전통사회에서 만시는 망자 쪽에서 당대의 명망가들과 뛰어난 문인들에게 두루 청탁하는 것이 관례였다. 그러하기에 스스로 우러나 쓴 것이 아니라 요청에 의해 지어졌고, 그 내용 역시 망자에 대한 의례적이고 상투적인 칭양稱揚으로 점철되기 일쑤였다. 만사를 받는 것을 큰 영광으로 여기고, 장례 때 만장의 수효로 망자의 덕망과 학식을 가늠했던 전통사회의 풍조도 여기에 한몫을 했다.[3] 상당수 만시에서 절실한 감정이 결여된 채 상투적 표현이 남발된 이유를 짐작할 수 있다. 조선시대 문집 대부분에는 이런 유의 만시가 많이 실려 있다.

이 책에서 소개하는 자만시自挽詩는 자신의 죽음을 애도하는 독특한 유형의 만시다. 만시가 실제 장례의식에 수반되는 것이란 점에서, 또 상당 부분 청탁에 의해 쓰는 이의 의지와 관계없이 지어진다는 점에서 자만시는 일반 만시의 양식과 큰 차별성을 갖는다. 한편 만시는 죽은 자의 일생을 되돌아보며 추모한다는 점에서 산문 양식인 전傳과도 통하는 측면이 있다. 그런데 자만시는 그것을 자기 스스로 짓는다는 면에서 자전

---

1   안대회, 「한국 한시의 죽음 소재」, 『韓國 漢詩의 分析과 視角』, 연세대학교출판부, 2000, 51쪽.
2   최재남, 『韓國哀悼詩研究』, 경남대학교출판부, 1997, 15~16쪽.
3   국사편찬위원회 편, 『상장례, 삶과 죽음의 방정식』, 두산동아, 2005, 103쪽; 안대회, 앞의 책, 51~54쪽.

적自傳的 요소가 두드러진다.[4] 자만시를 쓸 때 시인은 자신의 죽음을 가정하고 죽은 자의 눈으로 자신의 삶을 되돌아보는 방식을 취한다. 자만시의 이런 특성들은 자연 죽음을 통해 삶을 조명해내는 결과를 가져오며, 특히 삶과 죽음의 경계에 선 시인의 결연한 자의식을 드러내게 만든다. 그런 측면에서 자만시는 매우 의도적이고 허구적인 자기표현의 방식으로서 우리의 주목을 끌기에 충분하다.

대체로 자신의 죽음 뒤에 지어진 만시, 제문祭文, 묘지명墓誌銘, 전傳, 화상찬畫像贊 같은 종류의 문학은 타인의 몫이다. 그러나 자만시, 자제문自祭文, 자찬묘지명自撰墓誌銘, 자전自傳, 화상자찬畫像自贊의 창작의식은 이와 다르다. 시인은 자기 죽음의 의미를 소유하는 것은 바로 삶을 산 자신이어야 한다고 생각했다. 또 삶이 자신의 정체성을 찾아가는 기나긴 여로라면, 그런 정체성은 자만시와 같은 자기표현 안에서 이루어질 수 있다고 확신했다. 이를테면 자만시는 이러한 자기인식을 재구성하고 세상에 각인시킬 수 있는 최선 혹은 최후의 기회였던 셈이다. 이 점에 관해서 조선 중기 이수광李睟光(1563~1628)은 다음과 같이 조심스럽게 지적했다.

옛날 도연명은 스스로 자신의 만사와 「오류선생전五柳先生傳」을 지었고, 배진공裴度은 스스로 자신의 화상찬을 지었으며, 백낙천白居易은 스스로 「취음선생전醉吟先生傳」과 자신의 묘지명을 지었다. 또 소강절邵雍은 스스로 「무명공전無名公傳」을 지었으며, 진요좌는 스스로 묘지를 지었다. 근세에 노소재盧守愼 또한 지문을 스스로 지었으니, 혹시 이름에 뜻을 두었던 것일까?[5]

4　가와이 고조,『중국의 자전문학』, 심경호 옮김, 소명출판, 2002, 179~197쪽.
5　李睟光,『芝峯類說』卷十四, 文章部七 哀辭, 景仁文化社, 1970, 544쪽, "昔陶淵明自作挽詞及五柳

해설 | 291

이수광은 자만류自挽類 작품을 남긴 작가들이 이름(명예)에 뜻이 있었던 것이라고 추측하고 있다. 이름에 대한 추구란 달리 말하면 자신을 자신이 원하는 방식으로 세상에 각인시키려는 자아의 욕구라고 할 수 있다. 이런 욕구는 응당 창작의식과 자아표현 방식이라는 두 가지 층위에서 해석될 수 있다.

1. 자만시의 기원과 양식적 특징

자만시의 기원을 살펴보려면 먼저 만시로부터 출발해야 한다. 자만시가 만시의 하위 갈래이기도 하지만 초기 만시의 양식적 특징 속에 이미 자만自挽의 요소가 발견되기 때문이다.

만시의 기원에 관해서는 역대로 두 가지 주장이 팽팽하게 맞서왔다. 하나는 선진先秦에 시작되었다는 설이고, 다른 하나는 한대漢代에 시작되었다는 설이다. 선진 기원설은 『좌전左傳』 노魯 애공哀公 11년조에 보이는 「우빈虞殯」과 『장자莊子』 중에 나온다는 '불구紼謳'를 기원으로 본 것이고,[6] 한대 기원설은 전횡田橫의 문인들이 전횡을 애도한 비가悲歌에서 비롯했다는 시각이다.[7] 두 가지 설 모두 일리가 있지만, 양식화된 만시는 상대적으로 후자에서 그 원형을 찾을 수 있다고 판단된다. 선진의 만가

先生傳, 裴晉公自作畫像贊, 白樂天自作醉吟先生傳及墓誌銘, 邵康節自作無名公傳, 陳堯佐自作墓誌, 近世盧蘇齋亦自作誌文, 豈亦有意於名者歟?"

6 『左傳』 哀公 11年, "將戰, 公孫夏命其徒歌虞殯." 『莊子』, "紼謳所生, 必于斥苦." 『장자』의 이 구절은 『세설신어世說新語』 「임탄任誕」편에 대한 유효표劉孝標의 주(注)에 인용되어 있는데, 지금 전하는 『장자』 판본 중에는 이런 구절이 없다.

7 崔豹, 『古今注』 卷中, 「音樂」, "薤露蒿里並喪歌也, 出田橫門人, 橫自殺, 門人傷之, 爲之悲歌."

가 단순한 애도시의 성격을 띠었다면, 한대의 만가는 상장례와 관련된 것이기 때문이다.

만시가 한대부터 보편화의 길을 걸었지만, '만가挽歌'라는 제목이 본격적으로 쓰인 것은 위진魏晉 시기 목습繆襲에 이르러서다. 이 시기 만시에서는 두 가지 두드러진 특징이 나타난다. 하나는 개인적 서정의 강화다. 위진 시기 문인의 만가는 세 수로 이루어진 것이 많은데, 이렇게 연작으로 구성됨으로써 장례 과정을 서술하는 가운데 온갖 감회를 그 사이에 끼워넣을 수 있게 된다. 부현傅玄의 「만가挽歌」, 육기陸機의 「만가시 3수挽歌詩三首」, 도연명陶淵明의 「의만가사擬挽歌辭」는 모두 세 수로 이루어져 있고, 개인 서정의 색채를 짙게 띤다. 다른 하나는 만시의 대상이 분명하게 드러나지 않는다는 점이다. 이 시기 만시를 보면 죽은 자가 어떤 특정한 사람이 아니라 모든 이를 대표하는 존재인 경우가 많다. 목습의 「만가」, 육기의 「만가시 3수」, 부현의 「만가」, 포조鮑照의 「대만가代挽歌」, 조정趙琰의 「만가」 등에서 이런 점을 볼 수 있다. 심지어 어떤 작품들은 죽은 사람의 입으로 자술하는 방식을 취하기도 하는데, 목습 「만가」의 "조화가 비록 신령스럽더라도, 어찌 다시 나를 세상에 존재하게 하랴?造化雖神明, 安能復存我", 육기 「만가시 3수」 두번째 수의 "사람이 가면 돌아올 때가 있건만, 이번 나 가는 길은 돌아올 기약 없구나人往有反歲, 我行無歸年" 등이 그런 예다. 하지만 죽은 자가 스스로 일컫는 경우조차 개인의 정황은 아주 드물게 묘사되어 누구인지가 드러나지 않는다. 이런 방식을 통해 시인은 죽음이란 문제를 개체가 아닌 보편의 문제로 다룰 수 있게 된다.

이런 변화는 위진 이후와 이전의 만시를 구분하는 중요한 척도가 된다. 위진 이후의 만시에서 실용성보다 사상성과 심미성이 두드러지는 이유가 여기에 있다. 이 시기 들어 눈에 띄는 의만시擬挽詩, 대만시代挽詩

그리고 자만시가 그런 모습을 보여준다. 즉 타인의 죽음을 애도하기 위해서가 아니라 인생의 유한함을 노래하고 자신의 운명을 비탄하기 위한 도구로 만시를 활용했던 것이다.[8]

앞서 말했듯이 자만시는 타인을 대상으로 하는 일반 만시와 차별성을 지닌다. 자만시는 지은이의 입장에서 볼 때 살아 있는 내가 죽은 나를 애도하는 것으로, 보통의 만시에 비해 허구적 성격이 두드러진다. 이런 점은 자만시의 양식적 특징과도 긴밀한 관련이 있다.

먼저 주목할 것은 자만시에서 그려지는 죽음의 성격 문제다. 자만시는 대체로 시인의 실제 죽음과 무관하게 지어진다. 따라서 자신의 죽음을 이야기하고 있지만, 그것은 가공의 상황일 뿐이다. 이런 면은 만시 일반은 물론 자신의 죽음을 눈앞에 두고 지어지는 임종시臨終詩와도 구분되는 측면이다. 임종시가 자신의 실제 죽음을 예비하는 성격이 두드러지는 데 반해, 자만시는 실제 죽음의 문제와 반드시 연결되는 것은 아니기 때문이다. 상당수의 자만시 작품들이 임종 전에 지어진 것도 이 점을 짐작게 한다. 특히 죽은 자의 눈으로 자신의 삶과 상장례의 과정을 묘사하는 기법이 요구된다는 점에서 차이를 보인다.

다음으로 살펴볼 것은 시적 화자의 특수성이다. 작품 내적 구조에서 볼 때 자만시의 화자는 죽은 나이고, 죽은 내가 생전의 삶을 돌이켜보는 방식을 취한다. 반면 작품 밖에서 볼 때 자만시는 살아 있는 작가가 죽은 자신을 이야기하는 것이 된다. 이에 따라 자만시의 자아는 살아 있는 나/죽은 나라는 이중의 구조를 갖게 된다. 이런 기법은 의만시류에서도

---

8 이 문제에 관해서는 다음 두 논문에서 논의한 바 있다. 王宜瑗, 「六朝文人挽歌詩的演變與定型」,『文學遺産』2000年 第5期, 中華書局, 2000, 22~32쪽; 吳承學, 「漢魏六朝挽歌考論」,『文學評論』2002年 第3期, 文學評論雜誌社, 2002, 63~72쪽.

일부 발견된다. 악부樂府 형식의 의만시에서는 시적 화자와 망자가 자유자재로 바뀔 때가 종종 있기 때문이다. 하지만 이들 시에서는 시적 화자가 작품 안에서 일관성을 유지하거나 작가 자신과 연결되지는 않는다. 반면 자만시는 화자가 죽은 나라는 일관성이 유지되며, 이것이 작품 밖의 살아 있는 나와 긴밀하게 연결되어 있다.

자만시의 이런 특징은 자연 죽음을 통해 삶을 조명해내는 결과를 가져온다. 삶의 유한함에 절망하거나 죽음에 순응하거나에 관계없이, 자만시가 삶에 대한 어떤 열망과 연관되는 이유가 여기에 있다. 한편으로 그것은 시인의 어떤 상황과 연결되어 현실에 대한 우의寓意가 되기도 하는데, 이 역시 삶에 대한 애정과 무관할 수 없을 터이다.

2. 중국 자만시의 주요 작품과 미적 특질

오늘날 전하는 작품 중 도연명의 「의만가사」는 최초의 자만시인 동시에, 후대에 끼친 영향을 볼 때 전범이 되는 작품이다. 「의만가사」는 모두 세 수로 이루어져 있다. 첫번째 수는 죽음부터 입관까지, 두번째 수는 장례의식과 운구를, 세번째 수의 전반은 묘지에서의 매장을, 환운換韻한 후반 부분은 매장 이후의 일을 기록하고 있다. 그리고 첫번째 수와 두번째 수는 '술酒'로 이어지고, 두번째 수와 세번째 수는 '황초荒草'로 이어지며, 세번째 수의 전반과 후반은 "천년토록 다시 아침이 오지 않는다千年不復朝"라는 구절이 되풀이되며 이어진다. 어휘와 시구의 연결이 상장례 과정과 매끄럽게 조응된다.

자만시의 특수공간인 시인 자신의 상장례를 묘사한 부분만 제시하면 다음과 같다.

첫번째 수: 입관入棺

혼백은 흩어져 어디로 가는가?　　　　魂氣散何之

시신은 빈 관 속에 놓이네.　　　　　　枯形寄空木

재롱둥이 아이는 아비 찾으며 울고,　　嬌兒索父啼

친한 친구는 나를 어루만지며 통곡하네.　良友撫我哭

두번째 수: 장송葬送

제수祭需가 내 앞에 한가득 차려지고,　殽案盈我前

친구들 내 곁에서 통곡하네.　　　　　親舊哭我傍

말하려 해도 입에서 소리 나지 않고,　欲語口無音

보려고 해도 눈이 보이지 않는구나.　欲視眼無光

전에는 큰 집에서 잤는데,　　　　　　昔在高堂寢

오늘은 거친 풀숲에서 자게 되었구나.　今宿荒草鄉

세번째 수: 매장埋葬

된서리 내린 구월에,　　　　　　　　嚴霜九月中

나를 묻으러 멀리 교외로 나가네.　　送我出遠郊

사방에는 인가도 없이,　　　　　　　四面無人居

높은 무덤들만 우뚝우뚝 솟았네.	高墳正嶕嶢
말은 하늘 쳐다보며 울고,	馬爲仰天鳴
바람은 저 혼자 휑하고 부네.	風爲自蕭條
무덤 구덩이墓壙 한번 닫혀버리면,	幽室一已閉
천년 동안 다시는 아침을 보지 못하리.	千年不復朝
(…)	
막 나를 묻은 사람들,	向來相送人
각자 집으로 돌아가네.	各自還其家
친척들은 혹 슬픔 남아 있지만,	親戚或餘悲
다른 사람들은 노래를 흥얼거리기도 하는구나.	他人亦已歌.9

　　첫번째 수에선 관 속에 놓인 자신의 주검이, 두번째 수에선 출상 전후
의 정경이, 마지막 수에선 매장과 매장 후의 정경들이 묘사되어 있다.
"말하려 해도 입에서 소리 나지 않고, 보려고 해도 눈이 보이지 않는구
나欲語口無音, 欲視眼無光" "무덤 구덩이 한번 닫혀버리면, 천년 동안 다시는
아침을 보지 못하리幽室一已閉, 千年不復朝"라는 표현에서 마치 악몽에 가위
눌린 듯한 자아의 공포감을 느낄 수 있다. 하지만 나의 죽음이란 가족과
친지 외에는 "노래를 흥얼거리기도 하는他人亦已歌"일일 뿐이다. 이렇게
개체의 죽음은 그저 비참하고 외로운 일이다. 도연명 작품 전반의 주제
는 오히려 죽음에 대한 달관과 초탈에 있지만, 묘사된 상장례의 정경 자
체는 비감하기 짝이 없다.

9　龔斌 校箋, 『陶淵明集校箋』, 上海古籍出版社, 1996, 355~362쪽; 袁行霈 箋注, 『陶淵明集箋注』,
　中華書局, 2003, 420~427쪽.

도연명은 「의만가사」 세 수를 통해 삶과 죽음의 현격한 격차를 보여준다. 두번째 수에서 시인은 "전에는 큰 집에서 잤는데, 오늘은 거친 풀숲에서 자게 되었구나. 하루아침에 집 문을 나서 떠나면, 돌아올 날은 기약이 없으리昔在高堂寢, 今宿荒草鄕. 一朝出門去, 歸來夜未央"라고 되뇐다. 이런 삶과 죽음의 격차로 인한 무상감은 이전의 만시에서도 발견된다.[10] 하지만 도연명의 「의만가사」는 여기에 그치지 않고 의식과 미감에서 이전의 만시와는 다른 새로운 영역을 개척한다. 그것은 바로 죽음에 대한 달관의 정신이다. 마지막 수에서 시인은 "막 나를 묻은 사람들, 각자 집으로 돌아가네向來相送人, 各自還其家"라고 쓸쓸한 정경을 제시하는 데 그치지 않는다. "죽어버리면 무슨 할 말 있나, 몸을 산모퉁이에 맡겨 하나가 될 따름인걸死去何所道, 託體同山阿"이라고 자연과 일체화하는 정신세계를 제시하는 것으로 끝을 맺는다. 이런 마무리는 작품의 주제의식은 물론 미적인 면에서도 변화를 가져온다. 송대 호자胡仔 같은 비평가가 '초탈了達'이라 언급한 것이 이에 해당된다.

도연명과 멀지 않은 시기 포조鮑照도 「대만가代挽歌」와 「대호리행代蒿里行」 같은 자만시를 남겨 후대에 영향을 끼쳤던 것으로 보인다. 포조의 시는 대작代作으로 명명되어 있지만, 그 내용은 자만의 성격을 분명히 띤다. "이내 몸 그윽한 산에 수레를 멈추려, 여기 방 가득한 친지들을 떠나네結我幽山駕, 去此滿堂親""내 천고의 한을 지니고, 돌아가 무덤의 티끌이 되는구나齎我長恨意, 歸爲狐兎塵"(「대호리행」)[11]와 같은 구절은 자신의 죽음을

---

10 건안칠자(建安七子) 중의 한 사람인 완우(阮瑀)의 "冥冥九泉室, 漫漫長夜臺"(「칠애시七哀詩」), 목습(繆襲)의 "朝發高堂上, 暮宿黃泉下"(「만가挽歌」), 육기(陸機)의 "昔居四民宅, 今托萬鬼隣"(「만가시挽歌詩」 3수 중 두번째 수) 등이 그런 예이다.

11 逯欽立 輯校, 『先秦漢魏晉南北朝詩』中, 中華書局, 1983, 1258쪽.

가정하고 비탄하는 자만시적 면모를 뚜렷이 드러낸다. 다만 의식의 측면에서는 도연명과 달리 이전의 만시나 의만시와 별다른 차이가 없어 도연명 시와의 계승관계를 논하기에는 부족한 점이 있다.

도연명과 포조의 작품이 후대에 미친 영향력과는 별개로 이들 자만시에 대한 본격적인 계승은 송대에 이르러서야 이루어진다. 진관秦觀은 「자작만사自作挽詞」라는 작품을 남겼는데,[12] 도연명과 포조의 자만시를 염두에 두고 지은 흔적이 또렷하다. 진관은 보통 염려艷麗한 애정 제재 사詞의 작가로 알려져 있지만, 「자작만사」의 비극적 정신세계는 그의 문학의 또다른 면을 잘 보여준다.

진관은 자서에서 "옛날 포조와 도잠이 스스로 애만시를 지었는데, 그 말이 슬펐다. 그러나 내가 지은 이 작품을 읽어보면 전작들이 슬픈 것도 아님을 알게 될 것이다昔鮑照陶潛自作哀挽, 其詞哀. 讀予此章, 乃知前作之未哀也"라고 쓰고 있다. 도연명과 포조의 자만시에 대해 분명한 의식을 갖고 자만시를 지었음을 밝히고 있다. 하지만 그들과는 다른 길을 택한 점이 관심을 끈다. 진관은 자만시의 미학이 진정한 슬픔에 있다고 생각했던 듯하다. 자신의 죽음이 비참하면 비참할수록 읽는 이가 깊은 슬픔을 느끼게 되고, 바로 그 점이 자신의 작품의 미덕이라고 여겼다. 그런 까닭에 그가 묘사한 상장례의 정경은 처참하기 그지없다.

관원은 와서 내 보따리의 물건을 기록하고,	官來錄我橐
아전은 내 시체를 살피더니.	吏來驗我屍
등라로 나무껍질 관을 묶어,	藤束木皮棺

12　徐培均 箋注, 『淮海集箋注』 中, 上海古籍出版社, 1994, 1323~1326쪽.

길가 산비탈에 서둘러 장례 지내네.	藁葬路傍陂
(…)	
아득히 찬비는 내리고,	空濛寒雨零
참담하게 음산한 바람 부네.	慘淡陰風吹
무덤엔 푸른 이끼가 돋고,	殯宮生蒼蘚
지전은 빈 가지에 걸려 있네.	紙錢掛空枝
조촐한 제사상 준비해줄 사람도 없으니,	無人設薄奠
누가 도사와 중에게 공양하랴?	誰與飯黃緇
또한 만가를 부를 사람도 없어,	亦無挽歌者
만가의 가사만 부질없이 남아 있다.	空有挽歌辭

진관의 죽음은 선종善終이 아니라 유배지에서의 객사다. 시신을 거두
는 사람도 없어 관리들이 시신을 검시하고, 초라한 관에 넣어 아무렇게
나 산비탈에 매장할 정도다. 추적추적 찬비가 내리고 음산한 바람 부는
데 무덤가엔 지전만이 을씨년스럽게 빈 가지에 걸려 있다. 심지어 제삿
밥마저 차려줄 이 없고, 만가를 불러줄 이조차 없어 이렇게 만가의 가사
만이 남았다고 했다. 시인은 자신의 비참한 죽음에 비통해마지않는다.
자신의 죽음에 대한 이런 핍진한 묘사는 독자에게 당혹감을 안겨준다.
타인을 조상弔喪하는 만시라면 좀처럼 사용될 수 없는 지나치게 사실적
인 묘사가 두드러지기 때문이다. 자만시에 등장하는 상장례는 이렇게
주체/대상, 삶/죽음, 나/망혼의 이항관계가 묘하게 전도되고 뒤틀린 공
간이라고 할 수 있다.

　민속학자 방주네프Van Gennep에 따르면, 통과의례 중에서도 상장례는
특히 미묘한 특성을 갖는다고 한다. 죽은 자에게 상례가 영혼을 이승으

로부터 분리시키는 의례라면, 장례로부터 탈상까지는 영혼이 이승을 떠나서 저승의 성원으로 통합하기까지의 전이기에 해당한다. 한편, 살아 있는 자에게 상례는 일반 사람들과 분리되어 전이기에 들어가는 것으로 탈상을 통해서 장례를 마치게 되면 일반 사람들의 사회로 재통합하게 된다. 따라서 상장례는 산 자와 죽은 자가 일상의 세계로부터 일시적으로 분리되어 있는 공간이라고 할 수 있다. 그들은 상장례 후 각자가 속한 세계로 통합·재통합하게 된다. 반면, 주검은 이승에도 저승에도 통합되지 못하고, 일상세계도 저승도 아닌 무덤이란 공간에 유폐되기에 이른다. 상장례가 다른 의례보다 미묘한 것은 죽음이 갖는 심각한 의미 탓이기도 하지만, 의례의 주체와 성격이 복잡한 탓도 있다고 한다.[13]

자만시의 상장례가 특별한 것은 이것이 죽은 자와 산 자가 참여하는 의례가 아니라, 자신의 죽음을 가정한 채 스스로를 장송葬送하는 허구적 세계란 점에 있다. 이에 따라 자만시의 상장례에선 죽은 자의 분리·전이·통합의 단계 대신 살아 있는 나와 죽은 나라는 자아 간의 분리·전이·재통합이 이루어진다. 시인은 살아 있는 나와 분리된 또다른 자아인 죽은 나를 제시함으로써 자아를 가급적 객관화하여 관찰하게 되고, 궁극적으로는 자아동일시를 통해 자신의 내밀한 의중을 드러내게 된다.

진관의 시에서는 도연명의 작품에서와 같은 죽음에 대한 달관이 보이지 않는다. 이런 면모는 "죄짓고 궁벽한 곳으로 쫓겨오니, 슬픔을 곱씹으며 세상과 이별하였다네. 관원은 와서 내 보따리의 물건을 기록하고, 아전은 내 시체를 살피더니. 등라로 나무껍질 관을 묶어, 길가 산비

13 아르놀드 방주네프, 『通過儀禮 Les Rites de Passage』, 전경수 옮김, 을유문화사, 1985, 210~235쪽; 임재해, 『전통상례』, 대원사, 1990, 8~15쪽.

탈에 서둘러 장례 지내네 嬰釁徙窮荒, 茹哀與世辭. 官來錄我槖, 吏來驗我屍. 藤束木皮棺, 槁 葬路傍陂"라는 시의 첫 부분에서 잘 드러난다. 자신의 죽음에 대한 이런 비참한 상상은 우선 당시 진관의 처지와 관련이 있다.

이 작품은 원부元符 3년(1100) 뇌주雷州에서 지어졌다. 중국학자 쉬페 이쥔徐培均에 따르면, 진관의 생애는 크게 3기로 나누어볼 수 있는데, 이 시기는 마지막 시기에 해당된다.[14] 이 시기 진관은 중앙 정계에서 소외 된 채 유배지를 전전하고 있었다. 이 시기 그의 작품들에서는 자신의 불 우한 처지에 대한 비탄이 눈에 많이 띈다. 이 무렵 진관은 제명除名된 뒤 뇌주로 유배되었다.(『송사宋史』「철종기哲宗紀」 원부元符 원년) 따라서 「자작 만사」에서 그려지는 비극적인 죽음은 시인이 처한 현실의 문제와 무관 하지 않다. 이해 6월 진관은 소식蘇軾을 해강海康에서 만나 이 작품을 보 여주는데, 소식은 이 작품을 두고 "생사를 한가지로 여기고 외물과 내가 별개가 아님을 이해하여 이런 말을 장난스럽게 써낸 것이니 이상할 것 도 없다"[15]라고 평했다.(「서진소유만사후書秦少游挽詞後」)

하지만 절친한 벗 소식의 말과 달리 진관의 시에는 삶에 대한 집착과 자신의 처지에 대한 비통함이 직설적으로 드러나 있다. "옛날 외람되게 관직에 있을 때, 궁문에 이름을 걸었더니. 의외의 화가 하루아침에 일어 나, 떠돌다 이곳까지 이르렀네昔忝柱下史, 通籍黄金閨. 奇禍一朝作, 飄零至於斯" "비통 하고 또 비통하여라, 저 하늘이 어찌 알 수 있으랴!茶毒復茶毒, 彼蒼那得知"에 서 보듯 자신의 분노와 비탄이 시 문면에 배어난다. 이런 면에서 송대 호자胡仔가 소식의 평어를 두고 "그 말은 지나치다. 이 말은 도연명이라

---

14 徐培均, 앞의 책 上, 3~32쪽.
15 徐培均, 앞의 책 中, 1325쪽. "齊生死, 了物我, 戲出此語, 無足怪者."

야 감당할 수 있으니, 태허(진관)와 같은 자는 세상일에 관심을 두고 사는 문제에 연연하니, 유배 같은 고초를 겪으면 스스로 감정을 풀지 못한 채 원망하고 성내서 이런 시를 지은 것이다"(『초계어은총화苕溪漁隱叢話』권3)라고 비판한 것은 일리가 있다.

자만시의 계보에서 도연명과 진관은 서로 다른 계열을 형성했다고 볼 수 있다. 호자가 "연명의 말은 초탈하고, 태허의 말은 슬프고 원망스럽다淵明之辭了達, 太虛之辭哀怨"(『초계어은총화』권3)라고 적절히 지적한 것처럼, 둘의 시는 뚜렷한 대비를 이룬다. '초탈'과 '애원'의 차이가 그것이다. 또 죽음을 대하는 입장에서도 '달관'과 '자기연민自傷'이라는 서로 다른 길을 향하고 있다. 도연명의 자만이 자신의 죽음을 말하면서도 다분히 보편 생명의 유한성을 떠올리게 한다면, 진관은 오로지 특수한 정황에 있는 개체의 죽음에만 집중하고 있다. 둘의 시가 보여주는 달관의식과 자기연민 의식은 작가의식의 차이이지만 그들이 다룬 죽음의 차이이기도 하다. 도연명과 진관의 자만시는 뒷날에도 많은 문인에 의해 언급되었다. 실제 창작에 끼친 두 사람의 영향도 지대해 그들의 작품을 모범으로 삼아 수많은 자만시가 태어났다. 이상을 고려할 때 도연명과 진관의 작품은 자만시의 계보에서 일종의 전형이 되었다고도 볼 수 있을 것이다.

3. 자료 범위와 분류 기준

자만시는 과거 자만自挽, 자만自輓, 예만預挽(왕세정王世貞, 『예원치언藝苑卮言』권8), 자만사自挽詞(하문환何文煥, 『역대시화고색歷代詩話考索』), 자작만사自作挽詞(이수광李晬光, 『지봉유설芝峯類說』권14) 등으로 불려왔다. 하지만 자만시라고 부를 수 있는 자료의 범위가 어디까지인지는 분명히 이야기하기 어려운 부분이 많다. 이 책에서는 다음과 같은 기준으로 그 범위를 가설적으로 제시하여 논의의 단초로 삼고자 한다.

자만적 성향의 작품들로는 자만自挽, 자만自輓, 임종자만臨終自輓, 자도自悼, 임종시臨終詩, 절명사絕命辭 등의 제목을 가진 시, 도연명 「의만가사」의 화운작和韻作, 자명自銘, 자작뇌문自作誄文, 운문으로 지어진 유장遺狀 등을 들 수 있다. 그런데 자만적 성향의 작품들 사이에는 일정한 차이 또한 존재한다.

우선 자신의 죽음을 목전에 두고 짓는 임종시나 절명사는 자만시와 다른 점이 있다. 임종시나 절명사가 자신의 실제 죽음을 예비하는 성격이 두드러지는 데 반하여, 자만시는 반드시 실제 죽음과 연결되는 것이 아니기 때문이다. 상당수의 자만시 작품들이 임종 이전에 지어진 것도 이 점을 짐작하게 한다. 또한 자만시가 갖는 시적 화자의 특수성, 곧 죽은 내가 생전의 삶을 돌이켜보는 방식은 유언적 성격의 작품들에서 찾아보기 힘든 점이다.

다음으로 자도시는 임종시나 절명사와는 또다른 측면에서 자만시와 차이를 보인다. 내가 나를 돌이켜본다는 점에서 시적 발화 방식은 유사하지만, 그 내용이 반드시 자신의 죽음과 연결되는 것은 아니기 때문이다. 자도시의 경우 자신의 현실적 고통을 토로하는 데 그치는 경우도 많다.

마지막으로 자명, 자작뇌문, 스스로 쓴 유장의 경우 자신의 죽음을 대상으로 한 글쓰기라는 점은 동일하지만 시가 아니라 운문이라는 양식적 차이를 가진다. 이들 양식은 글쓰기 방식을 감안할 때 자만시가 아니라 자찬묘지명自撰墓誌銘과 같이 다루는 편이 온당할 것으로 보인다.

이상의 내용을 기준으로 자만적 성향의 작품들을 분류해보면 다음과 같다. 우선 협의의 '자만시'란 자만自挽, 자만自輓 등의 제목을 가진 시, 자신의 죽음을 가정하고 쓴 자도시 그리고 도연명 「의만가사」의 화운작을 가리킨다. 한편 광의의 자만류 문학이란 그 밖의 자도시, 임종시, 절명사, 자명, 자작뇌문, 운문으로 지어진 유장 등을 포괄한다.[16]

　이렇게 분류하더라도 김시습의 「나 태어나我生」처럼 제목과 관계없이 자신의 죽음을 언급한 자만적 성향의 작품들을 어떻게 처리할 것이냐는 문제가 남는다.[17] 필자는 이 부분에서 '자만'이라는 양식성에 대한 고려가 반드시 필요하다고 생각한다. 기본적으로 자만시 역시 만시挽詩의 양식성을 따른다는 점을 감안할 때, 자만이라는 시제가 갖는 의미를 결코 소홀히 할 수 없기 때문이다. 자만은 말 그대로 자신의 죽음을 애도하는 것이어야만 한다. 단순히 죽음을 염두에 둔 시들까지 자만시로 포괄한다면, 술회, 영회詠懷, 자술自述과 같은 기타 자전적 작품들과 자만시의 경계가 모호해진다. 그런 측면에서 김시습의 「나 태어나」와 같은 작품들은 광의의 자만류 문학으로 분류하여 참조의 대상 정도로 삼는 편이 좋으리라 생각한다. 이 책에서는 이상을 감안하여 좁은 의미에서의 자만시를 중심으로 번역 대상을 선정했다. 다만 협의의 자만시는 아니

---

16 중국학자 왕수민은 임종 무렵에 지은 작품도 만가(挽歌), 만가시(挽歌詩)라고 일컫는다고 설명하고, 그 예로 공융(孔融)과 구양건(歐陽建)의 임종시를 들고 있다. 王叔岷 撰, 『陶淵明詩箋證稿』, 中華書局, 2007, 496~504쪽. 한편 한국 한문학에서 자전적 글쓰기에 대한 광범위한 연구를 수행하고 있는 심경호는 자만 계열의 작품으로 자만(自挽), 자만(自輓) 외에 자작뇌문과 장가(長歌)로 된 유장(遺狀)을 들고 있다. 심경호, 『내면기행』, 이가서, 2009, 598~599쪽.

17 金時習, 『梅月堂集』, 詩集 卷十四, 한국문집총간 13, 민족문화추진회, 1990, 318면. "我生既爲人, 胡不盡人道? 少歲事名利, 壯年行顚倒. 靜思縱大悲, 不能悟於早. 後悔難可追, 窮瑣甚如擣. 況未盡忠孝, 此外何求討? 生爲一罪人, 死作窮鬼行. 更復騰虛名, 反顧增憂惱. 百歲標余壙, 當書夢死老. 庶幾得我心, 千載知懷抱." 윤주필은 방외인문학을 논하는 자리에서 이 작품을 자만시(自挽詩)의 풍이라 규정하고 시로 그린 자화상이란 측면에서 논의한 바 있다. 윤주필, 『한국의 방외인문학』, 집문당, 1999, 217~260쪽.

더라도 자만적 성향이 농후한 특징적 작품들을 일부 포함시켰다. 이하에서 사용되는 자만시라는 용어는 바로 협의의 자만시를 의미한다.

필자가 현재까지 조사한 바에 따르면, 자만시 혹은 자만적 작품에 해당되는 조선시대 작품은 151제題 228수首 정도가 있다. 또 이런 작품을 남긴 작가들의 수는 139명에 이른다.[18] 여기에 작품이 전해지지는 않지만 자만시를 창작했다는 기록들까지 감안한다면 조사된 숫자를 훨씬 상회하는 작가들과 작품들이 있었을 것으로 추정된다.

필자는 앞서 자만시가 자신을 자신이 원하는 방식으로 세상에 각인시키려는 욕구로부터 기인한다고 설명한 바 있다. 그런 측면에서 볼 때 자만시에 그려진 나의 죽음이란 사실상 자아를 표현하는 일이며, 죽음을 받아들이는 태도 역시 시인의 자의식과 긴밀하게 관련될 문제이다. 그런데 자만시의 죽음은 실제가 아니기 때문에 작가의 상상력이 요구되며, 이것이 작품의 표현 방식에 큰 영향을 미치게 된다. 또 만시가 상장례와 관련된 문학 양식인 만큼, 자만시 역시 상장례와 밀접한 관계를 갖게 된다. 따라서 자만시의 해명에는 허구화의 방식과 상장례의 가설假設에 대한 고려가 필요하게 된다. 앞의 두 가지가 자만시에 담긴 의식세계를 분석하는 기준이 된다면, 뒤의 두 가지는 자만시의 표현 방식과 작품 구조를 분석하는 데 유용한 기준이 된다.

이상을 바탕으로 자만시의 내용을 구성하는 기본 요소를 제시해보면 다음과 같다.

18　이상은 2007년 1월부터 2014년 3월까지 『한국문집총간』『한국문집총간속집』『한국역대문집총서』 및 각급 도서관 소장 자료를 중심으로 조사한 결과이다. 필자가 모든 자료를 완벽하게 본 것은 아니므로 제시한 숫자는 정확한 총량이라고 단언할 수 없다. 이를 보완하기 위해 앞으로도 관련 자료를 계속해서 수집할 예정이다. 필자가 미처 살피지 못한 관련 자료가 있다면 알려주시길 바란다.

가. 죽음을 받아들이는 태도

나. 자아 표현

다. 허구성

라. 상장례

제시한 네 가지 구성 요소를 기준으로 조선시대 자만시를 분류해보면 크게 세 가지 유형으로 나뉜다. 네 가지 구성 요소에 의한 세 가지 유형의 변주가 일어나고 있는 셈이다. 이 책에서는 죽음을 받아들이는 태도를 중심으로 세 가지 유형을 각각 '죽음 앞의 고독' '초월적 죽음' 그리고 '가장假裝된 죽음'으로 명명했다. 다만 '초월적 죽음' 유형 중 죽음을 먼저 떠난 혈육을 만나는 것으로 파악하는 패턴은 유달리 두드러지므로, 여기에서는 '죽음 앞에서 혈육을 떠올리며'라는 제목 하에 별도로 분류했다. 그리고 이상의 유형에 포함되지 않는 예외적 자만시들은 '또 다른 죽음의 모습'이란 제목 하에 묶어두었다.

4. 조선시대 자만시의 유형

1) 죽음 앞의 고독

'죽음 앞의 고독'이라 명명된 첫번째 유형은 네 가지 구성 요소 중 허구성과 상장례가 없거나 현저히 약화·축소되어 나타난 경우다. 이 유형의 작품들은 죽음을 목전에 두었거나 죽음이 닥쳐오리라 예상하고 지은 경우가 많아서 허구적 장치가 생략되어 있다. 또 죽음을 앞에 둔 자아의 결연한 의식이 주로 강조되는 까닭에 상장례와 관련된 내용은 생략되는 경향이 강하다. 이런 종류의 작품들은 대체로 임종시나 절명사와 크게 다르지 않은 성격을 갖는다.

시적 전통에서 볼 때 자만시는 본래 실제 죽음의 문제를 다루었던 것은 아니었다.『도연명집陶淵明集』에 주석을 달았던 원대元代 이공환李公煥은 조천산趙泉山의 말을 인용해 위진남북조 시기 문인들 사이에 함께 만가를 부르며 즐기는 습속이 있었음을 밝히고 있다.[19] 이에 관한 기록은『세설신어世說新語』「임탄任誕」편에서도 발견된다. 원산송袁山松이라는 인물이 나들이할 때 시종들에게 만가를 부르게 하기를 좋아했다는 기록이 그것이다.[20] 당시 인물들 사이에서 만가가 죽음에 대한 애도라는 본연의 목적과 달리 유희로 활용되기도 했음을 짐작할 수 있다. 자만시 역시 이런 분위기 하에서 형성된 것인 만큼 반드시 죽음을 눈앞에 두고 지어진 것은 아니었다. 최초의 자만시라 할 도연명의 「의만가사」 역시 그렇다. 중국학자 위안싱페이袁行霈의 고증에 따르면 도연명의 작품은 임종 무렵이 아니라 46세 무렵에 지어졌다고 한다.[21] 송대 진관의 「자작만사」 역시 실제 죽음과 관계없이 전인들의 자만시를 의식하고 지은 것이다.[22]

2) 초월적 죽음

'초월적 죽음'이라 명명된 두번째 유형은 네 가지 구성 요소 중 자아 표현의 부분이 특히 두드러지게 나타나는 경우이다. 동아시아 전통사회

---

19 龔斌 校箋,『陶淵明集校箋』, 上海古籍出版社, 1996, 355~362쪽.

20 張萬起·劉尙慈 譯注,『世說新語譯注』, 中華書局, 1998, 706~707쪽.

21 袁行霈 箋注,『陶淵明集箋注』, 中華書局, 2003, 421~422쪽.

22 진관은 「자작만사」의 병서(幷序)에서 "昔鮑照陶潛自作哀挽, 其詞哀. 讀予此章, 乃知前作之未哀也"라고 쓴 바 있다. 이 작품은 진관이 죽기 한 해 전인 1100년 유배지인 뇌주(雷州)에서 지어졌다. 徐培均, 앞의 책, 中, 1323~1326쪽.

에서 죽음은 대체로 회피되고 금기시되어왔다. 심지어 죽음이란 말조차 사용하기를 꺼려서 '기세棄世' '서거逝去' '작고作故' '선서仙逝' 등으로 의도적으로 회피하기도 했다. 동아시아 전통사회에 중요한 영향을 미친 죽음에 대한 사고들 역시 마찬가지였다. 도가는 죽음에 중요성을 부여하길 거부했고, 유가는 삶의 중요성을 강조하며 죽음의 문제를 방임했다.[23] 그 결과 겉으로 동아시아 지식인들은 죽음의 문제를 심각하게 여기지 않고 달관하는 듯한 모습을 보이게 된다.[24] 지금까지 수집된 자만시에서 가장 보편적으로 발견되는 의식 역시 죽음을 달관하는 자세이다. 이는 동아시아의 문화적 전통과 무관하지 않다고 볼 수 있다.

자만시에서 빈번하게 나타나는 달관의 자세는 두 가지 패턴으로 볼 수 있다. 첫번째 패턴은 죽음이 우리 모두의 것이라는 의식이다. 시인은 사람은 누구나 죽고 이는 곧 자연으로 돌아가는 것인 이상, 자신의 죽음만이 유별난 것은 아니라고 이야기한다. 조선 중기의 예학자 권시權諰 (1604~1672)는 "돌아와 죽는 일 예로부터 있었던 것이니, 함께 더불어 산모퉁이에 맡길 뿐歸來逝終古, 同與託山阿"(「도연명의 만가에 차운하여 짓다 3수 次陶挽歌韻三首」 두번째 수)[25]이라고 읊었으며, 18세기 강경파 노론 인물이었

---

23 전자는 도가와, 후자는 유가의 죽음에 대한 인식 방식과 관련된 일반적 평가이다. 베르나르 포르(Bernard Faure), 『동양종교와 죽음La Mort Dans Les Religions D'asie』, 김주경 옮김, 영림카디널, 1997, 25~28쪽; 허셴밍(何顯明), 『죽음 앞에서 곡한 공자와 노래한 장자(死亡心態)』, 현채련·리길산 옮김, 예문서원, 1999, 1~295쪽; 정동호 외, 『철학, 죽음을 말하다』, 산해, 2004, 287~343쪽.

24 지금까지 동아시아 전통사회에서 죽음을 받아들이는 태도에 대한 체계적이고 심도 있는 접근은 이루어진 바 없다. 특히 죽음에 대한 인간의 태도 변화에 묘지명·유언장·도상 등을 통해 접근한 필리프 아리에스(Philippe Ariès)의 연구(『죽음 앞의 인간L'homme Devant la Mort』, 고선일 옮김, 새물결, 2004)에 비견될 만한 성과는 제출된 바 없다. 까닭에 이 문제는 일정하게 규정하기에 몹시 조심스러운 부분이다. 이하에서는 자만시에 드러나는 죽음에 대한 태도만으로 한정해서 논의하기로 한다.

25 권시의 아버지 권득기 역시 자만시를 남긴 바 있다. 이들 부자는 대를 이어 자만시를 지었

던 박치화朴致和(1680~1764)는 "장수와 요절 어찌 길고 짧음을 따지랴, 성인이나 범인이나 무덤 하나에 묻힌다彭殤豈長短, 聖凡一丘陵"(「자만自挽」)[26]라고 읊은 바 있다.

두번째 패턴은 죽음을 먼저 간 혈육들과의 만남으로 받아들이는 의식이다. 시인은 죽음이 앞서 간 가족에게 돌아가는 것이기에 기꺼이 죽음을 받아들일 수 있음을 보여준다. 17세기 영남의 예학자 이유장李惟樟(1625~1701)이 "선조의 무덤 아래 몸 누일 수 있음 얼마나 다행인가, 무덤에서 영원토록 즐겁게 지내리라何幸托身先塋下, 幽堂千古永怡怡"(「자만自挽」)[27]라고 읊은 것도 그런 이유에서였다. 이런 태도는 동아시아 전통사회의 '생사일여生死一如'란 사고방식을 반영한다.

3) 가장된 죽음

'가장假裝된 죽음'이라 명명된 세번째 유형은 네 가지 구성 요소가 고루 갖추어져 있는데, 상대적으로 상장례의 묘사와 허구성이 강화되어 나타난다. 죽음을 가정하는 것은 자만시 일반의 특성이지만, 이 유형은 거짓 죽음의 서사가 매우 의도적이고 구체적이라는 점에서 특징적이다. 동아시아 자만시의 기원이라 할 도연명의 「의만가사」나 후대 자만시에 큰 영향을 미친 송대 진관의 「자작만사」는 모두 '가장된 죽음' 유형에 속하는 작품이라 할 수 있다. 특히 도연명의 자만시는 조선시대 문인들에게 비교적 알려져 있던 작품이었다. 조선 전기 김종직은 남효온의 자

다. 權諰, 『炭翁集』, 한국문집총간 104, 민족문화추진회, 1993, 271~272쪽.
26 朴致和, 『雪溪隨錄』卷十九, 서울대학교 규장각 소장본. 박치화의 문집으로는 별도로 『손재집巽齋集』이 있으나 자만시는 수록되어 있지 않다.
27 李惟樟, 『孤山集』卷三, 한국문집총간 126, 민족문화추진회, 1995, 61쪽.

만시를 읽고는 도연명과 진관의 영향을 이야기했고, 조선 후기 이민보
李敏輔는 부모님이 돌아가신 해가 다시 돌아오자 그 비통함을 토로하며 도
연명 자만시의 의미를 덧붙이기도 했다. 따라서 '가장된 죽음' 유형은 여
러 유형 중 가장 근원적이고 문학적 영향력이 큰 유형이라고 볼 수 있다.

우리는 조선시대 자만시를 유형별로 분류하여 다음과 같은 결론을
얻을 수 있다.

첫째, '죽음 앞의 고독' 유형은 조선 전기 사화로 인해 죽음의 위기에
빠진 인물들에 의해 주로 창작되었다. 이들의 작품에서 공통적으로 드
러나는 외로움은 정치현실로부터 배제된 고독한 자아를 표현한 것에
다름아니다. 다만 죽음이 곧 닥칠 상황이었기에 자신의 죽음을 대상화
하고 죽은 자의 눈으로 자신을 바라볼 여유는 없었다. 이런 유형의 작품
은 자만시 본연의 글쓰기 방식을 충분히 활용하지 못했다는 점에서 소
극적 자만시라고 규정할 수 있다.

둘째, '초월적 죽음' 유형은 대체로 현실의 문제를 우회적으로 토로하
는 과정에서 형성된다. 이들 작품은 죽음을 달관하는 의식을 넘어서 죽
음에 대한 초월적 의식을 보여주지만, 초월적 시공간은 대체로 현실사
회의 왜소함과 부정적 성격에 대한 반면으로서 기능한다. 이 유형은 타
인에 의해 정형화된 자아 기술 방식을 벗어나 있다는 점에서 개성적 자
아 표현으로서의 가치를 확보하고 있다. 특히 현실의 문제와 대조되는
상징물의 제시를 통해 그 가치를 극대화하기도 한다. '초월적 죽음' 유
형은 특정 시기에 국한되지 않고 발견된다. 허구성이 두드러진 자아 표
현 중심의 자만시라고 규정할 수 있다.

셋째, '가장된 죽음' 유형은 죽음의 허구성이 강화되고, 상장례 과정
의 묘사가 구체화됨으로 인해 '나의 죽음'이 두드러지게 표현된다. 쓸쓸

한 상장례의 정경은 자신에 대한 연민을 드러내는 수사적 장치로 기능하며, 참혹한 시신에 대한 묘사는 우리가 아니라 '나의 죽음'을 부각한 특징적 사례에 해당된다. 이 유형에서는 사후세계의 상상과 같은 시인의 능수능란한 죽음의 연기가 발휘되기도 한다. '가장된 죽음' 유형은 기타 자전적 글쓰기와 변별되는 본격적 자만시라고 규정할 수 있다.

이 책에선 이 세 가지 유형 외에도 다음 두 가지 분류를 덧붙였다. '죽음 앞에서 혈육을 떠올리며'와 '또다른 죽음의 모습'이 그것이다. 앞서 언급한 자만시의 두번째 유형인 '초월적 죽음' 유형의 작품 수가 유독 많은 탓도 있지만, 그중 죽음을 먼저 간 혈육들과의 만남으로 받아들이는 두번째 패턴은 나름의 특수성 또한 가지고 있기 때문에 별도로 다루어도 좋겠다고 생각했다. 또 이상의 유형 중 두 가지 이상의 성격을 가지거나 기존 분류 기준으로 포괄할 수 없는 예외적인 작품들은 '또다른 죽음의 모습'이란 항목에 수록했다. 아직도 미지의 자만시들이 많다는 점을 고려할 때, 이 분류 기준과 유형들이 완전하다고 볼 수는 없다. 분류 기준과 유형은 한국 자만시 전반에 대한 총체적 검토가 이루어진 뒤 보완될 필요가 있다.

5. 조선시대 자만시의 전개 양상

우리 한시사에서 자만시가 언제부터 지어졌는지는 분명하지 않다. 오늘날 전하는 작품을 중심에 놓고 볼 때 조선 전기에 시작되었다고 볼 수 있지만, 이전에도 자만시를 짓는 습속이 있었던 듯하다. 고려 중기에 이미 자찬묘지명이 지어졌음을 감안한다면,[28] 자만시 역시 창작되었을 가능성도 배제할 순 없다. 앞으로 관련 작품이 발굴되길 기대하면서, 여기서는 우선 오늘날 전하는 자료를 중심에 놓고 논의하기로 한다.

현전 자만시는 창작 배경과 주제 그리고 형식과 내용이란 측면에서 크게 조선 전기와 중기 그리고 후기로 나누어볼 수 있다.

먼저 창작 배경과 주제라는 측면에서 조선시대 자만시를 살펴보기로 한다. 조선 전기 자만시에서 드러나는 특징 중의 하나는 정치현실에서 유리되거나 축출된 인물들에 의해 창작된 경우가 많다는 것이다.

나 죽은 뒤 무덤에 표시할 적에,	百歲標余壙
'꿈을 꾸다 죽어간 늙은이'[29]라 써야 하리.	當書夢死老
그렇다면 내 마음을 거의 이해하고,	庶幾得我心
천년 뒤에 이내 회포 알아주는 이 있으리라.	千載知懷抱

—김시습, 「나 태어나我生」[30]

다만 한스럽기는 사람이었을 때에,[31]	但恨爲人時
참혹하게 여섯 가지 액이 있었다네.	慘慘有六厄
얼굴이 못생겨 여색이 다가오지 않고,	貌醜色不近
집이 가난하여 술이 넉넉지 못했네.	家貧酒不足

---

28 金晅, 「金晅自撰墓誌銘」, 연대: 충렬왕 31년(1305), 김용선 역주, 『역주 고려묘지명집성』 (하), 한림대학교출판부, 2006, 제2판, 682~686쪽.

29 '꿈을 꾸다 죽어간 늙은이(夢死老)': 『근사록近思錄』 「관성현觀聖賢」편의 '취한 듯 살다가 꿈꾸듯 죽음(醉生夢死)'이란 말에서 온 표현이다. 이 표현은 본래 정이(程頤)가 형 정호(程顥)의 삶을 기록한 「명도선생행장明道先生行狀」 중에 나오는 것이다.

30 金時習, 『梅月堂集』 詩集 卷十四, 한국문집총간 13, 민족문화추진회, 1990, 318쪽.

31 다만 한스럽기는 사람이었을 때에: 이 구절 이하는 도연명 「의만가사」 3수 중 첫번째 수 "다만 한스럽긴 세상 살 적에, 술 충분히 마시지 못한 것이라네(但恨在世時, 飮酒不得足)"를 남효온 자신의 입장에서 부연한 내용이다.

행실이 더러워서 미치광이로 불렸고,	行穢招狂號
허리가 곧아 높은 사람 노엽게 했지.	腰直怒尊客
신발이 뚫어져 발꿈치가 돌에 차이고,	履穿踵觸石
집이 낮아 서까래가 이마 때렸다네.	屋矮椽打額

—남효온, 「자만시 4장, 점필재 선생께 올리다自挽四章, 上佔畢齋先生」 제1장[32]

김시습金時習(1435~1493)과 남효온南孝溫(1454~1492)의 예에서 보듯 초기 자만시 작가들은 이른바 방외인으로서 체제 밖의 지식인들이었다.[33] 이들은 스스로 정치현실에서 격리된 것이지만 인용시들은 그 동인이 자신을 이해하고 받아들여주지 않는 세상임을 드러내고 있다. 이와 일정 정도 연관되면서 더 극단적인 사례가 있다. 연산군·중종 대 훈구파로부터 부당한 음해를 당한 사림 지식인들에 의해 지어진 작품이 많다는 것이다. 홍언충洪彦忠(1473~1508), 기준奇遵(1492~1521) 그리고 노수신盧守愼(1515~1590)의 자만시가 그런 경우다.

[1]

대명大明 천하,	大明天下
해가 먼저 비치는 나라.	日先照國
남자의 성은 홍洪이요,	男子姓洪
이름은 언충彦忠 자는 직경直卿이라.	名忠字直
반평생이 오활하고 졸해서,	半生迂拙
문자만을 배웠도다.	文字之攻

---

32 南孝溫, 『秋江集』卷一, 한국문집총간 16, 민족문화추진회, 1990, 30쪽.
33 윤주필, 앞의 책, 232~255쪽.

세상에서 삼십이 년을 살고 끝마치노라.　　在世卅有二年而終

명은 어찌 이다지도 짧은데,　　命何云短

뜻은 어찌 이다지도 길단 말인가.　　意何其長

옛 무림현 고을에 묻는다.　　卜于古縣茂林之鄕

운산은 위에 있고,　　雲山在上

강물은 아래 있다.　　灣碕在下

천추만세에,　　千秋萬歲

누가 이 들판을 지나가려나.　　誰過斯野

손가락질하고 서성대며,　　指點徘徊

반드시 서글퍼하는 자가 있을 것이다.　　其必有悵然者矣

— 홍언충, 「자만自挽」[34]

[2]

해 떨어진 하늘은 먹물 뿌린 듯하고,　　日落天如墨

깊은 산골짝은 구름 깔린 것 같구나.　　山深谷似雲

임금과 신하 천년의 뜻이,　　君臣千載意

서글퍼라 외로운 무덤 하나로 남았네.　　惆悵一孤墳

— 기준, 「자만自挽」[35]

[3]

어지러운 티끌세상 이미 지난 세월 되었고,　　塵世紛紛成古今

34　洪彦忠, 『寓菴稿』卷二, 한국문집총간 18, 민족문화추진회, 1990, 323쪽.
35　許筠, 『國朝詩刪』卷一, 아세아문화사, 1980, 245쪽.

이응·두밀[36]과 이름 나란히 하니 또한 기남아일세.　齊名李杜亦奇男

관 삐뚤어지면 날 모욕한 듯 돌아보지도 않고 떠나고,[37]

其冠浼我望望去

섬기는 바를 가지고 만나는 사람마다 하나하나 이야기하네.

所事逢人歷歷談

한 번 바닷속에 누워 정신 스스로 지키고,　　　一臥海中神自守

홀로 하늘 밖 가매 그림자에게 부끄러울 것 없어라.　獨行天外影無慙

가의賈誼[38] 울 수 있고 난 웃을 수 있으니,　　　賈生能哭吾能笑

함께 서른세 해 세상을 살고 갔다네.　　　　　　俱享行年三十三

―노수신, 「자만自挽」[39]

홍언충이 [1]의 시를 쓴 갑자년(1504)은 연산군의 학정이 극해 달했

---

36 이응·두밀(李杜): 이두(李杜)는 후한(後漢) 광무제(光武帝)의 팔준(八駿)으로 꼽혔던 이응
(李膺)과 두밀(杜密)을 가리킨다. 환제(桓帝) 때 당고(黨錮)의 옥(獄)이 일어나 천하의 명현
(名賢)이라고 하는 사람들이 모두 죽을 때 이들 역시 죽음을 맞았다. 『후한서後漢書』 「당고
열전黨錮列傳」에 다음과 같은 이야기가 실려 전한다. 후한 범방(范滂)은 당고의 옥으로 죽
음을 앞두고도 동요하지 않았는데, 사지(死地)로 떠나기 전 어머니에게 이별을 고했다. 어
머니는 범방에게 "네가 이제 이응·두밀과 이름을 나란히 하게 되었으니 무엇이 한스러우
랴? 이미 이름이 나고 다시 장수하기를 구하니 겸하여 얻을 수 있는 것이랴?(汝今得與李杜
齊名, 死亦何恨? 旣有令名, 復求壽考, 可兼得乎?)"라고 답하며 그를 격려했다고 한다.

37 관 삐뚤어지면 날 모욕한 듯 돌아보지도 않고 떠나고(其冠浼我望望去): 『맹자孟子』 「공손추
公孫丑 상上」에 "(백이는) 악을 미워하는 마음을 미루어서 생각하기를 향인(鄕人)과 더불
어 서 있을 때에 그 관(冠)이 바르지 못하면 망망연히 떠나가 마치 장차 자신을 더럽힐 듯
이 여겼다(推惡惡之心, 思與鄕人立, 其冠不正, 望望然去之, 若將浼焉)"라고 한 데서 온 표현이
다. 주희(朱熹)는 집주(集注)에서 "망망은 떠나가고 뒤를 돌아보지 않는 모양이다(望望, 去
而不顧之貌)"라고 풀이했다.

38 가의(賈誼): 가의는 한(漢) 문제(文帝) 때 문제로 이름난 인물이다. 약관의 나이에 박사(博
士)가 되고 대부의 지위까지 올랐다. 대신들의 시기로 장사왕(長沙王)의 태부(太傅)로 좌
천되었고, 끝내 자신의 뜻을 펴보지 못한 채 33세의 나이로 죽고 만다.

39 盧守愼, 『蘇齋集』卷二, 한국문집총간 35, 민족문화추진회, 1989, 93쪽.

던 때이다. 연산군은 어머니 윤씨가 내쫓겨 죽은 것을 한스럽게 여겨 성
종조의 신료들을 거의 다 죽였는데, 갑자사화가 있던 해 5월 홍언충은
궁중의 일을 함부로 짐작하여 간했다는 죄목으로 곤장 100대를 맞고
멀리 진안까지 유배된다.[40] 같은 해 6월 부친 홍귀달은 손녀딸을 궁중에
들이라는 왕명을 거역한 죄로 교살되는데, 그 여파로 나머지 형제들마
저 모두 유배된다. 또 절친한 벗인 박은이 참수되었으며, 이행은 곤장을
맞은 뒤 귀양 갔다. 시의 병서에서 홍언충은 "갑자년에 내가 진안현으로
귀양을 갔는데, 앞일을 예측할 수가 없었다. 스스로 반드시 죽겠다 여겨
옛사람들이 자만한 것을 모의하여 명을 짓고, 또 자식들에게 경계로 삼
도록 했다甲子歲, 予謫眞安縣, 事將有不測者. 自分必死, 擬古人自挽而銘之, 且戒子云"라고
쓰고 있다.

　기준은 조광조趙光祖의 문인으로 [2]의 시는 기묘사화로 함경도 온성
穩城에 유배 갔을 때 지은 것이라 한다.[41] 이 시를 지은 뒤 기준은 신사무
옥辛巳誣獄 때 유배지에서 교살되었다. 다른 인물이 작가라는 설이 있기
도 하지만 "해 떨어진 하늘은 먹물 뿌린 듯하고, 깊은 산골짝은 구름 깔
린 것 같구나日落天如墨, 山深谷似雲"라는 구절은 사화가 잇따르던 시기 암울
한 현실을 나타내는 것임이 분명하다.

　[3]의 시는 노수신이 양재역良才驛 벽서壁書 사건에 연루되어 순천에서
진도로 이배移配되었을 즈음에 지은 것이다. 시인은 을사사화乙巳士禍로

---

40 『燕山君日記』, 53卷 10年 5月 30日 己未條.
41 현재 전하는 기준의 문집 『덕양유고德陽遺稿』와 『복재집服齋集』에는 수록되어 있지 않다.
　『국조시산』에는 허균의 형 허봉(許篈)이 온성에서 얻어온 것이라 기록되어 있지만, 『기묘
　록己卯錄』과 『대동시선大東詩選』에서는 김식(金湜, 1482~1520)이 기묘사화 때 선산(善山)
　에 유배되었다가 신사무옥에 연좌되어 다시 절도로 이배된다는 소식을 전해 듣고 거창에
　숨었다가 자결하기 전에 지은 절명시라고 기록하고 있다. 강석중·강혜선·안대회·이종묵
　옮김, 『허균이 가려뽑은 조선시대의 한시(國朝詩刪)』 1, 문헌과해석사, 1999, 71~72쪽.

인해 장장 19년에 걸쳐 유배생활을 했는데, 그가 세 차례에 걸쳐 쓴 자만시들은 모두 이 기간 동안 지어졌다. 자신의 결백에 대한 신념을 바탕으로 죽음에 대한 결연한 자세가 두드러진다. 시인은 시의 말미에서 가의와 자신을 병렬시켜 자신의 억울함을 우회적으로 드러내고 있다. 가의는 한漢 문제文帝 때의 인물로 문재로 이름나 약관의 나이에 박사博士가 되고 대부의 지위까지 올랐던 인물이다. 하지만, 주발周勃·관영灌嬰 같은 대신들의 시기로 장사왕長沙王의 태부太傅로 좌천되었고, 끝내 자신의 뜻을 펴보지 못한 채 33세의 나이로 죽고 만다. 이해 노수신 역시 서른세 살이었는데, 가의의 울음과 자신의 웃음을 대비시킴으로써 자기 운명의 비극성과 함께 죽음에 대한 결연한 자세를 드러내고 있다. 이들 시인은 모두 억울한 누명으로 생명의 위협을 느끼며 자만시를 창작했다. 그들에게 닥친 정치적 시련이 자만시 창작에 중요한 함수가 된 것이다.

중기에 이르면 작가가 처한 현실 문제가 좀더 개인적인 차원에서 제기된 예가 발견된다. 중인(여항)문학 초창기 '육가六家'의 한 사람인 최기남崔奇男(1586~?)의 「도연명의 만시에 화운한 시 3장和陶靖節輓詩三章」[42] 이 그것이다.

> 몸 떠난 넋 흩어져 어디로 갔는가?　　　　游魂散何之
> 바람만이 무덤 앞 나무에서 울부짖겠지.　　風號墓前木
> 살아 있을 때 나 알아주는 이 없었나니,　　在世無賞音
> 날 애달파하며 곡해줄 사람 누구랴.　　　　吊我有誰哭
> (제1장 중간 부분)

42　崔奇男, 『龜谷詩稿』 卷一上, 한국문집총간속집 22, 민족문화추진회, 2006, 315쪽.

살아선 콩과 물도 배불리 먹지 못했는데,	生不飽菽水43
죽은 뒤 어찌 술과 음식 차려주길 바라랴.	死何羅豆觴
한 잔 술도 다시 마시지 못하리니,	一勺不復飮
한 점의 고긴들 어찌 맛볼 수 있으리오.	一臠44那得嘗

(제2장 전반부)

누가 구곡 노인의 무덤인 줄 알리오,	誰知龜老藏
나무꾼 목동이나 와서 슬피 노래하리.	樵牧來悲歌
먼 훗날 천년만년 뒤에도,	千秋萬歲後
적막하게 산모퉁이에 놓여 있겠지.	寂寞依山阿

(제3장 마지막 부분)

이 시는 최기남이 도연명의 자만시에 화운和韻한 작품이다. 도연명의 시가 입관-장송-매장의 순서로 내용이 전개되는 것과 달리 최기남의 시는 매 장마다 자신의 삶에 대한 회한과 상장례의 장면이 겹쳐지며 저 승이 자신이 진정 안주할 수 있는 곳임이 거듭 강조되고 있다. 최기남은 본래 동양위東陽尉 신익성申翊聖의 궁노宮奴였다고 전하는 인물이다. 타고 난 재주로 신흠·신익성 부자에게 인정을 받아 사대부들 사이에 알려졌

---

43 숙수(菽水)는 콩과 물로 변변하지 못한 음식을 가리킨다. 『예기禮記』 「단궁檀弓 하下」에 자로가 집이 빈한해서 어버이에 대한 효도를 제대로 하지 못한다고 한탄하자, 공자가 "콩 과 물을 마시더라도 어버이를 기쁘게 해드린다면 효라고 할 수 있다(啜菽飮水盡其歡, 斯之 謂孝)"라고 했다.

44 일련(一臠)은 『장자莊子』 외편 「지락至樂」편의 고사에서 온 표현이다. 노(魯)나라 때 해조 (海鳥)가 노나라 교외(郊外)에 날아와 앉았다. 노나라 임금이 그 새를 모셔다가 종묘에서 잔치를 베풀고 순(舜)임금의 음악인 구소(九韶)를 연주하고 소·양·돼지의 고기로 대접하 니, 그 새는 어리둥절하여 근심하고 슬퍼하다가 3일 만에 죽었다.

다.[45] 하지만 신분의 한계로 인해 가난을 면치 못했다. 죽을 때 관조차 마련할 수 없을 정도였다.[46] 이 시는 신분적 한계로 자신의 능력을 펼쳐 볼 수 없었던 시인 자신의 현실에 대한 불만이 창작 동인이 된 셈이다. 다만, 전기의 시인들과 달리 이 시기 혹은 이후 중인 문인들이 동일한 배경 하에 집단적으로 자만시를 창작했던 흔적은 발견되지 않는다.

자만시는 매우 특수한 자아 표현 방식이지만 시대성 또한 반영되어 있다. 이런 시대적 특수성이 특히 두드러지게 드러난 작품으로 이언직李言直(1631~1698)의 「자만 6수自挽六首. 무인년(1698) 10월 5일 임종 무렵 쓰다戊寅十月五日臨化時」를 들 수 있다.[47]

살아서는 조선의 선비가 되고,	生爲東國士
죽어서는 명나라의 신하가 되리.	死作皇明臣
아! 나의 끝없는 한이,	嗟吾無窮恨
압록강 나루터 씻고 지나가네.[48]	洗流鴨水津
(첫번째 수)	
내 죽음에 스스로 만사를 쓰니,	自誄向蒿里

---

45 최기남은 1643년의 일본 통신사행에 포의의 신분으로 참여하여 문명을 떨치기도 했고, 이경석(李景奭)·조경(趙絅) 등에게 높은 평가를 받기도 했다.

46 張志淵, 『逸士遺事』 권3, 최기남조, 匯東書館, 1921, 86~89쪽. 임형택 편, 『이조후기여항문학총서』, 여강출판사, 1986 수록본 참조.

47 李言直, 『明湖集』, 卷上, 木版本, 국립중앙도서관 소장본.

48 이언직 자신의 꿈 내용과 관련된 표현이다. 갑술년에 명재헌(明齋軒)에서 명호에 뗏목을 띄워 가다 연경의 무사를 만나 압록강을 건너고 백제성에 올라 천하의 장관을 다 본 뒤에 대명여지도(大明輿地圖)를 뒤적이며 미인지시(美人之詩)를 노래하고 하녀(下女)의 술을 사는 꿈을 꾸었는데, 깨고 나니 아리(衙吏)들이 문을 두드리며 돈을 재촉했다고 한다. 그의 「기몽시記夢詩」를 사람들로 하여금 읽게 하면 부지불식간에 간담이 싸늘해지고 눈물이 흐르게 된다고 했는데, 이 표현도 그의 꿈 내용과 관련되어 있다.

사람 없이 홀로 방황했다네.	無人獨彷徨
장차 어디로 떠나가는가?	且將何處去
내일 명 황제께 조회하려네.	翌日朝明皇

(마지막 수)

이언직이 살았던 17세기는 명에서 청으로, 한족에서 만주족으로 동아시아의 권력체제가 이동하던 시기였다. 가장家狀에 따르면, 이언직은 14세 때 의종毅宗(숭정황제崇禎皇帝)의 죽음 소식을 듣고 북향 통곡하면서 만시를 지은 바 있다. 『병자일기丙子日記』를 읽을 때 최명길이 후금과의 화친을 주장한 부분에 이르러선 책을 덮고 크게 탄식했으며, 송대의 애국시인 육유陸游의 시구를 외울 때면 울울한 비분의 심회를 견디지 못했다고 한다. 이런 의식 하에『존주사尊周史』를 편찬하기도 했다. 자신의 죽음을 장송葬送하는 자만시에서도 이런 의식을 담고 있는 것을 보면 이언직의 숭명배청 의식이 얼마나 철저했던가를 짐작할 수 있다.

시대상의 반영은 조선이 종말을 맞이할 무렵에도 발견된다. 이건창李建昌·황현黃玹과 함께 구한말 삼대 문인으로 꼽히는 김택영金澤榮(1850~1927)이 세 차례에 걸쳐 남긴 자만시들이 그런 예다. 그는 을사조약으로 국가의 장래를 통탄하다가 1908년 중국으로 망명했다. 망명지에서 그는 다음과 같은 자만시를 쓴 바 있다.

공에서 태어나 다시 공으로 돌아가니,	生於空裏復歸空
잠시 천지의 조화 속에서 노닌 것이라네.	且可徜徉大化中
유독 혜강처럼 부질없는 한 남아 있으니,	獨有嵇家閒恨在
광릉산 곡조가 모진 바람에 떨어지는구나.	廣陵琴調落飄風

—김택영, 「자만自挽」[49]

이 시가 수록된 「갑자시록甲子詩錄」은 1924년 김택영의 나이 75세 때 지은 시들을 묶은 것이다. 따라서 이 시는 시인이 세상을 뜨기 3년 전에 지어진 것이라 볼 수 있다. 이 작품 외에도 김택영은 자만적 작품을 두 수 더 남기고 있다. 이 시 뒤에 지어진 「자만시 뒤에後自挽」란 시에서 김 택영은 자신의 망명생활을 이렇게 읊고 있다. "나는 불교의 게송偈頌을 말하길 좋아하지 않지만, 오직 불교의 인연 말하길 좋아하지. 삼한의 땅 에서 태어나 중국 땅에서 늙어가니, 인연 아닌데 어떻게 그렇게 할 수 있겠는가? 색옹이 나에게 청정한 곳에 묵게 해주었으니, 물의 남쪽 꽃 의 북쪽에 서너 칸짜리 집이라네我不喜說天竺偈, 所喜說者惟桑緣. 以韓之產老中土, 非 緣何以能致然. 嗇翁館我清淨地, 水南花北三四椽."[50] 여기서 색옹嗇翁은 장건張謇의 호 이다. 장건은 김택영의 중국 망명을 도와준 중국의 지식인이다. 자신의 근거지인 남통南通에 김택영의 거처를 마련해주고, 형 장찰張詧이 맡고 있던 한묵림인서국翰墨林印書局에서 근무하도록 주선했다. 이런 점에서 김 택영은 자만시를 통해 자신의 망명 과정을 드러냄으로써 국권 침탈의 현실을 우회적으로 드러내고 있다고 보인다. 그러나 시의 내용을 좀더 들여다보면 복잡한 사정이 있다.

시인은 기구와 승구에서 삶이란 공空으로부터 와서 공으로 돌아가는 것이며, 삶이란 잠시 세상에 노니는 일일 뿐이라고 담담히 쓰고 있다. 이 말대로라면 죽음에 대해 어떤 여한도 남을 일 없건만 전구에선 시상

---

49 金澤榮, 『韶濩堂集』『借樹亭雜收』卷一「甲子詩錄」, 한국문집총간 347, 민족문화추진회, 2005, 477쪽.
50 같은 곳.

이 전환되어 뜻밖에도 유독 혜강과 같은 한이 남는다고 했다. 혜강의 한이란 혜강이 억울한 죽음을 맞으며 자신만이 연주할 수 있던 광릉산이 더이상 계승되지 못함을 탄식한 데서 온 표현이다.[51] 타인을 애도하는 만시에서 고인의 죽음을 광릉산이 이제 없어진다고 표현한 예들이 있지만, 자신의 죽음을 이렇게 이야기하는 것은 어지간한 자부심이 아니라면 불가능한 표현이다. 시인은 무엇을 이야기하고 싶었던 것일까?

김택영은 고려의 구도인 개성 출신으로 조선사회에서 소외당한 개성 출신 인물들에 대한 생생한 기록을 남겼다. 또 『한사경韓史絜』을 저술하여 조선왕조 건국의 정통성을 부정해 유림들로부터 지탄을 받기도 했다. 김택영은 자신이 죽으면 고려 유민遺民으로서의 정신이, 또는 자신만의 문학과 학문 세계가 더이상 남아 있지 못할 것을 걱정했던 듯하다.

다음으로 형식과 내용이란 측면에서 조선시대 자만시를 살펴보기로 한다. 일반적으로 만시는 절구·율시로 쓸 때와 고시·배율로 쓸 때 작법이 달라진다고 한다.[52] 자만시도 마찬가지로 시형식에 따라 내용에 일정한 차이가 발견된다. 고시 형식으로 쓴 자만시가 자기 죽음의 정경을 구체적으로 상상하고 묘사하는 경향이 강하다면, 절구 형식의 자만시는 자기 삶에 대한 회한과 죽음의 슬픔을 압축적으로 표현한 경우가 많다.

일반적으로 시형식은 시인의 필요에 따라 선택되는 것인 만큼 형식

---

51 광릉산(廣陵散)은 금곡(琴曲) 이름이다. 광릉산은 죽림칠현(竹林七賢)의 한 사람인 진(晉) 혜강(嵇康)이 즐겨 연주하던 곡조라고 한다. 종회(鍾會)의 참소로 인해 죽을 때 형장에서 마지막으로 그 곡을 연주하면서 "광릉산 곡조가 이제는 없어지겠구나(廣陵散, 於今絶矣)" 라고 탄식한 바 있다.

52 이 점에 대해선 19세기 홍길주(洪吉周)가 명쾌하게 논한 바가 있다. 홍길주는 「수여난필睡餘瀾筆」에서 만시를 율시와 절구 형식으로 쓸 때와 고시나 배율로 지을 때 달라지는 내용 구성 방식에 대해 설명했다. 박무영·이현우 외 옮김, 『항해병함沆瀣丙函』(하), 태학사, 2006, 295~297쪽.

상의 차이를 가지고 내용의 차이를 논하는 것은 무의미하다. 하지만 자만시의 남상濫觴이라 할 도연명의 「의만가사」가 고시 형식으로 지어졌기 때문에 현전 자만시에도 큰 영향을 미쳤다.[53] 김시습의 「나 태어나我生」, 남효온의 「자만시 4장, 점필재 선생께 올리다自挽四章, 上佔畢齋先生」 등 초기 작품들이 고시 형식을 취하고 있는 것은 물론, 중기 이후에도 최기남의 「도연명의 만시에 화운한 시 3장和陶靖節挽詩三章」, 권시權諰(1604~1672)의 「도연명의 만가에 차운하여 짓다次陶挽歌韻」 3수 등이, 후기에도 전우田愚(1841~1922)의 「『도연명집』의 「의자만가사」에 화운하다 3수和陶集擬自挽歌辭三首」, 김택영의 「장봉석이 자만시를 가지고 화운을 부탁한 지 몇 년이 되었는데, 이제 비로소 요청에 응하여 쓰다張峰石以自挽詩屬和者數年, 今始有應」「자만시 뒤에」 등이 모두 고시 형식을 취하고 있다. 이 작품들 중 김시습과 김택영의 자만시를 제외하면 모두 도연명의 자만시로부터 직접적 영향을 받은 것이기도 하다.

흥미로운 점은 초기작인 남효온의 작품에서 이미 도연명의 시가 새로운 방식으로 변주되고 있다는 점이다. 도연명의 「의만가사」 3수가 차례대로 죽음부터 입관(첫번째 수), 장례의식과 운구(두번째 수), 매장과 이후의 정경(마지막 수)을 묘사하고 있는 것과 달리, 남효온의 시는 죽음과 장례(제1장)-장례와 매장(제2장)-사후세계(제3장)-매장 이후의 정경(제4장)으로 이어진다. 상장례의 과정이 그저 선조적으로 전개되는 도연명의 자만시와 달리 남효온의 경우는 상장례의 과정이 어느 정도 반복되

---

53 도연명 이전에 자만적 성향의 작품들이 없었던 것은 아니다. 부현(傅玄)의 「만가挽歌」, 육기(陸機)의 「만가시 3수挽歌詩三首」 등에서도 개인적 서정의 색채가 짙게 드러나고 자만(自挽)에 가까운 표현들도 눈에 띈다. 그러나 본격적인 자만시는 역시 도연명의 「의만가사」로부터 시작된다고 볼 수 있다.

면서 사후세계가 부각된다는 점에서 특징적이다. 또 남효온의 시는 현실세계 속 자신의 불우를 직설적으로 언급함으로써 도리어 자신의 가치를 드러내는 '자찬적自讚的' 성격도 함께 띠고 있다. 이는 이 시의 창작 경로와 수용 과정을 통해서도 잘 드러난다. 시제를 「자만시 4장, 점필재 선생께 올리다」라고 했듯이, 이 작품은 자신의 스승 김종직에게 보낸 편지에 별장別章 형식으로 덧붙인 것이다. 스승에게 자만시를 써 보낸 것 자체가 매우 예외적인 일이지만, 김종직의 반응 역시 독특하다. 약간의 장난기가 섞여 있기도 하지만 제자의 치기를 나무라기는커녕 창작 경로와 그 의미를 해설하고 있다.[54]

하지만 남효온 이후에는 정작 유사한 사례를 찾아보기 힘들다. 현전 작품들 중 상당수는 절구나 율시 형식을 취하고 있다. 또 그 내용에 있어서도 임종시나 절명사와 크게 다르지 않은 경우들이 많이 보인다. 엄밀히 말해 임종시와 자만시는 다른 것이지만 자신의 죽음을 가정한다는 점에서 부분적으로 겹쳐지기도 한다. 조영순趙榮順(1725~1775)의 세 수로 이루어진 연작시가 그 대표적인 경우다. 이 작품은 「절필絶筆」이란 제목으로 임종 무렵 세 차례에 걸쳐 지어진 것이다.[55] 이 시는 임종시라고 할 수 있는 내용이 없는 것은 아니지만, 자신의 죽음과 매장에 관련된 상상력을 펼치고 있다는 점에서 자만시의 범주로 볼 수 있다. 매 수마다 각기 "10월 13일 유시(오후 5시~7시)에 공주의 객사에서 임종 무렵

---

54 김종직에 따르면 남효온은 도연명 외에도 송대 진관의 「자작만사」를 참조하여 자만시를 창작했다. 남효온의 자만시와 그에 대한 김종직의 평가에 관해서는 자세한 설명을 생략한다. 졸고, 「自挽詩의 詩的 系譜와 조선전기의 自挽詩」, 『고전문학연구』 제31집, 한국고전문학회, 2007. 6, 332~339쪽; 「한국 한시에서의 陶淵明 「擬挽歌辭」의 수용과 변주」, 『한국한시연구』 21, 한국한시학회, 2013.10, 322~325쪽을 참조할 것.
55 趙榮順, 『退軒集』 卷三, 한국문집총간속집 89, 한국고전번역원, 2009, 303쪽.

친히 쓰다十月十三日酉時, 在公州客館, 臨終親書"(「절필」첫번째 수), "10월 13일 밤에 종자 우철을 시켜 쓰게 하다十月十三日夜, 命從子喆書"(「절필」두번째 수), "10월 14일 자시(밤 11시~오전 1시)에 정철을 시켜 쓰게 하다十月十四日子時, 命貞喆書"(「절필」세번째 수)[56]라는 부제가 붙어 있어서 시시각각 다가오는 죽음의 기록임을 알 수 있다.

이렇게 「절필」등의 제목이 붙은 자만시도 후기에 들어 점증된 것으로 보인다. 중기 한문사대가 중의 한 사람인 이식李植(1584~1647)은 「5월 19일, 입으로 부른 자만시를 대신 쓰게 한다. 정해五月十九日, 口占代筆. 丁亥[57]」란 제목의 시를 남겼는데, 이 시 역시 자만시로 인식되었다. 일반적인 절필·임종시와 달리 자기 사후의 정경을 상상하고 있기 때문이다. 이식의 작품은 후일 이민보에게 계승되어, 도연명 「의만가사」의 의미를 담은 자만시로 탈바꿈되기도 했다.[58] 이런 예로 또 양경우梁慶遇, 이수연李守淵 등의 시가 있다.[59] 중·후기에 들어 자만시와 임종시가 분명히 구별되지 않고 창작되기도 했음을 짐작할 수 있다.

하지만 모든 자만시가 이런 것은 아니다. 도리어 절구라는 매우 짧은 시형식에도 불구하고 자만시로서 갖추어야 할 요소를 빠짐없이 담고 있는 경우들도 있다. 임제林悌(1549~1587), 조임도趙任道(1585~1664), 이

---

56 같은 일시에 자지명도 함께 남긴 듯하다. 『退軒集』권7에 「自誌銘」이 실려 있는데, "乙未十月十四日子時, 臨屬纊, 命子元喆受書"라는 말이 부기되어 있다. "生於太平, 死於太平, 夫誰之憾, 是謂順寧, 惟忠之深, 惟志之長. 噫千百世, 知者其蒼."

57 정해(丁亥)는 이식이 세상을 뜬 1647년(인조 25)을 말한다. 이해 6월 11일 이식은 택풍당(澤風堂)에서 세상을 떴다. 李植, 『澤堂集』續集 卷六, 한국문집총간 88, 민족문화추진회, 1992, 274쪽.

58 제4부 「부친 돌아가신 해 돌아오니 남은 생에 눈물 나고」참조.

59 梁慶遇(1568~1638), 「臨終自挽(易簀時奮筆自題)」, 『霽湖集』卷八, 筆寫本, 서울대학교 규장각 소장본; 李守淵(1693~1748), 「臨絶詩」(戊辰正月十五日), 『靑壁集』卷一, 한국문집총간속집 72, 한국고전번역원, 2009, 361쪽.

양연李亮淵(1771~1853) 등의 작품이 그 대표적인 예다.

[1]

강한풍류 사십 년 세월 동안,　　　　　　　　　江漢風流四十春

맑은 명성 당시 사람들 울리고도 남으리.　　　清名贏得動時人

이제야 학 타고 세간 굴레 벗어나니,　　　　　如今鶴駕超塵網

바닷가의 반도는 열매 새로 익겠구나.　　　　海上蟠桃子又新

　　　　　　　　　　　　　　　　　　—임제,「자만自挽」[60]

[2]

상봉정으로 봉황 돌아오지 않고,　　　　　　　翔鳳亭中鳳不還

표연히 곧장 흰 구름 사이로 올라갔네.　　　飄然直上白雲間

이로부터 호수와 산에 일정한 주인이 없으니,　湖山自此無常主

밝은 달과 맑은 바람에 만세토록 한가로우리.　明月淸風萬古閒

　　　　　　　　　　　　　　　　　　—조임도,「자만自輓」[61]

[3]

시름으로 보낸 일생,　　　　　　　　　　　一生愁中過

60　林悌,『林白湖集』卷三, 한국문집총간 58, 민족문화추진회, 1990, 288쪽.

61　趙任道,『澗松集』卷二, 한국문집총간 89, 민족문화추진회, 1992, 45쪽. 조임도 자만시의 표
　　현들은 다음 시구들을 용사한 것이다. 돌아오지 않는 봉황이란 이백(李白)이 "대붕은 날
　　아올라 팔방에 떨치다가, 하늘에서 날개 꺾여 힘을 쓰지 못했네(大鵬飛兮振八裔, 中天摧兮
　　力不濟)"(「임로가臨路歌」)라고 자신의 일생(一生)을 결산(決算)한 것을 연상(聯想)시킨다.
　　기구와 승구는 최호(崔顥)「황학루黃鶴樓」시의 "昔人已乘黃鶴去, 此地空餘黃鶴樓. 黃鶴一去
　　不復返, 白雲千載空悠悠"와 이백「등금릉봉황대登金陵鳳凰臺」시의 "鳳凰臺上鳳凰游, 鳳去臺空
　　江自流"를 교묘하게 교직(交織)하고 있다.

달은 암만 봐도 모자라더라.   明月看不足

그곳에선 영원히 서로 대할 수 있을 터이니,   萬年長相對

묘지로 가는 이 길도 나쁘지만은 않구려.   此行未爲惡

　　　　　　　　　　　　　　　—이양연, 「병이 위급해져病革」[62]

　이들의 작품은 편폭의 제한으로 고시 형식에 담긴 자만시처럼 상장
례의 정경 등을 구체적으로 묘사하지는 못하지만, 함축적 표현을 통해
그 이상의 효과를 거두고 있다. 당대當代에 문학 외에는 평가할 것이 없
는 인물이란 평을 들었던 기인 임제나, 광해조에 폐모론을 반대하다 대
북세력의 보복을 피해 은거했던 강직한 조임도 그리고 낙척한 종실의
후손으로 평생 방외인을 자처했던 이양연은 모두 현실의 삶이 녹록지
않았던 작가들이다. 이들의 자만시는 모두 예외 없이 시형식의 제약을
전구·결구의 반어적 표현으로 극복하고 있다. 임제가 이를 통해 부정한
현실에 대한 비판을 넘어서 현실의 왜소함을 부각시켰다면, 조임도는
소식蘇軾의 시 「기유효숙寄劉孝叔」에 나오는 '호산湖山의 주인'이란 표현을
빌려 불의한 권력을 피해 숨어 사는 자신의 고결한 가치를 드러내고 있
다. 한편 이양연은 '명월明月'이란 개인적 상징물을 활용하여 삶의 비극
성을 뒤집어 표현하고 있다.[63]

　한편, 형식상의 문제 못지않게 자만시의 내용을 제약하는 것이 연작

62　이 작품은 이양연의 다른 문집인 『임연당집臨淵堂集』과 『산운집山雲集』에는 수록되어 있
　　지 않다. 규장각 소장 『한객건연집韓客巾衍集』 뒤에 합철되어 있는 『임연당별집臨淵堂別
　　集』에 실려 있는데, 보통 이양연의 자만시라고 일컬어진다. 李家源, 『玉溜山莊詩話』, 『이가
　　원전집』 5, 정음사, 73쪽.
63　이양연의 시에서 '명월(明月)'은 '백운(白雲)'과 함께 핵심적인 이미지의 하나라고 한다.
　　박동욱, 「산운 이양연의 시세계 연구」, 한양대학교 석사학위논문, 2001, 31〜32쪽.

시 여부이다. 만시의 경우 절구·율시 등 단형의 형식을 선택할 때 연작시 형식으로 쓰는 경향이 있는 반면, 자만시의 경우는 단형의 시형식에도 한 수만으로 끝나는 경우가 많다. '나의 죽음'이란 금기를 위반하는 것이기에 일반 만시와 달리 시인으로 하여금 연작시 창작을 꺼리게 만들었던 것이다. 그러나 조선 후기에 이르면 자만시 점증에 따라 연작시 형태로 쓴 작품들도 늘어나기 시작한다. 작품 편수는 최소 2수에서 최대 13수에 이른다. 유인배柳仁培(10수), 이언직李言直(6수), 이명오李明五(12수), 이시원李是遠(13수), 안효제安孝濟(6수) 등이 4수 이상의 연작 자만시를 남기고 있다. 자만적 작품으로는 이시원의 13수 연작이, 협의의 자만시로서는 이명오의 12수가 최다 연작시라고 할 수 있다. 한편, 노수신(3차례), 이원익李元翼(2차례 4수), 현덕승玄德升(2차례), 이중명李重明(2차례), 김택영(3차례) 등과 같이 연작시는 아니지만 두 차례 이상 자만시를 창작한 사례도 발견된다. '자신의 죽음'이 가진 금기성을 감안한다면 자만시를 두 차례 이상 남기는 행위 역시 이례적이다. 이렇게 두 차례 이상의 창작이나 여러 수의 연작시를 남긴 작가 중 노수신, 이원익, 이정암李廷馣을 빼면 모두 조선 후기 시인들이란 점도 주목할 부분이다. 이중 최다 연작시를 남긴 이명오와 이시원의 경우를 살펴보자.

어느 때에나 다시 나를 만날까 하고,	何時復見我
식구들 함께 슬퍼하는구나.	眷屬悵然同
남은 자취 꽃 아래서 찾고,	遺躅尋花下
여읜 얼굴 술 마시며 떠올리겠지.	凋顏想酒中
무덤엔 한 서린 풀 우거지고,	蓬科結恨草
궂은비에 선명한 무지개 뜨는구나.	陰雨發雄虹

경인년 아픔은 만겁이었으니, 萬劫庚寅痛

일체의 곤궁 따위 어찌 근심하랴? 寧愁一切窮

—이명오, 「자만自挽」 12수 중 네번째 수[64]

이명오李明五(1750~1836)는 선조 대 뛰어난 시인 중의 한 사람인 이춘영李春英의 서자 수장壽長의 후손이면서, 초림체椒林體로 일컬어진 시인 이봉환李鳳煥의 맏아들이기도 했다. 아버지 이봉환이 최익남崔益南의 사도세자 관련 상소에 연루되어 영조의 노여움을 사서 경인년(1770)에 옥사한 뒤, 그 억울함을 풀기 위해 거의 평생에 걸쳐 백방으로 노력했다. 이명오의 자만시 전반에는 아버지의 억울한 죽음과 그로 인한 상실감이 짙게 배어 있다. 그가 12수나 되는 연작 자만시를 작성한 것은 그만큼 자신의 삶에 대해 회한이 많이 남았기 때문일 것이다.

이시원李是遠(1790~1866)은 1866년 병인양요 때 프랑스 군대가 강화도를 점령하자 아우 이지원李止遠과 함께 유소遺疏를 남기고 음독 자결한 인물이다. 이건창李建昌의 조부로 이때 그의 나이는 77세였다. 이시원의 자만시는 병인양요가 있기 17년 전인 기유년에 지어졌는데 다음과 같은 긴 시제를 가지고 있다.

「회갑이 되는 날, 넷째 종형 연옹然翁이 절구 한 수를 다음과 같이 부쳐왔다. "소년이 어찌 노인의 마음 알리오, 갑년이 다시 돌아와 술 마련하니 응당 기쁘구나. 군자는 종신토록 모두 이날이거니, 처연한 눈물 든 잔에 떨구지는 말게나." 그날 심회가 좋지 못하여 가까운 친지들이 내게 권하는 잔을 다 받아 마셔서 드디어 밤새 크게 취하였다. 밤에 잠자리에

---

64   李明五, 『泊翁集』 卷六, 한국문집총간 속집 102, 한국고전번역원, 2010, 112쪽.

들어 그 운자를 써서 입으로 불러 감회를 드러내니, 때는 임금의 장례가
막 지나 글 쓰는 일을 자제해야 하지만 심정이 매우 슬프고 괴로우며
말은 통곡하는 것 같으니 옛사람이 스스로 애도했던 뜻을 취한 것이다.
충서忠恕하는 군자라면 혹 보고 슬퍼하지 않을까. 족형 휘원씨는 연옹이
라 자호하였는데 호서 지방에 숨어 사는 군자다回甲日, 然翁四從兄, 寄一絶曰,
少年豈識老年懷, 辦酒應懽晬甲回. 君子終身皆此日, 莫將悽淚落稱盃. 其日心懷不佳, 骨肉切己之觴, 皆
受飲之, 遂沈醉竟夕. 夜枕, 用其韻, 口占抒感, 時因山纏過, 方戒筆硯, 而情甚悲苦, 語類痛哭, 盖取古人
自挽之意. 忠恕之君子, 儻或覽而悲之, 族兄輝遠氏, 自號然翁, 湖西隱君子也」.[65]

긴 시제에 드러나 있듯이 이시원의 자만시는 회갑 날 시인이 느낀 서
글픔을 담고 있다. 한 해 전 부인 청송青松 심씨沈氏의 상을 당해서였을
까? 이시원의 회갑은 자신의 죽음을 예비하면서 지난 삶에 대한 회한으
로 가득하다.

후기에 들어 연작 자만시가 점증했다는 것은 시인이 자신의 죽음에
대해 그만큼 할 이야기가 많다는 것을 의미한다. 또 '나의 죽음'이란 금
기를 깨는 일이 이전보다는 자연스러워졌음을 보여준다. 연작 자만시의
증가는 후기에 들어 자만시가 특별한 자기표현의 도구로 더욱 적극적
으로 활용되었음을 시사한다.

한편 후기에 들어 대를 이어 자만시를 남기는 경우가 발견된다는 점
도 변화된 양상이다. 권득기權得己(1570~1622)의 「자만自挽」[66]과 권시權諰
(1604~1672)의 「도연명의 만가에 차운하여 짓다次陶挽歌韻」 3수,[67] 이명오

---

65   李是遠, 『沙磯集』冊二, 한국문집총간 302, 민족문화추진회, 2003, 67~68쪽.
66   권득기는 1621년(광해군 13) 52세 되던 해(임종 한 해 전) 「자만自挽」 시를 지었다. 權得
     己, 『晚悔集』卷一, 한국문집총간 76, 민족문화추진회, 1991, 9쪽.
67   權諰, 『炭翁集』卷二, 한국문집총간 104, 민족문화추진회, 1993, 271~272쪽.

의 「자만自挽」 12수[68]와 이만용李晚用(1792~1863)의 자만 주제 시[69]가 그 대표적인 예다. 아버지의 자만시 창작이 아들에게 영향을 미친 경우라 할 수 있다. 자만이란 금기를 대를 이어 깼다는 점에서 여러 가지 흥미로운 문제를 우리에게 던진다. 다른 자전문학에서도 대를 이은 글쓰기가 발견되는 만큼 이런 일탈적 글쓰기가 일정한 가풍을 형성했을 가능성도 있다.[70] 앞서 언급한 이명오의 아들인 이만용은 아버지를 이어 다음과 같은 자만시를 남기고 있다.

세월 흘러 나 죽은 뒤에 돌아오게 되면,　　　　　歲去應吾死後還
풍광은 그대로고 초가집은 한가로우리.　　　　　風光依舊草堂閒
남은 사람 속에서 모범 될 만한 이 구하기 어려운데,　典型難覓餘人裏
혼백이 어찌 이 세상에 연연하리오.　　　　　　魂魄寧思此世間
황량한 무덤엔 계절 따라 술 올린 자취 남고,　　　酒跡荒墳隨節序
시로 이름난 옛집엔 강산만이 남아 있으리.　　　詩名故宅有江山
낙화유수 같은 영락함이 평생의 한이었으니,　　　落花流水平生恨
모든 것 유유히 전혀 상관하지 않으려네.　　　　一切悠悠摠不關
　—「섣달그믐달 밤에, 주필로 유산의 시운에 화운하다 여섯 수除夕, 走筆
和酉山韻 六首」 중 세번째 수[71]

이만용은 할아버지 이봉환, 아버지 이명오와 함께 3대가 모두 뛰어난

68　李明五,『泊翁集』卷六, 한국문집총간 속집 102, 한국고전번역원, 2010, 112쪽.
69　李晚用,「除夕, 走筆和酉山韻 六首」 중 其三,『東樊集』卷三, 한국문집총간 303, 민족문화추진회, 2003, 561쪽.
70　자찬묘지명의 경우 대를 이어 창작된 작품들이 보인다.
71　李晚用, 앞의 책, 561쪽. 유산(酉山)은 정약용(丁若鏞)의 아들인 정학연(丁學淵)의 호다.

시인이었다. 이 작품은 정약용의 아들인 정학연丁學淵의 시에 화운 형식으로 지어진 것이다. '시명고택詩名故宅'이란 표현에서 집안의 문한文翰 전통에 대한 자부심이 느껴진다. 그럼에도 마지막 연에서 평생의 한을 말한 것은 할아버지 이봉환의 억울한 죽음에 그 이유가 있다.[72]

후기에 들어 자만시는 전기와 중기에 비해 상대적으로 많은 사람의 관심을 받았고, 그 결과 기존 시를 부연하거나 과체시와 같이 다소 이질적인 시형식에 담겨 표현되기도 했다. 이 부분은 조선시대 자만시에서 발견되는 주요 특징 중 하나이기 때문에 항목을 달리해서 논하기로 한다.

6. 조선시대 자만시의 계보적 특징

앞서 논의를 바탕으로 자만시의 계보에서 조선시대 자만시의 특징을 살펴보면 다음과 같다.

조선 전기 자만시의 첫번째 특징은 정치현실에서의 좌절과 그로 인한 죽음에 대한 예감이 창작 동인이 된 경우가 많다는 점이다. 앞 항목에서 언급한 홍언충, 기준, 노수신의 자만시가 대표적인 경우라고 할 수 있다. 또 남효온과 그의 자만시에 대해 언급한 김종직 역시 생전에 사화를 겪었던 것은 아니지만 현실정치에 대한 실망과 그에 대한 불만으로부터 자만시의 창작과 감상이 이루어졌다는 점을 감안한다면 유사한 범주로 묶어서 볼 수 있다. 실제 남효온과 김종직은 죽은 뒤 사화에 휘

---

72 자세한 내용은 앞서 아버지 이명오의 시를 인용할 때 언급한 바 있다.

말려 부관참시되기도 했다.[73]

필자는 다른 글을 통해 도연명의 「의만가사」와 진관의 「자작만사」가 조선시대 자만시에 미친 영향에 대해 지적한 바 있다.[74] 거명된 작가들의 자만시는 주제적 특성에서 볼 때 진관의 「자작만사」와 공유하는 측면이 많다. 그러나 형식상에선 진관의 자만시가 장편 고시임에 반하여 이들 작품들은 대부분 절구나 율시로 쓰여 있다. 또 작품 구성과 내용에 있어서도 홍언충, 기준, 노수신의 자만시는 진관의 작품과 유사성이 거의 없다. 따라서 이런 종류의 자만시들은 조선의 특수한 정치적 상황에 부수된 특수한 현상의 하나라고 보아야 할 것이다.

표면적으로 볼 때 조선시대 자만시 대다수에서는 김종직이 남효온의 자만시를 읽고 도연명과 진관의 작품을 계승했다고 지적한 것과 같은 국면은 발견되지 않는다. 물론 작품의 문면에 드러나 있지 않더라도 자만시를 창작할 때 우리 문인들은 자연스럽게 도연명을 떠올리곤 했다. 아래에서 언급할 신정하와 이민보의 경우에서도 이를 짐작할 수 있다. 하지만 실제 창작에서 이들 작품을 적극적으로 참조하지 않았다는 것은 조선시대 자만시의 변별적 특징이라고 볼 수 있다. 다만, 이런 작품경향이 어떤 요인들로부터 파생된 것인지에 대해선 좀더 검토가 필요하다.

조선시대 자만시의 두번째 특징은 자신의 죽음을 부모 혹은 선대와 연결시켜 생각하는 유가적 가족윤리가 빈번하게 등장한다는 점이다. 자

---

73 남효온과 김종직은 사후인 연산군 때 각각 사화에 휘말려 부관참시되었다. 남효온은 갑자사화 때 「소릉복위소昭陵復位疏」가 문제가 되어 양화도(楊花渡)에서, 김종직은 무오사화 때 「조의제문弔義帝文」이 문제가 되어 부관참시되었다.

74 졸고, 「自挽詩의 詩的 系譜와 조전전기의 自挽詩」, 『고전문학연구』 제31집, 한국고전문학회, 2007. 6, 326~330, 338쪽; 「한국 한시에서의 陶淵明 「擬挽歌辭」의 수용과 변주」, 『한국한시연구』 21, 한국한시학회, 2013. 10, 291~332쪽.

만시에 침윤된 유가적 윤리는 조선사회의 분위기를 감안할 때 자연스러운 일이기도 하다. 도연명의 「의만가사」에 화운한 권시의 「도연명의 만가에 차운하여 짓다」 3수와 전우의 「『도연명집』의 「의자만가사」에 화운하다 3수」에서도 이 점이 잘 드러난다.[75] 권시는 예학에 조예가 깊어 당시에 명망이 높았고, 전우는 구한말의 거유巨儒로서 수많은 제자를 길러낸 학자였다. 이들은 도연명의 자만시에 공감하여 화운하면서도 그 내용을 유가윤리로 변주하고 있다. 「의만가사」 두번째 수가 "하루아침에 집 문을 나서 떠나면, 돌아올 날 분명 기약이 없으리—朝出門去, 歸來夜未央"라고 한 것과 달리 권시는 "항상 도를 깨치지 못할까 두려워했는데, 살아서도 죽어서도 즐거움은 끝이 없어라常恐未聞道, 存沒樂未央"라고 시를 마무리했다. 공자의 "아침에 도를 들으면 저녁에 죽어도 괜찮다朝聞道, 夕死, 可矣"(『논어論語』 「이인里仁」)를 염두에 둔 표현이다. 전우 역시 "살아서는 하늘에 순응하고 죽어서는 편안하다生順死則安"는 문도聞道의 중요성을 분명히 하고 있다.[76] 장재張載의 「서명西銘」에도 "생존해서 나 하늘에 순응해 섬기면 죽어서도 나 편안하리라存吾順事, 沒吾寧也"란 표현이 보이는 것처럼, 전우의 관점 역시 철저하게 도학적 맥락에 놓여 있음을 보여준다. 도연명의 「의만가사」가 보여주는 도가적 상대주의에 가까운 생사관을 도학적으로 변주하고 있음을 확인할 수 있다. 이런 특성은 다른 자만시에서도 발견된다. 노광리盧光履(1775~1856)의 「자만自挽 임종臨終」은 유자儒者로서의 몸가짐, 특히 신독愼獨에 대한 내용으로 채워져 있기도 하

---

75 權諰, 『炭翁集』 卷二, 한국문집총간 104, 민족문화추진회, 1993, 271~272쪽; 田愚, 『艮齋集』 前編續 卷六, 한국문집총간 333, 민족문화추진회, 2004, 568쪽.

76 『논어집주論語集註』에선 "子曰, 朝聞道, 夕死, 可矣"를 두고 "도는 사물의 당연한 이치이니, 진실로 그것을 얻어 듣는다면 살아서는 순하고 죽어서는 편안해서 다시 남는 한이 없을 것이다(道者, 事物當然之理, 苟得聞之, 則生順死安, 無復遺恨矣)"라고 풀이했다.

다.[77] 이런 유가윤리가 자신의 죽음과 연결될 때 시인은 다음처럼 자연스럽게 부모님의 죽음을 떠올리게 된다.

흰머리 되어서 성은 입어 특별히 추관秋官을 맡았으나,

白頭恩遇特知秋

맡은 바 직위 감당키 어려워 물러나겠다 아뢰었지.　陳力難能便告休

노래 부르니 절로 도연명의 자만시가 되고,　　　歌發自成陶令挽

나이 먹어서 조무趙武를 부끄럽게 하는 일 생길까 두렵구나.

耄深竊畏趙文羞

부친 돌아가신 해 돌아오니 남은 생에 눈물 나고,　年回苦望殘生淚

상전벽해의 변화 보느라 겁 지나도록 근심하였다네.　眼閱滄桑過刦愁

누가 사장으로 불후의 명성 남기려고 하는가?　　誰欲詞章垂不朽

저 두레박줄 아래 우물 안 개구리처럼 구는 것을 보게나.

看他蛙井綆潺流

「부모님 연이어 돌아가시고 해가 바뀌어, 다시 기미년이 돌아옴을 보고, 해가 또 경신년庚申年으로 이어지려고 하니,[78] 놀랍고 비통하여 죽고자 하였지만 뜻을 이루지 못하였다. 『택당집』의 「절필」시[79]를 차운하여

77　이 시는 임종 전 자만을 입으로 불러준 것이라고 한다. 許傳, 『性齋集』卷二十二, 「盧勿齋墓碣銘」, 한국문집총간 308, 민족문화추진회, 2003, 433쪽, "勿字旗頭勇字懸, 麾諸強敵壁深堅. 休言着[著]脚旁無地, 只信知心上有天. 造次淵氷[冰]常戒懼, 平居呼吸亦尤惄. 而今以後吾知免, 含笑怡然指九泉."

78　아버지가 돌아가신 기미년에서 한 갑자가 지나 다시 기미년이 되었다고 한 것으로 보아 이 시는 이민보가 세상을 떠난 해인 1799년에 지어졌음을 알 수 있다.

79　『택당집』의 「절필」시: 이식(李植)의 「오월 십구일, 입으로 부른 것을 대신 쓰게 하다. 정해월十九日, 口占代筆, 丁亥」를 가리킨다. 시의 내용은 다음과 같다. "지금 내 나이 예순넷, 장부의 한평생 끊임없이 고달팠네. 문자로 얻은 헛된 이름 끝내 화를 초래했고, 청요직

대략 도연명이 자만自挽한 의미를 붙이다憫제[80]逢新, 復見己未讐, 年又接庚申, 驚慟摧怛, 求死不得, 次澤堂集絶筆韻, 畧寓淵明自挽之意」란 긴 제목을 가지고 있는 이민보의 자만시 중 첫번째 수다. 이민보가 이 시를 창작한 것은 시제에서 알 수 있듯이 부모님이 돌아가신 해가 다시 돌아왔기 때문이다. 부모님의 죽음 후 한 갑자가 다시 지나도 그 슬픔은 조금도 쇠하지 않고 시인을 더욱 비통하게 만들고 있다. 이런 예로 현덕승玄德升(1564~1627),[81] 이채李埰(1616~1684),[82] 이유장李惟樟(1625~1701),[83] 박태무朴泰茂(1677~1756)[84] 등의 자만시를 들 수 있다.

조선시대 자만시의 세번째 특징은 자만시 창작에 전대인의 자만시를 원용하거나 무관한 시를 전용한 경우가 보인다는 점이다. 김창협의 문인으로 우리에게 알려진 신정하 申靖夏(1680~1715)의 경우가 그 대표적 예이다.

근래 신정하가 죽을 무렵 도연명의 자만시 "다만 한스럽긴 세상 살 적에, 술 충분히 마시지 못한 것이라네"라는 구절을 외웠다. 어떤 사람이 묻기를 "그대는 평생 술을 좋아하지 않았는데 이제 이런 말을 하는 것은 어째서인가?"라고 했다. 신정하가 대답하길, "도연명의 한은 술에 있지만,

---

올라 하는 일 없이 먹은 국록 항상 부끄러웠네. 천지의 무궁한 일들 보니, 임금과 백성에 대한 걱정 끝이 없어라. 이제 저승으로 가면 아무 생각도 없으련만, 푸른 산 영원하고 물은 동으로 흘러가리(行年六十四春秋, 弧矢生涯苦未休, 文字虛名終速禍, 淸班素廩每包羞, 眼看天地無窮事, 心抱君民不盡愁. 便入九原無一念, 碧山長在水東流)."

80 민흉(憫제)은 부모님의 상을 말한다. 기미년(1739)과 경신년(1740)에 생부 이양신(李亮臣)과 생모 평산(平山) 신씨(申氏)가 연이어 세상을 떴다.
81 玄德升,「自挽」,『希菴遺稿』卷二, 한국문집총간속집 13, 민족문화추진회, 2006, 330쪽.
82 李埰,「自挽」,『蒙庵集』卷二, 木版本, 서울대학교 규장각 소장본.
83 李惟樟,「自輓」,『孤山集』卷三, 한국문집총간 126, 민족문화추진회, 1994, 61쪽.
84 朴泰茂,「自輓」,『西溪集』卷二, 한국문집총간속집 59, 민족문화추진회, 2009, 257쪽.

내 한은 책에 있다네. 술 충분히 마시지 못한 것이 한스럽다는 것은 한이 아니라 희롱한 말이지만, 책 충분히 못 읽어서 한스럽다는 것은 희롱한 말이 아니라 진짜 한이라네. 내가 이 때문에 눈을 감을 수가 없다네"라고 했다.[85]

안석경安錫儆의 기록에 따르면, 신정하는 죽을 무렵 도연명의 「의만가사」를 외웠다고 한다. 이 시를 자신의 자만시로 삼았던 셈이다. 그런데 평소 술을 즐기지 않았던 신정하가 유독 이 두 구절을 외우자 주변 사람들이 의아하게 생각했다는 것이다. 이에 신정하는 도연명의 한은 술에 있고 자신의 한은 책에 있는데, 도연명의 마실 술 부족하다는 말은 희롱하는 말일 뿐이지만 자신의 독서가 부족한 것이 한스럽다는 말은 진정이어서 눈을 감을 수가 없다고 변명하고 있다. 이런 전용의 또다른 예로 자만시와 무관한 기존 작품을 부연하여 자만시로 삼은 경우가 있다.

이리저리 전전하던 파촉의 시름 누구에게 말할까?	間關巴蜀愁誰語
(파촉은 당 현종이 안녹산을 피한 곳이다.)	(明皇避胡地)
동쪽 바라보니 오문吳門의 흥취는 아득하기만 하네.	東望吳門興渺然
(동쪽 오문으로 동쪽 낙양을 비유한 것이다.)	(以東吳比東洛)
혼이 떠난 구강九江은 봄풀 밖이고,	魂去九江春艸外
(한강 일대의 강은 아홉 줄기에 그치지 않는다.)	(京江不止九)

---

85 이 내용은 안석경(安錫儆)이 정홍조(鄭弘祖)에게 보낸 편지에 소개되어 있다. 安錫儆, 『雪橋集』 卷五, 「與何人書」(鄭弘祖), 한국문집총간 233, 민족문화추진회, 2000, 539쪽. "近者申學士靖夏臨死, 誦淵明自挽詩曰, '但恨在世時, 飮酒不得足.' 人有問之者曰, '子之平生不喜酒, 而今有此言何也, 豈已亂乎?' 曰, '淵明之恨在酒, 靖夏之恨在書, 飮酒恨不足, 非恨也戲也, 讀書恨不足, 非戲也恨也, 吾不能瞑目矣.'"

꿈 돌아가는 삼협[86]은 저녁 돛배 앞이네.	夢歸三峽暮帆前
(삼각산이 이것이다.)	(三角是也)
가난 달갑게 여겨 성도로 점 보러 가길 싫어했고,	甘貧厭就成都卜
(평생에 점치기를 좋아하지 않았다.)	(平生不好卜)
술 마시고 필탁畢卓처럼 잠들지는 않겠네.	飮酒休爲吏部眠
만리 밖 봉래산에 만일 갈 수 있다면,	萬里蓬萊如可到
내 쇠한 흰머리 가지고 여러 신선들께 묻고 싶구나.	欲將衰白問羣仙

―석지형, 「자만自挽」[87]

　석지형石之珩(1610~?)의 시는 두보의 오언시 「나그네遊子」의 매 구에
두 글자씩을 덧붙인 것이다.[88] 석지형은 이렇게 부연한 칠언시를 자신의
자만시로 삼고, 그 의미를 자주自注로 덧붙여놓기까지 했다.(괄호 안의 내
용) 두보 시의 원래 의미는 나이들어 떠도는 자신의 처지를 슬퍼하는 데
있지만, 석지형의 시는 여기에 조금씩 내용을 덧붙이는 방식으로 그 내
용을 자만시로 변주하고 있다.

　조선시대 자만시의 네번째 특징은 자만시엔 전혀 걸맞지 않은 과체시科
體詩 형식으로 쓴 작품이 있다는 점이다. 정기안鄭基安(1695~1775)의 「도연
명의 시구절 "술 충분히 마시지 못한 일 한스럽네"를 가지고 우의한

86　구강(九江)과 삼협(三峽): 구강과 삼협은 지명으로 두보가 남으로 갈 때 지나는 곳이기 때
　　문에 이 두 곳의 지명을 들어 쓴 것이다.

87　石之珩, 『壽峴集』卷上, 한국문집총간속집 31, 민족문화추진회, 2006, 331쪽.

88　두보의 원시는 다음과 같다. "파촉에서의 시름 누구에게 말하랴? 오문의 흥취는 아득하기
　　만 하네. 구강은 봄풀 밖에 있고, 삼협은 저녁 돛배 앞에 있다. 성도에 점치러 가는 것 싫
　　증나고, 이부랑처럼 잠드는 짓 그만둘 것이니, 봉래산에 만약 이를 수 있다면, 늙고 노쇠
　　한 몸이 여러 신선에게 물어보리라(巴蜀愁誰語, 吳門興渺然, 九江春草外, 三峽暮帆前, 厭就成
　　都卜, 休爲吏部眠, 蓬萊如可到, 衰白問羣仙)."

자만시托意自挽詩, 恨飮酒不足」가 그것이다.[89] 시의 앞 부분은 다음과 같다.

술동이 앞에서 두건을 벗으니,	樽前脫却頭上巾
두건아 너를 나는 참으로 저버렸구나.	巾乎於汝吾實負
마냥 울타리 아래 국화로 하여금 사람 웃게 하지만,	長敎籬菊好笑人
세간에 왕홍처럼 늘 주안상 차려줄 이 많지 않음에랴.	
	世間王弘不多有
인생 백년 하물며 잠깐이거니,	人生百年况斯須
내 입에 술잔 물고 있는 날 얼마나 될까?	余口銜杯能幾久
우울하게 유령劉伶의 혼에게 묻노니,	悄然爲問伯倫魂
황량한 들판에서 다시 술잔 잡을 수 있는가?	可復荒原提榼卣
큰 고래 냇물 들이마시듯 술 마시는 배 채우지 못했으니,	
	長鯨未果吸川腹
이 한스러움 관 뚜껑 덮은 뒤에도 다스리기 어려워라.	
	此恨難平盖棺後
순간의 삶 속에서 일찌감치 대자연의 권능을 엿보니,	浮休早覰大化權
예로부터 천명에는 박하고 후함이 없더라.	自古洪匀無薄厚.[90]

　인용 부분은 전 44구 중 과체시 형식으로 처음 2조條에 해당한다.[91]

89　鄭基安, 『晩慕遺稿』 卷三, 한국문집총간속집 73, 한국고전번역원, 2009, 475쪽.
90　같은 곳.
91　이 시는 총 44구로 이루어져 있어서 18운 36구를 기본으로 하는 조선 후기 과체시 정식과 조금 차이가 있다. 또 출구(出句) 처음 두 글자는 평성이고, 대구(對句) 처음 두 글자는 측성이라는 과체시 평측 원칙도 지켜지지 않고 있다. 과체시는 제목 중에서 한 글자를 낙점하면 그 글자와 같은 운을 써야 하는데, 이 시는 제목 중 '주(酒)' 자와 같은 운자(韻字)인 상성(上聲) 유운(有韻)에 속하는 글자를 사용하고 있다. 과체시의 구조에서 세 연은 하나

시인 정기안의 초명은 사안思安이었으나, 먼 친척뻘인 사효思孝가 이인 좌李麟佐의 난(무신란戊申亂)에 가담한 일로 자신 역시 구설에 오르자 개명 했다고 한다. 문집 중에 별도로 과체시 항목을 설정하고, 모두 네 수의 시를 실어놓은 것을 보면 정기안이 과체시에 뛰어났음을 짐작할 수 있 다. 실제 그는 약관의 나이에 진사시와 별시에 합격했고, 후일 영조로부 터 소과회방小科回榜, 곧 소과 합격 후 60년이 지났다고 호피虎皮를 하사받 기도 했다.

정기안의 시는 도연명 「의만가사」 첫째 수의 "다만 한스럽긴 세상 살 적에, 술 충분히 마시지 못한 것이라네但恨在世時, 飮酒不得足"를 "술 충분히 마시지 못한 일 한스럽네恨飮酒不足"로 축약하여 과체시제로 삼은 것이다. 이 작품은 도연명 자만시의 구절이 과체시의 제목으로 출제되기까지 했음을 보여준다. 과체시의 제목은 일반적으로 시구를 가져오는 방식으 로 제시되는데, 「도연명의 시구절 "술 충분히 마시지 못한 일 한스럽네" 를 가지고 우의한 자만시」란 제목은 본래 시제가 아니라 작자 혹은 문 집 편찬자가 윤색을 가한 제목인 듯하다.[92]

시의 서두書頭 첫 두 구절에 나오는 두상건頭上巾이란 머리에 쓰는 갈 건葛巾을 말한다. 도연명은 술이 익으면 머리에 쓴 갈건으로 술을 거른 다음 다시 썼다고 한다. 도연명 「음주飮酒」 시 스무번째 수에 "만일 다시 통쾌하게 마시지 않는다면, 머리 위 두건을 저버리는 것이리라若復不快飮, 空負頭上巾"라고 했는데, 처음 두 구의 표현은 여기에서 온 것이다. 과체시

의 의미단위로 묶여 1조(條)라고 부른다.

92 『만모유고晚慕遺稿』에 수록된 시문은 그의 아들 정만석(鄭晩錫)이 수습하여 1834년 6권 3 책으로 간행한 것이다. 그러나 이 작품의 제목이 누구에 의해 윤색된 것인지는 지금으로 선 알 수 없다.

에서 처음 두 구절은 파제破題로서 작품 전체의 평가를 좌지우지할 만큼 중요한데, 정기안은 이를 위와 같이 풀어내고 있는 것이다. 시에선 이어 왕홍과 유령 등의 고사를 써서 음주의 문제를 부연하면서 인생무상의 문제로 연결시키고 있다. 과체시를 평가할 때 당락이 결정될 만큼 중요한 대목이 입제入題다. 입제는 첫 조 중 세번째 연(과체시에선 제3구)에 해당한다. "인생 백년 하물며 잠깐이거니, 내 입에 술잔 물고 있는 날 얼마나 될까?"가 그것인데 인생무상과 음주의 문제를 연결시키고 있다.

정기안의 자만시는 자만시의 변주 양상 중 가장 독특하며 조선적인 특색을 띤 작품이라고 볼 수 있다. 과체시를 동시東詩라고 하는 데서도 알 수 있듯이 중국에는 없는 시체이기 때문이다.

조선시대 자만시의 마지막 특징으로는 타인에 의해 지어진 의례적인 만시에 대한 거부감으로 창작된 사례가 있다는 점을 들 수 있다.

내가 보니 세상의 어버이를 장례 지내는 자들이 어질고 어리석음과 귀하고 천함을 막론하고 오로지 만시挽詩 구하는 것을 첫번째 일로 여겨서 원근에 널리 구하고 오직 많이 얻는 것만을 힘쓴다. 장례 날에 도로에서 구경하는 자들이 만장을 보고 찬탄하지 않는 경우가 없으니, 아마 그렇지 않다면 다 수치스럽게 여길 것이다. 그런데 가령 죽은 이가 실제 기록에 이렇게 칭송할 일이 많을지라도 반드시 이처럼 할 필요는 없을 듯하다. 하물며 나처럼 한 일 없는 자의 경우에랴. 이 때문에 만시가 없는 것을 부끄럽다고 여기지 않고 오로지 비웃음 사는 것을 두려워해서 간략히 소회를 말했으니, 관을 매달아 하관한 뒤에 한쪽 귀퉁이에나 넣어둠이 지당한 일일 것이다.[93]

17세기 유인배柳仁培(1589~1668)는 「자만自挽」 시의 병서幷序에서 만시가 없는 것을 수치로 여기던 당시의 폐습을 비판한 바 있다. 실상에 부합하지 않는 억지스러운 내용이 들어가는 것보다는 스스로 쓰는 편이 낫다고 적고 있다. 유력한 인물에게 만사挽詞를 받는 것을 큰 영광으로 여기고, 만시가 많은 것을 자랑스럽게 여기는 당시의 풍조에 대한 질타였다. 유인배는 이런 이유에서 스스로 만시를 썼다. 그의 자만시는 자신의 죽음을 가장假裝한 일종의 문학적 수사가 아니라 사후 만시를 둘러싸고 벌어질 허위와 허례를 미연에 방지하기 위해 창작되었다는 점에서 특별하다. 또한 타인이 지은 상투적 만시 대신 자신의 만시를 직접 썼다는 점에서 실용적 성격도 동시에 띠고 있다.

7. 앞으로의 과제

　필자는 지난 7년여 동안 총 228수의 자만시를 찾을 수 있었다. 하지만 앞으로 발굴 여하에 따라 작품 수는 더 늘어날 것으로 보인다. 자만시가 스스로 자신의 죽음을 애도하는 비정상적 글쓰기임을 감안할 때 일반적인 예상보다 훨씬 많은 작품 수이다. 후기로 갈수록 작품 수가 점증하며 이에 따라 다양한 성격을 가진 자만시가 창작되었다. 조선시대 자만시가 우리의 예상보다 많은 작가의 관심을 모은 글쓰기였음을 짐

93　柳仁培, 「自挽」 幷序, 『猿溪集』 卷三, 한국국학진흥원 유교넷 수록 영남사림문집. "吾觀世之葬親者, 無賢愚貴賤, 惟以求挽爲第一事, 廣以遠邇, 惟多是務. 葬之日, 道路觀者, 莫不嗟賞, 其不然者, 皆以爲恥. 設使化者實錄多有所稱, 似不必如是, 況如我之空空者乎. 以故不以無挽爲恥, 惟以取笑爲懼, 略道所懷, 懸棺之後, 納于一角, 至當."

작할 수 있다.

그렇다면 동아시아 자만시의 계보 속에서 한국 자만시는 어떻게 평가될 수 있을까? 또 그 비교문학적 위상은 어떤 것일까? 아쉽게도 중국과 일본의 양상이 밝혀져 있지 않기 때문에 지금 이에 대한 해답은 섣부른 일일 수 있다. 하지만 지금까지 밝혀진 것만 보더라도 우리 자만시들은 중국과 다른 특수한 국면들이 있다. 특정 작가군이 자만시 창작 경향을 보인다거나 과체시와 같은 특수한 시형식에 담긴 자만시가 지어졌다는 것 등이 대표적인 사례다. 동아시아 자만시의 계보 속에서 그 의의를 규정하는 작업이 좀더 진행되어야 할 이유가 여기에 있다. 이에 대한 심도 있는 구명究明은 후속 연구를 통해 보완할 것을 약속드린다.

* 이 글은 독자의 이해를 돕기 위해 필자가 앞서 발표한 글들을 일부 전재하고 수정·보완해서 작성한 것이다. 자세한 내용은 『전형과 변주―조선시대 한문학의 계보적 연구』(글항아리, 2013)와 「조선시대 자만시의 공간과 상상」(*Journal of Korean Culture* 제24호, 한국어문학국제학술포럼, 2013. 10), 「조선시대 자만시의 전개 양상과 계보적 특징」(『한국언어문학』 제88집, 한국언어문학회, 2014. 3)을 참조하기 바란다.

강필효姜必孝(1764~1848)

본관은 진주晉州, 자는 중순仲順, 호는 해은海隱·법은法隱이다. 초명은 세환世
煥이다. 봉화 법전法田에서 태어났다. 아버지는 식植이며, 어머니는 진성眞城 이
씨李氏로 중연重延의 딸이다. 윤증尹拯의 제자인 강찬姜酇의 후손으로, 윤광소尹光
紹의 문인이다. 부인은 의성義城 김씨金氏 국찬國燦의 딸로 학봉鶴峯 김성일金誠一
의 후예이다. 1803년(순조 3) 유일遺逸로 천거되어 순릉참봉順陵參奉, 1814년(순조
14) 세자익위사세마世子翊衛司洗馬에 임명되었으나 모두 사양했다. 1842년(헌종 8)
조지서별제造紙署別提에 임명되었다가 곧 충청도도사로 옮겼으며, 이듬해 통정
대부로 승진, 돈녕부도정敦寧府都正에 이르렀다.

권득기權得己(1570~1622)

본관은 안동安東, 자는 중지重之, 호는 만회晩悔·거원자居元子다. 아버지는 예조
판서 극례克禮인데, 큰아버지인 극관克寬에게 입양되었다. 아들은 시諰다. 1610
년(광해군 2) 식년 문과에 장원급제했다. 광해군이 인목대비를 서궁에 유폐하고
영창대군을 살해하는 등 정치가 혼란해지자 관직을 떠나 은거했다. 여러 차례
벼슬이 내려졌으나 나아가지 않았다. 신유년(1621) 자만시를 짓고, 이듬해 2월
충청도 태안泰安의 바닷가로 거처를 옮겨 독서에 전념했다. 같은 해 9월 20일에
세상을 떴다. 광주廣州 낙생리樂生里 소이곡蘇伊谷에 묻혔다.

권시權思(1604~1672)

본관은 안동安東, 자는 사성思誠, 호는 탄옹炭翁·팔음재八吟齋이다. 득기得己의 아들이다. 윤선거尹宣擧의 아들 윤증尹拯을 사위로 맞았다. 1604년 12월 25일 한양 소문동小門洞에서 태어났다. 잠야潛冶 박지계朴知誡의 문인이다. 어려서부터 총명하고 지행志行이 절이絶異하여 사람들이 안자顔子에 비유했다. 1636년(인조 14) 대군사부大君師傅에 임명된 것을 비롯하여, 여러 차례 벼슬이 주어졌으나 나아가지 않았다. 효종 즉위 뒤 벼슬길에 나아갔으며, 현종이 즉위한 뒤에 한성부 우윤에 임명되었다. 예송 문제가 있을 때, 송시열·송준길과 대립하여 윤선도를 지지하는 상소를 올렸다가 파직되어 낙향하던 중 광주廣州의 선영에 머물러 살았다. 1668년 송준길의 추천으로 한성부좌윤에 임명되었으나 취임하지 않고, 이듬해 탄방炭坊의 옛집으로 돌아갔다. 1672년 1월 24일 세상을 떴다. 보문산普文山 남쪽 기슭 사정촌沙汀村의 한림곡翰林谷에 묻혔다가 나중에 유성儒城 천내면川內面 탄방리에 있는 옛 집터 뒤쪽으로 이장했다.

기준奇遵(1492~1521)

본관은 행주幸州, 자는 자경子敬, 호는 복재服齋·덕양德陽이다. 자헌自獻의 증조부가 된다. 조광조趙光祖의 문인이다. 1513년(중종 8) 사마시에 합격하고 이듬해 별시문과에 급제하고 1515년 사가독서賜暇讀書했다. 이성언李誠彦을 탄핵하는 과정에서 훈구파 남곤南袞·심정沈貞 등에게 미움을 샀다. 1519년 기묘사화己卯士禍가 일어나자 조광조를 위시해 김식金湜·김정金淨 등과 함께 하옥되고, 이어 아산牙山으로 유배었다가 이듬해 죄가 가중되어 다시 온성穩城으로 이배移配되었다. 어머니 상을 당해 고향에 돌아갔다가 1521년 송사련宋祀連의 무고로 신사무옥辛巳誣獄이 터져 다시 유배지에 가서 교살되었다. 기묘명현己卯名賢의 한 사람으로 1545년(인종 1) 신원되어 이조판서에 추증되었다. 시호는 문민文愍이다.

김곤金錕(1596~1678)

본관은 예안禮安, 자는 자진子珍, 호는 인암鄰巖이다. 아버지는 득선得善이고, 어머니는 안동安東 권씨權氏다. 1635년(인조 13) 나이 40에 이르러 증광시에 합격하여 성균관에서 공부했다. 병자호란 때 김강金鋼, 나이준羅以俊과 함께 성균관의 오성위판五聖位版을 모시고 남한산성으로 피했다. 1648년 53세의 나이로 뒤늦게 문과에 급제했다. 어머니에 대한 효성이 지극하여 반백의 나이에도 항상 앞에서 재롱을 부렸다. 1678년 8월 29일 83세의 나이로 세상을 떴다. 세상을 뜨기 며칠 전 자만시를 남겼다. 그의 무덤은 예천군醴泉郡 서면西面 손동蓀洞에 있다.

김기金圻(1547~1603)

본관은 광산光山, 자는 지숙止叔, 호는 북애北厓·근성재近省齋이다. 예안禮安 오천리烏川里에서 태어났다. 농암聾巖 이현보李賢輔의 외손자가 된다. 퇴계 이황의 문인으로 과거에 뜻을 두지 않고 성리서性理書를 탐독하여 실천궁행에 힘썼다. 임진왜란 때 종제從弟 김해金垓와 함께 창의하여 정제장겸소모관整齊將兼召募官으로 왜적을 막는 데 힘썼으며, 27의사義士와 화왕산성火旺山城에 들어가 방어했다. 태조太祖의 어용御容이 병란을 피해 예안의 백동서당柏洞書堂에 옮겨질 때 성심껏 수호했다. 또한 도산서원陶山書院 산장山長이 되어 퇴계의 문집을 간행할 때 큰 역할을 했다. 1602년 유일遺逸로 천거되어 순릉順陵 참봉參奉이 되었으나, 몇 달 만에 사직하고 귀향했다. 이듬해 고향 집에서 세상을 떴다. 예천 양장산羊場山에 묻혔다.

김상연金尙埏(1689~1774)

본관은 광산光山, 자는 여화汝和, 호는 묵계黙溪·기기재棄棄齋다. 아버지는 하겸夏兼이며, 어머니는 전의全義 이씨李氏로 진사 중과仲科의 딸이다. 큰아버지인 용

겸用兼에게 출계出系했다. 부친의 삼년상을 마친 뒤 과거 공부를 그만두고 오로지 성리서性理書와 예서禮書에만 전념했다. 1728년(영조 4) 고산高山의 묵동黙洞에 은거하며 묵계黙溪라 자호했다. 뒤에 자손과 후생을 면려하는 뜻에서 호를 기기재로 바꾸었다. 만년에 휴정休亭과 충곡忠谷 두 서원의 장으로 활동했다. 1768년(영조 44) 장수자에게 수직壽職으로 첨지중추부사, 1774년에 가선대부嘉善大夫 및 중추부동지사에 제수되었다.

김시습金時習(1435~1493)

본관은 강릉江陵, 자는 열경悅卿, 호는 매월당梅月堂·청한자淸寒子·동봉東峯·벽산청은碧山淸隱·췌세옹贅世翁이다. 법호는 설잠雪岑이다. 서울에서 태어나 5세에 이미 세종으로부터 재주를 인정받아 '오세五歲'라 일컬어진 신동이었다. 세조가 단종으로부터 왕위를 빼앗자 세상과 인연을 끊고 스스로 방외인의 삶을 선택했다. 김시습은 남효온南孝溫·조려趙旅·이맹전李孟專·원호元昊 등과 함께 '생육신生六臣'으로도 불린다. 사육신이 처형된 뒤 시신을 수습하여 노량진 가에 임시 매장했다는 이야기가 전하기도 한다. 승려가 되어 방랑길에 올라 전국을 떠돌다가 일시적으로 환속하기도 했지만 끝내 현실세계로 복귀지는 않았다. 1493년 부여 무량사에서 세상을 떴다. 이때 그의 나이 59세였다.

김임金恁(1604~1667)

본관은 의성義城, 자는 수이受而, 호는 야암野庵이다. 할아버지는 학봉鶴峯 김성일金誠一의 조카인 용涌이다. 생부는 병조좌랑을 지낸 시주是柱이고 어머니는 영가永嘉 권씨權氏다. 만력萬曆 갑진甲辰(1604) 윤9월 24일에 안동 임하현臨河縣 천전리川前里 집에서 태어났다. 작은아버지 시건是楗에게 출계出系했다. 처음 글자를 배우곤 능히 시구를 지어내 할아버지의 남다른 사랑을 받았다. 1635년(인조 13)

증광시 생원시에 급제했고 일찍이 문명을 떨쳤지만, 벼슬엔 뜻을 두지 않았다. 어머니가 돌아가신 뒤엔 더이상 과거를 보지 않았다. 향리인 우곡雨谷에 야암이라 편액한 집을 짓고 후학 양성에 힘썼다. 63세 되던 1666년 겨울 병으로 목숨이 위태롭자 자만시 1장을 썼다. 병이 호전되었다가 몇 달이 지나 다시 재발하여 며칠 만에 세상을 떴다. 이때가 1667년(정미) 4월 3일이었다. 사후에 사헌부司憲府 대사헌大司憲에 증직되었다. 유고 2권 1책이 문중 3대 8인의 시문집을 함께 엮어놓은 『장고세고長皐世稿』에 『야암집野庵集』이란 제목으로 수록되어 있다.

김조순金祖淳(1765~1832)

본관은 안동安東, 자는 사원士源, 호는 풍고楓皐다. 초명은 낙순洛淳이다. 영의정 창집昌集의 4대손이며, 순원왕후純元王后의 아버지로 순조의 장인이 된다. 영안부원군永安府院君에 봉해졌다. 1785년(정조 9) 문과에 급제했는데, 정조가 청음淸陰 김상헌金尙憲을 닮은 후손이라고 칭찬하고 초명인 '낙순'을 '조순祖淳'으로 바꾸게 했다고 한다. 1792년(정조 16) 담정薄庭 김려金鑢와 함께 청나라 책 『우초신지虞初新志』를 모방하여 『우초속지虞初續志』를 편찬했다. 같은 해 10월 동지겸사은사冬至兼謝恩使의 서장관書狀官으로 청나라에 갔는데, 패관소설稗官小說의 탐독으로 인하여 문체가 바르지 못하다는 정조의 견책을 받고 사행 도중에 자송문自訟文을 지어 올렸다. 1799년(정조 23) 정조로부터 원자元子의 보도輔導를 부탁받았다. 청송靑松 심씨沈氏 건지健之의 딸과 혼인하여 아들 3형제를 두었다. 그중 셋째 아들이 흥선대원군과 대립했던 세도정치의 핵심 인물인 좌근左根이다. 문장이 뛰어나 초계문신이 되었고, 죽화竹畫도 잘 그렸다. 대제학 등 요직을 역임하고 영돈녕부사領敦寧府事로 있다가 1832년(순조 32) 4월 3일 세상을 떴다. 여주驪州 효자리孝子里에 묻혔는데 나중에 이천利川 가좌동加佐洞으로 이장됐다. 정조의 묘정에 배향되었으며 시호는 충문忠文이다.

김택영金澤榮(1850~1927)

본관은 화개花開, 자는 우림于霖, 호는 창강滄江·소호당주인韶濩堂主人·운산소
호당주인雲山韶濩堂主人이다. 개성부開城府 동부東部 자남산子男山 집에서 태어났다.
1866년(고종 3) 17세의 나이로 성균초시成均初試에 합격하고, 이후 개성부 성균
승보시成均陞補試, 증광성균초시增廣成均初試 등에서 시로 장원했지만, 회시에는
응시했다가 파방罷榜되었다. 34세 때인 1883년(고종 20) 김윤식金允植의 소개로
임오군란에 종군한 중국인 장찰張督·장건張謇 형제를 만났다. 이듬해『숭양기구
전崧陽耆舊傳』을 지었다. 1887년(고종 24) 서장관 정은조鄭誾朝의 요청으로 중국에
가려다가 모친이 위독하다는 소식에 돌아왔다. 1894년 김홍집金弘集의 천거로
의정부議政府 주사主事에 제수되어 편사국編史局에서 편사 업무를 담당하게 되
고, 이후 서울에서 벼슬살이를 했다. 서교西敎를 비판한 신기선申箕善의『유학경
위儒學經緯』에 서문을 써준 일로 사직하기도 했지만, 중추원中樞院 참서관參書官·
승훈랑承訓郎 등을 거쳐 1903년 통정대부에 올랐다. 이 무렵 국가의 장래를 통
탄하다가 중국으로 망명했다. 양자강揚子江 하류 남통南通에서 장건의 도움을
받아 출판사 일을 보는 것으로 생계를 유지했다. 이 시기에 그는 창작 활동과
병행해서 한문학에 대한 정리·평가와 역사 서술에 힘을 기울였다.『한사경韓史
綮』을 통해 조선왕조 건국의 정통성을 부정해 유림들로부터 지탄을 받기도 했
다. 이건창李建昌, 황현黃玹과 가까이 지냈는데 이들 세 사람을 묶어 구한말 삼대
문인으로 꼽기도 한다. 개성인으로서 자긍심을 가지고『숭양기구전』과 같이 고
려의 구도舊都로서 조선사회에서 소외당한 개성 출신 인물들에 대한 생생한 기
록을 남겼으며, 개성 출신 주요 인물들의 문집을 편찬하기도 했다. 1927년 2월
중국 통주通州(지금의 장쑤 성 난통 시南通市 통저우 구通州區)에서 병으로 세상을 떴
다. 낭산狼山 아래에 묻혔는데, 묘비에 '한국시인김창강지묘韓國詩人金滄江之墓'라
고 썼다.

김휴金烋(1597~1638)

　본관은 의성義城, 자는 자미子美·겸가謙可, 호는 경와敬窩다. 용涌의 손자다. 장현광張顯光의 문인이다. 성격이 대쪽 같아 불의를 보고 참지 못했다. 1617년(광해군 9) 인목대비 폐비를 주장했던 광해군 대 간신 이이첨의 무리인 정조鄭造가 경상도 안찰사로 부임하여 예안禮安을 순시하던 길에 도산서원陶山書院에 들러 자기 이름을 원록院錄에 기재했는데, 그때 이를 보고 분개하여 유적儒籍을 더럽히는 자라며 그 이름을 지워버렸다. 1627년(인조 5) 사마시에 합격했으나, 1635년 전시殿試에선 대책對策 끝 부분에 '근대謹對'라는 말을 쓰지 않아 격식을 어겼다는 이유로 낙제했다. 벼슬길에 나아가지 않고 오로지 학문에만 몰두했다. 스승 장현광의 학통을 계승하여 성리학을 깊이 연구하는 한편,『해동문헌총록海東文獻總錄』을 편찬하여 서책을 도시圖示하고 분류, 정리하는 등 우리나라 서지학書誌學의 기초를 마련하고 그 발달에 기여한 공로가 크다.『해동문헌총록』은 스승의 권유로 20세부터 저술에 착수했는데 41세가 돼서야 이 책의 서문을 썼다. 1638년 8월 23일 병이 위독해지자 스스로 만시를 짓고, 다음날 세상을 떴다.

남효온南孝溫(1454~1492)

　본관은 의령宜寧, 자는 백공伯恭, 호는 추강秋江·행우杏雨·최락당最樂堂·벽사碧沙다. 개국공신인 영의정 재在의 5대손으로, 김종직金宗直의 문인이다. 생육신의 한 사람으로, 사람됨이 영욕을 초탈하고 지향이 고상하여 세상의 사물에 얽매이지 않았다. 소릉昭陵(문종의 비 현덕왕후顯德王后) 복위를 주장하다 훈구파勳舊派의 반발을 사서 그들로부터 미움을 받게 되었고, 세상 사람들도 그를 미친 선비로 지목했다. 가까운 선배이자 벗이었던 김시습金時習이 세상에 나갈 것을 권했으나 끝내 벼슬길에 나아가지 않았다. 주변 사람들의 만류에도 불구하고 「육신전六臣傳」을 지어 사육신이 단종을 위해 절개를 지키다 죽은 사실을 기록했다.

병약한 몸으로 술과 방랑으로 세월을 보내다 39세의 나이로 세상을 떴다. 죽은 뒤 갑자사화 때 소릉 복위 상소가 문제되어 부관참시剖棺斬屍당했다.

노광리盧光履(1775~1856)

본관은 풍천豐川, 자는 윤지胤之, 호는 물재勿齋다. 세종 대 집현전 학사 중의 한 사람이었던 숙동叔소과 중종 대 기묘명현己卯名賢 중의 한 사람인 우명友明의 후손이다. 아버지는 릉稜이고, 어머니는 남원南原 양씨楊氏 중덕重德의 딸이다. 일찍이 과거 공부를 그만두고 위기지학爲己之學에 전심했다. 그는 천성이 강직하고 패거리 짓기를 좋아하지 않아 주변의 미움을 사기도 했다. 1827년(순조 27) 고을에 익명의 흉서凶書 사건이 있었는데, 그를 시기하는 자가 관리에게 사실을 날조하여 무고했다. 이 일로 옥에 갇히고 소식이 임금에게까지 알려져 일이 예측할 수 없는 경지에 이르렀으나, 도백道伯 정기선鄭基善이 노광리의 학문과 인품을 살피곤 조사하여 끝내 누명을 벗겨줬다. 그는 이 일 이후 더욱 독실하게 학문에 전념했는데, 홍석주洪奭周가 그의 글을 보고 학문의 대단함을 인정하기도 했다. 1856년(철종 7) 임종하기 며칠 전에 자만시를 입으로 불러주고 아들에게 받아 적게 했다. 세상을 뜬 뒤 두동斗洞 선영에 묻혔다.

노수신盧守愼(1515~1590)

본관은 광주光州, 자는 과회寡悔, 호는 소재蘇齋·이재伊齋·암실暗室·여봉노인茹峰老人이다. 우의정 숭嵩의 후손이다. 성리학자 이연경李延慶의 딸과 결혼하여 그의 문인이 되었고, 이언적李彦迪과 학문적 토론을 벌이기도 했다. 1543년 식년式年 문과文科에 장원급제하고 1544년 사가독서賜暇讀書했다. 1545년 을사사화 때 이조좌랑의 직위에서 파직되고 1547년(명종 2) 순천으로 유배되었다. 그후 양재역良才驛 벽서壁書 사건에 연루되어 죄가 가중됨으로써 진도로 이배되어 19년간 귀양살이를 했다. 유배지에서 초가집을 짓고 주희朱熹의 "내 일어나 내 글을 읽으니 병이 낫는 듯하네我讀我書如病得蘇"란 글을 따서 소재蘇齋라 편액했다. 1565년 다시 괴산으로 이배되었다가, 1567년 선조가 즉위하자 풀려나와 영의정까지 올랐다. 72세 때 「암실선생자명暗室先生自銘」이란 자명을 지었다. 1590년 3월 부인을 먼저 떠나보내고 다음 달 세상을 떴다. 사후 문의文懿란 시호가 내려졌는데, 뒤에 문간文簡으로 고쳐졌다.

박공구朴羾衢(1587~1658)

본관은 순천順天, 자는 자룡子龍, 호는 기옹畸翁이다. 아버지는 이장而章이고 어머니는 충주忠州 박씨朴氏다. 한강寒岡 정구鄭逑의 문하에서 공부했으며, 『중용中庸』과 『주역周易』에 조예가 깊었다. 1612년(광해군 4)에 사마시司馬試에 합격했다. 1615년에 봉사封事를 올렸다가 향리鄕里로 방축放逐된 뒤 벼슬을 단념하고 학문에만 정진했다. 인조반정이 일어나자 익위사翊衛司 세마洗馬로 등용되었으나 부친과 형의 상을 계속해서 치르는 중이라 나아가지 않았다. 뒤에 학행으로 교수관敎授官에 선발되어 시강원侍講院에 나아갔으나 얼마 후 벼슬을 버리고 낙향했다. 봉림대군(효종)의 사부師傅가 되었다가, 다시 벼슬을 버리고 고향으로 돌아갔다. 병자호란 때 국왕이 항복했다는 소식을 듣고 낙동강가에 은거했다. 효종이 그의 묘비명을 직접 썼다고 한다.

박지서朴旨瑞(1754~1819)

본관은 태안泰安, 자는 국정國禎, 호는 눌암訥庵이다. 초명은 천건天健이다. 민敏의 6대손이며 태무泰茂의 증손이 된다. 강우江右 지역의 학자로서 근기近畿 남인학자들과도 폭넓게 교유했다. 조식曺植의 제자였던 6대조 민을 이어 남명학南冥學의 전통을 계승했다. 한편으론 근기 남인 계열의 안정복安鼎福과 퇴계학파 유장원柳長源에게도 배워 학문을 넓혔다. 1799년(정조 23) 영남 명현들의 사적을 거두어 올리라는 조정의 명이 있자 사림의 추천으로 우도右道에서는 정종로鄭宗魯와 함께 그 임무를 맡았다. 1812년(순조 12)에 홍경래洪景來의 난이 일어나자 도내에 격문을 내어 창의倡義, 토벌하고자 하던 중 난이 평정되었다. 조식의 문묘 배향을 청원하는 소장疏章을 짓기도 했다. 당시에 '강우유종江右儒宗' 또는 '남주제일인南州第一人'이라는 평가를 받았다. 66세 되던 1819년 자만시를 지었다. 같은 해 9월 23일 병으로 세상을 떠났다.

박치화朴致和(1680~1767)

본관은 밀양密陽, 자는 사이士邇, 호는 설계雪溪·읍건재泣愆齋·손재巽齋다. 초명은 치원致遠이었는데 나중에 치화致和로 개명했다. 1708년(숙종 34) 식년 문과에 병과로 급제하여 장령掌令 등 청요직을 지냈다. 1721년(경종 1)에 노론으로서 왕세제王世弟(후일의 영조)의 대리청정을 주장하다가 소론의 반대로 실패하고 이듬해 고성固城에 유배되었다. 1724년 영조가 즉위하자 풀려나 다시 벼슬길에 나아갔다. 1728년 사간으로 있을 때, 소론 일파의 극형을 주장하다가 탕평책을 시행하는 왕의 뜻을 거슬러 갑산甲山에 유배되었다. 1754년(영조 30) 풀려나와 동지돈녕부사同知敦寧府事에 보직되고, 1756년 지중추부사知中樞府事에 이르러 기로소耆老所에 들어갔다. 이듬해 영조에게 언로를 넓힐 것을 청했고, 1759년에는 왕세자의 대리가 지나치다고 상소했다. 1764년 영조의 부름을 받고 들어가 친필을 받기도 했다. 성품이 강개해 직언을 잘했다고 한다.

박태무朴泰茂(1677~1756)

본관은 태안泰安, 자는 춘경春卿, 호는 서계西溪다. 황해도수군절도사黃海道水軍節度使를 지낸 창윤昌潤의 아들이고, 어머니는 진주晉州 하씨河氏 달영達永의 딸이다. 여덟 살 때부터 괘호정掛壺亭 하정河瀞에게 배웠다. 19세 때 향해香解의 진사시에 장원했지만, 시관試官이 사정을 봐준 것임을 알고 이를 부끄럽게 여겨 과거 공부를 하지 않았다. 1696년(숙종 22)부터 진주 남내동南奈洞 지계芝溪 서쪽에 서계서실西溪書室을 짓고, 이곳에서 학문에 전념했다. 뒤에 부친의 권유로 과거 공부를 다시 시작하여 43세 때 증광增廣 생원시에 합격하기도 했지만, 아버지가 돌아가신 뒤 다시 서실에서 성리서性理書를 읽고 학문을 연찬하는 데 힘썼다. 1728년(영조 4) 무신란戊申亂이 일어나자 수백 석의 양곡을 군량으로 헌납하고 집안의 젊은이 100여 명을 모아 난의 평정에 힘썼다. 그 공로를 관찰사가 조정에 상신하여 포상하려 했으나 끝내 사양했다. 권두경權斗經·하덕망河德望 등과 교유했으며, 죽을 때까지 향리의 인사들과 더불어 학문 강론으로 소일했다. 1756년 윤9월 20일에 향년 80세로 별세했다.

석지형石之珩(1610~?)

본관은 화원花園, 자는 숙진叔珍, 호는 수현壽峴이다. 아버지는 경하擎廈다. 1634년(인조 12) 별시 문과에 을과로 급제, 뒤에 형조좌랑이 되었다. 횡성 현감으로 재직중 김해에 유배되었다가 곧 풀려나와 오랫동안 강화부교수江華府敎授를 지냈다. 1653년(효종 4) 시사時事를 소론疏論하고『주역周易』의 내용을 확대 해석한『오행귀감五行龜鑑』을 왕에게 바쳐『주역』『심경心經』과 호피虎皮를 하사받았다. 현종 때 개성부교수開城府敎授를 지냈다.

손처눌孫處訥(1553~1634)

본관은 일직一直(지금의 경상북도 안동), 자는 기도幾道, 호는 모당慕堂이다. 성주星州에서 태어났다. 한강寒岡 정구鄭逑의 문인으로 학문과 효행으로 이름이 높았다. 임진왜란이 일어나자 의병을 모아 왜군과 투쟁하려다가 1593년과 1594년

부모의 상을 연이어 당하여 실행하지 못했다. 1597년 의병을 일으켜 방백 이용
순李用淳에게 군무칠조軍務七條를 진달하고, 아우 손처약을 곽재우郭再祐가 창의
한 화왕산성火旺山城으로 보냈다. 같은 해 9월 달성 부근에서 왜적을 대파했다.
전쟁이 끝난 뒤 향교의 재건에 앞장서서 후진 양성에 노력했고, 정인홍鄭仁弘이
이황李滉을 배척하자 이에 대항하여 척사부정斥邪扶正(사악함을 물리치고 바르고 옳
은 것을 세움)의 글을 지어 영남 사림을 규합하기도 했다. 또 박이립朴而立의 무고
를 입은 스승 정구의 신원을 위하여 장현광 등과 변무하기도 했다. 이괄의 난과
정묘호란 때도 노구를 이끌고 의병을 일으켰다. 1634년 6월 15일 82세로 영모
당永慕堂에서 세상을 떴다. 무덤은 황청동黃青洞에 있다.

양경우梁慶遇(1568~1638)

본관은 남원南原, 자는 자점子漸, 호는 제호霽湖 · 점역재點易齋 · 요정蓼汀 · 태암泰
巖이다. 의병장 양대박梁大樸의 아들이고, 장경세張經世의 문인이다. 임진왜란 때
아버지와 동생 형우亨遇와 함께 운암雲巖에서 왜적을 대파하는 전공을 세웠다.
부친의 명으로 고경명高敬命의 의병에 가담하여 서기書記가 되었다. 정유년
(1597) 별시 문과에 급제했다. 1616년 문신 중시重試에 합격했다. 명나라 사신
주지번朱之蕃 · 양유년梁有年이 조선에 왔을 때 원접사 유근柳根의 종사관으로 차
출되었다. 광해군 대 인목대비 폐비 문제로 동생이 유배되자, 관직을 버리고 제
암霽巖에 집을 지어 고금당皷琴堂이라고 부르고 제호霽湖라고 호를 삼았다. 인조
반정 때 김류金瑬가 반정에 참여할 것을 권유했지만 거절하고 금강錦江으로 돌
아갔다. 이괄의 난이 일어났을 때 인심을 미혹시키는 말을 했다는 이유로 파직
되기도 했다. 죽을 무렵의 일은 잘 알려져 있지 않다.

양사언楊士彦(1517~1584)

본관은 청주淸州, 자는 응빙應聘, 호는 봉래蓬萊·완구完邱·창해滄海·해객海客이
다. 형 사준士俊, 아우 사기士奇와 함께 문장이 뛰어나 중국의 삼소三蘇(소식·소
순·소철)에 견주어지기도 했다. 1540년 진사시에「단사부丹砂賦」를 지어 급제하
고, 1546년 식년 문과에 급제했다. 자연을 즐겨 회양군수로 있을 때 금강산에
자주 가서 경치를 감상했다. 만폭동萬瀑洞의 바위에 '봉래풍악원화동천蓬萊楓岳元
化洞天'이라 글씨를 새겼는데 지금도 남아 있다. 을묘왜란乙卯倭亂 때 종군하여
「남정가南征歌」를 지었다. 40년간 관직에 있으면서도 전혀 부정이 없었고 유족
에게 재산을 남기지 않았다. 남사고南師古에게서 역술을 배워 임진왜란과 병자
호란의 발발을 예언했다는 일화가 전한다. 해서와 초서에 뛰어나 안평대군安平
大君·김구金絿·한호韓濩와 함께 조선 전기 사대 서예가로 일컬어진다. 1581년 지
릉智陵(태조의 증조부 익조翼祖의 능)의 화재로 인해 해서海西로 유배되었다가 풀려
난 뒤 병으로 죽었다.

유인배柳仁培(1589~1668)

본관은 문화文化, 자는 덕재德載, 호는 원계猿溪이다. 아버지는 직장直長을 지낸
란瀾이고 어머니 의성義城 김씨金氏는 판서를 지낸 진璡의 딸이다. 정구鄭逑의 제
자인 장흥효張興孝 문하에서 수학했고, 뒤에 김성일金誠一의 조카인 김용金湧에게
도 배웠다. 세상에서 부모의 장례를 치르는 데 지나치게 만사輓詞를 많이 얻으
려는 폐습에 대한 문제의식으로 자신의 만사를 직접 지었으며, 자손들에게 유
언을 남겨 자신의 장례식에 사용하도록 했다. 임종 무렵에도 또렷한 정신으로
자식들에게 예법의 실행을 주문했다. 1668년 8월 10일 80세를 일기로 세상을
떴다. 임남臨南 대곡大谷에 묻혔다.

이단상李端相(1628~1669)

본관은 연안延安, 자는 유능幼能, 호는 정관재靜觀齋·서호西湖·동강東岡이다. 정구廷龜의 손자고 명한明漢의 아들이며, 어머니는 박동량朴東亮의 딸이다. 희조喜朝의 아버지가 되고, 농암農巖 김창협金昌協의 장인이 된다. 남양부南陽府 관사에서 태어났다. 어린 시절 호란이 일어나자 강도江都로 피난했는데, 강도가 함락되자 청군의 포로가 되었다가 돌아왔다. 1648년(인조 26) 진사시에 장원하고, 이듬해 정시庭試 문과에 병과丙科로 급제했다. 서연書筵에 참여했으며, 1655년(효종 6) 사가독서賜暇讀書의 기회를 얻었다. 여러 벼슬을 역임한 뒤 효종이 승하하여 정국이 변하자 두문불출하고 학문에만 전념했다. 다시 벼슬길에 나왔다가 1664년(현종 5) 집의가 되어 입지권학立志勸學에 관한 다섯 조목을 상소하고 스스로 관직을 떠났다. 송준길宋浚吉 등이 그의 학문과 덕행을 인정해 경연관經筵官에 추천했지만, 이를 사양하고 양주楊州 동강東岡으로 은퇴했다. 1669년(현종 10) 부제학으로 서연관을 겸했으나 곧 사양하고 물러났으며, 7월 병이 심해졌을 때 임금이 약물藥物을 내리기도 했다. 같은 해 9월 19일 세상을 떴다. 가평加平 조종현朝宗縣에 묻혔다. 그의 문하에서 아들인 희조喜朝와 사위인 김창협 그리고 김창흡金昌翕·임영林泳 등의 학자가 배출되었다. 시호는 문정文貞이다.

이만용李晩用(1792~1863)

본관은 전주全州, 자는 여성汝成, 호는 동번東樊·차산此山·석초石樵·대금루帶琴樓이다. 목릉성세穆陵盛世의 걸출한 시인 중의 한 사람인 이춘영李春英의 서자 수장壽長의 후손이다. 봉환鳳煥의 손자고, 명오明五의 아들이다. 1844년(헌종 10) 뒤늦게 진사시에 합격했고, 67세 때인 1858년(철종 9) 정시 문과에 급제했다. 사헌부 지평, 장령, 좌통례를 거쳐 병조참지兵曹參知에 이르렀다. 1849년(헌종 15) 선친 이명오의 시집을 수정하고 1860년(철종 11) 선친의 시집 『박옹시초泊翁詩鈔』

의 발문을 쓰고 활자로 인행했다. 하지만 정작 자신의 문집은 아들 지형之衡이 요절하여 증손 대에 이르러서야 간행될 수 있었다. 아버지에 이어 조부 이봉환의 신원을 위해 애썼다. 문집에 수록되어 있는 당대 안동 김씨 세도가인 황산黃山 김 유근金逌根에게 올린 편지엔 자신의 조부에 대한 표충表忠을 부탁하는 내용이 담겨 있다. 72세가 되던 1863년(철종 14) 8월 17일 별세했다.

이명오李明五(1750~1836)

본관은 전주全州, 자는 사위士緯, 호는 박옹泊翁·서오생書娛生이다. 목릉성세穆陵盛世의 걸출한 시인 중의 한 사람인 이춘영李春英의 서자 수장壽長의 후손이다. 초림체椒林體 한시를 대표하는 인물인 이봉환李鳳煥의 맏아들이다. 아들 동번東樊 이만용李晩用과 함께 3대가 모두 당대를 대표할 만한 뛰어난 시인이었다. 사마시에 합격했으나 아버지 일로 벼슬길에 뜻을 두지 않았다. 아버지 이봉환이 최익남崔益南의 사도세자 관련 상소에 연루되어 영조의 노여움을 사서 경인년庚寅年(1770)에 옥사했기 때문이다. 아버지의 신원伸寃을 위해 거의 평생에 걸쳐 백방으로 노력했고, 그 결과로 순조 연간 이봉환이 복권되었다. 이후 음직蔭職으로 벼슬길에 나아가 예순 나이에 신미辛未 통신사행의 서기로 일본에 다녀왔다. 여러 관직을 거쳐 수직壽職으로 3품까지 올랐다. 책을 즐기는 사람이란 의미의 서오생이란 호가 있을 만큼 책을 좋아했다. 아버지로부터 물려받은 책이 만 권이나 되었는데, 경인년의 일로 집안이 풍비박산이 되었을 때 장서 역시 상당 부분 훼손되었다. 시를 지은 이래로 세상을 뜰 때까지 잠시도 쉬지 않고 시를 지었다고 하는데 아들 이만용은 평생 만 수가 넘는 작품을 지었다고 하고, 추사秋史 김정희金正喜는 3만 수가 넘는다고도 했다. 그럼에도 불구하고 아버지 이봉환의 문집 분량을 넘지 않도록 하라는 이명오 자신의 각별한 당부로 고작 9권 4책의 문집만을 남겼다. 87세를 일기로 별세했다.

이민보李敏輔(1717~1799)[1]

본관은 연안延安, 자는 백눌伯訥, 호는 상와常窩·회심와會心窩·풍서豐墅다. 정구
廷龜의 5대손이고, 단상端相의 증손이며, 이희조李喜朝의 손자. 그의 집안은 5
대조 이정구와 아들 이명한李明漢 그리고 손자 이일상李一相이 조선시대 최초로
3대 문형文衡을 역임한 노론의 명문가이다. 조부 이희조는 송시열의 제자다. 한
양 장통교長通橋에서 태어났다.

진사시에 합격하여 음보蔭補로 벼슬길에 나아갔다. 1791년(정조 15) 공조판서
로서 장악원掌樂院 제조提調를 겸임하면서 「용비어천가龍飛御天歌」와 『악학궤범樂
學軌範』 등의 종묘악장宗廟樂章을 분류하고 정리하여 간행하는 일에 참여했다. 같
은 해 윤영희尹永僖가 시험에 부정이 개입되었다는 혐의로 의금부에 하옥되었
을 때 당상으로서 죄를 잘못 다스렸다고 하여 파주목사로 좌천되었다. 이듬해
아들 이조원李肇源이 등제하자 시종신侍從臣의 아비로 품계가 올라 형조판서가
되었다. 1794년(정조 18) 삼일포三日浦 소나무 벌목 사건에 공문을 잘못 전달한
일로 나처拿處되었다. 다음해 정1품인 보국숭록대부輔國崇祿大夫에 올랐는데, 음
관蔭官으로서 1품의 품계에 오른 것은 조선 초기 황희黃喜의 아들 수신守身 이후
로는 처음이었다고 한다. 초년에는 문학에 관심을 가지고 당대의 대표적 문인인
이천보李天輔·오원吳瑗 등에게 고시가古詩歌를 배웠으나, 박필주朴弼周·이재李縡가
도학道學에 힘쓸 것을 권유하자 이후 성리학에 전념했다. 1799년(정조 23) 1월 6
일 병으로 세상을 떴다. 양주楊州 별비곡別非谷에 묻혔다. 정조가 가장家狀을 보
고 시를 지어 내렸다. 시호는 효정孝貞이다.

---

1 생년을 1720년(숙종 46)으로 본 경우도 있으나, 김재찬(金載瓚)의 「판돈녕이공(민보)시장
判敦寧李公(敏輔)諡狀」(『해석유고海石遺稿』 권11)과 시 내용으로 볼 때 1717년이 맞는 듯하
다.

이수연李守淵(1693~1748)

본관은 진성眞城, 자는 희안希顔, 호는 청벽靑壁이다. 퇴계退溪 이황李滉의 6세손으로, 이실李實의 아들이다. 1723년(경종 3) 생원시에 합격했으나 과거를 포기하고 성리서性理書 연구에 몰두했으며, 이재李栽에게 배웠다. 예학禮學과 이기설理氣說에 밝았으며, 시문에도 능했다. 1727년(영조 3) 음보蔭補로 후릉참봉厚陵參奉에 임명되고, 그뒤 동몽교관童蒙敎官을 지냈다. 1741년에 안찰사 김상성金尙星의 천거로 익위사翊衛司 익찬翊贊에 임명되었으나 부임하지 않았다. 이황의 학문을 정리하여 『퇴계선생속편退溪先生續集』을 편찬하고, 『도산급문제현록陶山及門諸賢錄』과 『도산지陶山誌』 등을 지었다. 청벽이란 호는 이황의 시 가운데 '청벽에 구름 일어나려 하니, 푸른 물결 그림 속에 들어온 듯하네靑壁欲生雲, 綠水如入畫'에서 따온 것이다. 1748년 별세한 뒤 관찰사 남태량南泰良이 장계를 올려 정려旌閭가 세워졌으며 『국조명신록國朝名臣錄』에도 기록되었다.

이시원李是遠(1790~1866)

본관은 전주全州, 자는 자직子直, 호는 사기沙磯다. 정종의 별자別子 덕천군德泉君의 후손으로, 충익忠翊의 손자이고 면백勉伯의 아들이다. 이건창李建昌의 할아버지가 된다. 강화도江華島에 살면서 가학家學으로 양명학陽明學을 익혔다. 1815년(순조 15) 정시庭試 문과에 장원했다. 10년간 벼슬길에 나아가지 않은 적도 있지만 경기어사, 개성부유수, 함경도 관찰사와 이조·예조·형조의 판서, 대사헌 등 내외직을 두루 역임했다. 1850년(철종 1) 개성부유수로 있을 때 개성 인삼을 홍삼으로 만들어 팔던 포소包所의 세금 포탈을 처벌했고, 1856년(철종 7)에 함경도 관찰사가 되어서는 전병사 이근영李根永의 탐학을 탄핵하기도 했다. 1866년(고종 3)에는 특지特旨로 정헌대부正憲大夫에 올랐다. 이해 가을 이른바 병인양요가 일어나 프랑스 군대에 강화도가 함락되자, 9월 18일 아우 이지원李止遠과 함께 유소遺疏를 남기고 음독 자결했다. 뒤에 영의정에 추증되었으며, 시호는 충정忠貞이다.

이식李植(1584~1647)

본관은 덕수德水, 자는 여고汝固, 호는 택당澤堂·남궁외사南宮外史·택구거사澤癯居士다. 조선 전기의 명신이자 뛰어난 시인이었던 행荇의 현손玄孫이 된다. 부인은 구사맹具思孟의 외손인 청송靑松 심씨沈氏고, 아들 중 단하端夏는 호가 외재畏齋인데 우의정까지 올랐다. 한양 남소문동南小門洞에서 태어났다. 1610년(광해군 2) 별시 문과에 급제했다. 인목대비 폐비론 등 시론을 따르지 않아 임숙영任叔英·정백창鄭百昌과 함께 삼학사三學士로 지목받았다. 정계에서 은퇴하여 경기도 지평砥平(지금의 양평군 양동면)으로 낙향했다. 그후에 남한강변에 택풍당澤風堂을 짓고 오직 학문에만 전념했다. 택당이란 호도 여기에서 연유한다. 인조반정 뒤 요직을 두루 역임했고 문형의 자리에 올랐다. 호란 뒤 1642년 김상헌金尙憲과 함께 청나라를 배척할 것을 주장한다고 하여 중국의 심양瀋陽으로 잡혀갔다. 돌아올 때에 다시 의주義州에서 청나라 관리에게 붙잡혔으나 탈출했다. 1647년 자신의 묘지墓誌를 스스로 짓고 장례를 검소하게 치르고 유집遺集을 간행하지 말라고 유교遺敎를 내렸다. 같은 해 6월 11일 택풍당에서 세상을 떴다. 지평의 선영에 묻혔다. 이정구·신흠·장유와 함께 조선 중기 한문사대가四大家로 꼽힌다. 시호는 문정文靖이다.

이양연李亮淵(1771~1853)

본관은 전주全州. 자는 진숙晉叔, 호는 임연臨淵. 세종의 다섯째 아들 광평대군廣平大君 여璵의 후손으로, 상운商雲의 아들이다. 아버지 대에 이르러 영락하여 빈궁해졌다. 젊은 시절 아버지가 일찍 세상을 떠서 방황했으나, 율곡 이이를 사숙私淑하면서 학문에 뜻을 두고 삶의 자세를 가다듬었다. 장년기엔 음보蔭補로 몇 차례 벼슬에 나아갈 기회가 있었으나 거절하고, 유람을 통해 자신의 불우를 달래고자 했다. 노년에 들어 충청도 도사, 공조참의, 동지중추부사 등의 벼슬을 역임하고 1851년 호조참판·동지돈녕부사 겸 부총관에 임명되었다. 83세의 나이로 세상을 떴다.

이언직李言直(1631~1698)

본관은 영천永川, 자는 자신子愼, 호는 명호산인明湖散人 혹은 석후石后이며 농암礱巖 이현보李賢輔의 6대손이다. 1644년(인조 22) 14세 때 숭정황제崇禎皇帝의 붕어崩御 소식을 듣고는 몹시 애통해하면서 만시를 지었다. 또『병자일기丙子日記』를 읽을 때 최명길崔鳴吉이 후금(후일의 청나라)과 화친을 맺자고 주장하는 부분에 이르러선 책을 덮고 크게 탄식했으며, 송나라의 애국시인 육유陸游의 "온갖 어둠 굴복하고, 태양이 떠오른다. 오랑캐엔 인재가 없으니, 송나라는 다시 흥하리라群陰伏, 太陽升. 胡無人, 宋中興"(「전성남戰城南」 중 「호무인胡無人」)란 시구를 외울 때면 비분한 마음을 억누르지 못했다고 한다. 병자호란 이후로는 오로지 학문과 수신에만 전념했는데, 석후정石后亭을 짓고 동지들과 함께 남녕사南寧社를 수축하여 존주尊周의 의리를 밝혔으며, 또한『존주사尊周史』를 편찬했다. 명호明湖라는 호는 그의 나이 29세 때 동지 13인과 대명동大明洞에 들어가 남녕사를 지을 때 명호산인이라 자처한 데서 생긴 호인데, 존주의 의리를 밝히겠다는 의지가 담긴 것이라고 한다. 유일遺逸로 여러 차례 천거되었으나 평생 벼슬하지 않고 처사로 살았다. 68세 되던 1698년 스스로 만시를 지었다. 같은 해 10월 5일 세상을 떴으며 경산에 묻혔다.

이원익李元翼(1547~1634)

본관은 전주全州, 자는 공려公勵, 호는 오리梧里다. 한양 유동楡洞 천달방泉達坊
에서 태어났다. 태종의 아들인 익녕군益寧君의 4세손이다. 허목許穆이 이원익의
손서孫婿가 된다. 1569년 별시 문과에 병과로 급제했다. 중앙의 주요 관직을 두
루 거쳐 선조·광해군·인조 세 임금에 걸쳐 영의정의 자리에 올랐다. 임진왜란
때 이여송李如松과 합세해 평양을 탈환하는 데 공을 세웠으며, 명나라의 정응태
丁應泰가 경리經理 양호楊鎬를 중상모략한 사건 때 명나라에 보낼 진주변무사陳奏
辨誣使에 자원하여 교섭에 힘썼다. 광해군의 폐정에 신변의 위험을 무릅쓰고 극
언으로 간쟁했고, 임해군의 처형과 인목대비 폐비 논의에 반대하다 유배까지
갔다. 인조반정 뒤 광해군을 죽여야 한다는 여론이 높아지자, 인조를 설득하여
광해군의 목숨을 구하기도 했다. 다섯 차례나 영의정을 지냈으나 집은 오막살
이 초가였으며, 벼슬에서 물러난 후에는 조석거리조차 없을 정도로 청빈했다고
한다. 키가 작아 키 작은 재상으로 일컬어졌으며, 인조로부터 궤장几杖을 하사받
았다. 1634년 1월 29일 세상을 떠났고 금천衿川에 묻혔다. 인조의 묘정廟庭에 배
향되었고, 시호는 문충文忠이다.

이유장李惟樟(1625~1701)

본관은 전의全義, 자는 하향夏鄕, 호는 고산孤山·마애磨崖·나암懶庵·우원芋園·
우포芋圃·사익당四益堂이다. 안동부安東府 풍산현豊山縣에서 태어났다. 1660년(현
종 1)에 사마시에 합격했지만, 모친이 중풍으로 눕게 되자 10년을 모시고 간호
했다. 1669년(현종 10) 모친상을 당한 뒤 두문불출하며 강학講學에만 전념했다.
주자朱子와 퇴계退溪의 예설禮說을 분류分類하여 『이선생예설二先生禮說』을 직접
편찬하고, 우리 역사책들을 산절刪節하고 요약한 뒤 자기의 의견을 덧붙여『동
사절요東史節要』를 만들었다. 말년에 학행으로 천거되어 공조좌랑·안음현감安陰

縣監 등에 제수되었으나 나아가지 않았다. 임종을 앞두고 사익당을 호로 삼았다. 금금琴·검검劍·명나라 주지번朱之蕃의 글씨·매죽화梅竹畫, 이 사익우四益友가 마음의 벗으로서 덕성을 함양하는 매개체가 된다는 의미였다. 정시한丁時翰과 이휘일李徽逸·이현일李玄逸 형제와 교유했다. 예론에 밝았으며 영남의 사림으로서 명망이 대단했다. 1701년(숙종 27) 4월 정시한에게 영결永訣의 편지를 띄운 뒤, 5월 14일 세상을 떴다. 풍산현豐山縣 북쪽 현공산懸空山 용감동龍甘洞에 묻혔다.

이정암李廷馣(1541~1600)

본관은 경주慶州, 자는 중훈仲薰, 호는 사류재四留齋·퇴우당退憂堂·월당月塘이다. 한양 반석방盤石坊에서 태어났다. 이조참판을 지낸 정형廷馨의 형이다. 1561년 식년 문과에 병과로 급제했다. 임진왜란이 일어나자 아우인 개성부유수 정형과 함께 개성을 수비하려다 임진강의 방어선이 무너져 실패하고 말았다. 그 뒤 황해도로 들어가 초토사招討使가 되어 의병을 모집해 연안성延安城을 지켰는데, 왜장 구로다 나가마사黑田長政(도요토미 나가마사豐田長政라고도 함)가 이끄는 왜군의 공격을 막아냈다. 정유재란이 일어나자 해서초토사海西招討使로 해주의 수양산성首陽山城을 지키기도 했다. 난이 끝나자 풍덕豐德에 은퇴해 시문으로 소일하다가 병으로 죽었다. 연안 수비의 공으로 선무공신宣武功臣 2등에 책록되었으며, 월천부원군月川府院君에 추봉되고, 좌의정에 추증되었다. 연안 현충사顯忠祠에 제향되었으며 시호는 충목忠穆이다.

이중명李重明(1605~1672)

본관은 경주慶州, 자는 자문子文, 호는 안곡安谷이다. 아버지는 사금師金이다. 분곡盆谷 이승벽李承璧에게서 배웠다. 1651년(효종 2) 사마시에 합격하여 진사가 되었다. 1667년(현종 8) 5월 성균관 진사로 상소하여 임진왜란 당시 도움을 준 명나라 신종神宗·의종毅宗의 사우祠宇 건립과 양호楊鎬와 이여송李如松의 배향을 주장했다. 그의 신종 사우 설치 주장은 후일 1704년(숙종 30) 창덕궁 금원禁苑에 설치된 대보단大報壇 창설의 단초가 되었다. 이 때문에 정조 때『존주록尊周錄』을 편찬할 적에 이중명의 이름을 특별히 기록했다고 한다. 우암尤庵 송시열宋時烈은 이중명의 사우 건립 주장이 삼학사三學士의 공로와 비견된다고 평가했다. 죽은 뒤 1806년(순조 6) 천안의 육현사六賢祠에 배향되었다.

이채李埰(1616~1684)

본관은 여주驪州, 자는 석오錫吾, 호는 몽암蒙庵이다. 교㬔의 아들이다. 이언적李彦迪의 현손이다. 종조從祖인 이의활李宜活에게 배웠으며, 경전과 역사에 능통했고 글을 잘 지었다. 향시에 여러 차례 낙방하고 50세가 돼서야 성균관에 들어 갔고, 1676년(숙종 2)에 성균관의 천거로 영릉참봉英陵參奉이 되었으나 나아가지 않았다. 이듬해에 다시 빙고별검氷庫別檢에 제수되었으나 역시 부임하지 않았다. 1669년(현종 10)에 경주부윤 민주면閔周冕 등과 더불어『동경잡기東京雜記』를 편찬·간행했다. 이 책은 17세기 경주 지역 사정과 신라시대 전설·역사·풍속·문물 등을 매우 풍부하게 수록했다. 평생 벼슬하지 않으면서 경주에서 도서圖書와 화훼花卉를 벗하며 은거했다.

임제林悌(1549~1587)

본관은 나주羅州, 자는 자순子順, 호는 백호白湖·풍강楓江·소치嘯癡·벽산碧山·겸재謙齋다. 회진會津에서 태어났다. 어려서부터 자유분방해서 스승이 없다가, 20세가 넘어서야 대곡大谷 성운成運에게 배웠다. 『중용中庸』을 800번이나 읽었다는 일화는 유명하다. 1577년 문과에 급제했다. 35세 때 평안도 도사가 되었는데, 부임 길에 기생 황진이黃眞伊 묘에 조상하는 제문을 지어 조정의 비난을 받왔다. 죽기 전 여러 아들에게 "천하의 여러 나라가 황제를 일컫지 않은 곳이 없었다. 오직 우리나라만은 끝내 황제를 일컫지 못하였다. 이와 같이 못난 나라에 태어나서 죽는 것이 무엇이 아깝겠느냐! 너희는 조금도 슬퍼할 것이 없느니라"라고 한 뒤에 "내가 죽거든 곡을 하지 마라"라는 유언을 남겼다. 1587년 6월 아버지를 여의고 두 달 뒤 39세의 나이로 세상을 떴다. 고향 회진 신걸산 기슭에 묻혔다.

전우田愚(1841~1922)

본관은 담양潭陽, 자는 자명子明, 호는 간재艮齋·구산臼山·추담秋潭·수현守玄·고옹蠱翁·양하왕인陽下尫人이다. 초명은 경륜慶倫·경길慶佶이다. 임헌회任憲晦의 문인이다. 1841년(헌종 7) 전주부全州府 서문西門 밖 청석리靑石里에서 태어났다.

여러 차례 벼슬을 제수받았으나 모두 나아가지 않았다. 1895년(고종 32) 박영효朴泳孝가 수구당守舊黨의 괴수魁首로 그를 지목하고 개화를 실현시키려면 그를 죽여야 한다고 여러 번 청했으나 고종의 승낙을 얻지 못했다. 같은 해 단발령이 내려지자 자손과 문인에게 심의深衣와 복건幅巾을 착용하고 의리를 지킬 것을 명했으며, 아관파천俄館播遷의 소식을 듣고 화양동에 들어가 머물렀다. 1908년(융희 2) 왕등도旺嶝島·군산도群山島 등으로 들어가 나라는 망하더라도 도학道學을 일으켜 국권을 회복하겠다고 결심했으며, 부안·군산 등의 앞바다에 있는 작은 섬을 옮겨 다니며 학문에 전념했다. 이준李儁 열사의 분사憤死나 안중근安重根의 의거 소식을 듣고 시를 지어 의열義烈을 기리기도 했다. 경술국치 이후 일제의 허가를 받아야 하는 상황에서는 자신의 문집을 간행하지 말라고 자손과 문인에게 당부하고 양하왕인이라고 자호했다. 1912년 계화도界火島에 정착하여 중화中華를 계승한다는 뜻으로 계화도繼華島라 부르면서 세상을 떠날 때까지 저술과 제자 양성에 힘썼다. 고종이 승하했다는 소식을 듣고 상복을 입었고, 파리

장서巴里長書에 서명할 것을 요청받았으나 거절했다. 1922년 7월 4일 세상을 떴다. 익산益山 현동玄洞의 선영에 묻혔다.

정기안鄭基安(1695~1775)

본관은 온양溫陽, 자는 안세安世, 호는 만모晩慕다. 을사사화를 주도한 훈구관료로 악명이 높았던 정순붕鄭順朋의 후손이면서, 단학가丹學家로 유명한 북창北窓 정렴鄭磏의 방손이기도 하다. 아버지는 유신維新이다. 원래 이름은 사안思安이었으나, 먼 친척뻘인 사효思孝가 무신란戊申亂에 가담한 일로 자신 역시 구설에 오르자 개명했다. 1728년(영조 4) 별시別試 문과에 병과로 급제했다. 1752년에 동지겸사은사冬至兼謝恩使의 서장관書狀官으로 청나라에 다녀왔고 대사간에 올랐다. 1766년 한성부우윤·지중추부사를 지내고 기로소耆老所에 들어갔다. 시호는 효헌孝憲이다.

정덕주丁德輈(1711~1795)

본관은 영광靈光(영성靈城), 자는 제백濟伯, 호는 원옹圓翁·원산圓山이다. 「상춘곡賞春曲」을 쓴 불우헌不憂軒 정극인丁克仁의 후손이다. 아버지는 세림世霖이고 어머니는 죽산竹山 안씨安氏 필수必壽의 딸이다. 1711년(숙종 37) 9월 25일에 태어났다. 시문이 모두 뛰어나 명성이 자자했고 몇 차례 향시에 급제했지만 공명과 부귀에 골몰하는 것이 어찌 안빈安貧하는 것만 같겠냐고 말하곤 강학에 전심했다고 한다. 성리설性理說과 예학에 밝았다. 처사로서 안빈자족安貧自足하며 생을 마쳤다. 문집으로 『원산집圓山集』을 남겼다. 문집에 「수미음 24수首尾吟二十四首」와 「유년음 96운流年吟九十六韻」이 실려 있는데 모두 자신의 일생을 회고하는 내용이다. 1795년(정조 19) 9월 14일 세상을 떴다.

정렴鄭磏(1505~1549)

본관은 온양溫陽, 자는 사결士潔, 호는 북창北窓이다. 을사사화를 일으켜 간흉으로 일컬어졌던 순붕順鵬의 아들이다. 작磼의 형이다. 1537년(중종 32) 사마시에 합격했지만, 아버지 문제로 벼슬길에 뜻을 두지 않았다. 유·불·도는 물론 천문·지리·의서·복서卜筮 등에 두루 능통했으며, 당시 사람들로부터 물욕을 벗어난 인물로 평가받았다. 부친을 따라 명나라에 가서 유구국琉球國 사신과 『주역周易』에 대해 논하기도 했다. 특히 약의 이치에 밝았는데, 단약丹藥을 제조하여 사람들의 고질병을 치료한 일화들이 전한다. 1544년 중종의 병환에 약을 짓기 위하여 내의원 제조들의 추천을 받아 입진入診하기도 했다. 그가 일상생활에서 경험한 처방을 모아 편찬한 『정북창방鄭北窓方』이 있었으나 전하지 않는다.

조영순趙榮順(1725~1775)

본관은 양주楊州, 자는 효승孝承, 호는 퇴헌退軒이다. 우의정을 지낸 태채泰采의 손자이고, 아버지는 겸빈謙彬, 어머니는 여흥驪興 민씨閔氏다. 박필주朴弼周의 문인이다. 1725년 11월 19일에 태어났다. 태어난 지 10여 일 만에 어머니가 돌아가시자, 아버지가 민진원閔鎭遠 집안에서 양육토록 했다. 1751년(영조 27) 정시문과에 병과로 급제했다. 1754년 부수찬으로 있을 때 왕세자에게 영의정 이천보李天輔를 매도하는 글을 올렸다가 대정大靜의 해도海島로 유배되었고 1759년(영조 35) 영의정 유척기兪拓基와 우의정 신만申晩 등의 건의로 풀려났다. 형조참판·동지의금부사·대사성을 역임하고, 이조·병조의 참판을 거쳐 호조참판이 되었다. 1769년 동지사冬至使의 부사副使로 청나라에 다녀왔다. 소론의 영수인 최석항崔錫恒·이광좌李光佐의 신원伸寃을 반대하는 상소를 올렸다가 관직을 삭탈당하고 경흥에 유배되었다. 1774년에 풀려나 이듬해 비변사의 관리로 임명되었으나 나아가지 않았다. 1775년 10월 14일 공주 객사에서 자만적 작품들과 「자지명自誌銘」을 남기고 세상을 떴다. 장단長湍 동파東坡에 있는 선영에 묻혔다.

조임도 趙任道(1585~1664)

본관은 함안咸安, 자는 덕용德勇, 호는 간송당澗松堂이다. 생육신生六臣 중 한 사람인 려旅의 5대손이 된다. 효심이 지극하여 백효伯孝라 불렸다. 함안군咸安郡 검암리劒巖里에서 태어났다. 소나무의 절조를 본받고자 간송이라 자호自號했다. 김중청金中淸·고응척高應陟·장현광張顯光 등에게 배웠다. 어릴 적 이름이 기도幾道였는데, 스승 장현광이 '기幾' 자가 적극적이지 못하다고 해서 아버지가 '임任' 자로 바꾸었다는 일화가 전한다. 1604년과 1615년 향시鄕試에 합격했다. 1618년(광해군 10) 34세 때 폐비 논의에 반대하다 대북大北세력의 보복을 피하기 위해 칠원현漆原縣의 금내禁內로 피신했다. 조임도는 이곳에 상봉정翔鳳亭이란 정자를 짓고 자만시를 썼다. 인조반정 뒤 학행으로 천거되었다. 정묘호란 때 지역 사람들이 그를 의병장으로 추대했으나 신병으로 참여하지는 못했다. 1647년(인조 25) 봉림대군의 사부로 초빙되었으나 나아가지 않았고, 1659년에도 공조좌랑에 제수되었지만 늙고 병들었단 이유로 부임하지 않았다. 80세의 나이로 망모암望慕庵에서 세상을 떴다. 아호鵝湖에 있는 선영에 묻혔다.

최기남 崔奇男(1586~?)

본관은 천녕川寧, 자는 영숙英叔, 호는 구곡龜谷·묵헌默軒이다. 정확한 가계는 알 수 없으나, 본래 동양위東陽尉 신익성申翊聖의 궁노宮奴였다는 이야기가 전한다. 신익성의 아버지 신흠申欽의 눈에 띄어 시의 재능을 인정받았고, 이로 인해 사대부들 사이에서도 이름을 날렸다. 아들 승태承太와 승주承冑도 이름난 시인이었다. 1648년(인조 26) 윤순지尹順之를 따라 통신사로 일본에 가서 문명을 떨쳤다. 63세 때 병중에 도연명을 따라 자만시 3장을 지었고, 71세 때에는 자신의 제문을, 74세 때는 「졸옹전拙翁傳」이란 자전自傳을 썼다. 현종 초에 실록감인원實錄監印員이 되어 『효종실록』 편찬에 참여했다. 75세 때인 1660년(현종 1) 교유하던 정남수鄭柟壽·남응침南應琛·김효일金孝一·최대립崔大立·정예남鄭禮男 등과 함께 중인(여항) 시인들의 시선집인 『육가잡영六家雜詠』을 간행했다. 그는 중인 시인들의 스승으로 존경을 받았으며 문하에서 임준원林俊元·유찬홍庾纘洪·이득원李得元 등 뛰어난 중인 시인들을 길러냈다. 세상을 뜬 해가 언제인지 정확히 알 수 없는데, 그의 나이 83세 때인 1668년(현종 9)에 쓴 시가 있어서 몰년은 그 뒤일 것으로 추정된다.

최유연崔有淵(1587~1656)

본관은 해주海州, 자는 지숙止叔·성지聖止·성지聖之, 호는 현암玄巖·현석玄石·방장산인方丈山人이다. 찰방察訪을 지낸 준濬의 아들이다. 20세 때 개성 천마산天磨山과 성거산聖居山을 유람하고 최립崔岦을 만났다. 1621년(광해군 13) 별시別試에 장원했지만 파방되었고, 1623년(인조 1)에 다시 응시하여 급제했다. 외직으로 충원忠原 현감을, 내직으론 병조좌랑, 우부승지, 좌부승지 등을 지냈다. 1644년(인조 22) 소격서昭格署를 다시 설치할 것을 주장하는 상소를 올렸다가 파직되었다. 이 무렵 방장산方丈山(지리산)에 살면서 방장산인이라 자호自號했다. 아무리 복잡하고 어려운 일이라도 잘 처리한다 하여 백사白沙 이항복李恒福으로부터 '전번지재剸煩之才'로 인정받고 나이 차를 넘어 교유했다. 당대의 대표적 시인인 정두경鄭斗卿과도 가깝게 지냈다. 연경燕京에 다녀온 뒤 1646년 「연운기행서燕雲記行序」를 썼다. 각체各體에 능해 문명이 높았다. 1656년 70세의 나이로 세상을 떴다.

하동규夏東奎(1873~1943)

본관은 달성達城, 자는 취오聚五, 호는 금은琴隱이다. 아버지는 상락祥洛이고 어머니는 달성達城 서씨徐氏다. 나중에 재종숙再從叔 영영泳에게 출계했다. 대구 만촌리晩村里에서 태어났다. 과거 공부보다는 성리서性理書에 침잠했고, 『소학小學』과 사서史書에 정통했다. 형인 오재悟齋 하동기夏東箕(1870~1933)와 함께 생부가 교유했던 연재淵齋 송병선宋秉璿과 석재石齋 송병순宋秉珣에게서 배웠다. 송병순으로부터 '금호琴湖에 은거하며 학문을 탐구하라'는 의미의 '금은琴隱' 두 글자를 호로 받았다. 을사늑약 무렵 스승 송병선을 따라가지 못한 것을 한스럽게 여겼으며, 스승이 순국했다는 소식에 매우 애통해했다. 순종의 승하 소식을 듣자 북쪽을 바라보며 통곡하고 상복을 입었다. 경술국치 때 분개하는 시를 짓기도 했다. 1943년 4월 20일 만촌晩村 집에서 세상을 떠났다. 독무암獨茂巖 선영에 묻혔다.

한경의韓敬儀(1739~1821)

본관은 청주淸州, 자는 백률伯慄, 호는 치서菑墅다. 처음 이름은 광우光祐였다. 영의정 상경尙敬의 후손으로, 아버지는 통덕랑通德郎 진철震喆이며, 어머니는 단양丹陽 우씨禹氏로 상규尙奎의 딸이다. 큰아버지 진유震愈에게 입양되었다. 이장오李章五에게 사서를 배우고, 뒤에 조유선趙有善의 문인이 되었다. 향시鄕試에 네 번 합격했으나 부친상을 당한 뒤로는 벼슬에 뜻을 끊고, 오직 경학에 열중하여 장현문張玄聞·이춘위李春韡 등과 함께 이택회麗澤會를 조직, 사서오경四書五經과 『소학小學』『심경心經』『근사록近思錄』『성리대전性理大全』『강목綱目』 등을 강론했다. 73세 되던 해에 홍경래의 난이 터지자 이웃 사람들은 모두 피난을 갔으나 그는 토벌군을 일으키지는 못할지언정 피난 갈 생각은 없다고 하여 당시 조정에 충성할 것을 고집했다. 예악禮樂·도수度數·역상易象 등도 깊이 연구하여 후진 양성에 전념했고, 지행일치知行一致를 평생의 신조로 삼았다. 학행學行으로 이름을 떨쳤으며, 시문에도 능했다. 83세로 세상을 떠난 뒤 동몽교관童蒙教官에 추증되었다.

현덕승玄德升(1564~1627)

본관은 성주星州, 자는 문원聞遠, 달부達夫, 호는 희암希菴·희와希窩·취음정就陰亭이다. 영성寧城 도종촌道宗村에서 태어났다. 1590년 증광시에 을과로 합격했다. 윤근수尹根壽·이정구李廷龜·강항姜沆·조익趙翼와 교유했다. 광해군 때 폐모론廢母論이 일어나자 벼슬을 버리고 천안 용두리龍頭里에 은거한 채 학문에만 열중했다. 1627년 2월 29일 청주 이치梨峙에서 세상을 떴다.

홍언충洪彦忠(1473~1508)

본관은 부계缶溪, 자는 직경直卿, 호는 우암寓菴이다. 판서를 지낸 귀달貴達의 아들이다. 1495년(연산군 1) 사마시에 합격하고 증광문과增廣文科에 을과로 급제했다. 1498년 신용개申用漑·정희량鄭希良·박은朴誾 등과 함께 사가독서賜暇讀書했다. 1504년 갑자사화가 일어나자 연산군에게 글을 올려 간하다가 노여움을 사서 진안眞安에 유배되었다. 이어 아버지 귀달이 경원으로 유배될 적에 다시 거제巨濟로 이배移配되었다. 집안사람들은 그가 유배의 명을 받았을 때 몸을 피할 것을 권했으나 왕명을 어길 수 없다 하며 조용히 길을 떠났다고 한다. 중종반정 뒤 풀려났다. 중종이 불러 성균직강成均直講을 제수했으나 나아가지 않고 시와 술로 생을 보내다 36세 되던 해 세상을 떴다. 문장에도 뛰어나 정순부鄭淳夫·이택지李擇之·박중열朴仲說 등과 함께 당대의 사걸四傑로 일컬어졌다.

현전 자만시 작품 목록

범례凡例

1. 연번-작가-작품 제목-수록 문헌-비고의 순으로 명기한다.

2. 연번의 첫번째 숫자는 작가 연번, 두번째 숫자는 시제詩題 연번, 마지막 숫자
   는 작품 연번이다.

3. 비고에는 작가에 대한 이설異說과 제목이 「자만自挽(自輓)」이 아닌 작품을 뽑
   은 이유를 밝히거나, 『한국문집총간韓國文集叢刊』과 『한국문집총간속집韓國文
   集叢刊續集』 미수록 문집들의 자료 출처를 명기했다.

4. 이 목록에는 2014년 3월까지의 조사 내용이 담겨 있다. 이 책에 담긴 역주
   작업은 한국연구재단의 연구과제로 지원을 받아 2012년 4월 완료된 까닭에,
   이후 조사된 작품들은 대상으로 삼을 수 없었다. 조사된 전체 자만시에 대한 역
   주 평설 작업은 후일을 기약한다.

연번	작가	작품 제목	수록 문헌	비고
1/1/1	김시습金時習 (1435~1493)	「我生」	『梅月堂集』 詩集 卷十四	자만적(自挽的) 성격의 작품
2/2/2	남효온南孝溫 (1454~1492)	「自挽四章, 上佔畢齋 先生」其一	『秋江集』卷一	
2/2/3	남효온	「自挽四章, 上佔畢齋 先生」其二	『秋江集』卷一	
2/2/4	남효온	「自挽四章, 上佔畢齋 先生」其三	『秋江集』卷一	
2/2/5	남효온	「自挽四章, 上佔畢齋 先生」其四	『秋江集』卷一	
3/3/6	홍언충洪彦忠 (1473~1508)	「自挽」	『寓菴稿』卷二	
4/4/7	기준奇遵 (1492~1521)	「自挽」	『國朝詩刪』 卷一	『德陽遺稿』『服 齋集』미수록 작품. 김식金湜 (1482~1520)의 작품이라는 설도 있음
5/5/8	정렴鄭磏 (1505~1549)	「自挽」	『北窓先生詩集』 卷一/七言古詩 16~17쪽	한국역대문집 총서 98
6/6/9	노수신盧守愼 (1515~1590)	「自挽」	『穌齋集』卷二	
6/7/10	노수신	「自挽」(六月)	『穌齋集』卷三	
6/8/11	노수신	「自挽」	『穌齋集』卷四	
7/9/12	양사언楊士彦 (1517~1584)	自輓詩	미상	정확한 제목 미 상.『蓬萊詩集』 미수록 작품

8/10/13	권문현權文顯 (1524~1575)	「自挽三首」其一	『竹亭源堂兩世實記』(竹亭實記) 卷一	경상대학교 문천각 소장본
8/10/14	권문현	「自挽三首」其二	『竹亭源堂兩世實記』(竹亭實記) 卷一	
8/10/15	권문현	「自挽三首」其三	『竹亭源堂兩世實記』(竹亭實記) 卷一	
9/11/16	권문임權文任 (1528~1580)	「自挽三首」其一	『花山世紀』卷三(源塘集)	경상대학교 문천각 소장본
9/11/17	권문임	「自挽三首」其二		
9/11/18	권문임	「自挽三首」其三		
10/12/19	고응척高應陟 (1531~1605)	「自挽」	『杜谷集』卷二	경상대학교 문천각 소장본
11/13/20	이정암李廷馣 (1541~1600)	「自挽 二首」其一	『四留齋集』卷四	『三翰林聯芳集』卷一『四留齋遺稿』詩(한국역대문집총서 2574, 225쪽)에도 수록
11/13/21	이정암	「自挽 二首」其二	『四留齋集』卷四	
12/14/22	김기金圻 (1547~1603)	「病中吟」	『北厓集』卷二	이세택(李世澤)이 지은 행장(行狀)에 자만시라 기술됨
13/15/23	이원익李元翼 (1547~1634)	「嘆衰自挽贈李穡 二首」其一	『梧里集』卷一	외손에게 준 자만시
13/15/24	이원익	「嘆衰自挽贈李穡 二首」其二	『梧里集』卷一	외손에게 준 자만시

13/16/25	이원익	「自挽二首. 李秾雖和次, 而皆自浪吟而不爲酬答吾意, 故戲代李秾復次以贈」其一	『梧里集』卷一	외손에게 준 자만시에 외손을 대신하여 차운한 시
13/16/26	이원익	「自挽二首. 李秾雖和次, 而皆自浪吟而不爲酬答吾意, 故戲代李秾復次以贈」其二	『梧里集』卷一	외손에게 준 자만시에 외손을 대신하여 차운한 시
14/17/27	임제林悌 (1549~1587)	「自挽」	『林白湖集』卷三	
15/18/28	손처눌孫處訥 (1553~1634)	「自輓(甲戌)」	『慕堂集』卷三	
16/19/29	현덕승玄德升 (1564~1627)	「自挽」	『希菴遺稿』卷二	
16/20/30	현덕승	「疊前韻自挽」	『希菴遺稿』卷二	
17/21/31	양경우梁慶遇 (1568~1638)	「臨終自挽(易簀時奮筆自題)」	『霽湖集』卷八	서울대학교 규장각 소장 필사본
18/22/32	권득기權得己 (1570~1622)	「自挽」	『晩悔集』卷一	
19/23/33	이식李植 (1584~1647)	「五月十九日, 口占代筆. 丁亥」	『澤堂集』續集卷六	자만적(自挽的) 성격의 작품
20/24/34	조임도趙任道 (1585~1664)	「自輓」	『澗松集』卷二	
21/25/35	최기남崔奇男 (1586~?)	「和陶靖節輓詩三章」第一章	『龜谷詩稿』卷一上	도연명(陶淵明)의 「의만가사擬挽歌辭」에 대한 화운시(和韻詩)들
21/25/36	최기남	「和陶靖節輓詩三章」第二章	『龜谷詩稿』卷一上	

21/25/37	최기남	「和陶靖節輓詩三章」第三章	『龜谷詩稿』卷一上	
22/26/38	최유연崔有淵 (1587~1656)	「自挽」	『玄巖遺稿』卷一	
23/27/39	박공구朴羾衢 (1587~1658)	「自挽」三首 其一	『畸翁集』卷四	서울대학교 규장각 소장본
23/27/40	박공구	「自挽」三首 其二	『畸翁集』卷四	
23/27/41	박공구	「自挽」三首 其三	『畸翁集』卷四	
24/28/42	채무蔡楙 (1588~1670)	「自輓」	『柏浦集』卷一	한국국학진흥원 소장본
25/29/43	유인배柳仁培 (1589~1668)	「自挽」十首 其一	『猿溪集』卷三	한국국학진흥원 소장본
25/29/44	유인배	「自挽」十首 其二	『猿溪集』卷三	
25/29/45	유인배	「自挽」十首 其三	『猿溪集』卷三	
25/29/46	유인배	「自挽」十首 其四	『猿溪集』卷三	
25/29/47	유인배	「自挽」十首 其五	『猿溪集』卷三	
25/29/48	유인배	「自挽」十首 其六	『猿溪集』卷三	
25/29/49	유인배	「自挽」十首 其七	『猿溪集』卷三	
25/29/50	유인배	「自挽」十首 其八	『猿溪集』卷三	
25/29/51	유인배	「自挽」十首 其九	『猿溪集』卷三	

25/29/52	유인배	「自挽」十首 其十	『猿溪集』卷三	
26/30/53	김곤金錕 (1596~1678)	自挽	金兌一,『蘆洲集』卷四,「先考折衝將軍僉知中樞府事府君家狀」	김곤(金錕)의 문집은 확인되지 않음
27/31/54	김휴金烋 (1597~1638)	「臨終自輓」	『敬窩集』卷三	
28/32/55	진건陳健 (1598~1678)	「自挽」	『明窩遺稿』卷一 372쪽	한국역대문집총서 2238
29/33/56	김임金恁 (1604~1667)	「自輓」	『長皐世稿』卷之一,野庵文集』(詩)	국립중앙도서관소장 목판본
30/34/57	권시權諰 (1604~1672)	「次陶挽歌韻」三首其一	『炭翁集』卷二	도연명(陶淵明)의 「의만가사擬挽歌辭」에 대한 차운시(次韻詩). 권득기(權得己)의 아들
30/34/58	권시	「次陶挽歌韻」三首其二	『炭翁集』卷二	
30/34/59	권시	「次陶挽歌韻」三首其三	『炭翁集』卷二	
31/35/60	이중명李重明 (1605~1672)	「自挽」	『安谷集』卷二 上	서울대학교 규장각, 국립중앙도서관 소장본
31/35/61	이중명	「自輓」	『安谷集』卷二 下	
32/36/62	최효건崔孝騫 (1608~1671)	「自挽」	『何山集』卷九315~316쪽	한국역대문집총서 2307

33/37/63	석지형石之珩 (1610~?)	「自挽」	『壽峴集』卷上	
34/38/64	이채李埰 (1616~1684)	「自挽」	『蒙庵集』卷二	서울대학교 규장각 소장본
35/39/65	이유장李惟樟 (1625~1701)	「自輓」	『孤山集』卷三	
36/40/66	이단상李端相 (1628~1669)	「遺詩」 (易簀前三日所吟)	『靜觀齋集』 卷三	자만적(自挽的) 성격의 작품. 강 백년(姜栢年)은 이 시를 자만단 율(自挽短律)이 라 일컬은 바 있 음. 유사한 주제 의 조금 다른 내 용의 작품이 함 께 전함
37/41/67	이언직李言直 (1631~1698)	「自挽 六首」 (戊寅十月五日臨化 時) 其一	『明湖集』卷上	국립중앙도서관 소장본
37/41/68	이언직	「自挽 六首」 (戊寅十月五日臨化 時) 其二	『明湖集』卷上	
37/41/69	이언직	「自挽 六首」 (戊寅十月五日臨化 時) 其三	『明湖集』卷上	
37/41/70	이언직	「自挽 六首」 (戊寅十月五日臨化 時) 其四	『明湖集』卷上	
37/41/71	이언직	「自挽 六首」 (戊寅十月五日臨化 時) 其五	『明湖集』卷上	
37/41/72	이언직	「自挽 六首」 (戊寅十月五日臨化 時) 其六	『明湖集』卷上	

38/42/73	신의명申義命 (1654~1716)	「臨終時自輓」	『畏巖集』卷一	한국국학진흥원 소장본
39/43/74	이하구李夏耉 (1658~1733)	「自輓五首」其一	『芳園世稿』卷三 『養靜齋集』	한국국학진흥원 소장본
39/43/75	이하구	「自輓五首」其二	『芳園世稿』 卷三 『養靜齋集』	
39/43/76	이하구	「自輓五首」其三	『芳園世稿』 卷三 『養靜齋集』	
39/43/77	이하구	「自輓五首」其四	『芳園世稿』 卷三 『養靜齋集』	
39/43/78	이하구	「自輓五首」其五	『芳園世稿』 卷三 『養靜齋集』	
40/44/79	정상열鄭相說 (1665~1747)	「自輓詩」	『萍軒遺稿』 卷一	경상대학교 문천각 소장본/ 본문결(本文缺)
41/45/80	박태무朴泰茂 (1677~1756)	「自輓」(丙子九月 二十日)	『西溪集』卷二	
42/46/81	박치화朴致和 (초명은 치원致遠, 1680~1764)	「自輓」	『雪溪隨錄』 卷十九	서울대학교 규 장각 소장 필사 본.『손재집』 미수록 작품
43/47/82	김상연金尙埏 (1689~1774)	「自挽」	『棄棄齋集』 卷一	국립중앙도서관 소장 목활자본
44/48/83	전우창全禹昌 (1691~1750)	「自挽」	『莪谷遺稿』卷 一 357~358쪽	한국역대문집 총서 1552
45/49/84	이수연李守淵 (1693~1748)	「臨終詩」(戊辰正月 十五日)	『靑壁集』卷一	자만적(自挽的) 성격의 작품

46/50/85	정기안鄭基安 (1695~1775)	「託意自挽詩. 恨飮酒 不足」	『晩慕遺稿』 卷三	과체시(科體詩) 형식으로 쓴 우 의(寓意) 자만시
47/51/86	장위방張緯邦 (1697~1753)	「追次金煥如自輓詩」	『九灘集』 卷一 257~258쪽	한국역대문집 총서 2356
47/52/87	최태순崔泰淳 (1700~?)	「自挽」	『梅史集』 卷二 222~223쪽	한국역대문집총 서 1268
48/53/88	정덕주丁德輈 (1711~1795)	「臨終時自挽」	『圓山集』卷二	국립중앙도서관 소장본, 奇宇萬, 『松沙集』卷 四十四,「圓山丁 公行狀」
49/54/89	이민보李敏輔 (1717~1799)	「愍凶逢新, 復見己未 讐, 年又接庚申, 驚 慟摧怛, 求死不得, 次澤堂集絶筆韻, 畧 寓淵明自挽之意」 其一	『豐墅集』卷五	도연명(陶淵明) 「의만가사擬挽 歌辭」의 의미를 활용한 작품
49/54/90	이민보	「愍凶逢新, 復見己未 讐, 年又接庚申, 驚 慟摧怛, 求死不得, 次澤堂集絶筆韻, 畧 寓淵明自挽之意」 其二	『豐墅集』卷五	
50/55/91	이덕록李德祿 (1722~1792)	「自挽」	『悔咎文集』 卷一	한국국학진흥원 소장본
51/56/92	조영순趙榮順 (1725~1775)	「絶筆」其一	『退軒集』卷三	자만적(自挽的) 성격의 작품들
51/56/93	조영순	「絶筆」其二	『退軒集』卷三	

51/56/94	조영순	「絕筆」其三	『退軒集』卷三	
52/57/95	위백순魏伯純 (1737~1815)	「次知吾齋自輓韻」	『書溪遺稿』 卷一 24~25쪽	한국역대문집 총서 477
53/58/96	한경의韓敬儀 (1739~1821)	「自挽」	『菑墅集』卷一	
54/59/97	하진영河鎭永 (1750~1812)	「自挽」	『復窩遺集』 卷一	경상대학교 문천각 소장본
55/60/98	이명오李明五 (1750~1836)	「自挽」其一	『泊翁集』卷六	
55/60/99	이명오	「自挽」其二	『泊翁集』卷六	
55/60/100	이명오	「自挽」其三	『泊翁集』卷六	
55/60/101	이명오	「自挽」其四	『泊翁集』卷六	
55/60/102	이명오	「自挽」其五	『泊翁集』卷六	
55/60/103	이명오	「自挽」其六	『泊翁集』卷六	
55/60/104	이명오	「自挽」其七	『泊翁集』卷六	
55/60/105	이명오	「自挽」其八	『泊翁集』卷六	
55/60/106	이명오	「自挽」其九	『泊翁集』卷六	
55/60/107	이명오	「自挽」其十	『泊翁集』卷六	
55/60/108	이명오	「自挽」其十一	『泊翁集』卷六	

55/60/109	이명오	「自挽」其十二	『泊翁集』卷六	
56/61/110	정홍규鄭弘規 (1753~1836)	「自挽」	『雲窩遺稿』卷 一 347~348쪽	한국역대문집 총서 1580
57/62/111	박지서朴旨瑞 (1754~1819)	「自輓」其一	『訥庵集』卷一	
57/62/112	박지서	「自輓」其二	『訥庵集』卷一	
58/63/113	조우각趙友慤 (1754~1821)	「自輓」	『蒼軒集』 卷上 134쪽	한국역대문집 총서 2815
59/64/114	강필효姜必孝 (초명은 세환世煥, 1764~1848)	「自挽」	『海隱遺稿』 卷一	
60/65/115	김조순金祖淳 (1765~1832)	「自悼」	『楓皐集』卷五	자만적(自挽的) 성격의 작품
61/66/116	이양연李亮淵 (1771~1853)	「病革」	『臨淵堂別集』	서울대학교 규장각 소장본. 『臨淵堂集』『山 雲詩集』미수록 작품. 후대에 자 만시(自輓詩)라 고 일컬어짐
62/67/117	노광리盧光履 (1775~1856)	「口呼自輓」	『勿齋集』卷二	전북대학교 소 장본, 許傳,『性 齋集』卷二十二, 「盧勿齋墓碣銘」, 張福樞,『四未軒 集』卷十一,「豐 川盧公行狀」에 도 수록
63/68/118	문재림文在琳 (1789~1848)	「自挽」	『竹坡遺稿』 卷一	경상대학교 문천각 소장본

64/69/119	이시원李是遠 (1790~1866)	「回甲日, 然翁四從兄, 寄一絕日, 少年豈識 老年懷. 辦酒應懽晬 甲回. 君子終身皆此 日, 莫將悽淚落稱盃. 其日心懷不佳, 骨肉 切己之觴, 皆受飮之, 遂沈醉竟夕. 夜枕, 用 其韻, 口占抒感, 時因 山纔過, 方戒筆硯. 而 情甚悲苦, 語類痛哭, 盖取古人自挽之意. 忠恕之君子, 儻或觀 而悲之, 族兄輝遠氏, 自號然翁, 湖西隱君 子也」	『沙磯集』冊二	자만적(自挽的) 성격의 작품들
64/69/120	이시원	其二	『沙磯集』冊二	
64/69/121	이시원	其三	『沙磯集』冊二	
64/69/122	이시원	其四	『沙磯集』冊二	
64/69/123	이시원	其五	『沙磯集』冊二	
64/69/124	이시원	其六	『沙磯集』冊二	
64/69/125	이시원	其七	『沙磯集』冊二	
64/69/126	이시원	其八	『沙磯集』冊二	
64/69/127	이시원	其九	『沙磯集』冊二	
64/69/128	이시원	其十	『沙磯集』冊二	

64/69/129	이시원	其十一	『沙磯集』冊二	
64/69/130	이시원	其十二	『沙磯集』冊二	
64/69/131	이시원	其十三	『沙磯集』冊二	
65/70/132	이만용李晚用 (1792~?)	「除夕, 走筆和西山韻 六首」 중 其三	『東樊集』卷三	연작시 중 자만 (自挽) 주제 작품
66/71/133	신학조辛鶴祚 (1807~1876)	「五月二十日自輓」	『東岡集』 卷二 250쪽	한국역대문집 총서 2685
67/72/134	김응건金應楗 (1808~1885)	「自輓」	『棄嵒集』卷一	한국국학진흥원 소장본
68/73/135	이성화李性和 (1821~1899)	「效陶淵明自挽詩吟 一律」	『水山集』 卷一 71쪽	한국역대문집 총서 2979
69/74/136	김기호金琦浩 (1822~1902)	「自挽」	『小山集』卷一	경상대학교 문천각 소장본
70/75/137	문상질文尙質 (1825~1895)	「自挽」	『晦山文集』 卷二	경상대학교 문천각 소장본
71/76/138	신재수申在壽 (1828~1895)	「自挽」	『反求齋遺集』 卷一	한국국학진흥원 소장본
72/77/139	하재구河在九 (1832~1911)	「自挽三首」 其一	『渭叟集』卷二	경상대학교 문천각 소장본
72/77/140	하재구	「自挽三首」 其二	『渭叟集』卷二	
72/77/141	하재구	「自挽三首」 其三	『渭叟集』卷二	
73/78/142	최태순崔泰淳 (1835~1910)	「自挽」	『梅史遺稿』 卷二	경상대학교 문천각 소장본
74/79/143	전우田愚 (1841~1922)	「和陶集擬自挽歌辭 三首」 其一	『艮齋集』 前編續 卷六	도연명의 「의만 가사擬挽歌辭」 에 대한 화운시 (和韻詩)

74/79/144	전우	「和陶集擬自挽歌辭三首」其二	『艮齋集』前編續 卷六	
74/79/145	전우	「和陶集擬自挽歌辭三首」其三	『艮齋集』前編續 卷六	
75/80/146	이상돈李相敦 (1841~1911)	「自輓」	『勿齋集』卷一	경상대학교 문천각 소장본
76/81/147	서정옥徐廷玉 (1843~1921)	「和李天畏自挽」	『貞齋集』卷一 74쪽	한국역대문집 총서 2851
77/82/148	이상규李祥奎 (1846~1922/ 1847~1923)	「次陶靖節自挽韻」	『惠山集』卷四	경상대학교 문천각 소장본
77/83/149	이상규	「自挽」	『惠山集』卷四	경상대학교 문천각 소장본
78/84/150	이설李偰 (1850~1906)	「自挽」其一	『復菴私集』卷八 433쪽	한국역대문집 총서 759
78/84/151	이설	「自挽」其二	『復菴私集』卷八 433쪽	한국역대문집 총서 759
78/85/152	이설	「自挽」	『復菴私集』卷十八 450~451쪽	한국역대문집 총서 760
79/86/153	안효제安孝濟 (1850~1916)	「自挽六絕」其一	『守坡集』卷一	경상대학교 문천각 소장본
79/86/154	안효제	「自挽六絕」其二	『守坡集』卷一	
79/86/155	안효제	「自挽六絕」其三	『守坡集』卷一	
79/86/156	안효제	「自挽六絕」其四	『守坡集』卷一	
79/86/157	안효제	「自挽六絕」其五	『守坡集』卷一	
79/86/158	안효제	「自挽六絕」其六	『守坡集』卷一	

80/87/159	김택영金澤榮 (1850~1927)	「自挽」	『借樹亭雜收』 卷一	
80/88/160	김택영	「後自挽」	『借樹亭雜收』 卷一	
80/89/161	김택영	「張峰石以自挽詩屬 和者數年, 今始有應」	『韶濩堂集』 詩集定本 卷五	자만시에 대한 화 운시(和韻詩)이 나 자만에 대한 의식이 드러남
81/90/162	강시형姜時馨 (1850~1928)	「自挽」	『顴隱集』 卷四	경상대학교 문천각 소장본
82/91/163	서천수徐天洙 (1852~1911)	「自挽」	『霞山遺稿』卷 一 310~311쪽	한국역대문집 총서 2688
83/92/164	남승철南升喆 (1852~1922)	「自挽」	『紫陰集』 卷二 153쪽	한국역대문집 총서 2801. 8년 동안 신선을 기 다리다 생을 마 감한다는 내용
84/93/165	이지영李之榮 (1855~1931)	「自挽詩」	『訥菴集』 卷 一	경상대학교 문천각 소장본
85/94/166	이석균李鉐均 (1855~1927)	「次金竹圃自輓」	『小菴集』 卷二 107쪽	한국역대문집 총서 1844
86/95/167	이종림李鍾林 (1857~1925)	「自挽」	『樗田遺稿』卷 五 323~324쪽	한국역대문집 총서 1163
86/96/168	이종림	「再疊自挽」	『樗田遺稿』 卷五 324쪽	한국역대문집 총서 1163
86/97/169	이종림	「三疊自挽」	『樗田遺稿』 卷五 324쪽	한국역대문집 총서 1163
87/98/170	소학규蘇學奎 (1859~?)	「自挽」	『說齋集』 卷一 112쪽	한국역대문집 총서 551
88/99/171	김복한金福漢 (1860~1924)	「自挽」	『志山集』 卷一 56쪽	한국역대문집 총서 301

89/100/172	이태문李泰文 (1861~1939)	「次金桑村自挽詩」	『晩最集』 卷一 81쪽	한국역대문집 총서 1428
90/101/173	최학길崔鶴吉 (1862~1936)	「自輓三絶」其一	『懼齋集』卷一	경상대학교 문천각 소장본
90/101/174	최학길	「自輓三絶」其二	『懼齋集』卷一	
90/101/175	최학길	「自輓三絶」其三	『懼齋集』卷一	
91/102/176	김경중金暻中 (1863~1945)	「回甲自輓」	『芝山遺稿』卷 一 200~201쪽	한국역대문집 총서 1831
92/103/177	하봉수河鳳壽 (1867~1939)	「自挽辭」	『柏村集』卷三	경상대학교 문천각 소장본
93/104/178	황병중黃炳中 (1871~1935)	「擬自挽」(壬戌十二 月)	『鼓巖集』卷一	경상대학교 문천각 소장본
93/105/179	황병중	「擬自挽」(乙亥三月)	『鼓巖集』卷一	
94/106/180	장화식蔣華植 (1871~1947)	「和金草齋自挽詩」	『贅翁續稿』 卷四 外集 詩 479쪽	한국역대문집 총서 2070
95/107/181	오재선吳在善 (1871~1954)	「自挽」	『桑村遺稿』卷 一 252~253쪽	한국역대문집 총서 2198
96/108/182	송명회宋明會 (1872~1953)	「賤齒今已八十有二 委頓病牀累經濱死追 思往事不能無憾因作 三十三韻排律自挽」	『小波詩文選稿』 卷三 436~437쪽	한국역대문집 총서 2892
97/109/183	하동규夏東奎 (1873~1943)	「自挽」	『琴隱遺稿』 卷一	서울대학교 규장 각 소장 석판본
98/110/184	손영두孫永斗 (1874~1947)	「自輓」	『石隱集』 卷一 258쪽	한국역대문집 총서 1463

99/111/185	하영태河泳台 (1875~1936)	「自挽」	『寬寮集』卷一	경상대학교 문천각 소장본
100/112/186	장재한張在翰 (1875~1965)	「自挽」	『汾溪遺稿』 卷一	경상대학교 문천각 소장본
101/113/187	권도용權道溶 (1877~1963)	「自輓三首」其一	『秋帆文苑』 後集 卷一	경상대학교 문천각 소장본
101/113/188	권도용	「自輓三首」其二	『秋帆文苑』 後集 卷一	
101/113/189	권도용	「自輓三首」其三	『秋帆文苑』 後集 卷一	
102/114/190	조준하趙俊夏 (1878~1952)	「次友石族叔自輓韵」	『誠庵集』 卷二 213쪽	한국역대문집 총서 2959
103/115/191	김택술金澤述 (1884~1954)	「自挽」	『後滄集』 卷三十一 564쪽	한국역대문집 총서 386
104/116/192	형○○邢○○ (미상)	「自挽」	『聯芳錄』卷七 (攻玉齋)	경상대학교 문천각 소장본, 형사보邢士保 (1482~1532)의 선대 혹은 후대 인물의 자만시
105/117/193	장위항張緯恒 (미상, 17세기?)	「病中自輓」	『臥隱集』卷一	한국국학진흥원 소장본
106/118/194	손시완孫是椀 (미상, 18세기?)	「自挽詩」	유의건柳宜健 (1687~1760) 의 『花溪集』卷 六,「追次孫友器 重韻(名是椀)	한국국학진흥원 소장본
107/119/195	이구영李求永 (미상)	「自挽」	『淸灘集』卷一	경상대학교 문천각 소장본
108/120/196	윤우학尹禹學 (미상)	「自挽」	『思誠齋集』 卷一 75쪽	한국역대문집 총서 817

109/121/197	예대주芮大周 (미상)	「自挽」	『毅齋集』 卷一 125쪽	한국역대문집 총서 1614
110/122/198	최역촌崔櫟村 (미상)	「自挽」	『櫟村遺稿』 七言絕句 469쪽	한국역대문집 총서 466
111/123/199	박치도朴致道 (미상)	「自挽」	『黔巖遺稿』 卷一 268쪽	한국역대문집 총서 2352
112/124/200	강만저姜萬著 (미상)	「自挽」	『癡齋集』 卷一 93쪽	한국역대문집 총서 2500
113/125/201	이현상李顯相 (미상, 18세 기?)	「自挽」	『寅巖遺集』卷 一 235~236쪽	한국역대문집 총서 1395
114/126/202	배장준裴章俊 (미상)	「自挽」	『南岡遺集』 卷二 229쪽	한국역대문집 총서 2786
115/127/203	남유해南有海 (미상)	「自挽」	『醉山遺稿』 卷一 393쪽	한국역대문집 총서 1830
116/128/204	유성柳晟 (미상)	「自挽」	『春汀遺稿』 卷二 198~199 쪽	한국역대문집 총서 2902
117/129/205	권재기權載祺 (미상)	「自挽」	『有齋遺稿』卷 二 140~141쪽	한국역대문집 총서 1979
118/130/206	도상조都相朝 (미상)	「自挽」	『顧吾軒遺稿』 卷一 230~231쪽	한국역대문집 총서 2907
119/131/207	김응환金應煥 (미상)	「病中自挽」	『玄沙集』 卷一 96쪽	한국역대문집 총서 2021
120/132/208	허섭許鍱 (미상)	「次小痴自挽詩」	『睡鶴集』 卷二 100쪽	한국역대문집 총서 1584
121/133/209	권봉수權鳳洙 (미상)	「次石田自挽詩」	『芝村遺稿』卷 一 403~404쪽	한국역대문집 총서 1990

122/134/210	김용호金容鎬 (미상)	「和金默窩自挽韻」	『一菴集』卷一 122~123쪽	한국역대문집 총서 811
123/135/211	박계성朴桂晟 (미상)	「次金草齋自挽詩」	『可軒集』 卷二 247쪽	한국역대문집 총서 2191
124/136/212	이중수李中洙 (미상)	「病中吟一律以擬古 人自挽」	『二柳齋集』 卷二 1쪽	한국역대문집 총서 625
125/137/213	최곤술崔坤述 (미상)	「自挽」	『古齋集』卷上 369~370쪽	한국역대문집 총서 1088
126/138/214	정원직鄭元直 (미상)	「自挽」	『暘谷詩稿』卷 一 385~386쪽	한국역대문집 총서 2284
127/139/215	김시서金時瑞 (미상)	「自挽」	『自然堂遺稿』 卷一 229쪽	한국역대문집 총서 2297
128/140/216	황도익黃道翼 (미상)	「自挽」	『夷溪處士集』 卷一 35쪽	한국역대문집 총서 2468
129/141/217	안사일安思逸 (미상)	「自挽」	『樂軒遺稿』卷 一 516~517쪽	한국역대문집 총서 1334
130/142/218	강재姜載 (미상)	「自挽」	『九峰詩稿』 詩 468쪽	한국역대문집 총서 2485
131/143/219	김용우金用雨 (미상)	「自挽」	『耕山遺稿』 卷三 307쪽	한국역대문집 총서 378
132/144/220	오철신吳哲臣 (미상)	「自挽」	『東溪文稿』卷 一 368~369쪽	한국역대문집 총서 2971
133/145/221	도우경都禹璟 (미상, 18세기?)	「自挽」	『明庵集』卷二 110~111쪽	한국역대문집 총서 2052
134/146/222	이병수李秉壽 (미상)	「病中自挽」	『東隱遺稿』 卷三 504쪽	한국역대문집 총서 1561
135/147/223	안기룡安麒龍 (미상, 19세기?)	「次金燾炫自挽」	『東樵公遺稿』 卷三 508쪽	한국역대문집 총서 1185
136/148/224	이진용李晉用 (미상)	「病枕次古人自挽韻」	『農雲遺稿』 卷一 151쪽	한국역대문집 총서 634

137/149/225	노철수 盧澈秀 (미상)	「次李主政自輓二首」 其一	『百泉集』 卷五 464쪽	한국역대문집 총서 2868
137/149/226	노철수	「次李主政自輓二首」 其二	『百泉集』 卷五 464쪽	
138/150/227	신동영 辛東泳 (미상)	「自輓示雲亭詩伴」	『東湄遺稿』 卷三 438쪽	한국역대문집 총서 1890
139/151/228	이승기 李承基 (미상)	「臨終前日用陶淵明 詩句自輓」	『汶岡集』 卷一 104쪽	한국역대문집 총서 1588

참고문헌

1. 원전 및 역주서류

강석중·강혜선·안대회·이종묵 옮김,『허균이 가려뽑은 조선시대의 한시(國朝詩
   刪)』1, 문헌과해석사, 1999, 71~72쪽.

姜時馨,『聾隱集』, 경상대학교 문천각 소장 경상우도문집.

姜必孝,『海隱遺稿』, 한국문집총간속집 108, 한국고전번역원, 2010, 31쪽.

高應陟,『杜谷集』, 경상대학교 문천각 소장 경상우도문집.

龔斌 校箋,『陶淵明集校箋』, 上海古籍出版社, 1996, 355~362쪽.

郭茂倩,『樂府詩集』, 中華書局, 1979, 400~401쪽.

仇兆鰲 注,『杜詩詳註』, 中華書局, 1979.

權道溶,『秋帆文苑』, 경상대학교 문천각 소장 경상우도문집.

權得己,『晩悔集』, 한국문집총간 76, 민족문화추진회, 1991, 9쪽.

權文任,『花山世紀』卷三(源塘集), 경상대학교 문천각 소장 경상우도문집.

權文顯,『竹亭源堂兩世實記』(竹亭實記) 卷一, 경상대학교 문천각 소장 경상우도 문집.

權侶 編,『近藝儁選』, 筆寫本, 국립중앙도서관 소장본.

權諰,『炭翁集』, 한국문집총간 104, 민족문화추진회, 1993, 271~272쪽.

奇宇萬,『松沙集』, 한국문집총간 346, 민족문화추진회, 2005, 459~460쪽.

金時習,『梅月堂集』, 한국문집총간 13, 민족문화추진회, 1990, 318쪽.

金圻,『北厓集』, 한국문집총간속집 2, 민족문화추진회, 2005, 524쪽.

金琦浩,『小山集』, 경상대학교 문천각 소장 경상우도문집.

김만원 외 6인,『정본완역 두보전집―두보 재주낭주시기시 역해』, 서울대학교 출판문화원, 2010.

金尙埏,『棄棄齋集』, 국립중앙도서관 소장본.

金應楗,『棄嵒集』, 한국국학진흥원 소장 영남사림문집.

金恁,『長皐世稿』 卷之一,『野庵文集』(詩), 국립중앙도서관 소장본.

金正喜,『阮堂全集』, 한국문집총간 301, 민족문화추진회, 2003, 180쪽.

金祖淳,『楓皐集』, 한국문집총간 289, 민족문화추진회, 2002, 112쪽.

金兌一,『蘆洲集』, 한국문집총간속집 43, 민족문화추진회, 2007, 180쪽.

金澤榮,『韶濩堂集』, 한국문집총간 347, 민족문화추진회, 2005, 203, 477쪽

金烋,『敬窩集』, 한국문집총간 100, 민족문화추진회, 1992, 307쪽.

南孝溫,『秋江集』, 한국문집총간 16, 민족문화추진회, 1990, 30쪽.

盧守愼,『穌齋集』, 한국문집총간 35, 민족문화추진회, 1989, 93, 120, 149쪽.

逯欽立 輯校,『先秦漢魏晉南北朝詩』, 中華書局, 1983, 1012~1013쪽.

陶淵明,『도연명 전집』, 이치수 역주, 문학과지성사, 2005, 262~267쪽.

———,『도연명전집』, 이성호 옮김, 문자향, 2001, 240~246쪽.

北京大學北京師範大學中文係 編,『陶淵明資料彙編』下冊, 中華書局, 1962,

311~316쪽.

文尙質, 『晦山文集』, 경상대학교 문천각 소장 경상우도문집.

文在琳, 『竹坡遺稿』, 경상대학교 문천각 소장 경상우도문집.

朴珽衢, 『畸翁集』, 서울대학교 규장각 소장본.

박대현 옮김, 『국역 추강집』, 민족문화추진회, 2007.

박무영·이현우 외 옮김, 『항해병함沆瀣丙函』(하), 태학사, 2006, 295~297쪽.

朴旨瑞, 『訥庵集』, 한국문집총간속집 103, 한국고전번역원, 2010, 29쪽.

朴致和, 『雪溪隨錄』, 筆寫本, 서울대학교 규장각 소장본.

朴泰茂, 『西溪集』, 한국문집총간속집 59, 민족문화추진회, 2009, 257쪽.

徐培均 箋注, 『淮海集箋注』, 上海古籍出版社, 1994, 3~32, 1323~1326쪽.

徐師曾, 『文體明辨』, 오성사, 1985, 520쪽.

石之珩, 『壽峴集』, 한국문집총간속집 31, 민족문화추진회, 2006, 331쪽.

성균관대학교 대동문화연구원 편, 『李朝名賢集』 4, 성균관대학교 대동문화연구원, 1985, 487쪽.

蕭統 編, 『文選』, 李善 注, 上海古籍出版社, 1986, 1332~1337쪽.

───, 『문선역주』 5, 김영문 외 옮김, 소명출판, 2010, 190~192쪽.

孫處訥, 『慕堂集』, 한국문집총간속집 8, 민족문화추진회, 2005, 52쪽.

申義命, 『畏巖集』, 한국국학진흥원 소장 영남사림문집.

申在壽, 『反求齋遺集』, 한국국학진흥원 소장 영남사림문집.

顔之推, 『顔氏家訓』, 임동석 역주, 고즈윈, 2004, 244~245쪽.

安孝濟, 『守坡集』, 경상대학교 문천각 소장 경상우도문집.

梁慶遇, 『霽湖集』, 筆寫本, 서울대학교 규장각 소장본.

연변대학교 조선문학연구소 편, 『김택영』, 보고사, 2010.

吳淇, 『六朝選詩定論』, 汪俊·黃進德 點校, 廣陵書社, 2009, 302~303쪽.

王文誥 輯註, 『蘇軾詩集』, 中華書局, 1982, 2107쪽.

王叔岷 撰, 『陶淵明詩箋證稿』, 中華書局, 2007, 496~504쪽.

王質 等撰, 『陶淵明年譜』, 中華書局, 1986.

袁行霈 箋注, 『陶淵明集箋注』, 中華書局, 2003, 420~427쪽.

劉履, 『選詩』(『選詩補注』『選詩補遺』『選詩續編』), 조선간본(白光弘 內賜本, 1553) 영인
    본, 기봉백광홍선생기념사업회, 2004.

劉運好 校注整理, 『陸士衡文集校注』, 鳳凰出版社, 2007, 655~674쪽.

柳宜健, 『花溪集』, 한국국학진흥원 소장 영남사림문집.

柳仁培, 『猿溪集』, 한국국학진흥원 소장 영남사림문집.

李家源, 『玉溜山莊詩話』, 『이가원전집』 5, 정음사, 73쪽.

李家煥, 『錦帶詩文鈔』, 한국문집총간 255, 민족문화추진회, 2000, 433쪽.

李求永, 『淸灘集』, 경상대학교 문천각 소장 경상우도문집.

李奎象, 『18세기 조선인물지(幷世才彦錄)』, 창작과비평사, 1997, 152~161쪽.

李端相, 『靜觀齋集』, 한국문집총간 130, 민족문화추진회, 1994, 56쪽.

李德祿, 『悔咎文集』, 한국국학진흥원 소장 영남사림문집.

李晩秀, 『屐園遺稿』, 한국문집총간 268, 민족문화추진회, 2001, 602~603쪽.

李晩用, 『東樊集』, 한국문집총간 303, 민족문화추진회, 2003, 561쪽.

李明五, 『泊翁集』, 한국문집총간속집 102, 한국고전번역원, 2010, 112쪽.

李敏輔, 『豐墅集』, 한국문집총간 232, 민족문화추진회, 1999, 406쪽.

李祥奎, 『惠山集』, 경상대학교 문천각 소장 경상우도문집.

李相敦, 『勿齋集』, 경상대학교 문천각 소장 경상우도문집.

李守淵, 『靑壁集』, 한국문집총간속집 72, 한국고전번역원, 2009, 361쪽.

李是遠, 『沙磯集』, 한국문집총간 302, 민족문화추진회, 2003, 67~68쪽.

李植, 『澤堂集』, 한국문집총간 88, 민족문화추진회, 1992, 274쪽.

李亮淵, 『臨淵堂別集』, 서울대학교 규장각 소장본.(『韓客巾衍集』 뒤에 붙어 있음)

李言直, 『明湖集』, 국립중앙도서관 소장본.

李元翼, 『梧里集』, 한국문집총간 56, 민족문화추진회, 1990, 264쪽.

李惟樟, 『孤山集』, 한국문집총간 126, 민족문화추진회, 1994, 61쪽.

李廷馣, 『四留齋集』, 한국문집총간 51, 민족문화추진회, 1990, 295쪽.

──, 『安谷集』, 筆寫本, 서울대학교 규장각 소장본.

李重明, 『安谷集』, 木板本, 국립중앙도서관 소장본.

李之榮, 『訥菴集』, 경상대학교 문천각 소장 경상우도문집.

李㙉, 『蒙菴集』, 서울대학교 규장각 소장본.

李夏耉, 『芳園世稿』 卷三 『養靜齋集』, 한국국학진흥원 소장 영남사림문집.

林悌, 『林白湖集』, 한국문집총간 58, 민족문화추진회, 1990, 288쪽.

張緯恒, 『臥隱集』, 경상대학교 문천각 소장 경상우도문집.

張在翰, 『汾溪遺稿』, 경상대학교 문천각 소장 경상우도문집.

田愚, 『艮齋集』, 한국문집총간 333, 민족문화추진회, 2004, 568쪽.

鄭基安, 『晚慕遺稿』, 한국문집총간속집 73, 한국고전번역원, 2009, 475쪽.

丁德輈, 『圓山集』, 石板本, 국립중앙도서관 소장본.

丁福林·叢玲玲 校注, 『鮑照集校注』, 中華書局, 2012, 171~176; 614~618쪽.

鄭相說, 『萍軒遺稿』, 경상대학교 문천각 소장 경상우도문집.

丁若鏞, 『與猶堂全書』, 한국문집총간 281, 민족문화추진회, 2001, 339~348쪽.

趙榮順, 『退軒集』, 한국문집총간속집 89, 한국고전번역원, 2009, 303쪽.

趙任道, 『澗松集』, 한국문집총간 89, 민족문화추진회, 1992, 45쪽.

震友會 編, 『諺解杜詩澤風堂批解』, 영인본, 震友會, 단기 4230년.

蔡楙, 『柏浦集』, 한국국학진흥원 소장 영남사림문집.

崔奇男, 『龜谷詩稿』, 한국문집총간속집 22, 민족문화추진회, 2006, 315쪽.

崔有淵, 『玄巖遺稿』, 한국문집총간속집 22, 민족문화추진회, 2006, 511쪽.

崔泰淳, 『梅史遺稿』, 경상대학교 문천각 소장 경상우도문집.

崔鶴吉, 『懼齋集』, 경상대학교 문천각 소장 경상우도문집.

夏東奎, 『琴隱遺稿』, 서울대학교 규장각 소장본.

河鳳壽, 『柏村集』, 경상대학교 문천각 소장 경상우도문집.

河泳台, 『寬寮集』, 경상대학교 문천각 소장 경상우도문집.

河在九, 『渭叟集』, 경상대학교 문천각 소장 경상우도문집.

河鎭永, 『復窩遺集』, 경상대학교 문천각 소장 경상우도문집.

韓敬儀, 『菑墅集』, 한국문집총간속집 97, 한국고전번역원, 2010, 16쪽.

許筠, 『國朝詩刪』, 아세아문화사, 1980, 245쪽.

邢士保 외, 『聯芳錄』 卷七(攻玉齋), 경상대학교 문천각 소장 경상우도문집.

玄德升, 『希菴遺稿』, 한국문집총간속집 13, 민족문화추진회, 2006, 330쪽.

洪彦忠, 『寓菴稿』 卷二, 한국문집총간 18, 민족문화추진회, 1990, 323쪽.

黃炳中, 『鼓巖集』, 경상대학교 문천각 소장 경상우도문집.

2. 연구 논저류

가와이 고조, 『중국의 자전문학』, 심경호 옮김, 소명출판, 2002, 192~197쪽.

강명관, 『조선후기 여항문학 연구』, 창작과비평사, 1997.

岡村繁, 『陶淵明李白新論』, 陸曉光·笠征 譯, 上海古籍出版社, 2002.

고려대학교 민족문화연구소 편, 『韓國文化史大系』 7, 重版, 고려대학교 민족문화연구소, 1981.

龔望, 『陶淵明集評議』, 南開大學出版社, 2011.

구자훈,「제호 양경우 시세계 연구」, 고려대학교 석사학위논문, 2001.

국사편찬위원회 편,『상장례, 삶과 죽음의 방정식』, 두산동아, 2005.

권혁명,「남효온의 自挽詩 연구」,『동양한문학연구』제27집, 동양한문학회, 2008, 131~161쪽.

김경숙,「조선후기 한시에 나타난 創新風 연구」,『고전문학연구』제21집, 한국 고전문학회, 2002, 35~67쪽.

──────,『조선후기 서얼문학 연구』, 소명출판, 2005.

김동석,「조선시대 科體詩의 程式 고찰」,『대동한문학』제28집, 대동한문학회, 2008, 69~125쪽.

김보경,「蘇軾과 陶淵明의 만남─蘇軾에 의한 陶淵明 典範化를 중심으로」,『중국문학』제62집, 한국중국어문학회, 2010, 91~119쪽.

──────,「한국 '和陶詩' 연구 序說」,『중국문학』제66집, 한국중국어문학회, 2011, 219~243쪽.

金甫暻,『蘇軾"和陶詩"考論─兼及韓國"和陶詩"』, 復旦大學出版社, 2013.

김성언,『남효온의 삶과 시』, 태학사, 1997.

김영진,「조선후기 사대부의 야담 창작과 향유의 일양상」,『어문논집』제37집, 민족어문학회, 1998, 21~45쪽.

──────,「동번 이만용의 시문집의 이본에 대하여」,『문헌과 해석』제54호, 문헌과해석사, 2011, 252~270쪽.

김용태,『19세기 조선 한시사의 탐색』, 돌베개, 2008.

김학주,『조선시대 간행 중국문학 관계서 연구』, 서울대학교출판부, 2000.

남윤수,『한국의「和陶辭」연구』, 역락, 2004.

──────,『한국의「和陶辭」연구(續)·落穗錄 및 版本攷』, 수서원, 2006.

戴建業,『澄明之境: 陶淵明新論』, 修訂本, 上海古籍出版社, 2012.

도카, 케네스 · 모건, 존 엮음, 『죽음학의 이해*Death and Spirituality*』, 김재영 옮김, 인간사랑, 2006.

르죈, 필리프, 『자서전의 규약*Le Pacte autobiographique*』, 윤진 옮김, 문학과지성사, 1998.

리궈원, 『중국 문인의 비정상적인 죽음』, 김세영 옮김, 에버리치홀딩스, 2009.

梅家玲, 『漢魏六朝文學新論—擬代與贈答篇』, 北京大學出版社, 2004.

모랭, 에드가, 『인간과 죽음*L'Homme et la mort*』, 김명숙 옮김, 동문선, 2000.

문옥표 외, 『朝鮮時代 冠婚喪祭』 喪禮篇 1~3, 한국정신문화연구원, 2000.

박동욱, 「산운 이양연의 시세계 연구」, 한양대 석사학위논문, 2001.

박철상, 「磻溪 柳馨遠이 엮은 『陶靖節集』과 그의 逸民意識」, 『한국실학연구』 제11집, 한국실학회, 2006, 217~237쪽.

방주네프, 아르놀드, 『通過儀禮*Les rites de passage*』, 전경수 역, 을유문화사, 1985.

배상현, 「孤山 李惟樟의 禮學思想」, 『공자학』 제12집, 한국공자학회, 2005, 219~253쪽.

베커, 어니스트, 『죽음의 부정*The Denial of Death*』, 김재영 옮김, 인간사랑, 2008.

上海辭書出版社 編著, 『陶淵明詩文鑑賞辭典』, 上海辭書出版社, 2012.

성범중, 「龜谷 崔奇南의 삶과 시세계」, 『한국한시작가연구』 10, 태학사, 2006, 5~40쪽.

蘇瑞隆, 『鮑照詩文研究』, 中華書局, 2006.

孫曉明, 『陶淵明的文學世界』, 上海古籍出版社, 2013.

송준호, 「孤山 李惟樟 詩의 道學的 性格—출(나가서기)處(들어앉기)를 위한 닦기 希求의 詩學」, 『공자학』 제12집, 한국공자학회, 2005, 199~218쪽.

순캉이,『난세를 꽃피운 시인들(六朝詩硏究)』, 신정수 옮김, 이회, 2004.

신로사, 「이봉환·이명오 부자의 일본 사행에 관하여」,『문헌과 해석』제54호, 문헌과해석사, 2011, 231~251쪽.

신익철, 「18세기 중반 椒林體 漢詩의 형성과 특징」,『고전문학연구』, 제19집, 한국고전문학회, 2001, 35~65쪽.

──, 「李鳳煥의 椒林體와 「落花詩」에 대하여」,『한국한문학연구』제24집, 한국한문학회, 1999, 215~243쪽.

심경호,『김시습 평전』, 돌베개, 2003.

──,『나는 어떤 사람인가』, 이가서, 2010.

──,『내면기행』, 이가서, 2009.

──, 「한국 고전문학의 자서전적 글쓰기에 대한 고찰」,『第十七屆中韓文化關係國際學術會議論文集』, 中華民國韓國硏究學會, 2008, 1~20쪽.

아리에스, 필리프,『죽음의 역사 Essais sur l'histoire de la mort en Occident du Moyen Age a' nos jours』, 이종민 옮김, 동문선, 1998.

──,『죽음 앞의 인간 L'homme Devant la Mort』, 고선일 옮김, 새물결, 2004.

안대회, 「서얼시인의 계보와 시의 사적 전개」, 한국고전문학회 편,『문학과 사회집단』, 집문당, 1995, 263~288쪽.

──, 「서오생의 책사랑―장서가 이명오」,『천년 벗과의 대화』, 민음사, 2011, 95~100쪽.

──, 「조선후기 自撰墓誌銘 연구」,『한국한문학연구』제31집, 한국한문학회, 2003, 237~266쪽.

──, 「조선 전기 지성인의 자화상, 南孝溫의 한시」,『韓國 漢詩의 分析과 視角』, 연세대학교 출판부, 2000, 140~173쪽.

──, 「한국 한시와 죽음의 문제」,『한국한시연구』3, 한국한시학회, 1995,

49~80쪽.

안세현, 「조선전기 「醉鄕記」·「睡鄕記」의 창작 양상과 그 의미」, 『어문연구』 제
37권 제1호, 한국어문교육연구회, 2009, 309~332쪽.

楊松冀, 『精神家園的詩學探尋: 蘇軾『和陶詩』與陶淵明詩歌之比較硏究』, 人民出
版社, 2012.

엘리아스, 노르베르트, 『죽어가는 자의 고독』, 김수정 옮김, 문학동네, 1998.

吳小如, 『含英咀華―吳小如古典文學叢札』, 北京大學出版社, 2012

―――, 「說陶淵明『挽歌詩』三首」, 『古典詩詞札叢』, 天津古籍出版社, 2004,
88~92쪽.

吳承學, 「漢魏六朝挽歌考論」, 『文學評論』 2002年 第3期, 文學評論雜誌社, 2002,
63~72쪽.

王立, 『永恒的眷戀―悼祭文學的主題史硏究』, 學林出版社, 1999, 291~321쪽.

―――, 「中國古代自挽自悼詩文及其審美價値」, 『山西大學師範學院學報』, 2001
年 第3期.

王宜瑗, 「六朝文人挽歌詩的演變與定型」, 『文學遺産』 2000年 第5期, 中華書局,
2000, 22~32쪽.

王鍾陵, 『中國中古詩歌史』, 人民出版社, 2005.

王志淸, 『晋宋樂府詩硏究』, 河北大學出版社, 2007.

王繪絜, 『傅玄及其詩文硏究』, 文津出版社, 1997.

袁行霈, 『陶淵明硏究』, 北京大學出版社, 1997.

―――, 「論和陶詩及其文化意蘊」, 『中國社會科學』 2003年 第6期, 中國社會科學
出版社, 2003. 11, 149~161쪽.

魏耕原, 『陶淵明論』, 北京大學出版社, 2011.

余英時, 『동양적 가치의 재발견』, 김병환 옮김, 동아시아, 2007.

劉中文,『唐代陶淵明接受研究』, 中國社會科學出版社, 2006.

유혜영,「죽음에 대한 문학적 관조―위진 만가시의 특성과 문학적 의의」,『중국 문화연구』제12집, 중국문화연구학회, 2008, 23~49쪽.

윤사순,「孤山 李惟樟의 학문의 특징과 위상」,『공자학』제12집, 한국공자학회, 2005, 165~197쪽.

윤재민,『조선후기 중인층 한문학의 연구』, 고려대학교 민족문화연구소, 1999.

윤주필,『한국의 방외인문학』, 집문당, 1999.

李家源,「石北文學研究」,『이가원전집』2, 정음사, 1986, 353~442쪽.

―――,『韓國漢文學史』,『이가원전집』6, 정음사, 1986, 160~167; 341~350쪽.

李劍鋒,『陶淵明及其詩文淵源研究』, 山東大學出版社, 2005, 1~445쪽.

―――,『元前陶淵明接受史』, 濟南: 齊魯書社, 2002, 1~453쪽.

이병혁,「韓國科文研究―詩·賦를 중심으로」,『동양학』제16집, 단국대학교 동양학연구소, 1986, 1~34쪽.

―――,「科文의 形式考―詩·賦를 중심으로」,『青泉 康龍權博士 頌壽紀念論叢』, 청천 강용권박사 송수기념논총 간행위원회, 1986, 245~256쪽.

이상욱,「조선 科體詩의 글쓰기 방식에 관한 연구」, 연세대학교 석사학위논문, 2005, 1~115쪽.

이수봉,『장례문화의 이해』, 경인문화사, 2008.

이영숙,「屐園 李晚秀의『和陶詩』研究」,『동양한문학연구』제35집, 동양한문학회, 2012, 155~183쪽.

이용욱,「산운 이양연의 시세계」, 안동대학교 석사학위논문, 1991.

李寅生,「日本和陶詩簡論」,『江西社會科學』2003年 第1期, 70~72쪽.

이현우,「조선 후기의 無刊記 刊本『陶靖節集』에 관한 고찰」,『중국어문논총』제49집, 중국어문연구회, 2011, 153~180쪽.

이현일, 「東樊 李晩用 詩 硏究—『東樊集 所載 七言律詩를 중심으로」, 『한국한
　　문학연구』 제52집, 한국한문학회, 2013, 307~341쪽.

———, 「泊翁 李明五 시 연구 1—初期詩를 중심으로」, 『한국한시연구』 제19집,
　　한국한시학회, 2011, 83~118쪽.

———, 「李鳳煥 三代의 悲願」, 『문헌과 해석』 제20호, 문헌과해석사, 2002,
　　26~47쪽.

———, 「청년 이명오의 슬픔」, 『문헌과 해석』 제54호, 문헌과해석사, 2011,
　　191~230쪽.

잇카이 도모요시, 『陶淵明·陸放翁·河上肇』, 彭佳紅 譯, 中華書局, 2008, 65~82쪽.

임재해, 『전통상례』, 대원사, 1990.

임준철, 「自挽詩의 詩的 系譜와 조전전기의 自挽詩」, 『고전문학연구』 제31집,
　　한국고전문학회, 2007. 6, 319~356쪽.

———, 「조선시대 自挽詩의 類型的 특성」, 『어문연구』 제146호, 한국어문교육
　　연구회, 2010. 6, 375~400쪽.

———, 「한국 한시에서의 陶淵明 「擬挽歌辭」의 수용과 변주」, 『한국한시연구』
　　21, 한국한시학회, 2013.1 0, 291~332쪽.

張兆勇, 『蘇軾和陶詩與北宋文人詞』, 合肥: 安徽大學出版社, 2010, 1~245쪽.

周振甫, 『陶淵明和他的詩賦』, 南京: 鳳凰出版社, 2006, 1~176쪽.

장유승, 「조선시대 과체시 연구」, 『한국한시연구』 11, 한국한시학회, 2003,
　　417~449쪽.

장철수, 『한국의 관혼상제』, 집문당, 1995.

전송열, 「산운 이양연 시 연구」, 연세대학교 석사학위논문, 1993.

정경주, 「西溪 朴泰茂의 修養論에 대하여」, 『남명학연구』 제15집, 경상대학교
　　남명학연구소, 2003, 107~131쪽.

정경주, 『成宗朝 新進士類의 文學世界』, 법인문화사, 1993.

정병호, 「17세기 中人의 內面的 自畵像」, 『동방한문학』 제10집, 동방한문학회, 1994, 191~208쪽.

주기평, 「중국 挽歌詩의 형성과 변화과정에 대한 一考察」, 『중국문학』 제60집, 한국중국어문학회, 2009, 29~49쪽.

최재남, 『韓國哀悼詩硏究』, 경남대학교출판부, 1997.

터너, 빅터, 『의례의 과정 The Ritual Process』, 박근원 옮김, 한국심리치료연구소, 2005.

케이건, 셸리, 『죽음이란 무엇인가 Death』, 엘도라도, 2012.

퀴블러 로스, 엘리자베스, 『죽음과 죽어감 On Death and Dying』, 이진 옮김, 이레, 2008.

킹, 멜라니, 『거의 모든 죽음의 역사 The Dying Game』, 사람의무늬, 2011.

펜윅, 피터·펜윅, 엘리자베스, 『죽음의 기술 The Art of Dying』, 정명진 옮김, 부글북스, 2008.

프로이트, 지그문트, 『종교의 기원』, 이윤기 옮김, 열린책들, 2004.

허셴밍, 『죽음 앞에서 곡한 공자와 노래한 장자(死亡心態)』, 현채련·리길산 옮김, 예문서원, 1999.

허경진, 『조선 위항문학사』, 태학사, 1997.

허권수, 「남명·퇴계 양학파의 융화를 위해 노력한 간송 조임도」, 『남명학연구』 제11집, 경상대학교 남명학연구소, 2001, 353~387쪽.

─────, 「눌암 박지서의 학문과 강우학파에서의 역할」, 『남명학연구』 제13집, 경상대학교 남명학연구소, 2003, 133~157쪽.

3. 기타

경상대학교 문천각 남명학 고문헌 시스템 http://nmh.gsnu.ac.kr/

서울대학교 규장각 한국학연구원 문집해제 http://kyujanggak.snu.ac.kr/index.jsp

한국고전번역원 한국고전종합DB http://db.itkc.or.kr/itkcdb/mainIndexIframe.jsp

한국고전적목록 종합시스템 http://www.nl.go.kr/korcis

한국국학진흥원 유교넷 http://www.ugyo.net/

내 무덤으로 가는 이 길
조선시대 자만시 역주 평설
© 임준철

초판 인쇄 2014년 8월 2일
초판 발행 2014년 8월 9일

지은이 임준철
펴낸이 강병선

책임편집 오경철 | 독자모니터 황치영
디자인 김이정 이주영 | 마케팅 정민호 이연실 정현민 지문희 김주원
온라인마케팅 김희숙 김상만 한수진 이천희
제작 강신은 김동욱 임현식 | 제작처 한영문화사

펴낸곳 (주)문학동네
출판등록 1993년 10월 22일 제406-2003-000045호
주소 413-120 경기도 파주시 회동길 210
전자우편 editor@munhak.com | 대표전화 031)955-8888 | 팩스 031)955-8855
문의전화 031)955-1933(마케팅), 031)955-2645(편집)
문학동네카페 http://cafe.naver.com/mhdn
트위터 @munhakdongne

ISBN 978-89-546-2546-3 03810

* 이 도서의 국립중앙도서관 출판시도서목록(CIP)은 서지정보유통지원시스템 홈페이지(http://
seoji.nl.go.kr)와 국가자료공동목록시스템(http://www.nl.go.kr/kolisnet)에서 이용하실 수
있습니다. (CIP제어번호: CIP2014021834)

www.munhak.com